土楼恋

珍 夫◎著

啊！『神秘的土楼，捉摸不透的人生……』

『改变的是环境，不变的是我们的心……』

这是否也是我们的生存状态，我倒希望永远有这颗不变的心。

中国文联出版社
http://www.clapnet.cn

图书在版编目（CIP）数据

土楼恋 / 珍夫著 . -- 北京：中国文联出版社，
2016.9

ISBN 978 - 7 - 5190 - 2057 - 6

Ⅰ. ①土… Ⅱ. ①珍… Ⅲ. ①长篇小说—中国—当代
Ⅳ. ①I247. 5

中国版本图书馆 CIP 数据核字（2016）第 227479 号

土楼恋

作　　者：珍　夫

出 版 人：朱　庆
终 审 人：奚耀华　　复 审 人：蒋爱民
责任编辑：胡　笋　贺　希　　责任校对：傅泉泽
封面设计：中联华文　　责任印制：陈　晨

出版发行：中国文联出版社
地　　址：北京市朝阳区农展馆南里 10 号，100125
电　　话：010 - 85923062（咨询）85923000（编务）85923020（邮购）
传　　真：010 - 85923000（总编室），010 - 85923020（发行部）
网　　址：http：//www. clapnet. cn　http：//www. claplus. cn
E - mail：clap@ clapnet. cn　hex@ clapnet. cn

印　　刷：北京天正元印务有限公司
装　　订：北京天正元印务有限公司
法律顾问：北京天驰君泰律师事务所徐波律师
本书如有破损、缺页、装订错误，请与本社联系调换

开　　本：710 × 1000　1/16
字　　数：297 千字　　印　张：20
版　　次：2017 年 1 月第 1 版　　印　次：2017 年 1 月第 1 次印刷
书　　号：ISBN 978 - 7 - 5190 - 2057 - 6
定　　价：59. 00 元

目录

长篇小说　土楼恋

中篇小说　早睡的月亮

长篇小说

土楼恋

描述本真　立意高远（代序）

青禾

珍夫创作的长篇小说《土楼恋》，没有跌宕起伏的情节和惊心动魄的高潮，那是因为以爱回报恨，以德回报怨的独特立意，使传统的小说冲突情节在即将进入高潮时戛然而止，进入一个静水流深的更高境界，而这种全新的境界来源于福建土楼象征着博爱、宽容、团结奋进的中华民族的传统美德。

《土楼恋》弘扬的是人类真善美，让我体味到多年未有的阅读快感，使我一直沉浸在回忆与感叹之中，并且在回忆与感叹的同时提升了对人生的认识。

从时间上看，《土楼恋》实际上是中国一段辛酸的记忆。读完《土楼恋》之后，我脑子里冒出来的第一句话竟然是毛泽东的“源于生活，高于生活”。

《土楼恋》描述的当然是爱情故事，而且可以说是爱情悲剧，在大灾难下的平静叙事，透着淡淡的凄凉与忧伤，显得很美。这种美有力度与深度，它折射出人的伟大与人生的美好。我以为，平静如水，力度无限。

有深度的水才是平静的，平静的下面是浓浓的情感底蕴。

有人说，过去的都是美好的，时间让悲剧淡去，留下美好。对于人生有两种解释：一是人生就是苦难。人一生下来就哭，自己哭，而死的时候也哭，别人为你而哭。一种是人生美好。把人生看成是一个过程，一个不断享受乐趣，领略情感的美好过程。因为只有人才有情感，有乐趣，才配享受上帝所赋予的这种特权。

龚馨、管成坚、李卫国、杜丽梅和张家、王家等知青的土楼岁月从此开始，他们与土楼及土楼中郭云娘、陈东勇等人结下了不解之缘，他们的生命中便也烙下深重的印记。

因为福建土楼申遗成功，有关土楼的风俗民情在各种媒体狂轰滥炸，让人眼花缭乱，但有许多造作与矫情。风俗民情离开实实在在的日常生活，离开活生生的平凡人和人的情感与愿望，显得有点怪异，仿佛在美人的脸上再贴一张皮，眼睛变大，嘴巴变小，却把人吓住了。《土楼恋》让你感到真正的土楼生活，风俗民情在其间自然流淌，不但有纵的本源，还具备横的比较。在一定意义上说，正是这种不经意之间的文化比照，使《土楼恋》注入现代意识，显得更加生动感人而发人深思。

但是，撇开知青爱情不说，《土楼恋》还是浓郁的土楼风情画，有的笔墨力透纸背，如做岸、插秧、拔稗草、砍杆稹，改造烂泥田等场面描写，令人拍案叫绝。《土楼恋》写民俗风情是不经意的，是日常生活与人际交往的自然流露，如写过春节打糍粑，做五香、肉粽、卤面，结婚礼仪等，把生活情趣融入其中。再如，饭桌上的民俗，别具一格，平实朴素，让人有一种身临其境的感觉，山村农民的热情好客纯真跃然纸上。就连不宜“宣传”却很本质的东西，作者也没遗漏地写出来。

《土楼恋》的可贵之处还在忠诚记录生活的基础上，进行去粗取精，去伪存真的提炼，忠诚记录是潜在的、本色的，手法是白描的，而提炼聚焦了土楼美和人性美。一段短短的文字，便让我一下子回到几十年前乡村的生活。书中描写绘声绘色，生动活泼，让人领略当时生活场景的同时，还让不曾有过那种生活的人们感受到特殊年代老百姓生活的无奈与尴尬。

《土楼恋》的忠诚又是超脱高远的，在本真的记录生活的平静与艰辛之中，时时不忘反思。例如关于植树造林，我们是年年种树不见树啊。从读小学起，每到春天，我就参加植树，年年种树，报上年年都有植树的面积。有人说，如果把《人民日报》报道的全国每年的植树绿化面积加起来，我们国家森林覆盖面积早就超过100%了，没地方种树了。可是，实际情况又是如何呢?

关于反思，《土楼恋》的叙述是平静的，甚至带了一点小小的幽默感。人与人如此不同，平静的背后是心酸，何止心酸，有点惊心动魄，我由此感到平静之中的力度，这力度来自好人和好人的心态，来自好人对生活的发现、理解和热爱。《土楼恋》好人居多，真诚记载了土楼山区好的一面，以善良去提炼世间的光芒，折射在知青本能的天性。可以说，土楼是好人的世界，张剑弛等知青的土楼岁月是好人平凡而伟大的岁月，这也是一代代平平静静地流淌着的令人眷恋的土楼岁月。

好人的记述是一种心态，一种宽容，也是一种热爱，好人世界构成了诗意生活。在好人的世界里，人就会练就一副好精神，好心态，在艰苦与无奈之中，使自己心灵得到升华。土楼人家年复一年地耕耘土地无怨无悔，为什么自己就有那么多私心杂念？农民们能过得去的日子，为什么自己过不去？于是，有了鼓励自己的理由：人的生命来自土地，也只能在土地上生长，在土地上找出它的美丽和魅力，所以，种好庄稼，让土地长出粮食，改变农村一穷二白的面貌，不正是为自己的命运放逐广阔天地的灵魂求证一种信仰，求证一种生命对土地的回归意识和拜谒之情吗？

《土楼恋》的“政治学习”和“阶级斗争”也显得风趣幽默，读起来有一种美感，让人不禁哑然失笑。比如知青们关于“九大”的学习，这是特殊时代特殊背景下，特殊精神生活的生动写照！

知青土楼岁月是美好的，也是真实的。《土楼恋》不回避生活的另一面，不回避是为了让生活更真实，也更美好。那是个特殊的年代，要在恶劣的政治大环境中发现、挖掘和书写美，的确不易。也许，这种发现与挖掘是不自觉的，是一个好人美好心态的自然流露，但知青主人公张剑驰确实在土楼岁月中，看到生活中的不和谐音。“在土楼山区，四类分子几乎都是文化人……遗憾的是，这些土楼的文化居民遇上以阶级斗争为纲的年代，成为被踩在脚下的四类分子，过着牛马不如的生活，他们的家境，比一般贫下中农还惨。”有的丑是不正常的政治生活造成的，有的则体现了人性的弱点，《土楼恋》不掩饰生活中的丑，并且也不回避主人公张剑驰心中的痛苦。

关于《土楼恋》，要讲的话还很多，我想用一句最深情的话来概括：知青土楼岁月永无止境，要学会像土楼一样札根大地，仰望蓝天，憧憬梦想。只要土楼在，生活在土楼的人在，土楼之梦将永无止息。

我很惭愧，自以为是作家，也下过乡，但是，我从来没有写过如此生动美好的下乡生活，不是不想写，是写不出来。现在，《土楼恋》力作出来，我有理由作充分的期待，它足以让我咀嚼几十年。这不是虚言，不是赞美，因为它提供的信息与情感，填补了我生活中一段貌似熟悉实为陌生的空白。

我对《土楼恋》开头和结尾比较满意，“街廊商货辏集，店铺鳞次，上面是骑楼，骑楼墙接瓦连，典雅精致，一条小街通往九龙江畔的大码头。大码头明清以来就繁盛非凡，大村名镇，小桥流水，遐迩闻名。”闽南古城风貌，多么令人留恋的地方。但是土楼生活给人冲击力更大，“拖拉机摇晃着驶过岭下小溪，龚馨默默地看着一座座土楼慢慢往后退，泪花一直在眼里打转。拖拉机驶上山坡，开始进入弯弯曲曲的大山，龚馨仍然深情地望着岭下，望着土楼……”让人真恨不得追上去，像王文娟一样拉住龚馨的手，再次哭着问：“龚馨姐，你还来看我们吗?”

啊！“神秘的土楼，捉摸不透的人生……”“改变的是环境，不变的是我们的心……”这是否也是我们的生存状态，我倒希望永远有这颗不变的心。

（本文作者为中国作家协会会员，漳州市文联副主席）

第一章

在福建省南部，有一座千年历史、人口仅几万人的小城，九龙江缓缓从城边流过。每当狂风暴雨袭来，滔滔江水呼唤着闽西南山岭的林涛，驰骋着，翻转着，咆哮着一路高歌，直奔漳州平原，流入浩瀚的东海。

古城中富有南业热带风格的街廊亭子脚建筑“骑楼”，既给人们提供“冬暖夏凉”的方便，又具有避雨遮日的“阳雨伞”作用。街廊商货辏集，店铺鳞次，上面是骑楼，骑楼墙接瓦连，典雅精致，一条小街通往九龙江畔的大码头。大码头明清以来就繁盛非凡，大村名镇，小桥流水，遐迩闻名。

1968 年底的一天清晨，江城市的大街小巷飘荡着蒙蒙细雨，人们纷纷走上街廊亭子脚避雨，心情也像古意盎然的骑楼一样，湿漉漉地从久远的岁月走来，写下新的一页。

几千名江城知青和居民就要去上山下乡，告别这街廊亭子脚的日子了。

八岁的王文娟在自家门前的街廊踢毽子，当行人走过她身边时，她边踢毽子边灵巧地闪过，毽子不落地。

“阿娟！不要玩了，汽车马上就到，还不快来拿你的书包?”姐姐王文徇在里面喊她。

王文娟不情愿地停下来，刚想把毽子放进口袋，忽然身后被推了一下，毽子给人抢走了。

王文娟回头一看，是几个邻居小孩子的恶作剧。他们是王文娟的同龄孩子，属“红五类”，以前都跟王文娟一起玩耍，自从一年前王文娟家变成“地主”之后，王文娟就常招他们白眼和欺负。王文娟不是他们的对手，总是偷偷流泪，也不敢告诉父母，没想到今天是最后一次在自家的街廊玩，他们还抢她的东西。

王文娟一发怒，双目圆睁，抓住手里拿她毽子的男孩衣角：“还我！”

“得了吧！反正你们都要到乡下了，这东西也没用。”男孩说着，把毽子丢到街道上。

王文娟咬着牙，跑到街上把毽子捡起来。

王文娟刚学踢毽子，右脚踢的时候，左脚总要跳起来，没踢几下毽子就歪了，把大姐王文徇逗得笑个不停。王文娟不服，看你笑吧，一根筋踢毽，不久就可以连续跳几百下不停歇。王文娟在三姐妹中间最小，却蛮有犟劲，凡事要争第一，要笑到最后。

如今她是最后一次在自家门口踢毽子，因为今天她家就要去上山下乡了，她的爸爸妈妈和两个姐姐正把家具搬到外面，几分钟后，在她踢毽子的地方，就会摆满她家的家具，然后家具被装上汽车，全家搬到乡下。也许，她再也回不到这个小城，再也回不了这个家，再也不能在自家门口踢毽子了。

一年来，王文娟已经习惯了被欺负，走路都不想抬头。她不知道为什么那些平时很熟悉的邻居叔叔阿姨们都变了，原来常和她有说有笑，现在看见她的时候马上收起笑脸？那些邻居大哥大姐们为什么在批斗大会上对爸爸拳打脚踢？王文娟幼小的心灵里承受着巨大的伤害，她不知道世界为什么会这样不公道？也许下乡了，离开这个城市，就不会被人欺负了。

王文娟看过很多连环画，相信乡下一定像画那样美：她走在乡间的小道，看牛儿吃草，淋沐着田野和山谷吹来的风。她相信在乡下踢毽子是像排球场一样大的水泥晒谷场上，她绕着高高的谷堆踢毽子，绕过一圈又一圈，不必躲闪街廊的行人，更不会有坏孩子抢她的毽子。

雨慢慢停了，骑楼走廊上的人们又下街行走，不一会儿，大街上熙熙攘攘，不少长途客车和货车驶进江城的街道，准备运送下乡人员和东西。江城的老街道是两旁带骑楼的窄小街路，纵横交错，平时很少大汽车入街，因为车轮碾过砖土路面，不堪承受其重负，骑楼微微颤抖。

几百年前建立小城的先民，从来没想到世界上会有汽车。小城小街大汽车，象征着革命时代的车轮滚滚向前，上山下乡运动遍布中国城乡。

离王文娟家不远的地方是居委会，居委会前面人头攒动，锣鼓喧天，一条大红布联横街悬挂，写着“热烈欢送知识青年和城镇居民到农村去”。骑楼走廊的墙壁上，贴着下乡人员光荣版，长方体的红砖廊柱都喷上黄底红字的毛主席语录，原来的窗户木雕花和门匾八卦图也被毛主席语录版和革命大标语取代。红太阳的光辉照遍大街小巷，原来安详的小城显得躁动和热烈。

最近几个月是江城市解放二十年来最激荡人心的日子，街头巷尾都在谈论上山下乡……

1968 年，10 月中共召开八届十二中全会，年底，大规模上山下乡运动掀起。1968 年 12 月 22 日，《人民日报》发表文章《我们也有两只手，不在城里吃闲饭》，报道甘肃省会宁县部分城镇居民到农村安家落户的消息，在编者按中公布毛泽东的指示：“知识青年到农村去，接受贫下中农的再教育，很有必要。要说服城里的干部和其他人，把自己初中、高中、大学毕业的子女送到乡下去，来一个动员，各地农村的同志应当欢迎他们去。”同日，《人民日报》报道兰州市一万八千名初中、高中毕业生，武汉市二万名中学毕业生奔赴农村插队落户的情况。全国性知识青年上山下乡运动从此形成高潮，成千上万的青年学生纷纷走上街头游行，坚决响应毛主席的号召，到广阔天地滚一身泥巴，炼一颗红心，一辈子走与工农兵相结合的道路，纷纷主动要求到革命圣地瑞金、延安、井冈山和边疆地区插队；许许多多的城市居民则抛弃久居的家宅，拖儿携女到农村落户。毛泽东还批示，“广大干部下放劳动，这对干部是一个重新学习的极好机会，除老弱病残者外都应这样做。在职干部也要分批下放劳动。”在下乡人员中，有一些就属于干部下放劳动。

上山下乡运动也席卷到江城市，市里几所中学的老三届知青首先踊跃报名，城镇居民也纷纷向居委会报名下乡。

王文娟一家四人榜上有名：四十三岁的母亲康茹、十三岁的大姐王文徇、十二岁的二姐王文芳和她。康茹的丈夫王祥前年被查出是土改中的“漏网地主”，属于被“遣送”下乡对象，所以榜上无名，但胸前“漏网地主”的纸牌被摘掉了。

喇叭里传来毛主席语录谱写的歌曲，歌声激昂：“世界是你们的，也是我们的，但归根结底是你们的。你们青年人朝气蓬勃，正在兴旺时期，好像早晨八九点钟的太阳。希望寄托在你们身上……”

插队知青和居民们个个胸佩大红花，等待接送下乡人员的客车。一群有组织的中小学生在工宣队员的带领下高呼着口号：

坚决响应毛主席的伟大号召！

热烈欢送知识青年和城镇居民上山下乡！

……

十七岁的张剑驰胸前戴一朵大红花，手探出客车窗户，与叔叔张越岭告别：“叔叔，我到那里马上给你写信。”话音未落，泪水却涌出眼眶。

张越岭在江城市邮电局工作，是国家职工，上山下乡与他无关。他拉着张剑驰的手：“有什么困难写信给我，要好好照顾你父母。”

“叔叔，你放心吧！”张剑驰回答。

张剑驰是1968年初中毕业生，哥哥张剑辉刚从外地读大学毕业，分配在东海县工作，没有被列为上山下乡对象。张剑驰的母亲高雅雯没有工作，父亲张奋岭是市二轻系统工人，因机构精简被刷下来，这样，全家三人一齐以全户城镇居民身份下乡。

张剑驰父母年纪较大，怕晕车，坐在汽车前面。

张越岭走到车窗前，对张剑驰的父母喊道：“如果不习惯就回来，我有空也会去看望你们。”

张奋岭大声回答：“没关系，农村空气好，农民能过的日子我们也能过。”

“好吧！车要开了，我走了，你们多保重！”张越岭依依不舍地挥手。

送行的家长拥挤在客车窗前向孩子们含泪告别，汽车开动了，虽然气氛热烈，但人群中还是有人放声大哭，不少车上的人也哭着从车窗伸出手，向亲人们告别，离别的悲痛瞬时笼罩整个小城街巷。

汽车慢慢在街道上行驶，很多送行的人跟着车跑动。汽车出街道后加速前进，车轮卷起雨路上的泥巴，把几位跟车的人喷溅了一身泥水……

车子上了公路，车窗外细雨绵绵。沿途是九龙江下游肥美的河谷地带，有以“龙江风格”闻名全国的龙江公社，冬闲的田野种满紫云英，在小雨中舒展着翠绿；有“闽南碑林”之称的云洞岩，突兀在鹤鸣山上，奇异的岩峰在云雨中显露峥嵘……张剑驰想：多么美丽的家乡啊！如果能像几位农村同学那样，住在这被喻为“鱼米之乡”、“福建粮仓”的漳州平原多好啊！

张剑驰还在沉思中，肩膀被碰了一下。“对不起!”，稚嫩的童音传进他的耳膜。

张剑驰转身，发现是坐在他旁边的小女孩，仔细端详，小女孩脸形象大鸭蛋，眼睛很大，眼球乌亮，像两个晶莹剔透的黑珍珠，闪烁着梦幻般的光彩。

张剑驰觉得有点面熟，却记不起在什么地方见过，盯住小女孩问：“你叫什么名字?”

“王文娟。”小女孩说，“我们全家都下乡。”

“你的家人呢?”

“爸爸妈妈坐在前排，两个姐姐坐在后排。”小女孩用手前后指了指。

张剑驰顺着小女孩的手势前后看了看，不由自主又盯住小女孩。小女孩被看得不好意思，开口道：“我见过你！挂红布联的叔叔。”

“是吗?”张剑驰怔了下，想起来了……

近两年张剑驰经常在居委会服务，同几个知青负责悬挂横街的红布联，不久前要进一户人家窗台外悬挂，敲门时，一个小女孩开门：“你找谁?”他看到一个八九岁的小女孩，美得让人不敢多看几眼，便笑嘻嘻地说：“我要上你家的窗台外拉绳子挂红布联，你家人呢?”“家里人都不在，你自己上楼吧。”小姑娘毫不犹豫让他进来。张剑驰听她说话时，看她双眼皮下的睫毛忽闪忽闪地眨巴着，令人惊呼上帝造人的奇妙，惊叹世界竟有这么美丽的小女孩！他一下子喜欢上了这个小女孩。

虽只见过一次面，但张剑驰印象深刻，只是被车外的美景迷住了，才一时回忆不起来。“你怎么会记得我呢？”张剑驰问王文娟。

“那时我打开门，见你穿一身洗白了的旧军装，乌眉大眼，嘴唇饱满，身材挺拔，想你一定是好人，好人才会这么帅气……”王文娟似乎也沉浸在美好的回忆中。

两人正谈得兴奋，前面一个上了年纪的男子回过头来说：“小伙子你好！我是王文娟的父亲王祥。你自己一人下乡吗？”

王祥中等身材，脸形瘦削，穿一身旧蓝色毛式中山装，戴一副老式方框大眼镜，神态质朴而慈祥，跟大多数和蔼的老师傅一样，一看就是老实本分的城里人。那天张剑驰到小女孩家挂标语时，王祥还被关押，所以两人是第一次见面。

“是啊！我是老三届初中毕业生。”张剑驰说。

“听说我们这一车的人都分配在闽西南山区的永靖县同一个大队，那里有很多土楼。我家没有一个年轻劳力，不知道那地方好不好？工分值高不高？”

“大叔！车到山前必有路，到了再说吧……”

“你知道土楼有多大吗？”王文娟站起来，打断张剑驰的话。

这些日子，王文娟就知道她们要下乡的地方有很多土楼，她想张剑驰一定看过土楼。

王祥对兴致勃勃的小女儿说：“坐下！好好听小张叔叔说话。”

“大土楼就是那么大，土巴巴的可以装下数百人。”其实张剑驰也没见过大土楼，只是双手在空中划了一圈。

王文娟模仿张剑驰的动作也划了一圈，但调皮地在张剑驰的鼻子上钩了一下。张剑驰摸摸鼻子，轻轻捏着王文娟的小手：“敢不敢！”

小闺女的手怎能让大男人手捏：“痛死我啦！”

张剑驰：“对不起！让我看看你的手。”

“骗你啦！”

两人在车上乐得前仆后仰，好像不是下乡劳动改造，而是要去游山玩水。

“阿娟！你今天不晕车吗?”王文徇从张剑驰的后座递过一包杨梅干给妹妹。她最不喜欢同男孩子搭话，今天见一坐车就晕的王文娟，精神那样好，也受到了感染。

“阿娟！我们换一下位置，你坐窗口吧!”张剑驰学王文徇的样子，嬉皮笑脸地唤王文娟的乳名，并起身要跟王文娟换座位。

就在张剑驰站起来的时候，王文徇两眼直直地望着他：“我见过你!”

“你怎么也认识我啊?”

“一年前我和妹妹王文芳在九龙江洗衣服，妹妹不小心掉到水里，我要拉妹妹，结果连我也掉下去。我们刚落水，手脚不停地挣扎，喝了几口水，是你和另一位朋友把我们姐妹俩拉上岸。”王文徇灿烂的眼神静静地望着张剑驰。

张剑驰摸摸脑壳，似有所悟。今年夏天江城市为纪念毛主席横渡长江二周年，举办了千人畅游九龙江活动，平常就是游泳健将的张剑驰与他的朋友们也参加了活动。当张剑驰穿着红色游泳衣在岸边做优美的鱼跃时，耳边传来女孩子“救命”的呼叫，他凭经验断定是女孩子落水了，马上双脚一踢入水，双手在水里划个大圈，来个浪里飞转，再左手靠在额前挡住眼前翻滚的水浪，隐隐约约看到几米开外两个女子在水里胡乱扑腾，渐渐往下沉。张剑驰来了个“水中探花”，收拢双脚，双手伸直，狠劲一蹬，身体成一条直线，像一条敏捷的飞鱼，箭一般地射出，一下子抓住一个女子的右手。那个女子本能地抱住他，他只觉得一个柔软的身躯紧紧贴在自己胸前，看不清楚另外一个女子的位置，决定先把身上的这个女子救起来。

张剑驰身材高大，抱着女孩轻松自如游出水面，轻划几下就抓住一条小渔船。船上一位渔家少女把他们拉上来，被救的女子一上船就仰面呕吐。

“还有一位没上来!”张剑驰听见有人高声喊着，立刻又跳入水中，游划了一阵还看不到，只好浮上水面。

“张剑驰，上来吧！没事，另一位也救起来了!”有人朝他喊。他跃出水中挥手表示知道了，游回岸边的渔船，伸手吊住船沿，引体向上翻身上船，看见两个女孩躺在船上，已经清醒过来了，而他的一个朋友浑身湿漉漉地喘气。很显然，当水中女孩抱住张剑驰时，另一个女孩的手挣脱了，恰好被张剑驰的这个朋友救起。

“没事了！你留在船上，我继续横渡。”张剑驰若无其事对尚在喘气的朋友打招呼，跃入水中追赶队友去了……

张剑驰一直不知道两个女孩的名字，直到今天看到眼前这位少女，才认出就是当时在水里抱住他的女孩。

“我想起来了，你叫什么名字？”他不好意思地问。

王文徇红着脸说：“我叫王文徇，那是我妹妹王文芳。谢谢你救了我们！”

“小事一桩。”张剑驰一边回答，一边看着与王文徇坐在一起的王文芳。

“怪不得我第一眼看到王文娟时就觉得眼熟，你们三姐妹像是一个模子印出来的，像！太像了！”

“我那时刚清醒过来，躺在船上，只看你一眼，就永远记住你的模样。”

“我被你抱得差点喘不过气来……”张剑驰幽默地说，王文徇的脸红得像熟透的西红柿，赶快转到一边。

“我当时头昏脑涨的，不停地喘气，不知道是谁把我救上来的……爸妈，快来看，我们的救命恩人。”王文芳故意岔开害羞的话语。

王祥和康茹不约而同转过头来，惊讶地看着她们女儿的救命恩人，连声道谢。

一小时后，路越来越陡。公路下是九龙江的一条支流，溪水十分清澈，公路两旁的树木越来越高，越来越密。

“你看这些土楼，就像大碉堡。”坐在窗口的王文娟激动地拉了身边的张剑驰。

张剑驰也是第一次看到土楼，这些巨大的环形土楼民房，横躺在公路两边，外形像古代的城堡，有圆有方。窗口长条形，都很小，每隔几米就有一窗，如楼中探出的炮眼，暗藏着无数机关和奥秘。

汽车掠过土楼群虽然只有几秒钟的时间，张剑驰的心却被震撼了！这么大的农家民居，在世界上绝无仅有，太伟大了！这里的农民住房太棒了，看到这些土楼的外形，他很难想象土楼山区的贫穷。

汽车时左时右爬坡，蛇盘而上，一会儿开始爬长陡坡。有人说，这是开始上云岭，要爬坡九公里。从窗外望去，坡下是无底深谷，绿林掩罩；坡上是悬崖峭壁，乱树倒挂。

车子开了两小时，王文娟开始晕车，整个人靠在张剑驰的怀里。

张剑驰把军用大衣披在王文娟身上，心里平静不下来。远眺前方，山峦起伏，云雾缭绕，有的山峰突兀云外，与天际相连，他想一定是云岭山脉吧！曾感叹无缘一睹李白《蜀道难》的雄奇，眼前的云岭山脉不正是“连峰去天不盈尺，枯松倒挂倚绝岩”吗？假如召集世界上最伟大的诗人来写云岭，恐怕再也写不出更巧合的诗句了。

汽车上坡时不断左转右转，人也经常左右摇晃，说明山坡坡度很不稳定，有的坡度较陡，汽车转弯须兜大圈子。估计快到坡顶了，汽车向左上方兜了一圈，张剑驰整个身子猛地倒向右椅背，王文娟张口要呕吐，想把头伸向车窗，却被张剑驰紧紧按住。

“头不能伸出窗外，危险！”张剑驰说，“这里路窄，头伸出窗外会被树枝刮到。”他麻利地从提包里拿出两条毛巾，让王文娟吐在毛巾上。

这是云岭的西坡，当地人称岭东为“岭外”，岭西为“岭内”，过了云岭西坡，就是真正的“山里人”。向窗外望下去，山腰斜挂着一条黄色的带子，就是他们刚刚爬过的公路。待汽车开始下坡，窗外灌进的冷风，含着水气，天被阴云罩得严严实实，雨小了点，仍有雨丝飞进窗内，打在脸上。

下坡大约二十分钟，汽车经过一段曲折狭长的路段，忽上忽下，恍恍惚惚如入仙境。前面的地势逐渐宽阔，张剑驰的心情也逐渐开朗起来，随即车滑入一片平地，左边是山坡，右边一条小河时隐时现，时远时近。有一段河面在路旁，河水清澈见底，河滩的鹅卵石洗得发亮，一条单人行的小木桥横跨两岸，桥长约二十米，桥下的木桩三米多高，对面土楼则沿河而建。

“多美的小桥、流水、土楼、人家!”张剑驰不禁赞叹。

汽车沿河岸驶过，山逐渐退远，眼前出现一块大平地，足有上千亩，种着蔬菜、紫云英和小麦，绿意铺满大地，一派生机盎然。公路边是几栋水泥砖石的建筑物，张剑驰刚想一定是云岭公社的社区中心，司机便说“云岭车站到了”，把车停在一所黄色平房前。

只见车站周围人头攒动，人群向汽车围拢过来，如潮涌动。那些中老年农民，像沉睡几百年的土楼先民忽然醒来，睁开眼惊奇地看着车上下来的“天外来客”，青年男女则充满着奇妙眼神瞪着，小孩子欢天喜地跟着人群跑来跑去。

从车上卸下的家具一大堆，有橱床桌椅，还有王祥家一辆“永久”牌旧自行车和高雅雯的“宝贝”——一台缝纫机。

“山路怕骑不了自行车，还是先把自行车寄在这里，以后再来取。”王祥建议。

王文徇牵着自行车，跟一位岭下大队的社员来到公社知青办，办了寄存手续。社员们七手八脚把东西扛的扛，挑的挑，迎接“新社员”张家、王家、下放干部郑励和四位知青到五公里外的岭下生产队安家落户。

第二章

队伍行进在一条崎岖不平的小山路。

小路时有陡峭的上下坡，坡度大的地方才铺石头，有的石阶铺得很整齐，有的仅一块块奇形怪石，磨得溜光。山区丘陵地，山路如水蛇一凸一凹，两边树木以松树、杉树、毛竹为多，偶见樟树、楠树等大树，连天都被遮盖，仿佛置身于地老天荒的神话之中，只有一些冬闲的梯田，才令人想到人类的存在。

因为路窄又弯，上山的队伍拉得很长，前面的人凹在山谷里，中间的人凸在山坡上，最后面的人又凹在另一个山谷里。

张剑驰知道下乡会吃很多苦，但他现在只对古老的山林、大树和小路感到惊奇和兴奋，情不自禁对身旁的王文徇说：

“路是人走出来的，你看前面长满荆棘的坑洼路，只要把荆棘清理掉，坑填上，就是大道一条。”

“对啊！前途是光明的，道路是曲折的。”王文徇也不怕吃苦，讨厌城市生活，恨透了那些趾高气扬的“红五类”子女，对正在走的新生活道路充满信心。

男知青管成坚外形不高不矮，不胖不瘦，从路上捡起一块小石子，用力掷向路边的灌木丛，满不在乎地说：“我们眼前的道路像水蛇曲折，不是也走过一曲又一折吗?”他的脖子看起来比一般人长一些，说话时喜欢摇头晃脑，让人想起吊儿郎当的故事。

王文娟学着大人的语气："我常听爸爸说'天无绝人之路'！"

王祥拉着小女儿的手："路靠自己走，绝不是轻易就可以走出来的，但我相信我们都会努力走好。"

郑励长相平平，脸色如古书封面一样黯淡，脸上长满粉刺，好像凹凸不平的闽西南丘陵，两只眼珠子鼓鼓的，戴一副厚厚的深度近视眼镜。他今年四十多岁，在江城市木器厂工作，脚有点毛病，所以取一根小竹子当拐杖，跟着张家和王家四位老人，气喘吁吁地走在后面。

女知青龚馨穿着草绿色军装，长圆脸，大眼睛，是个充满青春朝气的姑娘。她见郑励走得艰难，与他并行，陪他说话。

"老郑，累了吧！"

"没关系，小龚！你昨天不是代表我们居委会的下乡知青在江城市上山下乡誓师大会上表决心吗？"

"是的！我决心在广阔天地里百炼成钢，一辈子扎根农村。"

龚馨半年前在居委会服务，又写得一手好文章，加上父亲是市委干部，很快被培养入党，所以在江城市知青中很有名气。知青下乡，她义不容辞，父母支持她，江城市知青办立刻把她作为知青典型，代表全市知青在上山下乡誓师大会上发言。

"好样的。不过，今后党需要我们回城市工作，我们也应当服从党的安排。"郑励说。

张剑驰怕他们距离拉远，在一块平地上等他们，听到他们讲话，才注意到龚馨，觉得挺面熟，忽一想：对了！就像革命芭蕾舞剧《红色娘子军》中的吴琼花，只不过比吴琼花娇弱一些。昨天在江城市公园的大广场上，就是她第一个上台代表知青发言。

龚馨见张剑驰注视自己，先自我介绍："我叫龚馨，江城一中六八届初中毕业生，你呢？"

张剑驰高兴地说："呵呵！我们同届，我在江城二中！"

龚馨大方地伸出左手，张剑驰伸出双手握住，却忘了握的是一双女孩的小手，一时握得太重。龚馨眉头一皱，张剑驰都没察觉，直到龚馨把手抽回来，右手轻轻抚摸着左手，他才知道龚馨纤细的小手被握痛了。

“对不起！我帮你提行包吧，将功补过。”张剑驰脸涨得通红。

龚馨扑哧一笑：“没关系！我哪有这样脆弱啊！”

龚馨和郑励是坐另一辆客车来的，所以张剑驰现在才认识他们。

他们三人热烈地交谈着，这时有人喊：“小心，前面的路很窄，路下是悬崖陡壁。”

新社员们都没见过这么偏僻的深山老林，有的脸色开始收敛笑容，忧郁起来。康茹想：路这么难走，会有好日子过吗？广阔天地在哪里？明明是穷乡僻壤。

走着走着，走到岩石间的狭缝，远远望去，狭缝连鸟都飞不过去，劲风扫过岩石的缝隙发出呼呼的声响，如同一群猛兽在低吼，时近时远。两旁群山沟壑险峻，扛橱柜的小伙子个个满头大汗，边迈步边哼“嘿……呵……嘿……呵……”

岭下生产队队长郭大山四十出头，长得人高马大，满脸胡须，看大家走累了，对身旁一位小伙子说：“叫大家到大松树下休息吧。”

“呼——”小伙子声音拉得长长的，几位姑娘也跟着“呼——”，“呼”声此起彼伏在山谷回响，树林都在颤动。

“呼”声是土楼山区的习惯，因为人们大多在深山林谷劳作，树林里钻来钻去，一不留神就变成孤身一人，面对莽莽群山树海浪花，不知人烟何处寻，所以总喜欢用一声长长的“呼——”与外界联系。

大家正歇着，不知哪个小伙子唱起了山歌：

太阳一出红艳艳，
上了一岗又一岗；
一身大汗热难当，
放下担子小嘘喘。

山歌虽然唱得沙哑、豪放，听起来却亲切、舒畅。

“我们山里人天天唱山歌……”队长未说完，另一个小伙子歌声就响起来：

山歌越唱越出来，
好比青龙翻云海；
云海翻腾龙张口，
珍珠八宝吐出来。
山歌要唱琴要弹，
人无二世在人间；
人无二世在人间，
花无百日红在山。
日日唱歌润歌喉，
睡觉还靠歌垫头；
三餐还靠歌送饭，
烦闷还靠歌解愁。
山歌唔唱忘记多，
大路唔行草成窝；
快刀唔磨会生锈，
胸膛唔挺背会驼。

“多好听的歌啊！好像二重唱，他唱一声，山谷那边就回一声。”王文徇啧啧称赞。

“那是回音。”王文芳说。

“他们唱的是客家山歌，调子简单，歌声很纯朴。”张剑驰补充。

大家听得入迷之际，又传来一阵清脆的女声：

云岭山歌名声扬，
首首山歌情义长；
句句唱出郎心事，
字字唱出妹心肠。

云岭山歌最出名，
首首山歌有妹名；
首首山歌有妹份，
一首无妹唱唔成。
要我唱歌我就唱，
唱个金鸡对凤凰；
唱个麒麟对狮子，
唱个情妹对情郎。
唱歌不是比声音，
总要唱来情义深；
恋妹不是论人貌，
总要两人心贴心。

歌声甜而不腻，娓娓道来，纯净中多了几分柔媚与迷离。这是一个年轻姑娘在唱，她脸圆圆，眉毛弯弯，脸蛋红润，嘴唇鲜红，既保留着朴素，又滤掉了山野之气，显得飘逸清丽。

张剑驰发现她的脸蛋非常红润，两腮像挂着两片彩霞，知道那是一种山区少女特有的健美，遂问："你叫什么名字？"

"郭云娘。"

"老三届？"

"六八届初中毕业生。"

"你是回乡知青啊！我得接受你的再教育！"

"取笑我了，我们都要接受贫下中农再教育。"

张剑驰早就听说这里是闽南、闽西的交界，闽南话和客家话都流行，于是对大家说："我们来唱一首闽南民歌《天黑黑》吧！"

"好啊！"大家兴高采烈。

张剑驰刚开头唱"天黑黑，欲下雨"，很快就变成行进队伍的大合唱：

……
阿公仔举锄头要掘芋，
掘啊掘，掘啊掘，
掘着一尾田螺姑，
咿呀嘿嘟真正趣味。
阿公仔要煮咸，
阿妈仔要煮淡，
两人相打弄破鼎，弄破鼎，
咿呀嘿嘟郎当锵当呛，
娃哈哈。

管成坚拿出随身携带的行军铁壶，敲得“叮叮当当”响。

“你知道天桥八大怪的盆秃子吗?”张剑驰笑着问身边的龚馨，其实是在取笑管成坚。

龚馨俏皮地白了一眼说：“你也太损人啊，他可没秃!”

“谁是盆秃子?”王文娟问道。她被张剑驰拉着小手上山，走得很累，听到大家一起唱歌，来劲了。

“对啊！谁是盆秃子？我上过学怎么不知道谁是盆秃子?”唱山歌的山妹子脸上红扑扑，睁大眼睛看着张剑驰。

“盆秃子嘛，是老北京‘天桥八大怪’中的一怪，头秃，走起路来一拐一拐，好像民间流传的铁拐李。”他一手拄着拐杖，一手提着葫芦，颤悠悠地走着，众人大笑。

张剑驰没注意郑励的脚，也不知道郑励的名字，他惟妙惟肖地讲盆秃子的故事，没考虑到会不会伤害脚有毛病的郑励，郑励会不会耿耿于怀，甚至怀恨在心。果真，郑励脸色阴沉，斜着眼看张剑驰。

管成坚对张剑驰瞪眼：“你小子真可恶，敢骂我秃，看我以后收拾你。”他和张剑驰是同一届同学，两人属“铁哥”关系。

王文娟拉着张剑驰的衣角：“以后多给我讲讲故事好吗?”

“好啊！再来一首‘爱拼才会赢’怎么样?”不待人们回答，张剑驰就大声唱第一句："一时失志不免怨叹……"

新社员们都在唱，很多社员也跟着哼：

一时落魄不免胆寒，
哪怕失去希望，
每日醉茫茫，
无魂有体亲像稻草人。
人生可比是海上的波浪，
有时起有时落，
好运歹运，
总嘛要照起工来行，
三分天注定，
七分靠打拼，
爱拼才会赢。

张剑驰是唱着"天黑黑"和"爱拼才会赢"等"土歌"长大的，"土歌"曾给他的生活带来欢乐和理想，也将给他带来新的意志和力量。土楼山区的土歌大合唱，歌声从人们的嘴里唱出，又从山那边回过来，余音绕山梁，连在半山腰悠闲地吃草的几头水牛，也不由自主地停住了。

队伍继续前进，张剑驰忽见伸手可及的路边斜坡上有个大约一米宽的小山洞，里面放一个像米斗大的陶瓮，好奇地问王祥："是什么东西，放在路边?"

"这是'金斗瓮'，缸里装着死人的骨头。"

"为什么要把死人的骨头放入瓮中？埋在坟墓里?"张剑驰觉得奇怪。

王祥想了一会："据我所知，'金斗瓮'是福建南部的一个丧葬习俗，有人认为，尸骨流失，人为之'却骨'，装入'金斗瓮'，埋葬祭祀，谓之'金斗公'。"

"我也听说过金斗瓮的故事，是闽南的风俗，也是客家的风俗。"杜丽梅二十岁，六年前从江城一所小学毕业后，考上一所农村中学，要渡船过九龙江到学校寄宿，她就不读了，在社会上找了个临时工。

“爸爸，讲一讲‘金斗公’的故事好吗?”王文芳吵着。

“从前，这儿的土楼山区有四个兄弟。一天，四兄弟到一个深坑为祖父拾遗骨，装在金斗瓮里，准备移葬别处，正当他们四兄弟抬着金斗瓮走到一个叫狮岭山下，忽然天昏地暗，暴风骤雨泼下来，他们只好将金斗瓮藏在岭下石洞里。四人躲在树下避雨，正商量着等明天再来埋葬遗骨，只听见一声巨响，山崩地裂，一块岩石滚下来，刚好堵塞住洞口，纹丝不露，再也没法取出金斗瓮，只好埋葬在这里了。后来请地理先生勘探龙脉，地理先生惊奇地说：‘这是天意，正好埋在正穴里。此地是五鬼弄金狮穴，石洞是狮铃，金斗瓮放置在狮子嘴巴里，日后子孙会出‘九公三王’。后来，这个地方果然出了几个朝廷大官……”

王祥的故事还没讲完，队伍已经走过狭隘的山岭，眼前出现一块河谷，远看山峦连绵，树海叠翠，一条弯弯曲曲的小溪依偎着几座大山，潺潺流过。

郭云娘指着前方说：“岭下大队。到了!”

“哇！太美了!”岭下大队就在溪边，小溪水清澈见底，溪滩鹅卵石光滑发亮。放眼所见，到处是充满生命力的绿色世界，不见一块黄土。这青山绿水比江城美多了，云岭山脚下，竟有这般神奇的世界!

远看，圆土楼像用黄土围起来的巨大圆形古堡，墙的上半部分有许多长方形窗口。王文娟指着一百多米远的两座圆土楼说：“张哥哥，你看那大土楼。”

“一座是永昌楼，另一座是裕昌楼。”郭云娘接过王文娟的话，骄傲地说，“永昌楼建于明朝，有四百多年历史，四层楼，一百二十间房。十多年前，农民们才盖起裕昌楼，陆陆续续搬到新居，永昌楼自此成为无人居住的老楼。裕昌楼的构造和永昌楼完全一样，只是新旧不同而已，这次你们来，社员没有房屋让你们居住，生产队长已提前叫木工师傅把永昌楼几个房间和厨房维修，以便你们住下。”

“感谢你们，太麻烦贫下中农了!”张剑驰上前几步，对郭大山说：“真了不起！你们能建这样的大土楼，简直是奇迹!”

“我们这儿土多，盖土楼要有技术水平，但谈不上什么大学问。”

“我看学问可大了！你说四百多年的土墙为什么不烂啊？”管成坚指着土楼说。

“待会儿让云娘给你们说说，她是大队党支部委员!”郭大山说。

大家走到永昌楼近前，只见土墙表面凹凸不平，如无数个形状怪异的浮雕烙印在墙上；还有许多指头宽的闪电状裂缝，似乎把岁月的电闪雷鸣嵌入墙内。一些拳头大的破洞，零零星星散布，黑乎乎不知深浅。

张剑驰惊讶地说：“很难相信这土墙能耐四百多年风吹雨打!”

郭云娘笑道：“它的土质还非常好，用铁榔头锤打都敲不下一块土疙瘩。即使你从斑驳的墙壁上刨下一小撮土块，使劲扔在地上，它也不会碎。”

管成坚上前，随手拿起一把带来的菜刀，在土墙上砍了砍，砍下几片土块，拿在手里使劲研，怎么也研不碎。

“厉害！大大地厉害!”他伸出大拇指，脑袋又晃了一下。

“圆楼墙用的是粘韧的生土，经过反复翻锄，上堆发酵成熟土，然后才夯墙。夯墙最讲究底层墙，用的是既土又奇的三合土绝技：以石灰、沙、黄土各等量拌匀，以墙模板筑，中间加入片石和竹片为墙骨，有些土楼需掺入红糖、蛋清、糯米饭汤，搅和成干湿适中的黏合剂。这种墙坚固无比，抗震耐久性远胜‘洋灰’，在水中浸泡不坏，否则它早被雨水浇烂了。”郭云娘笑着说。

张剑驰恍然大悟：“原来有这么多学问，土楼既‘土’又神秘，真是人间奇迹!”

楼外围的鹅卵石走廊约三米宽，半米高，紧紧围绕着棱角分明的青灰色大石块砌起的墙基，整条圆形的石走廊像套在楼沿的一条青色项链，阳光下闪烁着银粼粼的光彩，漂亮极了。角石墙基约一米高，与黄土墙紧密相连，青石和黄土色彩对比鲜明，整座楼底蕴体现刚强、柔和及向心力。

“多美的墙基!”张剑驰说。

“这里的男人大多会砌石墙，随便什么石头从山上挖出来，或是从河里捞起来，都可以砌成坚固的石墙。”郭云娘自豪地说。

新社员们啧啧称奇！张剑驰凝望着土楼，感觉风都有厚重的历史气息。

跨过近三十厘米高的石门槛，大家感觉每一步都充满神秘和古老，好奇地摸着土楼的大门。门板二三十厘米厚，用硬杂木制成，外钉铁皮，楼门上装防火水槽。大门的宽度足够一部汽车进出，两扇大门开向两边。进门后是约二十平方米的宽敞前厅，厅左边一条三米多长、宽约三十厘米的长木凳，右边一口石臼，落满尘土，楼墙足有二米厚。

走进楼内，一看，不禁一阵心跳：楼上左倾右斜的回廊支柱，似乎只要一阵风吹过来，它们就会轰隆一声倒下。

郭云娘忙解释："永昌楼就是这样，有惊无险，风雨不动，四百多年来安稳如山。"

细看整座楼，大得像一个圆形体育馆，四层高，每层三十个开间，每间门口都有自己的走廊，每个走廊相连成为围绕全楼的圆形回廊。楼下的回廊和楼外沿的青石走廊一样，是楼内的另一条"青色项链"。楼上的回廊外围由半人高的木栅板封闭，楼内地面是一个巨大的圆形天井，用一个个精选的排球大的河卵石铺成，中间一口水井。

郭云娘介绍：永昌楼的第一层是厨房，叫灶间，第二层以上才是房间、谷仓和储藏室。他们看了楼下准备好的三间相邻的灶间，五个单身知青共用一间，王家、张家各用一间。每个灶间都像斧头形状，外大内小，面积大约十二平方米，里面一口大灶，靠外墙放一张饭桌。灶间虽简单，但比起城市居民的厨房算宽敞。其他灶间大部分没有隔墙，仅围木栏杆做牛栏，每间关一头水牛，整座楼大约二十头牛。社员经常从井中提水喂牛，所以井水仍然保持清亮如镜。

二楼楼梯又老又旧，黑如木炭，每片楼梯板都成凹板，如被杀猪刀砍了千百回的切肉板又被抹上了一层锅底烟灰，发着腐味，一脚踩下去，发出"嘎吱嘎吱"的响声，似乎随时会塌掉。

王文娟上了二楼走廊，吓得大哭起来。原来整个二楼房间大多没有门和隔墙，有的走廊和房间连地板都没有，只留下一二片木板供人脚踩。大部分房间空荡荡，但几乎每个房间放一口漆黑的棺材。往里走，相邻五个房间基本完好，一眼可看出是刚维修的，黑旧的墙板中间夹杂几片刚塞补的明快的新木板，让老楼增添了几分热情。

不用说，那就是他们的家。因为许多地板和回廊板是空的，因此透过这些空洞可以从二楼看到三楼和四楼，三楼和四楼许多楼柱东倒西歪，除了有几间像样的房间和谷仓之外，也像二楼一样，放着许多旧棺材。

张剑驰看到这些棺材，充满了好奇。郭云娘告诉他：闽西南山区杉木多，人们习惯结婚后就准备好棺材，据说可以因此“升官发财”。因为棺材体积大，人们一般把棺材放在没人住的旧房子。永昌楼没住人，但每个房间都有房东，那些棺材就是房东的。

听了郭云娘的话，张剑驰拍拍王文娟的肩膀，安慰她别怕，王文娟紧紧抓着张剑驰的手，还是眼泪汪汪。

王文娟没有哥哥，这是她今天才认识的英俊大哥哥，同她常梦想的哥哥一样：高高的个子宽宽的肩，浓浓的眉毛深邃的眼，说话声音浑厚、低沉，让人感觉到一种说不出的温柔，看人的时候目光像箭似穿透心。她激动地用小手捂住嘴，眼睛睁得大大，左顾右盼打量，前瞻后仰端详，几乎脱口而出：“嘿！就是你，就是你，我看到的就是你！”她多么希望张剑驰大哥哥永远在她身边，挡住那些吓人的棺材。

张剑驰真没想到，下乡第一天，就经历这么多人生的体验，他的再教育生涯就从美妙的歌声、神奇的土楼和神秘的棺材开始吗？

第三章

暮色渐渐降临，土楼的黄土墙青灰瓦披上了夕阳的斜晖，风吹动树叶的萧萧声，如诉如泣，只有蝴蝶不知疲倦在狂欢。

当天晚上，生产队分配三个单身汉住永昌楼一个房间，二个女知青住一个房间，王家住二个房间，张家二个房间，六个房间连在一起，全部在二楼。一些家具放不下，就放在厨房门口和通廊上。永昌楼每层有二十四个房间，六个房间只占了很小的地方，就像一块大饼只切了里面一层的一角。虽然是老楼，但经过维修的房间感觉还是很坚实，地板、天花板，都用一片片规格的方松木板按公母榫插接起来，封闭性很好。

王祥曾经到过云南省一个山区，那里的农民住木板矮房，就像工地上的木棚，有的盖不起木房住草房，四面透风。土楼山区的住房非常高档了，他对分给的两间房很满意，但由于楼大，除了这七间房，其他房间房板都拆得七零八落，到处是破烂不堪的楼板、门窗和棺材，房里房外就像两个天地。特别是那些棺材，让王家三姐妹感到很恐怖。

王文娟第一次看到棺材就受惊吓了，哭过之后，眼神都变得有点呆滞。

第二天早上，王文娟一看到大家，眼泪又掉下来："他们为什么把棺材放在这里？我害怕!"

龚馨说："小娟妹妹，不怕不怕！我们想办法把它们弄掉。"

管成坚也凑过来："讨厌！整天看着那些棺材也够受了。"

张剑驰心头一动："每个房间的棺材可以移到角落里，用塑料布盖起来，如何?"

"有道理！我们可以向党支部反映。"另一个单身汉李卫国说。

李卫国二十五岁，鼻子直挺，嘴略大，眼睛很有神，散发着成熟自信的光芒。他高中毕业就学木匠，给人做家具。这一次，他把自己的木匠箱都带来了。

"那我们马上向队里要求。"龚馨说。

于是，李卫国和管成坚留下修补楼梯通道，张剑驰和龚馨一起到裕昌楼。

裕昌楼与永昌楼就几十米距离，但永昌楼比裕昌楼地势高一点，

张剑驰和龚馨走下永昌楼，来到裕昌楼门口，与赶来探望新社员的郭大山等人打了个照面。张剑驰把棺材的事汇报了，郭大山笑呵呵说："是为那几个女孩求情吧?"

"行行好，老队长！没问题吧?"

"没问题。"

"你真是哥们。"张剑驰拍拍郭大山的肩膀。

"今晚大队在裕昌楼开社员大会，我跟大伙说说。"

"谢谢了!"龚馨说。

……

晚上，裕昌楼大厅的祖堂点起汽灯，汽灯发着白炽刺眼的光。大厅与楼门相对，兼具祖堂、舞台等功能，是岭下生产队社员婚丧喜庆的公共场所。一条红色横幅歪歪扭扭写着一行字："热烈欢迎江城市知青和城镇居民到我队落户。"

土楼对外隔音效果好，楼内较大的声音，任何一个位置都可以听到，而山里人嗓门大，说着说着就喊了起来，有时听起来纯粹就是吼！岭下生产队二十多户人家，祖堂大厅可以坐三四十人，一般社员大会都是每户一人参加，其他人就坐在楼内自家门口听讲和议论。今天不同，欢迎十三个新社员到来，大多数人来看热闹，整个大厅坐满了人，椅子一直排到走廊

下的天井。

天上有月亮，楼里有汽灯，难得的好夜晚。社员们散乱地坐，妇女打毛线，男人吸烤烟，有的毫无顾忌地大声说笑，一群孩子在天井中追逐、打闹。十三个新社员坐在一起，交头接耳地说着。

知青落户岭下生产队，欢迎大会则由岭下大队召开。

岭下大队党支部书记郭再耀五十开外，中等身材。他出生雇农，是土改时积极分子，微微发福，满是皱纹的脸，给人沧桑和严肃感，闪亮的一双小眼睛警觉地转来转去，与他周围无所用心的社员目光比起来，让人感到敬畏。他戴一顶蓝帽子，身披一件旧棉袄，看起来和赶集的老汉差不多，不同的是他上衣口袋插着根钢笔，好像学问不少，这样他的全身就透出一点斯文来。

郭再耀从上衣口袋里抽出一包“水仙”牌香烟，一根给坐在身旁的郭大山，一根叼在自己的嘴里。郭大山平时是抽老烟杆子的，不是逢年过节舍不得买香烟，他眼睛一亮，赶快掏出打火机，“咔嚓”一声点燃，双手小心翼翼地护送火苗到郭再耀跟前。郭再耀对着火苗狠狠吸两口，鼻子碰出两缕烟雾，清了清嗓子，开始讲话：

“社员们，现在开会了，大家静一静，不要说话。今天，咱队来了十三个知青和居民，我代表岭下大队党支部热烈欢迎新社员……”

大家静静地听着，年轻人的眼光总是在王家三姐妹和两个女知青身上打转。

忽然“砰”一声响，接着是几个女人的叫骂声。原来几个大男人蹲在一片长木板临时搭起来的椅子上抽烟，一个要去小便，刚站起来，屁股一扭，木板滑落，椅子上的人七歪八倒，几个打毛线的年轻女人也颠三倒四被挤压得花枝乱颤。

大家忍不住哄笑起来，整个大厅闹闹嚷嚷。

“静一下!”郭大山说，“接下来我们要讨论生产问题。明天要上山做田岸，因为最近雨多，很多田岸崩塌……”

“我们也去做田岸。”张剑驰说。

“新社员刚来，好好歇一下，要出工也欢迎。”郭大山说。

“什么叫‘出工’?”管成坚听不大懂。

“出工就是下田干活。”队长说。

管成坚:“有意思,‘工’出头就是‘土’,这里的土楼多,土话也符合土楼风情。”他一改摇头晃脑的模样,一脸正色。

“山田的水都结冰,很冷啊!要光脚下田,你们敢去?”有人说。

“你们行,我们也行!”张剑驰说。

“这样吧!明天是圩日,叫云娘和你们一起下圩买锄头、蓑衣、劈刀,把工具打点好,后天再上工。”

接着,队长对劳力做具体分工。他不停地抽烟,说着话,直到烟烫手指,才扔掉烟继续说:“还有一件事,就是搬棺材的事。大家在永昌楼放的棺材最好移到别的地方,或者放到屋内墙角,遮盖起来,不然新来的女社员会害怕……”

“无谓啦!”很多人这样说。

“什么叫‘无谓’?”龚馨问。

“‘无谓’就是‘不要紧’,山里话。”郭云娘说。

“哦!我明白了,无谓!谢谢大家啦!”

“散会!”小孩子在楼上回廊追逐戏闹,把楼梯和楼板踩得咚咚响,队长只得皱着眉头宣布。

起风了,天气很冷,张剑驰看到一个穿旧棉袄的老社员,棉袄扣子掉光了,两扇襟儿被交叉掩起来,还是那样朴实地说着“无谓”,心里不由涌出一种莫名的感动。他走“上”永昌楼,忽然感到“上下”之间的奥秘。永昌楼与裕昌楼之间存在“不平等”的关系,人与人之间的关系呢?因为以前救过王文徇两姊妹,算是旧交了,可刚认识一起下乡的知青及一些新社员,对那目中无人的郭再耀,对那开起会来乌烟瘴气的村民,如何与他们这些“上上下下”相处呢?也许土楼的岁月会告诉他。

几天后,郭云娘带龚馨、张剑驰、管成坚、李卫国等下乡知青到云岭圩买农具。王文徇、王文芳吵着要去,因为路途太远,张剑驰说服王文芳,只让王文徇跟随。

王文娟没有吵,她根本不想去,只是要张剑驰下圩为她买点小礼物,吃过饭就跟孩子玩耍去了。张剑驰答应为她买一个玩具，最理想的是一辆玩具小火车。

张剑驰一行临出发时，王文娟正唱着最新的儿歌："春风吹，汽笛响，火车向着韶山跑。"龚馨接着她的歌词唱："穿过树林跨过河，一路欢笑一路歌……"

下乡了，往后的路会是"一路欢笑一路歌"吗？张剑驰和龚馨的愿望何曾不想如此。

闽西南山区每五天一圩，每逢圩日，山民们都要到圩场赶集。很多人把自家的烤烟、家畜、蔬菜和水果等土特产带到圩场出售，并买回自己的生活用品。

云岭圩在云岭公社的驻地，公社专门建立一排几十个铺位的街廊供农民摆摊，铺位不够时，粮站、饮食店、布店、农具店、百货店的门口也是排摊的地点。圩场附近有卫生院、小学、饮食店，是云岭公社十五个大队二万多人口的政治、经济、文化中心。

郭云娘是大队支委，有文化又能干，她非常喜欢这些新来的社员，从岭下大队出发，一路到云岭圩场，一直不停地跟大家说话。

她指着远处一片山田："那是我们生产队的梯田，你看草长得多高，要劈田岸。劈田岸就是把这些草劈掉，否则稻田就没有阳光。"

龚馨不解："那田岸为什么要用'劈'呢？为什么不说'劈田草'或'割田草'？"

"这你就不懂了，过几天上田你自然会知道。"

张剑驰也不解："我看这山上的松树和杉树很多，为什么都不是很高大？"

郭云娘感慨地说："自从五十年代初公路开通之后，因国家建设需要，沿公路的大杉树基本都被砍掉，只留小的自生自灭。杉树质量比松树好，需求量大，供不应求，所以现在山上很难看到大杉木。过去土楼的木柱门窗都用杉木，现在如果再盖一座大土楼，找大杉木已很难。不过杉树生命力顽强，你砍掉它，很快就从树干周围长出很多新苗，而松树砍倒了，就不会长出新树，所以留下的松树不多，只能限量砍伐。俗话说

‘在山吃山’，树砍了，造林跟不上，我们的山林没什么可吃了。”

龚馨关切地说：“我们最关心社员收入怎样？生产队工分值高吗？”

郭云娘：“去年分红，每工分才四分钱，这还是较高的，有的生产队在更高的山里，气候冷，产量低，每工分只有一二分钱。”

管成坚瞪大眼睛：“天哪！一个全劳力一天四角钱？还要养活一家人？”

郭云娘：“没办法！我们山里人不是世世代代过来了，还盖这么大的土楼。你放眼世界，可以找到比永昌楼更高更大的民居吗？”

管成坚竖起大拇指：“说得不错，我们还是要好好接受你的再教育。”

走着走着，他们经过一条清澈见底的小溪，溪水很浅，没有木桥，只在水面上每隔一步铺一块大石头，石头较平的一面露出水，让人踩过，可以见到石头缝里各种小鱼游来游去。

溪边排列许多圆润溜光的捣衣石，郭云娘说，到了傍晚，这里的河滩便热闹、喧嚷起来。女人们都来这里浣衣洗菜和清涮农具家什，同时说三道四，家长里短，交流着各种信息。

管成坚：“那就是妇女每天一次不请自到、无拘无束的民间聚会，地点是每个生产队土楼小溪边。云娘最有故事吧？”

郭云娘：“故事当然有，比如说这‘石跳头’的故事。你们下乡第一天，下雨溪水上涨，这‘石跳头’被水淹没，大家又带那么多大家具，所以走公路就要绕半里远道过另一座石拱桥。今天天气晴朗，溪水较小，可以不脱鞋走过去，不过大家要小心啊！”

郭云娘说着卷起裤管，第一个下溪，龚馨拉着王文徇跟在后面。

管成坚根本不把石头放在眼里：“我喜欢看溪水轻轻摩挲着石头，伴随潺水声随我们一道前行，比阳澄湖还美。”

他晃着头大摇大摆迈着八字脚下溪，唱道：“朝霞啊！映在阳澄湖上……”还模仿郭建光的手向前一挥，走到溪中间，重心不稳，不小心一脚踩滑了，整个人就像一根竖立的木桩横倒下来。幸好水不深，但也湿了半身水，他踉踉跄跄从水里爬起来，擦一把脸，惹得大伙儿笑坏了肚子……

几十米远的溪面是一个深潭，有人撑着竹排，在撒网捕鱼，别有一番浪漫。管成坚说："听说山溪的鱼很好吃，如果我住在潭边，不愁没鱼吃!"

郭云娘开玩笑："你想的美啊！那里我认识一个姐妹，你'落户'过去不就如愿了?"

管成坚哼了一声："如果是漂亮的农家妹妹可以考虑。"

张剑驰啐道："说不定最丑的农家姑娘也不要你。"

管成坚不屑："那最好，农家姑娘真的看上我，我就倒霉了。我可不想在农村成家立业，除非是……"管成坚欲言又止，看着郭云娘狡黠地笑着。

郭云娘满脸通红，拾起一块鹅卵石朝管成坚掷去，管成坚则飞快跑过"石跳头"。

过了桥，沿溪而上，有座积满了尘土的石碓，碓下旋转着一台水车，咿咿呀呀，吟着悠扬的歌，讲着无尽的故事。

这是他们一生中最好的年华，精力多得无处发泄，吵啊闹啊耍贫嘴，连过河也折腾没完。

到了圩场，他们在唯一一间国营饮食店吃了面，就到农具店。架子放着各种不同的农具，锄头只有一种，斧头好几种，刀的种类很多。

"那是什么刀?"张剑驰问。

郭云娘说："砍柴刀。"

"还有那些刀呢?"

"这是劈田岸刀、镰刀、镰钩劈刀、劈草刀。"郭云娘一一指点。

"农家刀怎这么多啊?"

"土楼山区树多，草多，所以刀也多，以后你就会知道这些刀的不同用途。"

买好锄头和几种农具，郭云娘又带他们到小百货店买腰巾。她说：

"男人上山下田干活都要束腰，才能保持身体轻盈。每条腰巾要五角钱。"

出了店，小伙子就把腰束好，管成坚说："看啊！大家都成为真正的农哥了，回家吧！”

郭云娘看看天色还早，回答管成坚：“等一会儿，我还要到圩场把几包烤烟卖了。”她今天下山挎着一个布包，里面装的就是烟叶。

龚馨疑惑：“你每次下圩都卖烟啊？”

郭云娘坦然面对张剑驰：“我们农家人在生产队的收入只够买口粮，平时开销都靠副业和家庭收入，比如甘蔗、烤烟、鸭蛋和蔬菜。常常身无分文下圩，卖了东西才有钱到商店买东西，我这烟叶每斤卖约一元钱，弟弟上学、文具费还靠这钱呢！”说着，她的眼神掠过一丝沉重。

张剑驰注意她的神色，看出她心里装着很多无奈，便若有所思地说：“你去吧，我们还要到粮站买米。政府给知青每人每月供应三十斤大米和八元，只享受半年。”

王文徇：“你们每人每月八元，我们家每人每月才六元和二十四斤大米。”

郭云娘微笑着说：“单身知青和城镇居民还有区别啊？”

张剑驰不在意地说：“克服半年，大家就都一样了。”

郭云娘眉头一皱：“现在青黄不接的时候，大多数人的粮食都快完了，正等待政府的回销粮呢！你们比我们好多了。”

龚馨问：“什么回销粮？没听说过。”

郭云娘解释：“回销粮就是政府每年在冬春粮食生产青黄不接时，把从生产队统购的粮食再平价卖给生产队。回销的数量并不是原来统购的数量，有的困难大队可以不统购又享受回销粮。云岭公社十几个大队中，几乎每个大队都要接受政府的回销粮救济，否则社员每年春夏之交无米下炊……”

王文徇一边听着，暗暗为郭云娘着急，拉了拉郭云娘的手，插嘴说：“云娘姐，你家最近有没有米啊？我今天买的米分一半给你家。”

郭云娘笑了：“我怎么会没米吃，我天天吃干饭，稀饭都不吃。”

张剑驰惊讶：“真的吗？”

郭云娘：“现在是什么年代了，政府每年给我们大队的回销粮非常及时，不会饿死人。这里山高水冷，吃稀饭受不了，我们每年都收成不少番薯，有时真的米缸翻天了，吃番薯也能顶一阵子，所以我们很少挨饿。”

张剑驰觉得郭云娘不想诉苦，就说：“这里的社员真能吃苦啊！”

龚馨、王文徇、郭云娘和张剑驰一起到圩场街廊闲逛，像穿过一条长长的画廊，每个画面都是土楼生命力的写照。古朴清幽的山区风光，在江城无缘领略，因此龚馨郁闷的心情变得稍微轻松起来，嘴里轻轻哼起歌来：“走在乡间的小路上……”

在街廊，他们遇到几个也是同一批下乡的江城知青，其中有个知青叹气道：

“我们生产队的工分值二分，全劳力干一天才二角钱，干一年还买不起生产队口粮。唉！这日子咋过啊？”

“怕什么！没饭吃就回城，这儿到家里只有二百里，一天就到了。”管成坚不在乎地说。

他说得不错，闽西南山区离闽南沿海不远，后来很多单身知青经常回家，有的扒车，有的骑自行车，有的走路。这些知青比在草原和边疆的北京、上海知青，真是幸运多了。

第四章

下午时分，圩场的街廊已经不那么拥挤，地上到处是扔掉的果皮、菜叶和烟头。郭云娘找到一个摆摊的空地，打开背包取出一张塑料薄膜，铺在地上，再取出七八包用旧报纸包装得整整齐齐的烤烟，摆在塑料薄膜上面，并打开其中的一包。

王文徇见烟色橘黄、烟丝也切得很细，就问："你家这烟是怎么种的？太好了！"

她用手揉揉烟丝，很柔软，手指上粘上光滑晶亮的烟油。王祥原是江城文化局的干事，自从被戴上"漏网地主"的帽子，从来不抽烟的他也开始抽了，抽的烟丝色泽黄里透黑，干巴巴像烧焦的树叶，王文徇多次劝爸爸，不要抽那种劣质烟，要戒烟，可她老爸就是不听。没想到闽西南山区有这么好的烟，看来老爸更戒不掉了。

郭云娘说："烤烟是我们的主要收入之一，家家户户种烤烟。生产队分配给每人二厘农田作为自留地，你们家也要种烤烟。"

王文徇看到一个男人过来，抢先打招呼："买烤烟吗？"

郭云娘开始介绍："买烤烟啊！每斤一元。这烟质量很好，摸起来润滑，烟油分足，气味香，味醇和，纯度高，不信抽一根看看。"

"太贵了！"那人看一眼就走了。

……

又有人来了，郭云娘又忙着招呼客人。

“怎么是你？云娘。”

郭云娘高兴地说：“你也下圩啊！陈东勇。”

“队里买化肥，派我下圩。”

“唉，我们队里买化肥都没线呢！啊啊！这是龚馨，城里来的知青，这是王文徇，城里来的女孩……这是陈东勇，我中学的同学，六六届高中毕业生。”

陈东勇比郭云娘大五岁，郭云娘上初中的时候，陈东勇读高中二年级，是校足球队员。陈东勇踢球或者训练时，总会穿一条白色球裤，与他黝黑皮肤成强烈对比，郭云娘下课后很喜欢看踢球，所以认识他。

陈东勇的双腿奔跑起来是那么健壮，有一次，郭云娘不小心被踢到场外的球碰到头，一下子晕过去，陈东勇马上请校卫生室医生过来处理，一直没离开一步。这件事使她很感激，不久后，学校停课，大家都回家了，也就没有联系。

陈东勇看到两年不见的郭云娘，出落成一个漂亮大姑娘了，心里很是爱慕，不由喜悦在心头：“云娘好！王文徇好！”

“你也好！”王文徇看陈东勇身材高大，宽额浓眉，两眼放着真诚、和善、单纯的光，背一个军用挎包，知道是有文化的青年农民。

“你爸最近身体好些吗？”陈东勇关切地问郭云娘。他在学校就知道郭云娘的父亲郭富来得慢性哮喘病，所以这么问。

“唉！还是老样子，他一咳嗽就喘，一喘喉咙就呼呼叫，吃药打针都不好使。这不，我待会儿还要到药店买点抗生素药片。”

“向他老人家问好，我很久没到岭下了。”

“你那次到岭下是看望舅舅，哪是专门看我啊？”

“顺路也是一点心意嘛！”

郭云娘俏皮地白了陈东勇一眼，两人都笑了。

陈东勇说：“我正要买烤烟，你的烟我都买了。我福州一个亲戚来，要我买些烤烟带回去。他知道闽西南山区生态环境好，地形地貌有特色，是高品质烤烟产区，出产的烤烟香气飘逸，吸起来舒适感强。”

“真的!”

“干吗骗你?”

“好吧！都给你。这是特选烟，刚从瓮里掏出来，八包八斤。”

“这是十元，就这样吧，不用找了。”

“我身上没有零钱，真不好意思……”王文徇摸了摸口袋。

“我还要去买肥料，以后见!”陈东勇打断王文徇的话，走开了。

龚馨到圩场其他地方走动，回到郭云娘的地摊，看到郭云娘那样俭朴和艰难地过日子，对她既怜悯又敬佩。

“再见!”送走陈东勇之后，龚馨说：“我们回去吧。”

郭云娘说：“八斤烟卖了十元，要给我爸抓药，为弟弟买一双袜子，还要为……”她眼神沉重，灿若星辰的眼眸隐藏多少不为人知的痛楚和沧桑，却仍清澈如一汪秋水。

王文徇听郭云娘和陈东勇的对话，知道郭云娘父亲病得不轻，郭云娘的担子很重，她心里也很难受，情不自禁打断郭云娘的话：

“云娘姐，我这里有二十元钱，是我这几年的私房钱，一分两分硬币投进我的小铁盒，下乡之前才拿去换成纸钞，你拿去先用吧。”她一双水汪汪的眼睛焦急地看着郭云娘。

“你留着吧！你们一家还没收入，刚来这里，什么都要重新开始，难着呢。”郭云娘眼中噙满了泪水。

王文徇扭过头，凝视撒满光辉的山谷，两行泪水顺着脸颊滴下来。

“回家吧！云娘姐。”龚馨说。

郭云娘不慌不忙地说：“跟我一起到公社邮电所一趟，离这里不远，马上回来。我认识邮递员老马，有一包笋干要送给他。他负责送我们大队的报纸，邮电所剩余的过期报纸他就送给我，我看过后拿来包烤烟。”

“农家很多人包烤烟都要买纸呢！我们生产队订一份《福建日报》，公社的报纸只送到大队，有人到大队才带到生产队，生产队的报纸见者有份，大都拿回包烤烟。”

龚馨瞪着大眼：“一张旧报纸也这么顶用，真想不到啊!”

她们到邮电所，营业员说老马出去了，叫她们等一等。大约过二十分钟，老马骑着自行车回来，请她们喝了一杯水，拿出一堆旧报纸给郭云娘，郭云娘道谢一番。

出了邮电所，在街上遇到张剑驰他们。

张剑驰疑惑地问："这都是前几星期的报纸，拿着干吗?"

"用处多呢!"

李卫国附和："我们的房间墙壁灰黑，以后多讨些报纸糊墙壁。"

管成坚用脚踢地上一节扎菜的山藤："你看圩场到处是垃圾，就是看不到几片废纸。真奇怪!"

郭云娘看着管成坚，抿嘴笑。

张剑驰拍拍管成坚的肩膀："你真傻！我昨天到土楼外的茅坑大便，看见里面整整齐齐放一堆剥了皮的碎竹片，用来刮屁股。山里人舍不得掏钱买手纸。"

管成坚抓自己的头："怪不得我刚才进去那个大厕所，看见有个农民从地上捡起包过鱼干的旧报纸，不顾鱼腥味往屁股上抹呢。坑里丢着碎瓦片、甘蔗皮、死猫狗，大老鼠跳来跳去……"

王文徇想起自行车的事："云娘姐，我们家有一辆'永久'牌自行车寄在公社知青办，把它取出来放在老马那儿，以后我们下圩可以用。"

郭云娘说："对啊！放在老马家里，他家就在邮电所附近。从这里到梅山公社二十几里公路，又没有大陡坡，以后可以骑自行车到梅山玩。"

管成坚胸有成竹地说："不必了！车取出来就扛到岭下，我看从云岭到岭下的山路，有七成是平坡，可以骑自行车，三成陡坡就用肩膀扛，没问题！到了岭下大队，十个生产队都在溪边，骑自行车基本没问题。"

张剑驰说："还是你聪明，等一下你先扛车吧！以后车坏了，我负责修理。"

他们到了公社知青办，龚馨说明了取车的事。公社常委、知青办主任郭兴安四十七岁，是土生土长的国家干部，家在岭下大队岭中生产队，离岭下生产队仅半公里路。他知道龚馨是江城市知青代表，以后知青办还需要她帮忙，就爽快地答应了。

张剑驰、李卫国等背着农具，郭云娘和王文徇拿着竹斗笠和棕蓑衣回家了，管成坚走在最前，遇到上下坡，就把自行车扛上肩膀，平路时，他骑上车，一会儿把大家甩在后面。

路上，细心的张剑驰发现王文徇走在最后面，感到有点不对劲，放慢脚步与王文徇走在一起，才发现王文徇眼圈红红的。他奇怪地问："你怎么哭了？"

王文徇的泪水夺眶而出，断断续续说出郭云娘家境的艰难。张剑驰对这小女孩陡然升起一种敬意，赶快从口袋里掏出一条干净的手帕递给她："别哭了！像个小孩鬼，你云娘姐姐有困难，我们大家会想办法。"

回到永昌楼，两位青年农民帮他们的锄头、砍柴刀和劈田岸刀装上把柄。这样，他们每人都有了土楼山区出门干活最常使用的农具：一把锄头、一把砍柴刀和一把劈田岸刀。

干活的武器准备好了，张剑驰兴致勃勃对郭云娘说："你告诉队长，我们明天开始干活。"

郭云娘笑道："快过年了，社员都懒得干活，哪有活让你们干？"

张剑驰："哈哈！别骗我了，队里还有很多田岸没做。对了，你们说的田岸就是田埂，为什么要叫'田岸'？字典里都找不到这个词。"

郭云娘："这是我们山里人的习惯叫法，也许是这里大多数山田都在陡坡上，层与层之间的陡坡就像一道道岸墙，岸墙顶端才是田埂，田埂和岸墙合称田岸。而平原地区没有岸墙只有田埂，故称田埂。"

张剑驰："你也是细心人，一个田岸和田埂就解释这么详细。我国农村有很多梯田，可我从没听说田埂称为田岸，'田岸'一词可以说是土楼山区独创性的农业名词，到处是伟岸的田园风光。我们路过云岭，常常可以看到一层层绿色的田岸围绕在一座座大气磅礴的土楼周围，土楼像一朵朵黄色的菊花，数不清的田岸就像一层层绿浪围绕着菊花起舞，多美啊！"

郭云娘打趣："你不是在写散文吧？想象力挺不错。不过明天你去做田岸就知道惨了，田里的水结冰，要赤脚破冰干活。社员想等气候暖和些再去，前几天队长喊人做田岸，都没人理睬呢！"

张剑驰："我这臭脚才不怕冰呢！我不相信，天气不暖和就不能做田岸。”

郭云娘：“说实话，天冷不是问题，真正原因是评工分不合理。别看田里结冰，脚踩下去就不知冷了，脚底下的田泥温度比水暖和。现在是大寨式评工分，政治觉悟越高，工分越高，很多真正干活的人分数却比那些能说会道的‘老油条’低，挫伤了社员生产积极性。成分不好的地富子女更不用说了，生产队工分值那么低，干一天只得几角钱，干与不干几乎一个样，何况要过年了，有借口，不干！你也没法子。”

龚馨：“我去给队长说，他一定不会反对。别人能做的，我们也能做。”

郭云娘显得胸有成竹：“我是大队支委，我要做的事队长一般不反对。这样吧，明天我带你们知青做田岸，老郑和王家姐妹就不要去了。”

他们说话的时候，王家三姐妹跟生产队的女孩到山上捡柴还没回家，否则说不定她们也吵着要出工。

张剑驰回家把小火车送给王文娟，王文娟高兴极了。走了一天山路，他吃完晚饭就上楼休息，在自制的小墨水瓶煤油灯下看书，没有灯筒，灯芯艰难而苦涩地摇曳着昏黄的光。

看了一会儿书，张剑驰开始整理一天的思绪。他每天睡觉之前，总要把一天的事情用流水账的方式记在日记上，不为什么，只是一种习惯。他想起下乡后的日子，想得最多的是王文娟、龚馨和郭云娘三位女性。王文娟是人见人爱聪明伶俐的小女孩，龚馨身上有一种高雅的气质，郭云娘却是一种战争年代女英雄的风采，跟她们相处，一定有很多故事。今天，他感触最深的是郭云娘，她的气质很像电影《洪湖赤卫队》的韩英，如果郭云娘出生在战争年代，一定是个女英雄，但是外表坚强的她，心里却是多么无助啊，要靠卖烤烟给父亲治病。

张剑驰对今天其他细小的事情也有很多感触，比如热闹又脏乱的云岭圩场，却是难得五天一个轮回的山区盛景；沿途看到稀落的杉树林，让他感受现代交通对山林资源的威胁；他们一行走过小溪“石跳头”和看到水车时，那种吵啊闹啊要贫嘴，仿佛是在欣赏一幅能动的中国山水画，他又觉得生活美妙无比；陈东勇与郭云娘老同学意外见面，预见他俩会有新的故事，似乎他俩的故事与他无关，又似乎密切相关；王文徇为郭云娘的处境流泪，甚至愿意把自己多年的储蓄拿出来支持郭云娘，让他对王祥一家更加钦佩；大家把自行车扛到没有车路交通的岭下大队，好像是从来没有人做过的傻事，但是却真实地发生了……

土楼家家户户的茅桶都放在外面回廊，只有女人房内用带盖的小茅桶，男人在外面方便，即使三更半夜，也要开门出来。张剑驰很快适应了环境，他写完“流水账”已经九点多了，走出通廊看大家房门都关着，才到凭栏边的茅桶小便。

他瞥见王文娟姊妹的房间也熄灯了，想小女孩今天一定玩得痛快！这么小的年龄就来到偏僻大山，住在古老的土楼，他要呵护她，看着她长大。

第二天早上，郭云娘带他们到“溪头墩”山田做田岸。这是一片呈“S”形排列，绕过小山墩的十几层水田，晚稻收割后的稻茬还没烂掉，留在田里，田里的水结了几毫米厚的薄冰。田埂很窄，只有一个脚板宽，露出水面不到二十厘米高，一半泡在水里，看起来一个重脚踩下去，田岸就崩塌。

下水田干活，不管天寒地动，必须打赤脚，没一个人穿鞋。管成坚说：“真结冰啊！我以为瞎说的，看来我们今天的脚要变成冰淇淋了。”

张剑驰：“不想干你可以回去。”说罢，挽起裤管准备下田。

郭云娘提醒：“慢着！越高层的梯田越陡，有的田岸一二米高，小心摔下来。越底层的梯田越平，山墩转弯处还有烂泥田，最深的烂泥田会没过人头顶，大家不要做烂泥田的田岸。”说着，她指了指烂泥田位置。

管成坚：“别吓人，没见过烂泥田淹死人。”

“冬闲的山田泡在水里，田土不会干燥，田岸墙才不会崩裂。做田岸第一步是把田里的水排掉，不把水排掉，锄头一挖下去水就喷溅一身，根本捞不起田土。第二步是把长满草的旧田埂表面锄掉，埋入田里。第三步是以旧稻茬为中心，从水田挖出一大块黏土，成四十五度糊到田岸上。旧稻茬有很多细根，可以把田土胶带起来，做田岸最牢固。现在，大家先把每道山田田岸挖个出水口，水排干之后，你们每人试着做一条田岸。”郭云娘说着，进行了示范。

她先用锄头往田埂上开一个一尺宽的口，让水留到下一丘田，待水基本干后，将水田的旧禾头一钩，提上一大垛田土，往岸上一放，抽出锄头，再用锄头背面抹几下就成岸墙斜坡。做了十多米，她用锄头背面在田埂表面抹平，田土被糊得整整齐齐，就像一条小河堤。

郭云娘分配五个知青每人一条田岸，从“溪头墩”最上面的田岸排下来，张剑驰在最高一条，下面依次是龚馨、管成坚、李卫国和杜丽梅。

所有田岸都被开口放水，排水时，田里的薄冰在水流中破裂。龚馨把脚踩进水田，冻得打哆嗦，一会儿，就感觉不冷了，因为泥土中的温度比水面暖和。

张剑驰的田水最先排干，所以他最先做田岸，其他人田里的水还没干，就都在张剑驰的田里一起学。郭云娘看见大家都上来了，叫大家每隔四五米远站一个人，她负责检查。

“你们每人把自己的一段做好，再下去完成自己任务。”

管成坚：“不就是这么一钩、一提、一放和一抹吗？你站在身边监督，我更紧张，做不好。”

郭云娘：“很容易吗？我就是要看着你小子干活。”

“干就干。”管成坚把旧田岸表面的杂草锄去，锄头往旧稻禾头一钩，看起来蛮大的一垛泥土，真要糊上时，泥土垛却溜了下来。

郭云娘走过来，看了他的锄头，说：“你的锄头与锄柄的角度太直了，回家后我为你重新安装一下，今天你将就吧，提土的时候慢一点就不会掉下来。”

管成坚：“主要原因是锄头，次要原因是没经验，再来一次看看。”他果然把土垛糊上了田岸。

郭云娘：“就这么干，我去看看其他人。”

与管成坚相邻的是龚馨，郭云娘走过去，看到龚馨的泥土垛也溜下来，正重新选择一个旧禾头，一锄头挖下去，没想到泥水却喷溅一身，连脸上都是泥水。原来龚馨的锄头刀口粘着很多泥土，挖下去时泥和泥水相碰，接触面太大。

郭云娘笑着说："锄头口要洗干净，不然你一会儿就成为泥人。"

龚馨放下锄头，在田里找一个积水的小坑，洗干净手，然后揉了揉眼睛。

郭云娘走到龚馨身边，关切地说："怎么样？没事吧！慢慢来，不着急。"

龚馨一手揉眼睛，挥着另一手要郭云娘走开："不要紧！你去看其他人吧。"

张剑驰做了三米远，郭云娘看了满意地说："看来你不需要我指导了，田岸可以做得再高一点。"

张剑驰："知道了！你去看看卫国。"

李卫国在几十米远的地方做田岸，郭云娘说："我在这里就可以看到他做的田岸，非常好，看他的动作就知道了，他好像是老把式。"

张剑驰："他是我们的老大哥，每年都到乡下亲戚家过一段日子，所以拿锄头就像拿他的木工斧头一样。"

他们说话时，李卫国走到杜丽梅身边，用手比画着，肯定是教她怎样干活。郭云娘说："我不必看丽梅了，卫国大哥会照顾她的。"

一个小时后，大家做的田岸基本合格，郭云娘叫大家休息一下。

第五章

整个上午天空阴沉沉，赤脚插在冰冷的水田里，时间久了，每个人都感觉小腿酸痛，手心发冷，听到郭云娘喊停，大家赶快收锄。

管成坚衣服穿得少，只穿运动衫，冻得嘴巴直哆嗦。郭云娘生气地说："你真是'爱美不怕流鼻水'。"

管成坚强撑着："不冷不冷。"

郭云娘叫大家到田中央的草房休息，龚馨对郭云娘轻声道："我离开一下！"郭云娘点头，龚馨消失在山坳里。

张剑驰问郭云娘："我看见每一片山田中央都有一间草房，这是怎么回事？"

郭云娘："这种草房是生产队放土肥的地方，也叫土粪间。土肥就是烧土粪，把干燥的树木、草垛、垃圾等可燃物与带泥土的草皮、土皮一起燃烧，直到把土烧熟，冷却后将混在土中的小石头用竹筐筛掉，留下精细的烧土就是土粪。土粪含有丰富的钾肥，可以根据需要做任何农作物的肥料。农闲时我们要烧很多土粪，存在土粪间，施肥时才用，一般建在一片田中央更方便。烧过的土粪没有味道，所以土粪间也是社员吃饭避雨的地方。"

"累，真的累，干活时倒不觉得，现在歇下来，真感觉到累了。"管成坚晃着头。

"我想啊！明天你的胳膊一定跟熟透的猪蹄有一比，肿得又大又红。"

李卫国说。

管成坚笑道："第一次干这么重的活，手臂又酸又痛，但没什么可怕，回家喝一盅土楼家酒，疏通一下肌肉和血管神经系统，就没什么大碍。"说着，他走出草寮，在水田找个低洼积水的地方，洗完手和脚，轻轻哼着一首即兴改编的歌：

我们这一代，
豪情满胸怀；
走在田岸上，
冷风扑面来。
脚下踩着泥和水，
怀里抱着大土楼……

大家来到草寮坐定，管成坚看了看紧紧挨在一起的李卫国和杜丽梅，自我解嘲："还怀里抱着大土楼，不如怀里揣着心上人。"

李卫国卷了一根卷烟，假装没听见，杜丽梅也不理管成坚，从口袋里掏出火柴，"嚓"一声，把火苗送到李卫国嘴边。

郭云娘："剑驰和龚馨怎么还没来？"

张剑驰进来了，郭云娘问："龚馨呢？"

张剑驰："我没看见啊？"

郭云娘："这么大一片田，她会跑到什么地方呢？"

杜丽梅："没事的，应该是去方便，马上会回来。"

杜丽梅说得没错，女孩子出门干活总没有男孩子便利，小便也要等到休息才有机会钻进田边的树林里。

过了一会儿，龚馨还没有来。郭云娘说："糟了！她会不会掉到烂泥田里，那可是半人深啊！"正说着，从山墩转角的地方传来龚馨的叫声："快帮帮我，我掉下去了！"

张剑驰第一个冲出去，转过凸处的山墩，只见在几十米远的一丘田岸边，龚馨陷进田里，双腿都淹没了。不用说，她到僻静处方便回来，不小心踩进烂泥田。

张剑驰冲过去，拉住龚馨伸过来的手，一用力，没想到脚下的田岸也跟着崩塌，这下好了，两个人都陷进烂泥田。

郭云娘跟着张剑驰跑出去，看到两人都掉下去，赶快叫他们向右边慢慢移动。她对这里的地形非常清楚，知道右边的地势较高，从右边可以爬上来。

李卫国、杜丽梅和管成坚也来了，李卫国真像老大哥，喊郭云娘退后，叫管成坚过来，右手拉住管成坚，左手伸出拉住张剑驰的右手，让张剑驰左手拉着龚馨。

其他人依法炮制，像拔萝卜一样，管成坚还有模有样地喊起“一、二、三……”

管成坚的嗓子快沙哑了，郭云娘接着喊，直到龚馨和张剑驰两个大“萝卜”终于爬出烂泥田，才松了一口气。

龚馨裤子以下都湿透了，嘴唇发紫，但还是镇定下来：“刚才做田岸时，眼睛进了泥水，所以一时眼花，踩进烂泥，真不好意思。”

郭云娘：“你俩都回去吧，换换衣服。对了！你们下午都不要来了，在家歇着吧！”

张剑驰也感到浑身发冷：“我们回去，吃完饭一定再来，这是第一天出工，总不能让人看笑话吧？”

“走吧，走吧！”管成坚说，“身体是革命的本钱，我们下乡也不是一天两天，争什么气来？”

从溪头墩到永昌楼大约二十分钟路程，张剑驰和龚馨一进永昌楼，正在看报纸的张奋岭惊讶地问：“怎么会这样？”

张剑驰摇头：“别说了，不小心掉进烂泥田。”

王文娟从外面进来，手里拿着张剑驰给她买的小火车，看到龚馨的样子，焦急地说：“龚馨姐你没关系吧，我家灶间有热水，赶快洗一下。”

张奋岭不便多问，赶到灶间，掀开锅盖一看，大半锅水微热，灶洞里还有火星，立刻添进干柴，炉火扑腾起来。

张剑驰招呼龚馨到自己的灶间舀热水，龚馨拿来脸盆，张剑驰接过她的脸盆，装上热水，欲送上楼。

土楼楼下的灶间有栏杆窗户，女人洗身都要到楼上自己的房间。龚馨接过脸盆，笑道："哪有让你端热水的，我自己来。"

王文娟提醒："龚馨姐姐小心啊！"

可能因为太冷的缘故，龚馨上楼梯时打了个喷嚏，头一昏，脚踩了个空，摔倒了，整盆水从她手上脱落，张剑驰赶快跑过去扶起她。

龚馨从张剑驰的手中站起来，脸色苍白地说："我自己来，没关系！"她今天刚好来月事，所以身体更加虚弱。

张剑驰："你脸色很不好，下午还是不去了，听话！"

"看看吧！"龚馨瞄了张剑驰一眼，低下头。

王文娟："龚馨姐，下午不要去了，听剑驰大哥哥的话。"

龚馨笑了笑："好吧！不去。"

张剑驰又为龚馨烧了一盆热水，就匆匆吃过午饭，回到溪头墩。

过了半小时，龚馨也回到溪头墩。

郭云娘说："你着凉了！不休息还来干活？这活又不打紧。"

龚馨："这可是出工第一天啊！我不能当逃兵。我刚才喝了一碗姜汤，暖和多了，没事！"

土楼姑娘的头发一般都是留麻花大辫子，嫁人之后才留短发，但郭云娘不信这个邪，看到龚馨留着齐耳短发，她在几天后的一个上午也跟着剪了。

午饭后，郭云娘在厨房拿一把大火钳从大灶里夹出一个个火木炭，放在新买的小木炭炉子，准备为父亲煎药。她剪着齐耳短发，黑里透红的圆脸蛋镀上一层炉火的光辉。

门口传来张奋岭的问候声："啥药啊？"

郭云娘一边招呼，一边说道："治哮喘病的药，我前些日子到云岭圩抓的药，但好像不怎么灵验，我爸还是不见明显起色。"

张奋岭说："我有一个治疗哮喘病的秘方，待会儿回去找找，给你捎来。"他对郭云娘一家特别好感，得知郭富来得病的消息，特地赶来看看。

下午，郭云娘到永昌楼向张奋岭取药方，走出楼碰到龚馨，龚馨用神秘的眼光看她，笑着："你又来看剑驰了？他在楼上吗？"

郭云娘脸微红："剑驰明明在门口劈柴，你还敢骗人?！我是给我爸拿药来了。"

龚馨乐呵呵："我跟你说笑，你却脸红了。"

郭云娘不动声色地反击："我每次来的时候，总看见你和剑驰在一起，几乎形影不离，还说我呢?"

"你太夸张！好了好了！不说笑了。"龚馨认真地说，"我想和你商量一下，我们现在连早请示晚汇报也没有地方，需要有个政治活动场所，能不能请队里想想办法?"

这个问题郭云娘也考虑到了，只是没来得及跟龚馨说。她指着祖堂大厅："把它清理一下，你们就可以用。我过后向队长汇报一下，应该没问题。"

龚馨心照不宣地回答："我也是这个主意，我们想到一块了。我想，这祖堂堆积那么多旧东西，说不定能找出有价值的文物？大厅一定有很多故事吧!"

郭云娘骄傲地说，"我们这里每座土楼都有鲜明的中轴线，两边严格对称，中间这个祖堂，也叫中心大厅，是家族议事、婚丧喜庆、会客宴请、演戏娱乐等大型活动的多功能大厅，全楼均以此为中心进行院落组合。这个祖堂是家族精神的象征，表现了聚族而居的土楼人家惊人的向心力、统一性和团结心，数百年来，土楼人家以这种传统观念和浓浓亲情，化解各种矛盾，尊老爱幼，互相帮助，和睦相处，直到十多年前，我们新建了裕昌楼，这个大厅才废置。"

龚馨点头赞许："我真羡慕这种以家族为单位的群体生活，像一曲和谐、舒展而恢宏的乡间乐章，又像一幅神秘、绚丽、质朴而迷人的生活画卷。"

郭云娘看到龚馨的神情，有一种清新极致的美，让她想起《边城》里的阿秀，凄美而绝艳。于是逗着龚馨：

"你说话好浪漫！有诗意，人又长得漂亮，眼睛看人就像在说话，非常动人！你能一辈子扎根农村，我一辈子不嫁人做你的媚儿。"

"什么叫媚儿?"龚馨不解。

郭云娘笑道："媚儿是客家话，但是我们也都这样说，习惯了。媚儿一般指未出嫁的女孩，当然了，老人对已经出嫁的晚辈女子也可以叫媚儿，七八岁的小女孩也可叫媚儿、死媚儿，叫死媚儿更加亲切。"

龚馨饶有兴趣地回答："那不就是丫头吗?"

郭云娘说："丫头的说法有封建色彩，媚儿比丫头好听多了。你说我们土楼山区的媚儿哪个不妩媚啊！呵呵!"

龚馨也大笑："是啊！不错，你这媚儿就很妩媚啊。你那天在路上唱山歌，张剑驰这些小伙子都听呆了，上门求亲的人很快会踏破你家裕昌楼门槛，等你嫁人时，我肯定还在云岭，我这'媚儿'就当你的伴娘了。"

郭云娘脸不变色"哼"了一声："你越说越离谱，不说笑了，晚上我们一起去找队长说这件事。"

傍晚，郭大山召集队委在裕昌楼祖堂大厅开会，他们为买种子和化肥的资金问题而愁眉苦脸，看到两位女知青来了，煤油灯下皱紧的眉头顿时舒展开来。年轻女孩子就是养眼，汉子们再怎么烦心，在她们面前也斯文起来。

"云媚儿来了，龚馨也来了，这边坐。"队委们纷纷让座，露出淳朴的笑颜。

土楼山区很多女子名字的最后一字叫"娘"，比如美娘、妙娘、丽娘等，大家不好意思叫郭云娘"娘媚儿"，就称她"云媚儿"，她也喜欢大家这样叫她。郭云娘走近中间那张放煤油灯的木桌，把灯芯拧亮一些，说了她们的建议，大伙都没意见。一位黑脸庞的老队委说：

"把永昌楼祖堂大厅的墙壁也粉刷石灰水，队里派工吧，要鼓励这些孩子，我可以去帮他们打理。"

郭大山敲敲烟斗，粗声粗气说："我支持，就这么定了。"

龚馨欣喜："谢谢队长和大伯，我们知青们自己义务就好。列宁不是提倡社会主义义务劳动吗?"

郭大山说："好样的，你们知青真不简单。"

郭云娘："那当然了！"

龚馨谦虚地说："贫下中农才是我们的好老师呢？"

祖堂大厅堆放着很多旧木料和旧桌椅等杂物，待圩日生产队没人出工，几个知青便开始清理。因为是义务，没有工分，大家有意见，但都不说。郑励虽然表示坚决支持，可他光说不干，借口写汇报材料躲在楼上。

管成坚非常狡猾，他早就和生产队一个小伙子约好，要上山挖冬笋。他不情愿地搬了几根木头就不干了，小声对龚馨说："不好意思，我要上山挖冬笋回来给你们吃。"

龚馨一挥手，说："你走吧！我可不敢期待吃你的笋。"

管成坚咧嘴笑着就走，到了楼门口，张剑驰忽然叫住他说："我听说大队规定，不许挖冬笋。"可是管成坚好像没听见，没有回头。

管成坚走后，李卫国只负责修理那张断了一条腿的长祭桌，他故意慢吞吞的，到了过午还没弄好。杜丽梅做饭洗衣挺忙，偶尔过来帮一下，也是敷衍了事。龚馨看杜丽梅漫不经心的样子，就让她到菜地里去照料。杜丽梅本来就应付了事，听到龚馨让走，便满怀欣喜地离开。

这样，清理工作实际上成了龚馨和张剑驰的"二人转"。倒是王文娟一直跟着忙里忙外，她的两个姐姐从菜地回来也帮忙干了一会儿，直到天黑前，张剑驰还没把祖堂墙壁刷完。

岭下大队没有电灯，张剑驰想起生产队有一盏汽灯，对龚馨说："我下去拿汽灯吧。"

龚馨："你抽根烟吧，我去拿。"

张剑驰吩咐："你要小心啊。"

龚馨："你放心好了。"

一会，龚馨拿来汽灯，张剑驰见擦得很干净，问龚馨："你会点汽灯吗？"

龚馨说："这汽灯像马灯，我从来没点过！以前学校教室挂的汽灯，是专人负责点燃。"

张剑驰："那我来吧，它的样子像马灯，只是底部有打气管，灯头是丝织纱罩。使用时先给汽灯打足气，然后用火柴点着纱罩，利用本身的热量把煤油变成蒸汽，喷射在炽热的纱罩上，发出白色的刺眼亮光。"

龚馨注目看着张剑驰，欣赏地说："就点一个汽灯，你也能把道理说明白，我就不懂!"

张剑驰："那没什么，不知什么时候我们的土楼会有电灯，应该为时不远吧。"

汽灯照亮大厅，两人边干活边说话，也不觉累。张剑驰原来对龚馨这种所谓"先进人物"十分反感，认为他们都是靠"文革"造反起家，直到今天与龚馨说了这么多话，才知道龚馨父母是南下干部，父亲叫龚云鹏，母亲叫卓碧仪，父母都在江城市机关工作。她有一个哥哥参军了，因为龚馨不到十八岁，否则她也想参军。知青下乡大潮涌来，龚馨父母要她下乡接受贫下中农再教育，她从小在家里被宠，不想躺在父母的功劳簿上，想到广阔天地闯一闯，于是下乡前半年，先到居委会服务，做一些街道基层工作，没想到深受好评，并被评为学毛选积极分子，参加市区"学毛选讲用会"。下乡前夕，江城市举行上山下乡誓师大会，她成为少数几位上台表决心的知青代表。其实她不想出名，只想好好过日子。

龚馨说话的时候，眼睛闪着诚恳的光彩，大胆凝视着张剑驰，让张剑驰相信她说的一切都是真的，张剑驰因此对龚馨产生了好感。张剑驰也谈到曾经有过的梦想，梦想当作家，那种神圣的目光也深深地感染着龚馨。

他们两人第一次在一块干活聊天这么久，随意而轻松的谈话，让张剑驰看到在红色光环笼罩下的另一个龚馨，龚馨也很欣赏张剑驰那种豪气满胸、聪慧机智的男人气概。

"干活累了，喝点水吧。"王祥端了两碗水过来。

"不累，谢谢王叔!"他们一口气把水喝干。

望着王祥回房的背影，龚馨忽然想起什么，说："感觉文娟的爸爸为人不错，你知道他们的情况吗?"

"从我父母亲和他们家人口中，我知道一点。"于是，张剑驰把听来的故事讲给龚馨听……

第六章

王祥出生在闽南一个乡村，父母勤勤恳恳耕种家里几亩地，供他读私塾，后来又送他上中学。1941 年，他和一位青梅竹马的女子结婚，婚后不到半年，妻子得一场重病去世了，日益孤寂的心灵使他发誓不再娶。50 年代初，王祥在新中国建设浪潮中来到江城，因为有文化，很快在政府机关找到一份文职工作。

王祥住在一条僻静小巷里，一天晚上参加单位政治学习，在回家路上街灯忽然灭了。没有月亮，灯一灭，街巷黑乎乎，他刚要拐进巷子，听到一阵急促的喘息声和撕打声，紧接着，好像是被撞翻的陶器发出一阵刺耳碎裂声。他大喊一声“谁?”

“抓流氓！大流氓!”传来一个年轻女子微弱的呼喊，一个人影从王祥身边掠过。王祥不知哪来的胆量，一脚将人影的脚扫倒在地，扑上去把这人的手反剪起来，痛得这人哇哇大叫。这时，街灯亮了，王祥看到一个穿淡红衣服的女人双手按住胸前，蹲在角落里喘息。王祥想，救人要紧，便顾不得脚下这个流氓，狠狠踢了他一脚：“滚!”

王祥上前扶起年轻女子，发现她的衣服已被撕破几处，赶快脱下自己的大衣，披在她身上。一会儿，她回过神来，看了看路灯下的王祥，眼里闪着泪花：

“谢谢你！我好几次看到你从这儿路过，你是好人。”

王祥："我送你回家吧。"

她就是康茹，好在王祥及时出手相救，她才免遭欺负。那天晚上，她到一个朋友家，朋友送她一个花瓶，没想到在回家途中电灯熄灭，遇到那个流氓，在搏斗中把花瓶砸碎了，好在没被碎片割伤。从此，他们成为好友。

康茹父母是南下干部，去年调到别的城市工作，她喜欢江城，就自己一人留下来，她的家和王祥的家居然是同一条巷子。

康茹美丽、可爱、风趣、性感，也是烹调好手，烧肉粽、炒肉松、炸五香、拌卤面、豪仔煎、面煎果、豆干面粉，样样精通。

"豪仔"是江城特产的一种牡蛎，也是王祥最喜欢吃的。她做豪仔煎时，先在钵头里用清水调匀番薯粉，加上适量鸭蛋、切碎的蒜苗、上等酱油和味精，然后把牡蛎倒进钵里搅匀，放入平底锅用油煎，外酥内软，吃起来分外鲜嫩香脆。

1955年春天，王祥连续感冒发烧两星期，康茹夜以继日精心照料，没想到他感冒治愈后，还是低烧不退，食欲全无，瘦得皮包骨头，康茹每天变着花样弄好吃的喂他。

一天，王祥整日昏昏欲睡，康茹下班后马上煮了一碗热气腾腾的猪脚面线，端到床前叫醒他："趁热吃吧！你最喜欢的猪脚面线。"

王祥半睁着眼："我现在吃不下，先放在桌上吧。"

康茹："今天是你的生日，吃猪脚面线才能健康长寿。我今天煮的是山药猪肠冬粉猪脚面线，口味清爽，不油也不腻。吃吧！"

"我的生日？谢谢你！我都忘记了。"王祥直起身，看着香喷喷的山药猪脚面线，感觉自己肚子咕噜咕噜响："我好饿，饿得一点力气都没有。"

王祥走到水池边洗手，双手甩了甩水滴，不用毛巾擦干手，就夹了一块猪脚往嘴里塞："又香又嫩！好吃！"

康茹递过一条毛巾："先擦干手，你就是不卫生才会生病。我把猪脚刮除很干净，炖好几个小时，入口即化，面线是我用手拉出来的，滑顺附弹性，还添加少许麻油。"

“嗯！太好吃了！谢谢你！”王祥原来的眼睛好像罩着一层雾，现在雾散云开，整个屋子也亮堂起来，不由自主打开话匣子：

“我知道一个猪蹄的故事，想不想听？”

“说啊！”康茹刚洗完头，俏皮白了一下眼睛，用木梳梳着长发。

王祥闻着康茹发上的皂香，要康茹坐下。他一边给她梳头，一边讲故事：

“人人都说猪脚面线，长寿又去霉晦。古史记载：雁塔朱笔题名——意谓猪蹄；进京赶考熟题——意谓熟蹄……”

“哎！管他哪个，猪脚就是了。功成名就，吉祥啦——吃就对了。”风华正茂的康茹，一张甜甜蜜蜜的樱桃小嘴，话儿也带着蜜饯味、果香味。

“我还没洗碗呢！”她又到厨房里忙活，杨柳腰上系着缤纷的围布像只蝴蝶在飞。

王祥病愈后，这年夏天就和康茹结婚了，第二年他们就有了王文徇。他们有一个幸福的家庭，但由于王祥多年来一直没有摆脱怀念先妻的悲痛，总是郁郁寡欢。他最信奉孔丘的哲理“君子寡言”，做人低调，拘谨少语，他的性格使他在历年政治运动中总是规规矩矩，风平浪静。

他们夫妻生活平凡，闲暇时喜欢看各种戏，王祥最喜欢闽南布袋木偶戏。闽南布袋木偶戏由艺人单手或双手操纵造型五十厘米高的木偶进行表演，所以也称掌中戏，两人对打场面及骑马射箭、飞檐走壁、舞狮舞龙、转碟顶碗等特技动作惟妙惟肖，尤其“虎戏”表演“虎威”“虎趣”令人拍案叫绝，《大名府》《雷万春打虎》是传统剧目。看了布袋木偶戏，使他们夫妻生活乐趣倍增，难于忘怀。

康茹也喜欢看大鼓凉伞，这是流传于闽南民间的传统舞蹈。它起源于明嘉靖年间抗倭名将戚继光军队欢庆胜利时的一种群舞，场面壮观，气势恢宏。

一次，他们带上王文徇和王文芳，专程赶到王祥老家的一个乡村看大鼓凉伞，忽然听到有人叫他：“王叔叔！你也来看戏！”

王祥看到说话的是一个不认识的小伙子：“你是……”

小伙子说："我是王家翔。"

王祥仔细端详了一会儿，哈哈大笑："原来是你，几年不见长高了，横楞像块铁塔。"说着拍拍他的肩膀。

王家翔说："我去化妆演出，待会儿到我家吃饭。"

王家翔是王祥的近房叔侄，人高马大，相貌堂堂，领头打大鼓，边擂大鼓边变换舞姿，动作矫健洒脱，一群小伙子在他的鼓点引导下，随着节拍边舞边有节奏地敲打小鼓，粗犷豪放。少女们则舞动造型别致的凉伞，踩着鼓点，翩翩起舞。

跳舞的青年男女中，穿插着一对逗乐的老头和打俏的老太婆，动作滑稽诙谐，令人捧腹。王文徇和王文芳被王祥的亲戚抱着看戏，高兴挥着小手，大喊大叫。

每年农历五月初五端午节，就是闽南俗称的"五月节"，九龙江举行龙舟比赛，规模盛大，他们也是必看的。参赛船只多达一百多艘，每条船长二十米左右，水手三四十人，船身分别漆成红、黄、青、黑、白等各种颜色，象征红龙、黄龙、青龙、黑龙、白龙等。比赛时，船头一人击鼓，船尾一人敲锣，作为指挥统一划船的信号，船中一人手持五彩缤纷的"蜈蚣旗"在空中挥舞，两岸成千上万的观众欢呼喝彩，场面十分壮观。

王文徇就是看了龙舟比赛而喜欢画龙舟，不过，她把敲锣和手持"蜈蚣旗"的小伙子画成大姑娘。她对王文芳说："我们长大也要划龙舟，你敲锣，我摇旗！"

他们一家的生活像九龙江水一样，有惊涛骇浪的冲击，也有微波荡漾的微笑……

康茹既温柔善良又非常坚强，脾气也很好。王祥被关押，她一个人支撑起家庭的重任。为了增加收入，每天下班之后，还帮人家挑水。

那时江城市刚有自来水，但每条街只有几个供水点，水量不足，不能满足居民的需要，很多家庭习惯饮用九龙江的淡水，有的从江里挑，有的雇人挑，从码头到住家步行十多分钟可到，但一般挑水的人都选水位较低的时候挑，得从长长的码头走向江心。

可以想象康茹那样身材单薄的女人，看似一阵风就会吹倒，挑着两个大水桶，挽起裤子赤脚，雪白的小腿艰难地没入水中的姿态，是多么让人怜香惜玉。

康茹邻居有个刘婆婆，半年前儿子到外地出差没有回来，她想全国到处武斗，时常听到有人被乱枪打死，儿子可能已经遇难，眼睛都快哭瞎了。她的儿媳结婚多年没有孩子，哭着回娘家了，她成为孤单老人，康茹经常去看她，不管再累，也要每隔两天就送一担水给她。

这一天，康茹又给刘婆婆送水："刘婆婆！我把水送来了。"

刘婆婆拉着康茹的手："好闺女！谢谢你!"

康茹："明天我再来看你!"回到家里，头一昏倒了下去，半晌才回过神来。

第二天，康茹在床上听到敲门声，是刘婆婆的儿媳吴丽英特地来看望她。吴丽英在乡下听说康茹送水的事，深为感动，回来了。

康茹挑一担水只赚三分钱，每天回家都累得直不起腰，王文徇和王文芳非常勤快，让她很欣慰。为了减少家里开支，两姐妹衣服都拿到江边码头洗，因为家里井水含碱量高，对衣服的腐蚀性强，洗脸的毛巾往往二三个月就破成碎片，而江水不易腐蚀衣服。

两姐妹喜欢到江边洗衣服的另一个原因是可以欣赏江上的风景，看人们游泳和打捞河蚬。码头上停泊的很多渔船也常使她们流连忘返，她们还认识了几位船家姑娘。有时她们在傍晚时分来到江边，看江面上飘起几点渔火，在水面上荡漾，月亮映照水中，荡出一艘艘黄色的小船。望着江面，仿佛这片天和水都是为自己创造的。

王文徇和王文芳在学龄前遇到三年困难时期，营养不足，好在有海外亲戚资助，她们才能够健康成长。那一年江城发大水，九龙江畔决堤，江城在水里泡了七天七夜，康茹怀着王文娟，用混浊的洪水煮了一点稀饭让全家喝，后来断了粮，就吃地瓜和野菜。好在洪水过后，王祥有个在香港的哥哥寄来食品罐头、猪油，他们一家才熬了过来。

王文徇和王文芳非常听话，从来不在外面惹是生非。王文徇读小学三年级时，学校停课，后来复课，也是读读毛主席语录，学工学农，没学到什么知识。王文芳也是如此。

康茹最不放心的是小女儿王文娟，很调皮，从小就毛手毛脚。有一次王祥刚买了一块袋表，她当新鲜玩具给弄坏了。另一次喝豆浆油条，她刚接过碗就滑落摔碎了。她最怕看到棺材，有一次到门口倒垃圾，看到送葬的队伍来了，没把垃圾倒干净，就把垃圾斗拖回来，风吹纸飞飘臭气，行人掩鼻而过。平时让她洗碗没洗干净，拖地常拖一半……可是王文娟很聪明，她没上过小学，跟两个姐姐学了很多字，会看懂一般小人书，也会唱很多小朋友的歌。

往事如烟，康茹不知道未来的生活会怎样！

正想着，一阵浓烟扑鼻而来，把康茹从回忆中拉回。“啊……哈……”她被呛了气嗓，走到外面咳嗽起来。

康茹在厨房里起火煮晚饭，整个灶间弄得烟雾弥漫，仍然没有升起火。灶台像一张大八仙桌，从灶间正面内墙中间摆出来，一间厨房只有十二平方米面积，灶台就占了大半。台侧开一大一小两个灶孔，两个灶孔里面相通，台上相对安放一大一小两个锅，靠外是开口八十多厘米直径的大锅，靠内是五十多厘米直径的小锅。大锅煮饭菜、蒸酒，也煮猪食，小锅一般备水；大锅热了，小锅的水也热了，因此小锅提供热水和开水。

土楼山区因为木材多，人们都用这种大灶柴火烹调，烟囱从两个锅中相隔的台面上升后，斜向土墙的洞引出外面。因大灶孔太大，足可以塞进一个篮球，所以要放很多柴进去火焰才能旺盛，这样煮一大锅食物要一灶柴火，煮一小盘菜也要一灶柴火，一户农家一天用二三十公斤烧材是常事，可康茹以前没见过这么大的灶台，很不习惯用大灶。她定了定气，对看报纸的王祥说：

“你去找点刨花来。”

王祥正从外面进来，对康茹说：“没有请木匠，哪来刨花？这里人都用松明引火。”

“什么叫松明？”

王祥说：“松明是当地土话，松树中的松油经常在树心聚集成固体，成为含松油量很高的红色部分，就是松明。把松明劈成小片，可以用火柴直接点燃。”

康茹对王祥说："老头子，那你还不赶快去找松明，不然晚上没饭吃。"

王祥站起来："剑驰他们单身知青的灶间常是浓烟滚滚，我到裕昌楼去讨点来。"

他出门的时候，劈头碰上郭大山的女儿郭兰花挑了一担干柴进来，上面还有一些松明。郭兰花笑嘻嘻地说："我爸说这担柴送新社员。你们刚来，没柴烧，又下雨，没办法上山捡柴，所以让我送来了。"

王祥看郭兰花只是十几岁的女孩子，穿裁剪合体的花格布衣，扎着两条小辫子，缀红色头带，个头跟王文徇一样大，却挑了一担柴，少说也有八十斤，赶快帮她放下柴担：

"你这姑娘正长身体，怎么挑这么重？赶快歇着。"

郭兰花说："等天晴了，我带王文徇上山捡柴。"

"柴是用'捡'的？"王祥不解。

郭兰花笑道："捡柴就是砍柴，但有时不用砍。我们山里木柴多，可以在山上捡。"

郭兰花走到王家厨房，看到只有康茹一人，便问："王文徇三姐妹呢？"

"文徇和文芳到自留地挖菜畦了，要种蔬菜和撒烤烟籽，马上回来吃晚饭。文娟在楼上布置自己的房间……阿娟！快下来！"

云岭圩场郭云娘卖烤烟为父亲治病的情景，在王文徇脑海挥之不去，王文徇便一直吵着父亲要种烤烟。王祥打听到春节前必须撒下种子，好烟苗种出的烤烟才会有好收成，就跟大家一样安排家人整理菜畦，准备撒烟籽。

郭兰花："快过年了，家家要做年糕和糍粑，你家要不要做？我可以帮你们打，糍粑床就在这大门边。"

"我知道，一天到晚都有人打糍粑。"

王文娟下来了，拉着郭兰花的手："打糍粑挺好玩的，明儿叫我妈准备好糯米饭，你翻粑，我们王家三姐妹踩锤臂，怎么样？"

"明儿我要走亲戚，后天吧！"

第七章

郭兰花送来的柴有的碗口粗，只能塞进大炉灶，王祥认为用大灶煮饭太浪费柴火，交代张剑驰下圩买了一个小型三足陶炉，所以便要把这些大柴劈成细柴。他把柴刀夹在碗粗的木柴中间，朝一块斗笠大的河卵石上砸。

“老王，劈柴啊！”楼门口传来郑励的声音。

王祥：“老郑开会回来了，我们要改烧小炉，节约烧柴，不然一天要烧百十斤柴。”

“是啊！我也给龚馨说了，要买小炉，五人的饭小炉就够了。”

“你手里拿着《参考消息》，借我看看好吗？”

“对不起！这是国家干部的内部参考报纸。”

“那就算了。”

王祥不知道郑励什么原因被下放，但常见他与大队、公社干部一起开会，听说还领国家工资，大家都叫他“老郑”。管成坚、李卫国、郑励、龚馨、杜丽梅五人办一个集体户，老郑脚有点毛病，经常在房间里听收音机，看自己订阅的《参考消息》，他们四人并不计较，煮饭、砍柴、种菜、出工安排得有条不紊。

郑励问王祥：“龚馨她们呢？”

“到自留地种菜了。”王祥内心很轻视郑励这种人，只扔下一句话就进了灶间。其实《参考消息》内部订阅只是形式，一般群众都可以看到，什么时候出身不好的人就没有权利看报纸了？只有郑励这种人才会说出这种羞辱人的话。

郑励见王祥不理他，只好留下一个人自言自语："可能快回来吃中饭吧，我到厨房看看，下午公社和大队领导要来和大家开座谈会。"

正好郭云娘来看望新社员，见到张奋岭夫妇，问："奋岭叔你好！雅雯婶子呢？"

土楼山区称呼人的习惯都直接叫人名，如果是同家族，对上辈称公、婆、伯、叔等，对下辈直呼其名，所以很多老人是小辈，大家只叫名字，很多小孩是长辈，就当某"公"、某"婆"了。如果是外族，便没有这些规矩，所以郭云娘称张奋岭夫妇为叔、婶。

张奋岭："她在楼上车衣服。"

郭云娘："雅雯婶子的缝纫机真好，我们岭下大队一千多人，都没有一台缝纫机，买不起啊！"

张奋岭："这几天每天有人拿旧衣服过来让她补，她忙不过来，有时康茹也来帮忙。现在她在补几个大队干部的衣服，大山叔的衣服还来不及补呢。"

郭云娘："什么时候我跟雅雯婶子学学缝纫，我有钱一定买一台。"

"你什么时候过来都可以。"

"我到楼上看看！"

"哎呀，闺女，怎么说话这么客气？"张奋岭大声说："雅雯！云娘上去看你了。"

王文娟神秘地看着郭云娘，然后拉着她的手："我带你上去。"

郭云娘笑道："我要你'带'才会走啊？我爬过的土楼楼梯比你走过的路多。"郭云娘有时很夸张。

王文娟也不示弱："别大意啊！骄傲自满才会失败，昨天管成坚上楼时踩塌了一片楼梯板，脚都抽不出来，好狼狈啊！李卫国大哥刚修理好梯板。"

"好吧！你拉着我的手，我就安全了。"

她们走上几百年的旧楼梯，木板摇摇晃晃，发出吱吱呀呀的声响。高雅雯走出房间招手："上来吧！"

圆楼房间都一样大，不过十二平方米左右。高雅雯的房间很朴素，一张老式大床，一台五柜橱，一张办公桌，一台缝纫机，郭云娘一看就知道她很快适应了农村生活。

高雅雯细心讲解车衣服，郭云娘心灵手巧，一学就会，高兴地说："以后我把自己的衣服拿来自己补，好不好？"

"好啊！"高雅雯很喜欢郭云娘这个农家少女，眉清目秀，体格强壮，手浸透了太阳和泥土颜色，脸上是山野质朴健康的红晕，不施红红绿绿的粉黛，展示的全是土楼流水人家的本色，坦坦荡荡于天地之间。

王文娟看她们说个没完，自己呆不住，对郭云娘说："待会儿到我房里坐坐吧！我的房间就在她隔壁。"

郭云娘："阿娟，我们这就去吧！"

高雅雯："中午在这里吃饭，好吗？"

郭云娘："不用了！明天我帮你们新社员打糯米糍粑。"

高雅雯："好吧！谢谢你！"

王家三姐妹住在同一间房，每人一张单人床，刚好靠着三道墙，靠门的这道墙放着一个五抽屉木柜，柜上立着三十厘米宽的镜子，房间中央放着大四角桌，桌上有煤油灯、热水瓶和一些书。女孩子就是爱清洁，房间虽小，但整理得非常干净。

郭云娘看了看，对王文娟说："墙太黑了，光线不好。我向队里建议一下，新社员所有的房间都抹一遍白灰水，就亮堂了。"

"谢谢你！云娘姐。"

在楼下等了许久的郑励，一见郭云娘下来，凑上去讲了开会的事，郭云娘说："好吧！这几天社员几乎都没出工，我去通知。"

王文娟说："我也去！"

社员住的土楼周围是大片平整的优质农田，叫洋田，因为大队、生产队学大寨，政治评分，吃大锅饭，大家出工不出力，干多干少一个样，生产队的农田收成大打折扣。人民公社允许社员个人有自留地，但每人不到一分田，生产队工分值太低，社员都把心思花在自留地上，生产队只得名正言顺地选择最好的农田给社员做自留地。社员的自留地虽然都在一起，但地段位置很重要，最好是靠近小溪的地方，挑水浇菜方便，因此自留地都要经过抽签确定。张家、王家和单身汉的自留地抽到三个地方，可最远相差也不过几十米。

王家三姐妹请张剑驰到她们家的自留地干活，张剑驰以前夏收时到农村帮“双抢”，拿过锄头，可以熟练自如挥舞，王文徇、王文芳两人是第一回拿锄头，所以张剑驰当起她俩的师傅。她俩挖的菜畦高低不平，经张剑驰的锄头一修补，畦沟就像拉线一样直，畦面也平展如床。

“好好学！中午请大师傅吃饭。”张剑驰不知从什么时候起也抽起烤烟来了，他掏出一个铝制烟盒，卷了一根烟，对王文芳说：“阿芳，给师傅点烟。”说着把打火机丢过去。

王文芳扣动打火机，走到张剑驰前面，把打火机伸向他的嘴巴，当张剑驰把烟对准火苗时，王文芳却把火苗吹灭：“不准抽烟！回家才给你。”

“你不听话了，给我……”正当张剑驰发脾气时，冷不防烟被人抢走。张剑驰回头一看，是郭云娘偷偷走到他后面。

王文娟冒出来，大笑。

“真不要脸！刚来几天就那么奶声奶气叫阿徇、阿芳、阿娟，你又不是他家里人。”郭云娘打开张剑驰的烟盒，卷了一根喇叭形的烟，用舌头舔湿，粘了一下，递给他。

张剑驰：“你的唾沫要我吃啊？不要。”

郭云娘：“不要？这烟盒就不给你了！”

张剑驰：“好好好！我要，我要。”

王文芳莞尔一笑：“云娘姐，张大哥很好呢！我喜欢他叫我阿芳。”

王文徇也笑哈哈：“我也喜欢他叫我阿徇。”

王文娟：“张大哥下乡第一天就叫我阿娟了，他对我最好！”

郭云娘佯装生气：“你们三姐妹也气我，他为什么不叫我阿娘啊？”

张剑驰：“你们山里人总爱叫什么娘、花、翠，叫你阿娘不就让你当俺娘了。”

“那你叫我阿云吧!”郭云娘不知道为什么冒出这么一句傻话，脸红得跟熟苹果一样。

“好吧！阿云。你们这四姐妹让我够受了。”张剑驰点燃了烟，还是一脸的坏笑。

郭云娘看天上的太阳已是正午，一本正经地说：“言归正传，现在回家，下午开会，公社和大队都有人来。我到那里通知龚馨她们。”

单身知青的自留地在三十米远的地方，龚馨看到郭云娘来了，放下手中的锄头：“啥事?”

郭云娘讲了开会的事，龚馨说：“大白天也开会，好吧!”她是党员，当然没有意见。

管成坚不屑：“现在当农民也三天两头开会，我看是老郑的鬼主意，没事找事，想出风头，好争取表现调到云岭大队。也难怪他那条腿不好，在这里够受的。”

李卫国凑过来：“开会有工分吗?”

龚馨：“当然没有，这跟生产队没关系。走吧!”

郭云娘看他们嘀咕，感到很好笑：“你们这个集体户办得不错啊！听说是重点培养对象，以后要当典型呢?”

管成坚：“典型有什么用？还不是拿锄头修地球……”

龚馨对杜丽梅说：“你先回去煮饭菜，我怕老郑弄不好。我和卫国、成坚再干一会儿。”

杜丽梅：“好吧！我先走！龚馨你也不必太累了，今天早上那么早起来煮饭，又到溪边洗衣，这集体户又不是你一人，看把卫国和成坚惯坏了。你看他俩，什么东西都要我们替他们弄好。”

管成坚：“丽梅你说话也太没良心了，前几天我们哥俩上山砍柴，回来淋了大雨，一身汗水一身雨水是为啥?”

李卫国年纪较大，不喜欢开玩笑，对管成坚说：“你也是大男人啊?淋点雨算什么?”

管成坚神秘地看了杜丽梅和李卫国：“我知道了！你俩拿我开心，看你们一天到晚眉来眼去的……”

杜丽梅瞟了他一眼，略带讥诮的口吻道："你小子管得着吗？不是吃醋吧！"脸却红得像个小姑娘。

管成坚："我说笑的，看来被我说中了。"

杜丽梅"啐"了一声："你狗嘴里吐不出象牙来。"

郭云娘："得了吧！别斗嘴了，丽梅快走吧。"

杜丽梅回到永昌楼，看到知青的灶间冒出一团团浓烟，肯定是郑励在生火，升不起来。她在门口喊道："老郑！我来吧。"

郑励揉揉眼睛出来："这柴太湿！烧不起来。"

"我来我来！那不是你做的事。"杜丽梅说。

郑励："好吧！我去写发言稿，公社党委要我们这个集体户写先进事迹材料呢！"说着上了楼。

杜丽梅说："把你的脏衣服也丢下来，待会儿帮你洗。"

杜丽梅拿着一根和手一样长的竹筒吹风管，往灶里吹火，一会儿，灶里炉火通红起来。

半小时后，新社员陆陆续续回来吃中饭了。十三个新社员，三个连在一起的灶间，饭菜的交流也是大势所趋，龚馨干脆饭碗端到康茹的厨房，把碗里的炒蛋往王文娟碗里倒，又毫不客气地从桌上夹起蘑菇炒冬笋。

郑励没有走出自己的灶间，他带了好些肉罐头，开了一罐，对大家说："吃我的罐头吧，昨天我交代云岭的人带来的。"

管成坚夹了一大块罐头肉往嘴里塞："不错！正宗漳州午餐猪肉罐头。"

李卫国也夹了一大块，杜丽梅和龚馨只是象征性夹了一小块，她们知道这罐头来之不易。

管成坚走到外面，小声对李卫国说："老郑看起来满不在乎，他实在舍不得啊。"

李卫国："以后我们还是不吃他的东西好，说不定下一回他就藏到楼上了。他是带薪的国家干部，生活水平当然高些。"

中饭后，郑励就伸长脖子站在门口看动静，远远看到队长带着郭兴安、郭再耀带几个干部来了，赶快进去招呼大家："公社和大队领导到了，新社员到大厅开会，把毛主席语录都带上。”

郭兴安对岭下生产队的知青特别重视，正愁拿不出知青户的先进典型汇报，接到郑励的电话后喜笑颜开，马上决定下午在永昌楼开现场会，并看看知青年关是否有困难需要解决。

郭兴安等人进了永昌楼，新社员也都陆续到了祖堂大厅。因为王祥“漏网地主”未摘帽，根据公社党委的意见，他不能参加革命群众的会议。四类分子三天两头要被大队或公社强制集中劳动改造，王祥是否与四类分子一起接受学习和劳动改造，公社没有具体表态，要根据王祥的表现决定。

王祥为人和蔼，王家在生产队人缘极好，康茹还经常和高雅雯用那台缝纫机为大家义务补衣裤，而她们补衣裤最多的正是大队干部，因此岭下大队从上到下，社员们叫王祥“祥叔”。唯一建议把王祥列入四类分子的是郑励，他不能容忍王祥这种“漏网地主”在这里吃香，嫉妒社员对王祥比对他还好。好东西都往王家送，他想把王祥打下去，无奈孤掌难鸣。

会议开始，郭再耀满面笑容对郭兴安说：“你看这祖堂大厅焕然一新啊！原来堆满了杂物，另有几具旧棺材，现在墙壁都刷了灰，那张祭祖的长桌也擦净，还有墙上的毛主席画像、桌上的毛主席石膏像、红宝书、两边的红对联，这是谁的功劳啊？”

郑励赶忙接过话头：“我向队长反映，新社员要有个政治活动的地方，队长马上支持……”

张剑驰低声对身边的龚馨说：“老郑很会领功劳，其实这都是你的主意。”

龚馨向张剑驰使了一个眼色，示意张剑驰别乱说话。她昨晚和张剑驰加班刷墙，今天一早又起来做饭，布置大厅，弄菜园，虽然心里不踏实，也要强装笑脸。

郑励说：“龚馨，还是你来开头吧！”

按照早请示晚汇报的规矩，龚馨拿一本毛主席语录，走到前面，鞠躬行礼，大家手握红宝书举过头顶高呼：“首先，让我们衷心祝愿我们心中最红的红太阳，我们最敬爱的伟大领袖毛主席万寿无疆万寿无疆！敬祝毛主席的亲密战友×副主席身体永远健康永远健康!”

龚馨提示大家翻语录本到第×页第×条，大家高声朗读，再唱一首“世界是你们的”语录歌，激昂的歌声在土楼里回荡……

歌声停止后，郭兴安说：“现在我们学习党的八届十二中全会公报，学习《人民日报》1968年12月22日发表的文章《我们也有两只手，不在城里吃闲饭》。谁来先念公报?”他把手中的公报小册子举到空中。

“我来!”张剑驰接过小册子，认真读起来，读了几段，把小册子拿给旁边的杜丽梅。

就像“击鼓传花”一样，大家轮流把两篇文章读完。最不耐烦的是管成坚，读起来像打机关枪，念完后，还跑去蹲茅房。

管成坚磨磨蹭蹭回来时，打了一个百无聊赖的呵欠，郭兴安严肃地对他说：“管成坚同志，对政治学习态度要严肃一点，你怎么中途离开那么久?”

“老郭啊！我拉肚子了，到茅房去，不好意思让大家恶心，所以没有请假!”

龚馨看到郭兴安还要发话，赶快打圆场：“是的！我知道成坚这几天经常闹肚子。”

郭再耀挥了挥手：“好了！成坚最近的表现还是不错的。我最后强调几点：第一，云岭公社近期运动重点是继续开展大批判，清理阶级队伍和落实政策。第二，现在是‘全国山河一片红’，各级革命委员会都已经成立。第三，人民公社三级领导机构要掀起批×高潮，狠批党内头号走资本主义道路当权派刘××。第四，坚决执行毛主席关于工人阶级必须领导一切的教导，实现无产阶级在上层建筑，其中包括在各个文化领域的专政，实现毛主席提出的关于斗、批、改各个阶段的任务，把无产阶级文化大革命进行到底！第五，与贫下中农一起过一个革命化的春节……”

说到这里，郭再耀停了一下，请下放干部郑励说话。郑励发表了自己的看法，不过他的话也是与郭再耀大同小异，毫无新意，大家不感兴趣。他本想结合一下生产队知青和城镇居民中的具体问题，谈谈对清理阶级队伍的看法，这样就必然要涉及有历史问题的王祥，但他知道在这种基层生产队，没有人想得罪王祥一家，况且王祥一家与社员关系很好，对他也不错，所以就不说了。

接下来每个人都要轮流表态，知青们提出一些生活上的具体困难。杜丽梅埋怨烧材太湿，郭大山答应会先把自家的干柴送些来；龚馨提出知青户要有自己的茅房，因为自留地的菜需要人粪尿肥，郭大山也答应由生产队安排。

龚馨觉得上社员茅房很不方便，有一次她上了别人的茅房，那户人家一个小伙子碰巧拉稀上自家茅房，一打开门才看见她在里面，好不尴尬。当然，她不好意思说出口。

大家都表了态，郭兴安、郑励和龚馨一直拿着笔记本，不时把大家的意见记下。

第八章

临近除夕，天天下着小雨，老天爷好像知道土楼农家人忙碌了一年，下下雨好让人在家休息一下，准备年货过年。

田里的活不打紧，土楼的人们都待在家里，楼里的鸡鸭狗看到这么热闹，也在石埕天井追逐嬉戏，几只鹅伸长脖子呱呱叫，却怎么也跑不过小猫小狗。年轻力壮的男人在楼前楼后忙活，有的锯板片，有的弄菜园，有的切烤烟，有的劈竹篾绑鸭笼，妇女们做菜、洗衣、打糍粑，农家人一年到头没有空闲的时候，即便是在阴雨连绵的岁末。

永昌楼门厅里，王文娟、王文徇和张剑驰一起打着糍粑，王文徇坐在石臼旁，熟练地在粑锤上翻转着黏稠的糯米饭，王文娟和张剑驰两人踩着锤臂。王文娟的体重轻得根本不能触动粑锤，当跳板踩着玩，靠的是张剑驰的大脚让锤臂一起一落。

春节前走进任何一座土楼，都会看到人们在楼门厅打糍粑，吃糍粑。糍粑就是黏稠的糯米粿拌上研碎的芝麻、花生和红糖，味道芳香柔韧。糍粑锤根据杠杆原理设计，取一条平直的木柱作糍粑锤的臂膀，中间定支点，臂膀一边套住糍粑石锤，石锤这边的重量就远远超过另一边。另一边人踩在臂膀上向下使力，糍粑锤就升高，把脚提上来，糍粑锤下落砸到糍粑臼。一般男人动脚踩锤臂，女人动手抓翻糍粑。

做糍粑要先把糯米放在饭甑里蒸熟，趁热倒进臼里，用糍粑锤一下一下地压挤，使糯米饭越来越黏稠，然后用力击打，一起一落，富有节奏，直到黏稠。打的诀窍是手脚配合，当锤子抬起时，翻糍粑要迅速把粘在上面的糯米饭抓下来，翻转一次，糯米饭便越打越粘越韧，也就越难打。打糍粑最有趣的是踩锤臂，可以二人、三人一齐上，大家勾肩搭背一上一下，就像小孩子玩跳跳板的游戏，颇有诗意。

自从郭云娘帮助新社员做了一回糍粑后，新社员可以自己打糍粑了。一臼的糍粑快好了，王文徇对王文娟说："你下来吧！快好了，去厨房拿一个小箩筐来装糍粑，待会儿让你捏糍粑，你要捏什么形状都行。"

王文娟跳出糍粑床说："我最喜欢捏糍粑了，可以捏成小兔子、小狗狗。捏像了，这小兔子、小狗狗舍不得吃，捏不像，就把它压平包芝麻糖吃。"

张剑驰说："我吃糍粑喜欢抓上一把就吃，看你的脏手捏来捏去，我还不敢吃呢！"

王文娟鼓起小嘴："欺负人！你明明说我包的糍粑，皮薄馅厚很好吃。"

张剑驰漫不经心地踩着锤臂说："我什么时候说过？忘了！"

王文徇插话："阿娟，不要闹了，谁不知张大哥最疼的是你！张大哥，干活要认真，看你这样一会快一会慢，不怕石锤砸到我的手啊！"

中午的阴雨特别烦人，锤声沉闷地响着。张剑驰和王家两姐妹正闹得开心时，忽然管成坚跑过来，把几张信纸放在王文娟手上，又跑出门外。紧接着，只见龚馨手里拿一根扫帚，怒气冲天追出来。

张剑驰问："什么事！管成坚这小子又欺负你了？"

龚馨涨红着脸："我在祖堂大厅写一封家信，管成坚那小子突然冒出来抢走信跑了。"

张剑驰："太过分了！看我以后教训这小子。"

管成坚这时兜了回来："对不起，龚馨！我以为你还在写什么先进事迹，都是骗人的东西。你真想在这里扎根一辈子？"

张剑驰："你滚好不好！没你的事。"

管成坚点头哈腰："龚馨！我错了，我马上去劳动改造——为集体户劈柴。”低着头走了。

龚馨对张剑驰说：“我和丽梅两人一间房，但房间里平时光线就很差，更不用说阴天了。大白天写字都要点灯，我才拿到下面写。”

张剑驰：“下乡第一天我就发现这个问题了。我第一次进入房间，发现只有一个外窗，外窗从一米多厚的土墙探进来，光线还要‘爬’过一米多深的‘隧道’。后来才知道，像永昌楼这样大的土楼，楼墙底墙近二米宽，随着墙体升高而逐渐变窄，到楼顶的墙还有一米宽。”

张剑驰说得很有道理，土楼房间的通风和光线不好，主要原因是楼墙厚，窗口又小。一般土楼楼墙一米多厚，开着半米长宽的窗户，光和风就集中在洞口周围，跟牢房的窗口差不到，光线明显不足。

但龚馨不想待在房间的另一个原因，是房间太小。传统的大土楼，每一层有几十个开间，每个开间约十二平方米，厅、房都太小。房间小，窗户小，采风差，里面又放马桶，空气中总有说不出的腐朽臭味。越老旧的楼这些缺点越明显，除了睡觉，龚馨很少待在房间里。

龚馨拿信回到自己的厨房，张剑驰跟了进去，看着她的脸说：“我看你最近心情不太好？”

龚馨：“没办法啊！白天忙，晚上又没有电灯，这农村实在太落后了。我现在还有一份材料没完成呢！成坚说得有道理，我都不知道自己比别人先进多少？我真的能在这里扎根一辈子吗？”

张剑驰：“你要小心啊！不怕我向公社汇报你的消极悲观情绪？”

龚馨：“如果你出卖我！我就去死好了。”她忽转过身，低头抹了一下眼睛，好像就要哭了。

在外人看来，龚馨是个坚强的女子，只有在张剑驰面前，她才真情流露，坦开心中的脆弱。

张剑驰心里忐忑不安：“跟你开玩笑，当真了？”

龚馨抬起头：“没事，你回去吧！文徇和文娟在等你呢？我还要写材料，不过要到楼上房间，点煤油灯写。”

张剑驰：“好吧！灯芯拧大一点，不要连煤油也要节省，小心你的眼睛。”

龚馨走出厨房，王文娟拿着一盘散发热气和花生香味的糍粑说："龚馨姐给你。你眼睛怎么红了？"

龚馨笑了笑："被灶烟熏的。谢谢你的糍粑，一看就知道好吃。"说着上了楼。

上次座谈会后，郭兴安把岭下生产队知青集体户的先进事迹上报永靖县革委会和江城市革委会，从此，他们这个集体户名闻遐迩，云岭公社、永靖县、江城市的广播站反复播送他们的事迹。集体户的领头人龚馨忙得不可开交，事事要以身作则。每天天刚蒙蒙亮，龚馨总是第一个起床吹笛子，挨家挨户敲门催起床早请示，然后出工，收工后还要到菜地看看，而且平时集体户做饭洗衣也是她做得最多。大后天就是年关了，她要写一份集体户的总结报告，建议下乡知青在广阔天地过第一个革命化春节。写完后这篇稿子要马上送到公社广播站，永靖县和江城市广播站都向她要稿，她成了一个大忙人。

楼下传来郑励的声音："龚馨，好消息！江城市革委会请你回去，介绍我们知青户的先进经验。"

龚馨下楼，问郑励："是真的？"

"当然！"郑励说，"我刚从大队回来，郭兴安打来电话，是江城市革委会向永靖县要人，要你回去做报告，协助动员江城市第二批上山下乡人员。你明天送一份材料给公社郭主任，就可以乘车回家。"

龚馨心里高兴，脸上却很平静。虽然刚到云岭不到两个月，但已非常想家了。尽管在大会、小会上一再表示要一辈子扎根农村，可农村的困难远远超乎她的想象，出工第一天就掉到烂泥田里。劳动辛苦不必说，更让她困惑的是这里的农民其实不需要新社员，新社员的到来反而给大队、生产队带来新的压力。眼下岭下生产队有一百一十多人，一百六十多亩田，大部分农田都是山高水冷的梯田，每年粮食产量缴交国家统购，剩下分配给社员每人每月不到三十斤谷子，社员们劳动一年没分红，有的连口粮都买不起。这些粮食对每天要翻山越岭肩挑背压的农民来说，不足温饱，就要自己开荒种番薯或山芋，但允许开荒的地方都是偏远的荒山，收成非常有限。

农民的另一个收获来源，是自留地的收入。生产队分配的自留地，社员在自留地都种些甘蔗、烤烟或蔬菜等农副产品，作为家庭副业收入来源。自留地太小，没办法种粮食作物，所以社员还是吃不饱，每年需要政府的回销粮救济。现在，生产队田没增，产量没增，却增加十三个新社员，等于从社员的饭碗里抢饭吃……她不敢想象未来，只知道这些日子集体户的生活虽不错，但刚来不久，又遇上过年，社员经常送山货和蔬菜给新社员，过了年，集体户的生活问题将会凸显出来。菜园的菜还没长成，国家补贴每人每月八元，要买米买菜……她对改变农村落后面貌，一辈子扎根农村的决心开始打上问号。

她苦闷彷徨之际，如今有机会回江城，风风光光地离开如此落后的农村一阵子，真是天上掉下来的馅饼，多好啊！

归心似箭。她为自己庆幸，匆匆忙忙准备了行李，第二天一早就到云岭公社，郭主任已经为她买了一张回家的车票。

今天是大年三十，除了龚馨回江城开会之外，所有的新社员都留下来。因为大家刚来不久，不像农户家家杀鸡宰鸭，所以只能吃个简单的年饭。

裕昌楼有人杀猪，新社员各自买了点猪肉和鸡鸭鱼蛋，再做几样特色菜。虽然没多少东西，但也要过个像样的年。王家和张家在准备年饭时就预先通了“菜谱”，王家做“五香”，张家做“肉粽”，男知青懒得煮东西，唯有杜丽梅自告奋勇做“卤面”。

自从张剑驰到云岭圩买了几个小陶炉之后，大家煮东西就不固定在灶间了，常常把陶炉放到灶间门口的走廊。永昌楼的灶间门口走廊连成一圈，宽度足有三米，既可劈柴也可烧饭。最高兴的是王家三姐妹，她们一天到晚比大人还忙。

康茹坐在走廊一只小凳上包五香，王文徇把包好的五香放进陶炉上的油鼎炸，然后用两根长筷子熟练地翻转着油里的五香。王文娟则蹲在陶炉旁负责烧火，看到炉里木柴快完了就塞上另一根干柴。其实烧火根本用不了她，王文徇就可以兼顾了，王文娟只不过是为了好玩。

“阿娟！不用你了。”王文徇说，“你去帮妈妈包五香吧。”

“好!”王文娟一直是边看火边吃，她拿起一条已经捞起的五香又往嘴里塞。在江城，每年过年她都是贪吃，到吃年夜饭就吃不下了。

郭云娘提一个满满的竹篮进来，说：“阿娟！这篮子里有三份山货送你们新社员，每户一份。”

“谢谢云娘，吃一条五香吧。”王文徇说。

郭云娘拿起切好的一块五香，边吃边说：“真好吃！用什么做的。”

康茹说：“‘土楼五香’，参考‘江城五香’做的，主要原料猪肉、番薯粉、葱、盐、味精、砂糖、五香粉等。做法是先把原料调制成馅，以豆腐衣为外皮，裹成长条状‘五香生胚’，在油锅中炸四五分钟，取出切成若干段，配上辣椒酱、酸萝卜片等。趁热吃时，外酥内嫩、醇香可口、回味无穷。”

康茹没说完，高雅雯从隔壁灶间出来，拉住郭云娘的手：“吃我的肉粽子吧。”

“好吧!”郭云娘走进高雅雯的灶间，看见桌子上放着很多热气腾腾的肉粽。

高雅雯剥了一粒肉粽给郭云娘，郭云娘尝了一口，连声叫好：“这肉粽里面包什么东西啊？味道这么好!”

高雅雯自豪地说：“我根据‘江城肉粽’进行改进，由糯米、猪肉、栗子、香菇、鸭蛋等原料配制而成，可说是色、香、味、甜俱佳，令人吃而不腻。”

郭云娘忙说：“我们这里也裹肉粽，但没你做的这么好吃。以后我家裹肉粽，请你当师傅。”

“跟我还客气，你家有什么好吃的，都忘不了送来给我们。剑驰讲，你做的东西什么都好吃!”

“剑驰一个大男人，当然觉得什么都好吃。”

“谁说我坏话!”张剑驰刚从外面进来，手里抱着一捆柴。

高雅雯：“说你好吃懒做。”

“说对了！过年就是要好吃懒做。”

“脸皮真厚啊！云娘送的东西你吃了一半，看她又送山货来了，今晚就多一盘冬笋炒肉丝。”

张剑驰侃侃而谈：“谢谢你，云娘！说到竹笋，我就想起唐代大诗人白居易《食笋》诗句：‘置之炊甑中，与饭同时熟。紫箨折故锦，素肌擘新玉。每日逐加餐，经食不思肉。久为京洛客，此味常不足。且食勿踟蹰，南风吹作竹。’诗人对竹笋的嗜好及怀念之情是何等强烈。再说宋代大文豪苏东坡吧，有一次他路过于潜县金鹅山时被竹林陶醉，即兴赋诗：‘可使食无肉，不可居无竹。无肉使人瘦，无竹使人俗。人瘦尚可肥，士俗不可医。……’诗未成，于潜县令用‘笋焖肉’款待他，苏东坡食后赞不绝口，情不自禁地吟完后两句，‘若要不瘦又不俗，还是天天笋焖肉。’他曾感叹：‘食者竹笋、庇者竹瓦、载者竹筏、炊者竹薪、衣者竹皮、书者竹纸、履者竹鞋，真可谓不可一日无此君也。’”

郭云娘补充道：“你真是书生气，竹子可是我们农家的一大宝，如竹笠、竹箩、竹筐、竹筛、竹篓、竹簸箕、竹扫帚、竹笆、竹扁担、竹椅、竹凳、竹沙发、竹躺椅、竹床、竹席、竹枕、竹柜、竹箱、竹匣、竹屏风、竹帘、竹花瓶、竹灯笼……所以吃一根竹笋就少一张竹席，大队党支部还宣布严格控制在集体山林挖冬笋呢！我的这几根竹笋是自己开荒的山上挖的……”

张剑驰惊讶地打断她的话：“还可以自己开荒啊？”

杜丽梅从隔壁厨房出来，对张剑驰和郭云娘嚷着：“哎呀，你们只顾说话，我的土楼卤面好了，大家进来吃一碗，趁热吃啊！我的卤汤选用杂菇、金簪（黄花菜）、肉丝、笋丝等配料，拌入适量味精、白糖等调味品，入锅煮沸，再以鸭蛋、番薯浆调匀分别倒入锅煮成‘卤汤’，另备略加烫过的韭菜、豆芽为配料。”

郭云娘说：“丽梅姐，闻到你的卤面香气，我的肚子就感到咕噜咕噜地响，有食欲了。我是第一次吃这么正宗的土楼卤面呢！”她走进杜丽梅的厨房，看见管成坚和李卫国正在狼吞虎咽卤面。

管成坚：“土楼人家把韭菜、豆芽和碱面条盛入碗内，淋上卤汤拌调即行。食前配上胡辣椒、蒜丁、香菜、油炸鱼等佐料，趁热食之，色泽鲜艳，稚嫩爽滑，晕润香醇，鲜美可口，别有一番风味。”

“你干活也像吃卤面这样积极就好。”郭云娘和张剑驰每人拿着一碗卤面出来，继续他们的话题：“我们岭下大队有一些荒地可以让社员自由开荒，但大都是水源短缺的山谷。很多荒地原来是水田，后来荒废了。一是气候冷产量低。二是山田水路的山坡崩塌，断绝了水源，重新在塌坡上开水渠较难。三是路途遥远，耕作不方便。四是野兽骚扰。那里有很多山狗窝，既吃牛也伤人，居住危险，社员不敢在山上落户。我家开的荒地原是一片荒田，只种番薯，路很远，要走两小时，几乎全是上坡路。”

张剑驰饶有兴趣地说：“有一首歌唱道：‘沙石峪，山连山，当代愚公换新天。万里千担一亩田，青石板上创高产。’以前我只知道农业学大寨，开山造田，沙石峪缺地，沙石峪人就用大锤砸，用尖镐凿，用双手挖，硬是把满地青石板揭去一层。农民们起早贪黑挑土，用十几天时间，青石板上一亩田愣是垫起二尺半，总计行程二万多里，挑土四千六百多担。”

郭云娘接过话：“沙石峪缺地，我们不缺地。闽西南山区已经开发千年，能作为农田的基本开发，把现有的农田管理好就不容易了。像我们生产队，一百多人，近二百亩水田，其他山地还很多可以开垦利用，但目前开展农业学大寨还有很多困难，社员积极性并不高，集体活都干得马马虎虎，生产队再开荒？没人想过。社员要过日子，还得靠自留地种植经济作物，搞副业生产。”

张剑驰：“你说的副业指什么？”

郭云娘：“家庭副业，先说养鸡鸭猪羊，比如管鸭子，向鸭屁股要钱。每天出工的时候，许多人都要随身挑着竹编的鸭笼上山下田，一担鸭笼可以装十几只大鸭子或一大群小鸭子，重五六十斤。到了山田，把鸭子放到水田吃虫，待收工时再把鸭子赶回笼。管鸭最容易，农家七八岁的媚儿第一次跟大人出门干活就是管鸭，母鸭吃饱了，几乎天天生蛋，卖鸭蛋的钱给媚儿买衣裳。鸭子要天天放山田才吃得饱，媚儿们很勤奋，一年三百六十五天天天挑鸭笼出门，大人没干活他们也要出门，为的就是多卖几个蛋……”

张剑驰见郭云娘说累了，递上一杯茶：“这些小姑娘一天到晚瞪着鸭屁股，上学了吗?”

郭云娘：“我们这里习惯男孩子上学，女孩子不上学，反正女孩子长大嫁人，是别人家的，能干活生儿育女就好。岭下生产队媚儿只有三人读书，其他人鸭子大的字不识一箩。”

张剑驰：“那你为什么能读书呢?”

郭云娘：“我的一个叔叔是国家干部，早年参加革命，在外地工作，是他说服我父母，支持我上学的。在他看来，念书是安身立命的根本保证。再说，我父亲也希望我读书，他说，不读书，一辈子也别想抬起头。父亲一生最敬重读书人，最自豪的就是他亲手送我的叔叔参加革命，后来叔叔在部队里学了不少文化知识。我上学，家里没劳力，工分收入少，父母平时就省吃俭用，供我读小学直至中学。”

张剑驰静静地听她说话，仿佛看见在战火纷飞的年代，从土楼走出去的英雄儿女为了人民的幸福而奋斗，其中寄托着对红旗下长大的一代人的期望。想到这里，他不禁对郭云娘的叔叔肃然起敬。

郭云娘喝完茶，继续说副业话题：“家庭副业还有就是山林，把林木砍下卖给国家，但现在许多大杉树都砍光了，要找一棵直径一尺的杉树很难。大松树还有一些，须由生产队统一安排，可以锯木板出售，或当柴火卖。樟树、柯树、楠树等名贵树木和其他杂树，也不多，不能成林，所以管理较松。拿做家具说吧，外地人喜欢樟木板、楠树板和柯木板做家具，我们公社却只认准杉木家具。杉木不易变形，几百年不腐烂，土楼的木构几乎都是杉木。”

张剑驰：“既然林木控制砍伐，那山林的副业收入很有限啊?”

郭云娘：“另外有山上的竹子和秆積。除了毛竹之外，其他小竹子都可以砍伐。秆積是一种纤维植物，枝干较软，指头粗，二三米长，用手能折断，枝干可以造纸，叶子绿色，又尖又长，可以喂水牛。这种秆積漫山遍野，政府部门没有长年收购，每年收购一至两次，春节后就会收购，一百斤卖三元，到时我可以带你去砍秆積。”

张剑驰：“你说累了！歇着吧，我看你连茶也顾不上喝。今天是大年三十，我们吃东西吧，以后有时间再听你‘痛说革命队史。’”

第九章

正月初一早上，下了几天的雨停了，太阳躲在飘浮的云层时隐时现。临近中午，阳光撒向大地，让青山绿水披上五彩缤纷的亮丽光彩，远处的山峦在阳光下闪着金光，预示一个好年头到来。

这年春节，党中央提倡过革命化春节，不铺张浪费，不大吃大喝，要求领导干部发扬艰苦朴素的优良传统，春节期间到基层拜年要结合访贫问苦，为生产队解决实际问题。云岭公社每年春节都安排干部到各队给贫下中农拜年，家在农村的国家干部和职工也在春节期间回家过年，难得每年一次和乡亲们团圆。下午，郭兴安就代表公社党委，与郭再耀等人到各生产队看望乡亲。

郭兴安穿一件新的蓝色中山装，满面笑容，显得年轻许多。他来到岭下生产队，走近裕昌楼，颇有兴致地看了楼门口的楹联“裕盼吉祥兴伟业，昌期如意唱雄鸡”，惊奇地对郭再耀说：“这副对联很有意义啊？以‘裕’和‘昌’开头，既歌颂先人兴伟业，又期盼鸡年如意。”

走在郭兴安旁边的一个矮墩墩中年男人，好像蛮有学问地点头赞许：“以前的春联总是‘天增岁月人增寿，春满乾坤福满堂’，不然就是‘爆竹声中除旧岁，梅花香里报新春’，老得掉牙。看这笔迹不是文雄的，是谁写的呢？”

郭再耀应和：“进去问问就知道。”

往年岭下生产队的春联几乎都是郭文雄写的，他五十出头，是生产队唯一一位公办小学教师。每年春节前几天，他特别忙，要在楼内祖堂大厅摆上一张八仙桌写春联。贴春联的传统是新楼旧楼都贴，厅、房、门、窗、谷仓及关猪羊牛鸡鸭鹅的棚寮也要贴，这样，他每年要写几百张春联，永昌、裕昌两座土楼几百个房间、谷仓和畜生棚寮都得见“红”。除了他，生产队的成年人没有几个识字，识字的也不一定会写毛笔字。

楼内非常热闹，社员们看见公社和大队领导来了，抱拳作揖，道一番恭贺新禧，接着又是递烟，又是请入灶间喝鸡酒。平时土里土气的土楼人家到了春节，看起来也很讲究礼仪。

普通农民常年买不起香烟，春节期间就用土制的“卷烟机”，把精挑细选的优质烤烟丝卷成两头齐的香烟模样，表明自己的礼貌和心意。社员们争先恐后把客人拉入自己的灶间喝酒，有时好几人争夺一个客人，不仅拉拉扯扯，还连推带搡，力气小的只好感叹自己胳膊扭不过大腿。

春节期间走进土楼，按礼节要在灶间门口的走廊走一圈，从木栅栏孔望进去，可以看到每家灶间的饭桌上都摆满酒席，那是土楼山区春节期间传统的待客之道。主人随时准备招待亲戚朋友，跟客人打个招呼就要请进来喝几口水酒。

郭云娘家的灶间在楼门厅右边第一间，新社员都到裕昌楼拜年，王家三姐妹和张剑驰几个刚进楼，一下子就被郭云娘拉入灶间。大年初一谁的肚子会饿啊？看着一桌酒菜，郭云娘请他们吃饭，只是坐在一起聊天而已。

郭云娘的弟弟郭云天比王文娟大两岁，不喜欢与女孩子在一起，跑得不知去向。

郭云娘的母亲陈玉美四十多岁，身穿棉布衣服，一看就是个朴实善良的农家妇女。她不断地往每个人的碗里放鱼放肉：“吃啊，你们客气什么?”

张剑驰拿着筷子：“谢谢玉美婶子，来来来！大家都吃一点。”

王家三姐妹穿着不同颜色的花布新衣，头上又都束着两条大辫子，看起来与农村女孩的装束没两样，但毕竟她们身上有一种被城市文明熏染的气质，一看就不是农家女。

郭云娘说："你们王家三姐妹都穿新衣，而且那么合身，文娟的蝴蝶结发夹很漂亮啊。"

王文娟扬起脸，生动地说："我的衣服都是雅雯阿姨做的，蝴蝶结发夹是龚馨姐买给我的，张大哥还送我们每人一根钢笔。"

张剑驰严肃起来："春节后你们三姐妹都要上学，谁学习成绩好还有奖。"

郭云娘补充："阿徇上初一吧？到云江中学寄宿，离开父母了，要学会自己生活。"

云江中学是永靖县云江华侨在50年代投资建立的中学，云江离云岭圩约五公里路，离岭下大队也差不多五公里，云江、云岭、岭下三个地点恰成三足鼎立。

王文徇说："我和同队的几个男同学约好了，下个月就开学。从这里走路到云江一个小时，没问题。我每星期回来一次。"

灶间的墙上贴着许多奖状，有郭富来被评为农业学大寨积极分子，有陈玉美被评为妇女标兵，大多数是郭云娘在小学获得三好生和优秀少先队员的奖状。有的奖状已经泛黄，表面覆盖一层白塑料纸，可以看出郭家两代人的勤劳勇敢和力争上游，更有年轻一代充满着对知识的渴望和追求。这些奖状就是一道风景线，挂在灶间，焕发出时代的正能量。

"你们三姐妹要向云娘姐学习！"张剑驰看着奖状说，"谁得了奖状，我再加倍奖励。"

三姐妹乐呵呵地笑着。

郭富来在楼门口，郭兴安一进楼，被郭富来一把拉进灶间。郭富来身材瘦削，因为长年哮喘而背部微驼，能请到郭兴安，全靠灶间和楼门厅相邻的"地利"。十年前，他为了老婆和孩子，总是把一点点细粮和番薯、芋头留给老婆和孩子，自己野果晒干磨粉，挖野菜拌糠充饥，一年到头难沾点肉腥，才落下了病。

"玉美好！云娘好！新春快乐。"郭兴安作揖祝贺。

大家看到他们进来，赶快起身。

“郭主任好，新年好！”郭云娘问候。

“云娘姐，我们到外面玩。”王文徇说。

郭云娘：“吃点东西再走吧。”

“正月初一，肚子饱胀得不想吃东西，别客气啦！”未待王文芳说完，王文娟抢道：“云娘姐姐，我去放鞭炮了。”

郭云娘父母和郭兴安又是寒暄一番，拉郭兴安坐下，倒了满满一碗红酒请他喝。

郭兴安喝了一口：“好酒啊！大门的对联是谁写的，字很漂亮！”

郭云娘：“今年来了那么多有文化的新社员，很多社员都请知青写春联。我还请新社员写我们生产队两座大圆楼的楼门春联，要求上下联必须分别以楼名开头，最后裕昌楼春联采用张剑驰的，龚馨也创作一副永昌楼的春联才回江城。这两联都是张剑驰执笔，他只是简简单单的横竖点勾，起手落笔自然豪放，字体遒劲有力，豁达开阔，令大家叹服不已。”

张剑驰谦虚地说：“大家过年说好话，但也不能那样夸张啊，我的字很一般，兴安叔在这里，你让我无地自容啊！”

郭兴安拍拍张剑驰的肩膀：“小伙子的春联很有意义，毛笔字也写得不错，很有功底。”

张剑驰不好意思：“马马虎虎啦！这毛笔字全是‘文化革命’写大字报练出来的。”

郭兴安又喝了一口酒，信任地看着张剑驰和郭云娘：“楼门厅应布置一个革命大批判专栏，包括你们知青接受再教育的体会文章。云娘和龚馨、剑驰商量一下，这任务就交给你们了。”

郭云娘再往郭兴安的碗里倒酒：“没问题！”

张剑驰对郭云娘说：“你是大队支委，你叫俺做啥就做啥。”

郭云娘瞪了张剑驰一眼：“你不是在取笑我吧，那一次大冷天田里结冰，我叫你在家读毛选，你不服从‘命令’，却带头嚷着要出工做田岸，害得龚馨陷进烂泥田……”

张剑驰打断她的话：“你大年初一尽让人出丑。”接着，他向郭兴安汇报了那一天出工的情况。

郭兴安笑着说："这事龚馨对我说了。干活胆要大，心要细，烂泥田是低产田，今后要逐步改造，还靠大家想办法出主意呢！云岭公社曾经有个耕山队，在山上安营扎寨改造低产田，他们喝的是田里的水，走的是烂泥田田岸，睡的是茅草棚，起早摸黑挖沟排水，并在烂泥田打松木桩，奋战一个月改造几十亩烂泥田成高产田。"

张剑驰点点头："改变农村落后面貌任重道远，但在目前，我一定会完成公社党委交给的任务。办好专栏，看我的行动。"

郭云娘提醒张剑驰："新社员还有什么问题需要向郭主任反映吗?"

张剑驰认真地回答："刚下乡不久，谈不上多少感想。接受再教育嘛，才刚刚开始。"

郭兴安："以后有什么困难尽管对我说，现在每个生产队都要办政治夜校，你们知青来当教师最合适啊。"

张剑驰："好说好说！这是应该的。"

郭云娘对张剑驰说："兴安叔这些年对岭下生产队可是没少关照，如今又分管知青办，也是你们的福气啊!"

张剑驰信口开河："我知道兴安叔在我们大队有口皆碑，还望今后不仅重视单身知青集体户，也要多多照顾我们居民户。像我这个'户青'好像与知青无缘，现在大家都知道永昌楼单身集体户的先进事迹，其实我这个户青做得不比别人少……"

郭云娘赞同地说："剑驰做的工作不比其他知青少，他是无名英雄!"

张剑驰多喝几口酒，说漏了嘴。他不想自吹自擂，听到郭云娘认真模样，自己不好意思起来。

郭兴安说："我只注意抓集体户典型，忽视了你这个户青，我做检讨，张剑驰你就做一回无名英雄吧。"

"哪里哪里！我喝酒说酒话，兴安叔不要当真。"

郭兴安说："我知道你是老三届，随家下乡的'户青'，在安置上与一般城镇居民一样，没有享受单身知青待遇，这是不公平的，但这是江城市的做法，我们无法干涉。不过，'户青'也是知青，好人好事也应该表扬，你放心吧，请相信我……"

外面有个高个青年社员突然进来，一把拉住张剑驰："到我家坐坐，我的酒最香。"

张剑驰笑着对郭兴安说："不好意思，改日再聊，好吗？我今天是来向全楼社员拜年的，没想到一下子就被云娘拉来喝酒。我到其他家走走吧。"他对郭兴安不是很好感，总觉得他有什么企图。

此时，新社员几乎都在裕昌楼作客，吃过一家又一家，走出这家灶间又进入另一家，家家户户都按土楼人家过节办酒席款待他们，餐桌摆上"八大碗"，分别盛满鸡、鸭、鱼、肉、米粉、糯米饭、面条等。最重要的是鸡肉大盘，鸡头对着新社员的"大位"，这是欢迎客人的最高礼仪。桌上每一碗都高高耸起，生怕他们吃不够。

除了款待饭菜之外，家家户户还要请他们喝几杯家酿糯米酒。这种酒每年进入秋冬交替之际酿造，酿造工艺是将糯米煮成干饭，在大簸箕冷后，放人"红壳"搅拌均匀，装进大缸，加冷开水盖密，发酵 15 天～20 天，就可以取酒。酒好喝又补身，酒渣可以煮肉，叫作红渣肉。因酒颜色鲜红，像天空的晚霞，所以也叫红酒。酒味甘甜爽口，香气浓郁纯正，如蜜糖水一样，后劲却非常大，等知道醉已经来不及。

张剑驰走进郭大山家的灶间，管成坚、杜丽梅和李卫国也在里面。管成坚对张剑驰小声说："如果天天这样有吃的，我会在广阔天地过一辈子。"

张剑驰："别说酒话了，你拿起筷子，每盘只夹一点，这是礼节。"然后对队长说："这么满怎吃得完啊？"

郭大山非常高兴，因为吃不完就是"剩"，闽南话读如"春"，即年年有余的意思。他是队长，过年不能太小气，用自制的香烟请客人似乎有失自己"身份"，因此掏出一包"乘风"牌香烟请大家。

张剑驰恭敬地说："谢谢队长'乘风'，祝愿大山叔新春佳节'乘风'得意。"

大家听出张剑驰的妙语，闽南话"剩"和"乘"同音，"'乘风'得意"就是"春风得意。"

郭大山笑声如雷，左手习惯地摸了摸满脸的胡子。管成坚接过队长的香烟，对张剑驰说：“你真厉害，连抽烟都会活学活用，立竿见影。”说着把筷子放在桌上。

杜丽梅：“不能放筷子，放筷子就是客气。筷子要拿在手上，叫不客气，不见外，懂吗?”

郭大山不在乎：“哎呀，你们这些小青年怎这么多礼路，吃吧吃吧。”

张剑驰起身客气地说：“我们还是到别家走走吧。”

郭大山：“好的好的，要深入群众啊。”

到了外面，张剑驰对管成坚说：“大家心里都明白，家家户户走一走坐一坐就是了，谁敢真正大口吃菜吃肉。鸡头更是不能动的，要摆到正月十五敬祖宗才吃。”

杜丽梅：“他们大人舍不得吃肉，都留给小孩和客人。”

张剑驰：“我知道云娘家才杀几只鸡鸭，买了几斤肉，要从初一应付客人到十五，她父母却一直往我们碗里放鸭肉，难得的好人啊！”

楼门口打谷场上，王文娟和一群孩子在放鞭炮。王文娟点燃一根“大炮”炮芯，然后盖上空铁罐头盒跑开，王文徇和王文芳用双手捂住耳朵，只听“嘣”一声，罐头盒被“大炮”轰上几层楼高，在打谷场上啄食的一群鸡吓得魂飞胆破，拼命逃窜。王文娟接着又放了一串排炮，之后在地上寻找未响的炮，像寻找丢失的宝贝满地搜寻。

张剑驰喊：“小心！有的炮不会马上响。”

王文娟大声嚷：“怕什么！过了年，多一岁，胆子大一倍。”

王文娟胆子确实大起来，农村广阔天地改变了她的性格，与在江城的腼腆小女孩完全不同。自从来到农村，她每天与小同伴们一起玩耍，脸上总是洋溢着欢笑。她把自己的好几个毽子带来，送给小女伴。打谷场有一个排球场大，她们常在打谷场踢毽子，跳绳子，王文娟可以围绕整个打谷场踢一圈，跳绳子也能跳一圈。

王文娟放完鞭炮后，便与小女伴踢毽子，小女伴为她加油：“……四十、四十一、四十二……一百……一百五十……”

几个男孩子还在放鞭炮，一只小鞭炮在王文娟的身边响起，王文娟才停住。

“狗蛋！你故意给我甩炮是不是?”她怒目质问一个流着鼻涕的小男孩。

“阿娟！我不是故意的，我到别的地方玩去了。”狗蛋抹抹鼻涕走开。

打谷场的孩子越来越多，几个大孩子拿张剑驰送给他们的排球过来，打谷场更热闹了：踢毽、跳绳、打球……一个偏僻山区，一年就这么一两回。

有几个孩子作恶剧，把一种“铁旋风”的串炮发射到离打谷场不远的生产队仓库前，冒着火星滋溜乱钻。在那里歇息的鸡群，几只骄横的大公鸡，像风吹葫芦满地打滚，母鸡则四下飞蹿，咯嗒咯嗒乱叫。

王文娟生气地喊：“你们真可恶，母鸡惊吓了就不下蛋!”

男孩子遂撒开脚丫，猛跑起来。

王文娟玩得很开心，再也没有人会抢她的毽子。她想起江城市那些“红五类”小坏蛋，心里还是不解恨。不过，那种被欺负日子一去不复返了，她感到幸运。张剑驰、龚馨和郭云娘这些大哥哥大姐姐对她这样关心，小伙伴这样热情，他们的心眼都那样明亮与清纯，她心里充满一种坚强与自信。农村生活虽然艰苦一些，但没有人看不起她，心里没有压力，她要勇敢地生活，努力读书，做个坚强的女孩。

第十章

元宵节，裕昌楼几十家灯火洋溢着新春佳节最后一个良宵喜悦。

晚饭后，王文徇寻思着为上初一准备一些学习用品，就兴致勃勃地走进郭云娘的灶间，郭云娘用平静的语气告诉她："我早些日子就想告诉你，怕影响大家过节的兴致。现在全国中学学制由三三制（初中三年、高中三年）改为二二制（初中二年、高中二年），小学全部实行五年一贯制，中学恢复招生，废除招生考试制度，所以上中学也要小队、大队、公社三级领导机构批准，采取'推荐''保送'的办法。"

王文徇平时话少，听了郭云娘的话愣住了，两眼呆呆地盯着郭云娘，一会儿才缓过神来："什么条件才能被推荐呢？"

郭云娘感叹："各地情况不同，农村一般推荐出身好、表现好和家里有劳力、不欠社的适龄青年。"

王文徇失望地说："我三个条件几乎都不够，学上不了啦。"

郭云娘："没关系！我会尽量想办法。"

王文徇低下头，用手揉眼睛，默默流泪。郭云娘刚想安慰她，张剑驰走过来眨了郭云娘一眼，和颜悦色地对王文徇说："我一定会想办法让你上中学，我说话算数。"

王文徇抬起头，充满感激地看着。张剑驰要王文徇和孩子们玩去，约郭云娘到外面商讨对策。

月色如酒，张剑驰和郭云娘情不自禁地走出土楼，走在田间小路上，俨然一对情人。郭云娘眸光闪现之间，有如《天仙配》中美丽善良的七仙女，在月光映照之下，张剑驰似乎可以从她身上阅读出天上人间最美妙的故事。

郭云娘："推荐上中学有几个重要条件，一是家庭成分要好，四类分子子女不许上中学；二是欠社的家庭半劳力成员不能上学，他们必须在生产队劳动，挣工分养家以减轻生产队负担。王文徇的情况很差，主要是家庭出身有问题，王祥的历史问题未定案。还有她全家没有一个全劳力，劳动收入不足以买回生产队的口粮。她这个半劳力上学，生产队的负担会更重。"

张剑驰想了一会说："我认为没有过不了的门槛，第一，上级没明文规定有历史问题的家庭子女不可以上中学。第二，她家庭劳力少，但刚来不久，没有欠社，可以向生产队保证今后如果欠社就自己掏钱买口粮。这完全没问题，我可以负责。"

"你负责?"郭云娘看着月光下的张剑驰，眼里闪烁自信，就像天上明月一样从来不怀疑自己的光辉。

张剑驰坚定地说："生活中的美丽和希望有时往往在偶然间出现，就像这么美丽的月夜，我们走在田间小路上，明月可以见证我的信心和力量。"

郭云娘："看不出你那样浪漫。"

"哪里哪里，我是触景生情！月亮总让人想起爱，想起希望和憧憬。"张剑驰轻轻地说，"你有没有详细算一下，现在生产队的工分值四分，一个劳力每年赚三千分，才一百二十元。王文徇每年顶多赚一千八百分，收入七十二元，为了这点钱，断送一个孩子就学机会实在不值得。"

郭云娘沉重地说："你只是说了事情的一方面，农村女孩子在家，里里外外一把手，可以帮家里多少忙啊！比如说管鸭子，她们为了多卖几个鸭蛋，失去上学机会，却为家庭糊口度日撑起了半边天啊！"

张剑驰感慨道："是啊！丫头们从懂事起就跟大人们出门干活，如管鸭、看牛或跟在猪屁股后面捡猪粪。从小女孩到少女再到当母亲，那挑鸭笼的扁担几乎没有一天离开她们的肩膀，她们被生活沉重地压抑着，为的只是能够活下去。她们没有理想吗？不想读书看外面的世界吗？没想到这就是和新中国一起出生长大的农村妇女活生生的写照。”

“决不能让文徇失学，我们一起帮助她吧!”郭云娘情不自禁地把自己和张剑驰联系在一起，她说“我们”这两个字，深长意味只有她自己知道，那是一种人世间最美丽的幸福感。

夜幕下的田野，像天空一样宁静，偶尔传来几声青蛙的鸣叫声。多么宁静的夜啊，有多少青春儿女，此时享受着美好的时光！

张剑驰估计不错！王文徇的上学申请得到郭大山的支持，也很快得到大队和公社的答复：只要云江中学招收，大队和公社不反对。

不久，张剑驰带着王文徇到云江中学报名时，很快被接受了，因为女学生太少，不足四分之一，所有的女生几乎都招收。

云江中学建在云江溪畔，总建筑面积上万平方米，可容学生五百多人，办公楼、教室、宿舍、大礼堂、运动场等布局有致，甚为壮观。

王文徇第一次到云江中学，即刻陶醉在美丽的景色中。一条清澈的小溪从峡谷中潺潺而出，将山峦、溪边数十座形态各异的土楼民居串成一条美丽的珠链，在阳光下闪耀着炫目的光芒。沿溪岸铺着鹅卵石通道，两旁高低错落的石阶通向土楼各家，溪面上每隔百米左右便架设一座石孔桥，把两岸土楼连为一体。土楼人家在小桥流水、层层稻田和片片果园、茶园的环绕下，俨然特色江南水乡。她每星期日下午与同大队的男同学一起步行山路到云江中学，星期六下午才回家。

转眼到了阳春三月，这是土楼山区春耕最繁忙的季节，龚馨也回来了。她很快学会不少农活，但还是经常参加大队、公社和县里的会议。她是党员，又是江城市和永靖县下乡知青先进人物，每次开会，她都要发言。她平时准备书面材料，写好后就让张剑驰看。张剑驰在学校作文很好，一篇文章到他手上，可以马上发现其中的问题，并提出修改意见。

一天晚饭后，龚馨在自己房间昏暗的煤油灯下赶一份稿件，房门没关，看到张剑驰从门口走过，对他说：“你有空吗？看看我的发言稿。”

“丽梅呢？我进去不方便吧。”张剑驰站在门口犹豫不决。

龚馨：“丽梅和卫国出去了，他俩早已形影不离。”

“那好吧！”张剑驰不大好意思，东张西望之后才进去。

就在张剑驰回头时，望见王文娟站在家门口瞧他。

王文娟的房间离龚馨房间只隔两间房，虽然天色暗下来，但张剑驰清清楚楚看到王文娟对他装鬼脸。张剑驰对王文娟挥了挥拳头，心里说：“小丫头！看我明天整治你。”

“进来吧！”龚馨搬了一条椅子，让张剑驰坐下，“先喝杯茶再看。”

张剑驰接过龚馨的茶，边喝边看边谈：“这篇文章还是太多大道理，农业学大寨和学习毛泽东思想固然要写，但介绍知青参加生产劳动的情节，也是接受贫下中农再教育的基本内容之一。”

“生产劳动的情节有什么好写的？”

张剑驰：“像‘劈田岸’就大有文章可写。下乡四个月，我才找到‘劈田岸’的答案。当前是春耕大忙，除了犁田、耙田、施基肥和育秧之外，最有特色的农活就是‘劈田岸’。劈田岸只是用刀把田埂和岸墙表面的杂草除掉，可为什么不说在田岸上‘除’草或‘割’草呢？而一定要用刀‘劈’？”

他停下来，啜了一口茶：“乌龙茶不错啊！哪来的……”

“云娘送的。”龚馨急忙要听张剑驰提出修改意见，打断他的话。

“是她？你们俩像亲姐妹啊！”张剑驰想，好在你及时打断我的话，因为郭云娘送给我的茶叶比送你的更好。

他觉得自己和龚馨、郭云娘三人好像很有缘分，作为异性的他，不知道今后会在她们两人中发生什么故事。

张剑驰把茶杯放在桌上，继续他的评论：“我的意思是：土楼山区每一句劳动语言都有它特定的意义，只有在劳动实践过程中才能发掘其文化内涵和美感。就说‘劈田岸’吧，你可以像讲故事一样介绍：第一，因为闽西南山区大多数山田田岸杂草太多，没办法用锄头锄掉，只能用刀把杂草表面砍掉，这是用‘刀’的原因，还谈不上‘劈’。第二，田埂的岸墙太高，不可能用短柄的刀，只能用长柄刀，通常刀加上刀柄达四尺长。

人站在田埂上，脚下的岸坡一二米高，要弯腰把岸坡的草劈除，会发现一个有趣的现象：草丛长大时，它的根部把岸墙表面的泥土一起凸出来，所以劈掉草的时候，也要把凸出的土一起劈掉，实际上就是把田岸‘劈’掉一部分，所以叫‘劈田岸’。”

看着张剑驰侃侃而谈，龚馨不禁佩服他对生产劳动细节的观察能力，想他以后一定是当作家的料。

不过，龚馨还是不明白“劈田岸”与接受贫下中农再教育有什么关系？经过一番细想，才慢慢有底。

张剑驰：“还用我说吗？”

龚馨：“我知道了，‘劈田岸’可以联系到艰苦劳动的磨炼。生产队每年要劈田岸好几次，使用长刀要甩臂力，连土带草一起削掉田岸土，所以非常累，干一会儿便满头大汗。不管你多么有力气，连续弯腰挥刀几十次就得站起来喘几口气再干，可以说这是闽西南山区一项艰巨的农业劳动，也是知青锻炼意志的好机会。另外，在大自然面前使用简单的刀具劳动，证明我们农村还很落后，要改变农村落后面貌任重道远。”

龚馨说累了，停下来喝茶。

张剑驰接过龚馨的话：“你真是心有灵犀一点通，不过，还可以介绍详细一点。要掌握劈田岸的功夫，首先是要有一把利刀。好的刀手出工前经常要花大半个小时磨刀，刀磨得锋利，其锋芒不在职业杀猪刀之下。而且，出工时也要带着磨刀石。其次要掌握好劈的动作，劈刀与岸坡表面平行，刀锋扫过草的根部上方一两寸，从岸坡上方一刀一刀扫下。动作准确了，凡是刀锋扫过的地方决不必再第二刀，就像铡草机铡草一遍就整整齐齐。”

“好了好了，再说下去就会变成单纯军事观点了。”

张剑驰忽然想到什么，严肃地说：“这可不是什么单纯军事观点的问题，近几天报纸和电台不是天天播放珍宝岛事件的新闻吗？美帝、苏修亡我之心不死，当前我们要防备苏修的突然袭击，时刻准备上战场。如果我们连劈田岸这把刀都拿不好，怎么能够拿起枪呢？”

龚馨频频点头：“你说的非常重要，我以前写东西，总是从国际到国内大事，把大好形势吹一通，再写我们公社知青的事，就不知道怎样联系实际。你真行！一把简单的劈刀，在你的笔下，成为反帝反修的武器，我这知青模范该让贤了。”

开会的发言稿都要经过上级领导过目，常常被加入很多空洞的理论，龚馨很反感，但无法抵制上级的意志。在张剑驰笔下，任何理论都可以与知青生活联系起来，她实在佩服他，痴痴地看着他，一双秀眸柔波四溢。

张剑驰开心一笑：“好吧！你给公社革委会推荐一下，增加一个模范代表，以后开会我们一起去，多好啊?”

龚馨：“真的!”

张剑驰：“当然是真的，成双成对更好!”

“你真坏!”龚馨觉得自己脸发热，好在灯光昏暗，看不出来。在内心世界里，她喜欢张剑驰的真实、坦率、热情和才气，觉得和张剑驰在一起非常愉快、真实。

虽说是个知青名人，不过，龚馨更喜欢当凡人。能有今天的荣誉，是自己出身革命干部家庭的先天条件好，也是自己多年来努力的结果，她期待有朝一日能跳出农村，找更理想的工作。当然，她从来不敢透露这个念头，即使是张剑驰这样的好朋友。

两人还谈了一些其他话题，这时杜丽梅和李卫国出现在房门口，欲言又止的样子，张剑驰有点不好意思，赶快打断与龚馨的对话，走出门和他们寒暄几句，交代大家：“明天我们到溪头墩劈田岸，下午云娘交代的。”

“我们没问题!”李卫国说。李卫国说“我们”，当然指他和杜丽梅。张剑驰由此想起元宵月夜里郭云娘说起“我们”时洋溢着那种幸福的陶醉，发现了一种伟大的爱的源泉，是对土楼厚重的爱使一对对男女知青组成“我们”，他希望他们一生一世都在一起。

龚馨隔壁房间是张剑驰父母的房间，过去依次是张剑驰房间、王家姐妹房间和王家两老房间。张剑驰推开自己的房门时，王家姐妹的房门忽然打开，王文娟探出头对他说：“大坏蛋说话不算数，你原来说今晚给我讲故事，却跑到龚馨姐那里，一待就是两个钟头。”

“对不起！我忘了，我和龚馨姐姐讨论大人重要问题，明天行吗?”

"张大哥！和你开玩笑呢？晚安！"她又扮了一个鬼脸。

张剑驰想："这小丫头越来越调皮了！"

第二天，郭云娘、张剑驰、龚馨、李卫国、杜丽梅五个单身知青和两名社员来到溪头墩劈田岸。郑励干不了没来，管成坚家有急事回了江城。

溪头墩梯田是岭下生产队面积最大的一片山田，有二十多条田岸，平均每条五十多米长，动作最快的刀手劈完一条也要一个多小时。大家从上到下，每人一条田岸，一起开始，谁快谁慢非常明显。

"劈田岸"的镜头非常精彩：七个人分别站在七条长满野草的长长田埂上，每人挥动一把长柄刀，从左到右砍过岸墙表面，刀过之处，岸墙的绿荫被削掉，裸露成土色。这是一组非常富有特色的土楼山区劳动画面，给人带来无尽的创作灵感和激情。

大约过了半个多小时，差不多每人劈完半条田岸。

因为山墩上的田岸都是"山"字形，越往下越长，劳动量越大，张剑驰挑最下面最长一条田岸来干。

"看！田岸的草墙变土墙，这刀可真厉害！"张剑驰在自己的岸上，对站在上面一条田岸的龚馨说，"我们平原地区没有劈田岸，都是用锄头把田埂上的草除掉。"

龚馨满头大汗，脸蛋绯红。为表明干活不比别人差，她选择长度仅次于张剑驰的第六条田岸。她有一股不认输的泼辣劲，自从出工第一天不小心掉到烂泥田后，认为那是自己不能容忍的羞辱，憋着一口气，要把那一刻永远扔进历史。她的力气不如男知青，但耐力比男知青更持久。有一次，他们被派到一个僻远的山凹做田岸，过了午饭时间快完成任务，她建议大家都不吃饭，到下午两点半才把活干完，管成坚饿得快趴下了，她却满不在乎。

眼前的山田很窄，只有三米宽，所以龚馨就在张剑驰头上后面二三米远的地方，她劈下的草时而飞到张剑驰身上。

张剑驰回头说话时，龚馨正弯下腰来，狠挥着劈刀，一瞬间，张剑驰无意中看到龚馨的衣领下面两个纽扣松开了，丰满白嫩的乳沟清晰可见，就像一道闪电击中他，顿时涨红了脸。

龚馨挺直身，张剑驰猛地把目光躲开。龚馨看张剑驰脸色异样，对他说："怎么了？傻乎乎地看我干吗！"

"没什么！"张剑驰恢复了神态，"我看你的刀不太锋利，休息一下，我替你磨磨刀。"他的心跳还没有停止。

"好吧！"龚馨用衣袖抹了抹额头上的汗水，喘了口气。她看了看上面两条田岸，却不见人影，"卫国和丽梅呢？"

张剑驰说："可能躲到什么地方休息亲热去了，别理他们。"

龚馨又望了望最上面的三条田岸，只见郭云娘和另外两名社员还在那里干着，喊道："云娘，休息一会儿吧。"

郭云娘说："我们刚休息过，你们歇歇吧！"刚才一位社员的劈刀钝了，郭云娘就让他们几个休息。龚馨看到郭云娘没有一点点的疲劳神色，红扑扑脸上永远挂笑容，感到郭云娘是活生生的土楼英雄儿女，两人相识实在是一种缘分。

"好吧！"龚馨向郭云娘挥一下手，与张剑驰一上一下，走到梯田边缘小路上。张剑驰的磨刀石插在路边的田里，这种磨刀石夹在竹子破口的一端，竹子的另一端可以插入水田，刀手随时可以磨刀。

张剑驰磨着刀，龚馨坐在他旁边的小路上休息。因为山墩梯田是弯凸的，两端的边缘地带看不到中间的田岸，所以他们两人在那里，其他人看不到他们，只一个拐弯，这个角落就成了他们两人世界。

"你大后天还要到县城开会吧？"张剑驰一边磨刀一边看着她。

龚馨："我都不想去，但没法违抗上级的决定。"她觉得他是非常诚恳的人，很平实，很亲切，可以真诚相待。

张剑驰："你真想扎根农村一辈子？"

龚馨："得了吧！是怎么样？不是又怎么样？"

张剑驰："你上次回江城，爸妈都好吧？"

龚馨："我妈腰痛的老毛病又发了，经常痛得晚上睡不着觉，但还坚持上班，担子很重啊！"

张剑驰："听说这里有一种治疗腰痛的山药，有时间我帮你问问。"

“你真好！什么地方都想着我。”龚馨不知怎的，觉得眼眶发热，逐渐湿润起来，模糊了视线。

“怎么说话声音都变了，你是不是哭了？又没欺负你。”张剑驰停下手中的刀。

“去你的！总是拿人开心。”

张剑驰把刀放在一旁，洗干净手，从口袋掏出一条清洁的手帕，递给龚馨。

龚馨在别人面前坚强，其实是外表坚定内心柔弱的女子，特别是在张剑驰面前，她的柔弱一览无余。可是她还是没有接过张剑驰的手帕，用左手背拭着眼睛。

“看你的手不干净，对眼睛不好，别这样，谁都有难处啊！”张剑驰走过去，把龚馨的左手从脸上拉开，手帕放在她的手掌上……

“你们两人在干什么啊？那么亲热！”李卫国忽然冒出来，阴阳怪气地说着话。

张剑驰的手急忙抽回来：“你什么时候也变得油里油气，跟成坚学的？”

张剑驰这时看清楚了，李卫国和杜丽梅是从小路旁边的树丛里钻出来的。

杜丽梅走到龚馨身边：“是不是张剑驰欺负你了？”

龚馨听到李卫国的声音，马上站起来，装成一副满不在乎的样子。听到杜丽梅又来搅和，生气地说：“你说什么啊！胡闹！”随手拿起劈刀，走了几步。

张剑驰回原地继续磨刀，李卫国对他说：“我年龄比你大，你以为我看不懂，你们俩有事。”

“莫明其妙！”张剑驰不屑。

李卫国：“老弟！给你说一句实话，她是个大红人，很快就会飞了，你们俩没有结果的。”

张剑驰：“我们只是一般朋友关系，你误会了！”他知道李卫国说的话无恶意。

杜丽梅插进来："卫国你也管太多了，人家有没有结果跟你什么关系？莫非你看上了龚馨？"

李卫国和张剑驰听了都大笑，张剑驰说："你们干活去吧，躲在林子里那么久，别人的田岸就快劈完了。"

李卫国："我准备好几把劈刀，不必停下来磨刀，怕什么！没有人干活比我更快。"

李卫国说的是实话！他比张剑驰这般小伙子更有力气，况且他是木工出身，又有农村生活经验。杜丽梅和他在一起，什么重活儿都他扛了。

大家把溪头墩田岸劈完，已是日落西山。回家的路上，杜丽梅叫住郭云娘，把刚才看到张剑驰和龚馨的事对郭云娘说了，然后胸有成竹下结论："我看剑驰和龚馨很要好，龚馨在剑驰面前总像小鸟依人的样子，可能爱上了剑驰。"

郭云娘的神色变得复杂，眼睛闪动捉摸不定的悸动："他们俩的事跟我有什么关系？"

"如果我没看错的话，你也爱上了剑驰。"杜丽梅说，"剑驰确实是一个值得爱的男人，他身上有一股逼人的锐气和力量。"杜丽梅不假思索。

郭云娘好像认真地说："丽梅姐你真厉害，我的心事你也能看穿。"

杜丽梅自鸣得意："我比你大，这男女之事，当然比你懂得多。"

郭云娘嘲笑："我跟你开玩笑你也当真，谁爱上他了？"

杜丽梅哑口无言，是不是自己错了？还是郭云娘太狡猾。

第十一章

1969 年 4 月初的一个深夜，永昌楼静悄悄。张剑驰刚刚入睡，就被一阵短促的敲门声惊醒："张剑驰！起床，有急事！"

张剑驰以为是谁在梦中叫他，当叫声变成清晰的意识时，他才一骨碌爬起来。

"是龚馨的声音！三更半夜还有事吗？"他想，随便披上一件外衣开门，一股寒风迎面而来，不禁打了个寒战。

"什么事？"看到龚馨穿一件军用大衣，打着手电筒站在门口，他困惑地问，用手揉揉眼睛。

龚馨看张剑驰睡眼惺忪的样子，扑哧一笑，小声说："刚才大队通讯员赶来通知，党的九大刚刚闭幕，明天全国各地都要举行大规模宣传庆祝活动，我们要连夜到大队写标语、张贴红布联，明天一早全大队组织游行庆祝。"

张剑驰见只有龚馨一人，就问："其他人呢？"

"郑励带他们早走了。"龚馨说，"所有的单身知青都去了。"

张剑驰："为什么不一起走？为什么不早告诉我一声。"

龚馨："路上说吧，衣服要穿足啊！今天晚上很冷，根据气象站预报，北下的寒流袭击福建。"

"好吧！"张剑驰回房套上一件运动衫出来。

“穿这样不够，再去穿一件外衣。”龚馨不由分说把张剑驰推进去。

张剑驰只好又穿一件旧的军用外衣，出来时没注意，把大衣的纽扣扣错了，模样滑稽而好笑。

龚馨抿着嘴，走上前，要把张剑驰的纽扣扣好，张剑驰才发现自己的洋相。他赶快把龚馨的手轻轻推开，自己动手扣好纽扣。

龚馨的手电照在张剑驰的身上：“你外衣胸襟上的菜汤还没洗干净呢？明天我帮你洗。”

张剑驰急道：“哎呀，你真像我的老妈，啰哩啰唆唠唠叨叨的。告诉我怎么回事？为什么他们先走？”

龚馨不慌不忙地说：“我知道你饿了，先到我的厨房吃点东西。”张剑驰只好跟她一起下楼。

龚馨打着手电筒走在前，下楼的时候手电筒突然不亮了，整个土楼立刻变得一片黑暗。不过，她早已习惯摸黑在楼里走路。永昌楼静悄悄，黑暗中偶尔传来几声猫和老鼠凄厉的惨叫，让人毛骨悚然！

张剑驰：“不要怕！把手电给我，我弄一下就好了。”

“好！”龚馨伸出手电，不想刚好碰到张剑驰的鼻子，张剑驰“唉哟”叫了一声，不由自主抓住龚馨的手。

龚馨的手被张剑驰抓着，一动也不动，心疼地问：“痛不痛？”心里却像小兔子似跳着。她知道自己喜欢上张剑驰，如果这时张剑驰把她搂在怀里，她一定不会拒绝。

张剑驰的心也激烈跳动，他也对龚馨有一种朦朦胧胧的爱慕，但龚馨仿佛像一片云，在他心里飘来飘去，让他捉摸不定。想到这里，张剑驰轻轻地说：“没关系！”拉着龚馨的手走下楼梯。

龚馨带张剑驰走进灶间，灶间亮着一盏煤油灯，微弱的光将低矮的四壁与一些零散家具映衬得影影绰绰。

龚馨打开桌上的饭盖，是一碗热气腾腾的米粉：“我刚刚炒的。”

“他们都吃了吗？”张剑驰问道，一边拿起筷子大口夹米粉往嘴里塞。

龚馨：“看你狼吞虎咽，这是我为你开的小灶，他们走后我才炒的，他们只是吃了面线而已。你要吃饱啊！今晚要干通宵。”

张剑驰还是不解："你故意留下来等我是吗？这么重要的行动你没带头，大家会怎么看呢？"

龚馨："我对郑励说，我病了，昨晚又赶写公社党委布置的一篇文章，要他们先走，我随后就去。"

张剑驰关切地问："你真的病了？病了就要在家休息啊？"

虽然是在油灯下，他看不清龚馨的脸色，但他还是感觉到龚馨的气色不太好。

龚馨用捉摸不定的语气说："人嘛！哪有不病的？告诉你也没用。"

"不管怎样，还是要谢谢你的炒米粉，好香啊！"张剑驰很快吃完，接过龚馨的手电，捣鼓了几下又亮了。

楼上的回廊屏风突然有了火光，张剑驰一看就知道是老爸点燃的松明木条。老爸舍不得买手电池，走夜路照明都用点燃的松明木条。

张奋岭在上面问儿子："这么晚了还要出去？"

"爸，没你的事，你睡吧。"张剑驰向他说了九大闭幕的事，交代他明天早上多准备些茶水，招待游行的客人。

"没问题。"张奋岭说，"要好好照顾龚馨啊！"不知什么时候起，他总习惯把儿子和龚馨联系在一起。

龚馨风趣地说："张叔你放心吧，你儿子落在我手上最乖，他总不会把我吃了吧？"

"等一下！我有话交代。"张奋岭走下楼，到厨房里摸索了一会，拿出几条松脂木，要张剑驰带着："我看你们的手电不大亮，把这几根松明带着，必要时点燃，比手电强多了。"

张剑驰拗不过老爸的一片心意，接过了松明。他知道老爸的松明用刀修理得很光滑，每根都像蜡烛那样大小，放在裤子口袋里也不扎大腿。老爸下乡没事干，就折腾这玩意儿。

从永昌楼到岭下大队部要走十五分钟，还要过一条小溪的"石跳头"。春寒料峭，冷冽沁骨，乌云密布，天昏地暗，张剑驰和龚馨两人打着手电筒，手拉着手，走出永昌楼。

龚馨对张剑驰说："告诉你吧，这次任务是公社知青办郭主任打电话交代郑励，由岭下大队知青完成。郑励找出大队知青花名册，挑选近二十人，你的身份是城镇居民下乡，不在知青花名册，所以没你的份。我知道郑励不喜欢你，借这本花名册冷落你。我说知青花名册是一种形式，只是单身下乡人员的花名册，很多不是知青的单身汉也在里面。你是老三届，货真价实的知青，政治表现不错，觉悟较高，文章和毛笔字也写得好，应该让你去，发挥你的作用。郑励这才同意，让我和你稍后一起来。”

“我不在乎是不是‘知青’，感兴趣什么‘政治表现’！多累啊，好端端地把我从被窝叫醒。郑励算什么？他经常躲在房间里偷听敌台，什么时候让我逮住了向上级领导汇报。”

龚馨没想到自己的一片心意根本不被张剑驰放在心上，她撇开张剑驰的手，生气地说：“我真傻啊！好心当驴肺，搬石砸自己，还三更半夜炒米粉，喂你这没良心的人。你回去吧！我自己一人去好了。”

张剑驰发现自己说混话了，像龚馨这样敏感的女孩是受不了的。他痛恨自己为什么说话这么轻率，但他绝不是有意要伤龚馨的心。想到这里，他停下来，拉回龚馨的手：“我错了！我检讨！不要这样，饶了我好吗？不过，我不喜欢你总是动不动就讲什么‘政治表现’，我烦！”

“好，不说了！你知道我经常上台演讲，还故意跟我计较。既然你不高兴政治语言，今后我在你面前会注意的。至于郑励收听敌台的事，可不能乱说，没有证据，你会吃亏的。”

“郑励收听敌台，我才不管呢。不过，我们楼里只有他一人有收音机，他总有一天会被发现。不说了，说你吧，你的手很冰凉啊！”张剑驰一双大手轻轻地揉着龚馨的小手。

龚馨动情地说：“被你握着很暖和！我们走吧！”她毕竟是个初涉人世的少女，娇柔万分！她不知道这辈子与她牵手的男人，会不会像现在的这双手那样温馨。如果这个男人是他，那是多好啊！她不知为什么忽然有了这个念头，什么时候开始的？她都不知道。

当他们要过“石跳头”时，龚馨的手电又不亮了，张剑驰马上掏出打火机，点起一根松明，龚馨在前他在后面照着。龚馨说：“你老爸真行，松明木条用打火机一点就着。那木芯用刀划细，多方便啊！”

“小心过河！不要滑倒，被河水冲走我是不管了。”

“哈哈！你不管，明天我向你老爸告状。唉！要我老爸在身边多好啊！”

“那我把老爸送给你吧！”

“去你的！”龚馨倒真希望以后成家有张奋岭这样一位老爸。

龚馨和张剑驰来到大队，大队点着两盏汽灯，十几个知青紧张地忙碌。张剑驰一看，除了他这个户青，其他人都是单身知青，永昌楼的知青全部到齐，其他队的知青都是能写会画的。

张剑驰的字画都不错，龚馨和杜丽梅管张剑驰和几位舞文弄墨的叫“师傅”，忙着为这些“师傅”做“小工”，磨墨、铺纸、剪裁、端茶。

这一晚他们一直忙到天亮，准备上百张红标语、几十副横联和毛主席像、小旗子。大家边干活边唱着中央人民广播电台最新播放的歌：

长江滚滚向东方
葵花朵朵像太阳
满怀激情迎九大
我们放声来歌唱……

次日清晨，他们匆匆吃过早饭，全大队二百多名党员、青年骨干就到齐了。郭云娘也来了，她见到龚馨，大声喊：“龚馨姐！你们干通宵，也不叫上我，是不是想把我甩了？”

龚馨两眼布满血丝，看起来很疲惫，仍旧强打精神：“这是大队党支部和革委会交给我们岭下知青的任务。你说怪不？张剑驰这个老三届的名字竟然在知青花名册里找不到，他连知青的正式身份都没有，是我把他拉来了。”

郭云娘一听乐了，她看看旁边的张剑驰也是一副苦大仇深的样子，风趣地对他俩说：“哈哈！我这个回乡青年学生没人承认是知青，你也没有？这太不公平了，什么世道？”

张剑驰没好气地说：“不是知青更好，省得三更半夜也不能睡觉！图个啥啊?”

龚馨坚定地说：“就是不让你睡个好觉，怎么样？下次凡是知青办交代的事，我都不会漏掉你。”

“惨了啊！功劳你领了，活我没少干，你说这合理吗?”张剑驰对郭云娘说。

“看你俩也计较这小事啊！还说什么一家人?”郭云娘说。

龚馨莫名其妙：“什么一家人？谁和他是一家人?”

郭云娘恍然大悟：“哎呀！我总把张剑驰算在你们集体户，你们集体户成员才是一家啊！错了错了！不过说不定你俩今后真的成为一家人。”她故意把“你俩”说得很重。

张剑驰好像若无其事的样子，龚馨却满脸通红。她正要对郭云娘急，一阵震耳欲聋的锣鼓响起来，队伍出发了。

郭再耀打手势叫锣鼓队停下来，开始做动员报告。他讲得口沫横飞，不外乎那几句话：要以九大为强劲东风，抓革命，促生产，认真搞好“斗批改”，掀起春耕大忙高潮。说完，他把手中还在燃烧的烟头随便一丢，大声喝道：“出发!”

“死再耀，烫死我了!”郭再耀的烟头掉在一个青年妇女的手上，妇女低声骂……

队伍浩浩荡荡地入楼串寨，到家家户户报喜。报喜的队伍走到每一座土楼，就燃放一串大鞭炮，三十多座大土楼都留下鞭炮的硝烟。当游行队伍走到永昌楼，张剑驰在楼门厅贴上几张大红标语。

王文娟刚要上学，把张剑驰拉到一边说：“我一早起来，就看不到你，整座楼都找遍了也找不到你，急坏了!”

“急什么?”

“人家着急嘛！后来看到你和龚馨姐他们都不在，才知道你没事，一定有什么要紧事出去了。”王文娟脸微红，她早就习惯每天起床后，推开张剑驰的门，看看他醒来没有。张剑驰就在她的隔壁，晚上睡觉经常不把门闸扣上，偶尔把门闸扣上了，门边的窗户也从来不扣闸，她可以偷偷把手伸进窗栏杆，然后轻轻推开窗户的合缝，看他是不是在里面。今天她看不到张剑驰，心里好像失落了什么，急忙想知道他到哪儿去了？几个月来，张剑驰都没有发觉王文娟这一举动。

“小丫头！赶快上学去吧。”张剑驰拍拍王文娟的肩膀。

楼里仍然锣鼓喧天。张剑驰望着王文娟乐呵呵地上学的背影，想起几天前她对他说过的梦。王文娟说，这些日子，她总是做梦，都是土楼的梦。有一次，她梦见自己在河边玩耍，找到几个亮晶晶的河卵石，像天鹅的蛋一样美丽，正忘乎所以，突然手被人碰一下，天鹅石不翼而飞，原来是江城的一个红小兵小流氓又欺负，趁她不注意，抢了她的石头。她气愤至极，霎时飞了起来，追到小流氓身边，夺回石头，又一鼓作气飞回永昌楼，刚好看到张剑驰大哥哥在门边。她扑到大哥哥怀里，大哥哥把楼门关上，小流氓变成好几个在永昌楼外大喊大叫，她跑到楼上，从窗口把原来准备好的一颗颗小石头“子弹”扔下去，打中了抢她天鹅石的那个小流氓……

有多少这种土楼之梦的不眠之夜？恐怕只有她自己知道。

张奋岭的大儿子张剑辉分配在东海县郊区一所中学教书，与学校一位女教师齐萍恋爱结婚，生了一个儿子。张剑辉写信给父亲，要他取孙子名字，张奋岭给乖孙取名张楷智，意思是“智慧”为“楷模”，做有智慧的人，以有智慧的人为楷模，用他的话说：“少年智则中国智，少年富则中国富，少年强则中国强，少年进步则中国进步。”

张奋岭夫妇商量有时间去看看大孙子，正好张剑辉来信，要二老搬到他们家住。张剑辉夫妻租住农家两房一厅的房子，还有大院，想请父母帮忙看孩子和养家畜。齐萍是当地人，农家户主是齐萍的伯伯，那座三合院是老房子，一直空闲，放一些农具。有一天，齐萍带张剑辉看这位伯伯，就看上了这间三合院。齐萍的伯伯在三年自然灾害期间因饥饿而病重，受到齐萍的爸爸接济，一直把齐萍当作自己的女儿。

齐萍的伯伯很乐意把老房子借给她居住，也不要什么租金。张剑辉夫妇花钱修理房子，两口子就住下了。东海县是沿海地区，在江城以北，离江城只有一百多公里，比在闽西南农村条件好多了。

两老看完信，就想到东海县，问张剑驰的意见。张剑驰正扛锄头要出门，对爸妈说："你们放心去吧，起码，东海县比起土楼山村，生活肯定好多了。再说，我一人无牵无挂，还是哥哥嫂嫂需要关照。"

晚霞把天边映得通红，张剑驰要到自留地看看，因为王祥和王文芳正在自留地没回来，他不放心，要去关照一下。

第十二章

自从上次听了张剑驰“劈田岸”的精彩联想之后，龚馨觉得自己理论联系实际的水平远不如张剑驰，她更加注意观察生产劳动中的小事，从中体会到艰苦磨炼和接受贫下中农再教育的意义，再用马列主义、毛泽东思想和共产主义的远大理想来做整体包装。为了做个名副其实的时代先进青年，她在新社员中处处以身作则，白天劳动吃苦在前，晚上写日记坚持不懈。她以雷锋为榜样，用日记记下一天中有“意义”的小事。

龚馨始终认为，写日记可以提高自己的文字水平，又可以用革命理论来指导，作为报告和宣讲的素材。她已经能轻松自如地应付大会小会的报告和宣讲，有时候写文章遇到困难，张剑驰总能灵活地提示她，使她实在佩服张剑驰。她希望自己不仅在政治上最先进，在农业劳动中也最能干，但是，在生产劳动中，她的运气似乎比别人不好，事情从插秧开始……

岭下生产队除老弱病残和在校学生之外，男女成年劳动力各有二十多人，半劳动力也有二十多人。这半百人马每天都要出动，通常男人负责犁田、耙田和插秧，妇女负责水稻拔秧、送秧、提秧（把秧苗提交给插秧的人）。插秧正常是男人的活，但龚馨选择了插秧，她不信男人插秧就比女人行。

土楼人插秧不用绳子衡量，因为所有的田都是不规则的多边形，每丘田只有一条最佳的中线将田劈成对半，以这条线为头手的第一行秧苗，就组成最佳的插秧排列。最先由行家头手自右向左插完一排横行的六株，边插边退，每排秧苗都对齐，将整块田剖成两半，其他人才一手一手自右向左跟进，按行家的规格插秧。可在实际操作中，这些规矩仅限制那些面积一亩以上的稻田——洋田，而且往往被破例。岭下生产队的洋田有六七十亩，要在短期内插完，头手往往刚下田播种五六米远，第二手就跟进了。

张剑驰非常灵巧，他原来在支农时插过秧，所以很快就学会不拉绳子，在洋田插笔直的头手秧。按老农的插秧“规矩”，人下蹲，双脚距离要宽，头才能低到瞄准秧苗成直线，并且左手拿秧，不能靠在膝盖上，右手插秧，插的秧行才不会弯曲。张剑驰有自己的诀窍，开始插十米左右，便我行我素了，比如他只瞄准中间二行，并没有叉腿、下蹲和低头瞄准。这二行插直了，最左和最右的秧苗根本不用看前面的直行，按秧距要求向左右延伸即可，不会偏差太厉害。

还有一个办法是看脚印，每步后退的脚步都一致，右脚脚印刚好踩在第二株和第三株苗之间。右脚直了，左脚就跟着身体平行移动，刚好踩在第四株和第五株之间，两脚脚步都直了，秧行也自然直了。因张剑驰插头手秧有点子，只要第二手没追来，他就“拄拐棍”。“拄拐棍”就是把拿秧的左手手背靠在膝上，变相偷懒，使腰的承受力转移到腿上，舒服多了，而且插出的秧行仍然跟绳子拉的一样直。有了插秧的经验，其实是不会太累的。

龚馨喜欢插秧，当张剑驰插头手秧时，她就跟着他插第二手。张剑驰插得很快，如蜻蜓点水，龚馨紧跟其后。有时候龚馨跟不上，张剑驰就多插了一排，这样，龚馨插五排就够了。接下去的第三手、第四手等，每人都有一手功夫，个个紧追不舍。

管成坚最怕插秧，他总是被后面的人追上，累得气喘吁吁。不过，狡猾的他很会逃避劳累，经常恬不知耻地充当“看田”师傅。按老规矩插秧，看田才是师傅，第一手从哪里开始？在哪里结束？都是很讲究的。因为土楼山区农田不像平原地区横竖分明，即便几亩大的田，也是不规则的多边形，秧苗的横竖要排列得当，才能有最优组合的密植。大家到了水田，管成坚经常“自告奋勇”地跑到插秧开始的那条田埂上，给张剑驰

"看田"，等四五人跟进插秧了，他才下田，自然可以减少后手追赶的威胁。有一次，他还是力不从心，被后面的人包围了，最后一个起来，累得一屁股坐在田埂上，没想到屁股粘了牛屎，臭不可闻，连他习惯的晃头动作都要捏着鼻子。

除了看田之外，还有帮插秧的人拿秧，否则一捆巴掌大的水秧掰几次就完了，所以每人身边都要有一个木脸盆装秧。木脸盆是平底的，可以在水田上滑行，所以叫"秧船"，拿秧的人要把一捆捆水秧放到插秧"师傅"的"秧船"。"秧船"平时用来洗脸，农忙用来当"船"，是土楼山区农事的一个特色。

在插秧大忙时节，那些小女孩一般只有拿秧的份。由于秧苗长势不平衡，包扎也不可能很规范，有的秧捆长短不一，不容易插下水田，所以女孩们还会偏心，故意把好的秧苗拿给自己喜欢的人，把差的给那些讨厌的人。管成坚总是被女孩们耍弄，给他最难看的水秧捆儿，他拿她们没法子，只有把气闷在心里。

王文徇上中学寄宿，王文芳和王文娟放学回家后也到秧田提秧，周末她们三姐妹一齐下田提秧，更是热闹。王文娟总是跟在张剑驰和龚馨的屁股后拿秧，王文徇有时候还跟大家插秧。

有一次，龚馨对王文娟说："你不要尽给我好秧啊，别人有意见!"正说着，她感觉右膝盖上方的大腿有点痛痒，用手把裤管捋上，猛地发觉不对劲，痒处黏滑黏滑！她意识到被蚂蟥叮了，脑袋嗡了一下，本来想对大家说，但看到大家你追我赶，怕影响劳动情绪，于是对张剑驰和王文娟说："我要上岸一会儿，马上回来。"

张剑驰以为她要上茅房，不便追问。插秧中途离开很麻烦，必须有一人顶替，否则你这一手停下，后面的人跟上了就没法依照你的秧行继续插秧。

张剑驰对王文娟说："你叫阿徇来接这一手吧。"

王文娟鼓起香腮，有些不高兴地噘着嘴巴："我来！不就插秧吗？谁都会！再说，龚馨姐这一手快'出尾'了，等后面的人追来，我也插完了。"

“好好好！那你就试试看吧。”张剑驰看她那样倔，不再勉强她，不过她说得对，插秧真的没什么大学问。张剑驰把自己的六行增加到九行，只留下三行给王文娟。王文娟高高兴兴地当了一回大田插秧行家，好不高兴。

龚馨一声不哼，一脚高一脚低地从田里淌到田埂上，再跑到一条小渠水旁边，捋起右裤管，看清楚一条差不多拇指粗的蚂蟥粘糊糊地贴在右腿上。她胆儿比较大，用手狠命一扯，蚂蟥掉了，可是伤口鲜血直流。她用手在伤口挤压，发现里面还有脏血，但顾不得了，退下裤管，走回田里继续插秧。收工之后，她才发现伤口有点红肿，用红药水消毒一下，就睡觉了。

第二天早上，龚馨起床发觉伤口越来越痛，而且红肿扩大像鸡蛋一样大，开始恐慌了。她卷起裤筒让杜丽梅看了伤口，杜丽梅大吃一惊：“很痛吧，我送你去医院，看来你今天不能出工了。”

龚馨说：“你去告诉云娘，也许她有药，不用到医院。”公社医院离岭下好几公里路，很不方便，一般社员没有重病不会到医院，郭云娘经常自备一些简易药品应急。这是郭云娘多年的习惯，因此她能治疗一些小病痛。

杜丽梅喊来了张剑驰，让他马上到裕昌楼请郭云娘，张剑驰三步并做两步去了。

郭云娘背个小药箱来，看了龚馨的伤口，皱着眉毛担忧地说：“你的伤口感染发炎了，被蚂蟥叮到，千万不要硬性将蚂蟥拔掉。因为蚂蟥有个吸盘，越拉蚂蟥的吸盘吸得越紧，这样，一旦蚂蟥被拉断，其吸盘就会留在伤口内，容易引起感染、溃烂。你的问题就是这样，吸盘在里面作怪。”

龚馨满脸阴云：“怎么办呢？”

“没关系！”郭云娘说，“我给你消毒，敷上草药，你不要下水，好好休息几天就会好的。现在我用力挤出你伤口的脓水，很痛，你要顶住！”

“我不怕，你就是用刀把我的坏肉割下来也不要紧！”龚馨微笑地说。

张剑驰站在一旁，不知如何帮忙，郭云娘说：“剑驰，你的手劲大，来给龚馨‘开刀’吧!”

张剑驰说：“不行啊！我一用力，就把她的骨头捏碎了。”他想用幽默缓解一下龚馨的紧张情绪。

“你臭贫！好好！你抓住龚馨的腿，稳住她的膝盖，我来挤出脓水!”郭云娘说。

张剑驰微微点头，让龚馨坐在楼门厅一条大木椅上。“不要紧张啊！尽量放松。”他用手按住龚馨的小腿，说话的热气吹拂在龚馨的耳际。

龚馨见张剑驰如此贴近，心头有说不出的安慰，再也不怕了。

郭云娘好像悟出什么，停了下来，看看张剑驰，再看看龚馨，眼里闪过一丝顽皮的神色。她用力挤出龚馨伤口的脓水，再敷上一贴草药，龚馨的额头痛得沁出了汗水。

新社员都要出工了，张剑驰对龚馨说：“好好听云娘的话，乖乖休息吧，田里的事情不要担心。”他看着龚馨痛楚的神情，也想不出别的办法。

管成坚一脸坏笑地说：“我最怕的就是插秧，男人的腰太硬，插了几次秧，腰像断了一样，多想在家歇几天！没福气啊!”

李卫国拍了拍管成坚的肩膀，用手划了个十字：“你小子不得好报，明儿让毒蛇咬一口，你可以歇息一个月啊!”随即做出一副哭丧着脸的表情。

管成坚挤了挤眼，好像没听到的样子。

郑励说：“大家出工了，龚馨这几天就在家煮饭，做后勤部长，应该没什么问题吧!”平时不干活的郑励现在却指手画脚，难怪管成坚常常说郑励是一个最不爱土楼的人，是最不适合在土楼居住的家伙。

农忙时郑励也要出工，但他只能做耙田师傅的小工，耙田师傅把犁过的水田钯平，小工们就要把露出水田的杂草踩到泥巴底下去。他没有具体任务，但说起话来，总要让大家知道是“带队干部”身份。不知什么时候起，他这个“下放干部”成了“下队干部”，又上升为“带队干部”，说话总带着官腔。

接下来几天，龚馨真的当了洗衣做饭的知青户“后勤部长”，每天为大家煮三餐花费大半天时间，有时还到半公里外的自留地摘菜，顺便整理菜地里的活。大伙上工去了，她就洗衣服，原来洗衣服是到永昌楼坡下的一条水渠，但她为了避免伤口进水感染，就在楼内天井中的水井打水洗衣。

她以前没有注意到这口水井，现在天天打水，一种神奇的想象不禁油然而生。她知道永昌楼的地势较高，按理说地势高水井水位低，可是这水井水位也很高，就那么几尺长的绳子就够着，而且水井的位置就在天井中央。她实在想不通，四百多年前建楼，人们怎么测量出这么浅的地下水和这么好的位置呢？在邻近有座土楼更奇，楼中两口水井，相距十多米，右边那口井，清亮如镜，水质甘甜，而左边那口井却混浊不堪，完全不能饮用。有的土楼沿河而建，楼里却挖不到一口好井。对这些奇怪的现象，人们还不能从科学上完全做出解释，只是流传风水、神仙等传说。

不管怎么说，土楼的水井和土楼的传说一样神秘，没有神秘的地下水，就没有神秘的土楼风光。她觉得世界上有的事情永远想不通，很多事情都要靠缘分，神奇的闽西南土楼建立在闽西南大地就是人和土地的缘分，水井位置和楼位置的最佳组合就是水和楼的缘分。她认识张剑驰、王家姐妹，也是她和他们之间的缘分，特别是她和张剑驰之间，好像缘分非同一般。尽管她是个大红大紫的先进青年代表，但她认为无论从思想觉悟、劳动本领、知识修养等方面，张剑驰都不在她之下。外貌更不用说了，身材高大又英俊的张剑驰是个标准的美男，如果她和他成为夫妻走在大路上，他的回头率可能比她还高。

龚馨的伤口虽然不是很严重，却牵动不少人的心，公社干部下队，第一个要找的就是龚馨，看她不在大队部，就马上到永昌楼来看她。大队干部更常来了，但最关心龚馨的还是张剑驰和郭云娘。

张剑驰每天收工后，一进楼，眼睛就往知青的厨房里瞄，正常龚馨在煮菜。如果看不到龚馨的影子，他立即上楼，龚馨一定在房间里看书或者写东西。

这是一个美好迷人的夏夜，黑沉沉的天穹布满繁星，闪烁着磷色的光辉，奇妙的空气凉爽又闷热，洋溢着一种醉醺醺的气息。张剑驰下午收工后在房门口叫龚馨，龚馨好像被惊吓一样，把信纸对折合上，满面通红地看着张剑驰。

“写日记?”张剑驰问。

龚馨迟疑了一下，才回答：“不是，写家信!”脸上露出红晕。

龚馨在写讲稿，实在写不下去了，写着写着就写了“张剑驰”三个字。她在信纸中间大字写着张剑驰，用一个红心把“张剑驰”包围起来，还写了很多“爱”和“?”。

这几天，她在家里心情不太好，有时胡思乱想，不知道为什么就写了这些东西。她想也许这就是爱，她爱张剑驰，但不知道张剑驰心里怎么想。他们毕竟都不到二十岁，谈恋爱还太早，而且很容易犯错误，她是一个党员啊!

张剑驰：“有什么需要帮忙的，不要客气啊!”

“当然啦！我有一篇文章，刚写两段，你可以看看，我还没有上标题呢!”说着，她从抽屉里拿出一篇文章让张剑驰看，再递给张剑驰一碗刚泡的茶。

张剑驰小心地捧起冒热气的茶碗，啜了一口，非常认真读起来：

“乘九大的强劲东风，岭下大队开始水稻插秧春种大忙。闽西南山区每年的春耕生产三月就开始了，从四月初的清明到五月初的立夏是水稻插秧大忙季节。有句谚语道：四月清明又谷雨，春耕春种大忙时，早稻密植施肥足，边种边管莫延迟。这就是说，插秧的时间虽然持续一个月，但最后完成插秧时，先插的秧已经完成施肥和除草等田间管理。这些农事对农民来讲是老生常谈，对新社员却是新鲜的。”

“清明，表示春末时节气候渐暖，草木萌动，冬季萧条的景象完全改变了。一眼看去，自然界清而明，庭院里的玉兰花、迎春兰，田野里的诸葛菜、茄蓝菜等相继含苞吐蕊，接着樱花、桃花、杏花，梨花等一齐怒放，争艳斗绿。大地生机勃勃，欣欣向荣，虽然我们一身泥巴一身汗水在田里劳动，但我们的心情还是很愉快……”

张剑驰：“就这些啊！这是心得体会吗？不是你的风格啊，简直就是随笔，随随便便写的文笔。”

龚馨："对啊！胡乱写，也不知道写什么。"说着又把一碗热茶递过去。

张剑驰不假思索地说："杜牧写了一首有关清明的诗，'清明时节雨纷纷，路上行人欲断魂，借问酒家何处有，牧童遥指杏花村'，说明清明时节，气候虽有些转暖，但一遇阴雨，颇有寒意。这时，自然想喝一杯热酒，就联想到产名酒的杏花村了。还有明代科学家徐光启，在《农政全书》中写'清明无雨少黄梅，月内有暴雨，谓之桃花雨'，清明时桃花盛开，故称桃花雨。长江中下游的两湖地区，春雨很多，会出现桃花雨，但华北地区此时降雨依然很少……"

"你的知识太丰富了！"像张剑驰这样博学多才的年轻男孩确实很少见，龚馨瞪大眼看张剑驰，好像在欣赏一件作品。

张剑驰没有注意到她的眼色，继续说："清明，大雁北归燕子来。这是因为北方地广人少，春暖时白昼时间长，有充足的捕食时间喂幼鸟，因此，候鸟'南飞慢吞吞，北飞心切切'，越接近繁殖期，飞得越快，越往北，产卵越多，后代越兴旺。正如诗人所说：'莫怪春来就归去，江南虽好是他乡'，古人曾把北方看作候鸟的老家。'清'表示百草发芽绿青青，'明'表示春光明媚好年景。《月令七十二候集解》：'物至此时，皆以洁齐而清明矣。'每年清明节前后，太阳到达东经十五度开始，此时，黄河中下游及其以南地区平均气温一般在10℃以上，非常适合万物生长。"

说到这里，张剑驰放下茶碗："这些天文地理、诗词民谣的故事都可以写上去，这是古代劳动人民智慧的结晶啊！"

龚馨："太谢谢你了！我总是想到马列主义毛泽东思想，对古代天文地理、诗词民谣了解很少，也不敢写，怕写不好被批为封建思想。"

张剑驰和龚馨聊了一些古代历史和文学话题，龚馨津津有味地听着，张剑驰注意到龚馨眼神有些异样，关切地问："你伤好些了吗？"

龚馨："好些了！但还要每天换药，你能帮我换吗？"她自己就能换，不知怎的，希望张剑驰在她身边，能清清楚楚听到他的呼吸。

张剑驰当然义不容辞，赶忙迎上去，轻轻解开龚馨腿上的纱布。他发现龚馨的伤口基本好了，完全不需要他帮忙，但还是非常认真地为她换药。

外面忽然风雨大作，霎时天昏地暗，房间里也阴暗如夜。龚馨站起来想找火柴点亮煤油灯，不小心把桌上的一碗热茶碰翻了，张剑驰还没直起身，热茶水刚好淋湿了张剑驰的头。

张剑驰"哎呀"一声，龚馨连忙扶起张剑驰，看他的脸是否烫伤。张剑驰双手捂住脸说："没事！那茶水不太热。"一屁股坐在她的床沿上。

龚馨："我不信！让我看看！"她弯腰捧起张剑驰的脸，张剑驰推开她的手，站起来："好吧，没事！明天我还来换药。"

龚馨用手轻轻抚摸张剑驰的脸，擦掉他脸上的茶水，张剑驰感到她的手很冰凉，轻轻地说："你怎么了？手这么冷？"

"是你的手烫啊！"龚馨的身子发抖，把身子靠近张剑驰，一股暖流冲击着她全身每根神经。

张剑驰全身一颤，情不自禁把龚馨搂在怀里，龚馨再把头靠在张剑驰的肩膀上。张剑驰轻托龚馨的下巴，龚馨闭上眼睛，等待张剑驰的热吻……

门口传来郭云娘的声音，龚馨刚要推开张剑驰，郭云娘已经推门而入，看他俩亲密地拥抱，非常难为情，进门的脚想抽回去。

张剑驰看到郭云娘来了，尴尬地说："我正为龚馨换药。"

郭云娘捂住嘴巴笑道："好好！你学习雷锋该表扬。"她每天都来看龚馨的伤口，今天也不例外。

龚馨已经恢复平静，对张剑驰说："你累了！赶快吃饭去吧。"

烤烟收入是土楼人家主要经济来源之一，从烤烟种子入土就要精心管理，种植时选择那些最粗壮的烟苗移植，待剥下烟叶烤干后大约十株收干烟丝一公斤，每半公斤好烟可以卖一二元。如果一户五口人的农家种上二百株烤烟，扣除少数自己抽，还可剩下一百多元。

土楼人家除柴米油盐外，每年添置衣服，办理红白事项，购置家庭用具，盖房和看病等开销也挺大，能否种植和管理好烤烟事关重大。王祥本来很少抽烟，刚下乡抽烤烟就上瘾了，他春节前把烤烟种子撒入菜畦，像一张单人床大的菜畦已长了几百株烟苗，烟苗十多厘米高，如今正是种烟的最佳季节。

为了今年烤烟好收成，王祥中饭后就到自留地挖畦了，一米宽和三十厘米高的畦种植烤烟最适宜，烟苗距离六十厘米左右，烟苗之间可以插播菜豆和四季豆。菜豆和四季豆占地很少，不会影响烟苗长大，等到菜豆和四季豆都采摘完了，才轮到剥烟叶进烤房。

知道老爸种烟，王文芳就去种豆，她要自己亲手种小豆，看它们成长，这几天下午放学回家，她都蹦蹦跳跳地跑到自留地种豆。

张奋岭夫妇去了东海县，张剑驰便帮助王家把三百多株烤烟种下去。

第十三章

杜丽梅生母早逝，父亲续弦后就把心思放在年轻貌美的妻子身上，她从小就要做家务，照顾后妈带来的两个弟弟，被沉重的家务压得喘不过气，因此学业终止在中学门槛之前。她缺少父爱，更缺少男人的呵护，在心理上极其容易投入男女之间的感情。

土楼人家在家人死亡之后，就把死者睡的床放在室外任凭风吹雨打，有的甚至扔到溪边沙滩让溪水冲走。知青下乡，大队分配杜丽梅和龚馨住一单间，床却只有一张，而且是那种死人睡过的很旧的床。她们把床洗得干干净净，但是躺在床上总不自在，再说，两个大姑娘同睡一床，也诸多不便。李卫国看在心里，很快为她们每人做了一张简易的单人床。其实他主要是为了杜丽梅，两人的爱情便从这两张床开始。

一天晚饭后，李卫国把做好的两张单人床搬进她们房间，龚馨刚好外出开会，裕昌楼正在放映电影，永昌楼里只剩下杜丽梅和李卫国。李卫国问杜丽梅："床铺好了，电影刚刚开始，要不要去看？"

杜丽梅："不去了。"

李卫国说："不去好，我也累了，洗完澡上床睡觉。"

杜丽梅一听说"上床"两字，脸颊红了。因为搬弄家具，流了点汗，李卫国一句无心的话，瞬间把她长久积压的对男人呵护爱戴的心门打开了。李卫国早就期待一个特殊时刻的到来，他要拥有杜丽梅的一切，也愿意今生今世为她做一切。就在他准备回去洗澡，走出杜丽梅房间的一刹那，回头来看杜丽梅一眼，只见杜丽梅眼里燃烧着爱的激情。他毫不犹豫地上前，用铁钳似的大手抱住她，她没有反抗。他狂吻着杜丽梅，她也推波助澜。两人把衣服扔到一张单人床上，另一张床就成了他们的激情世界……

不久，杜丽梅怀上了孩子，于是两人到了谈婚论嫁的时候。

结婚要先自己写申请，经大队批准，再到公社革委会领取结婚证。二十五岁的李卫国和二十二岁的杜丽梅的爱情故事真实又浪漫，他们偷食了禁果，用土楼人的话说，就是“生米煮成熟粿”，还没办理结婚证就回江城结婚，一个月后回岭下了，但不敢声张。至于杜丽梅怀上孩子，只有他们两人知道。

一个圩日的早上，社员们都出工了，李卫国和杜丽梅向生产队长请假，要到大队和公社办理结婚手续。

入夏的天气很好，艳阳把山山水水辉映得色彩斑斓。人逢喜事精神爽，李卫国穿着八成新的灰色咔叽布中山装，看起来大方又实在；杜丽梅穿洗旧的草绿色军装，肩膀背着草绿色军挎包，举手投足飒爽英姿，非常可爱。当然了，两人的胸前还佩戴毛主席像章，衣袋里露出红彤彤的毛主席语录本。

最引人注目的，是杜丽梅白嫩嫩的脸蛋儿，笑起来露出两个甜甜的小酒窝和小巧玲珑的下巴，还有挺着的胸部，迈步走时看似宽松的军装腰围凹进去，也难以掩饰她纤细的腰和丰满的胸。平时穿新衣会被认为是缺乏艰苦朴素的革命作风，杜丽梅做了新衣，但不好意思穿上，而且双抢大忙快到了，大家都穿着缝缝补补的旧衣出工或者下圩，她不能太显摆啊！

田野里绿油油的禾苗在阳光中熠熠生辉，好像一大块新鲜美丽的天鹅绒毯。李卫国和杜丽梅轻快地跨过“石跳头”小溪，不到半小时就到了岭下大队。

大队办公楼新建不久，二层，一条小溪从楼前哗哗流过，楼后相隔几十米就有几座大土楼。号称办公楼，其实只是土墙夯的小土楼，二楼正面有一条两米宽的走廊，四根木柱像两个横写的“目”字叠在一起，把楼上楼下划分为六个单元。楼上办公的地方，两室一厅，一间文书用，一间支书用，客厅干部开会才使用。楼下三个单间没有隔墙，连墙壁都来不及抹灰，成为中型会议会场。

郭再耀的家离大队较远，家里又只有他自己，就经常住在大队，他的办公室实际上就是他的宿舍。

郭再耀为什么单身？新中国成立前，他是一个穷光蛋，差点把女儿卖了。他土改时跟着工作队剿匪立功，在几次政治运动中表现积极，“四清”运动就被选为大队党支部书记，但接下来运气差，老婆几年前患一种头疼怪病，半夜三更大叫一声就死了，留下两个女儿和一个儿子，随后两个女儿都嫁了人。他相信命运，常常对人说：婆娘没了，他五十多岁了，要找个老伴不易，嫁出的女儿等于泼出的水，只有儿子最让他操心。他希望儿子比他强，不要一辈子待在山沟里，于是两年前抓住一次机会送儿子到了工厂。

1964年，根据中共中央关于试行“亦工亦农”“半工半读”两种劳动制度的指示，永靖县在煤矿、水泥等单位进行亦工亦农轮换工试点。1967年，县水泥厂需要招收亦工亦农临时工，岭下大队仅一个名额，郭再耀让儿子郭春林去了。不就是“亦工亦农”吗？没有人对郭再耀有意见，但郭再耀不这样想，他希望儿子有朝一日能成为正式工人。儿子也挺争气，在工厂入了党，只要有机会，就会转为国家正式工人。郭再耀有远见，这些工厂招收“亦工亦农”工人都可能转为正式工人，实际上从他们离开农村那一天起，就改变了自己脸朝黄土背朝天的命运。不过，二十三岁的儿子还没有对象，儿子看不起农村姑娘，但要找个城市姑娘谈何容易……

郭再耀跷着二郎腿在办公室独自抽闷烟，屋子里充满浓烈的烤烟味。他正在考虑如何组织双抢大忙向公社党委汇报，争取评上先进党支部；又想什么时候能再娶个女人，同时也想着儿子的婚事。

郭再耀口中悠悠吹着烟雾，让烟雾变成一个个圆圈扩散而去，仿佛从瞬间消失的圈子里能找出答案。

看到李卫国和杜丽梅来了，他把腿收回来，高兴地招呼：“卫国，我正要找你，有什么事吗?”

李卫国不好意思地说：“我和丽梅要办理结婚申请。”他撕开一包“乘风”香烟封口，抽出一根给支书，然后把整包烟放在桌上。杜丽梅也笑呵呵从军挎包拿出一把糖果，放在桌子上。

郭再耀早听说过他俩的事，刚接过香烟，李卫国迅即点上打火机，凑到他的嘴巴前。郭再耀点燃烟，狠命地吸了一口，慢慢地从鼻孔中舒着烟气，眯眼笑道：“好啊！等会找文书开条吧。”小眼睛却直瞪着杜丽梅。

自从杜丽梅这些城市女孩子来了之后，他这个老党员不时想入非非，常常趁她们弯腰时往人家的胸上瞄。他喜欢这些城市媚儿，也许只是一种性心理在作怪，并不表示真要去占有她的身体。“吊肉跌死猫”这个道理他懂，他只是希望，儿子能娶一个像杜丽梅这样贤惠的城市姑娘，看着也舒服，以后他退休也能经常到城里走走。他不像一般农民，一辈子不想离开自己的田园。

杜丽梅被郭再耀看得很不自在，红着脸说：“谢谢你！再耀叔!”

郭再耀：“卫国，我有事请你帮忙，我想做一床楠木板床和一张樟木桌。另外，我儿子结婚要做家具，我喜欢城市人的家具款式，你能帮我做吗?”

土楼山区有句老话“七竹八木”，意思是七月砍竹子，八月砍树木是最佳月份，因为这时候的竹子和树木水分干燥，以后不易变质。郭再耀去年八月就派人到山上砍了几棵楠树和樟树，还没有锯成板片。楠木和樟木是做家具的高级木材，他等待李卫国设计开料，为他做一床楠木板床和一张樟木桌，楠木板床就当他在办公室宿舍的卧床，夏天睡觉可以不铺席子，很凉快。

李卫国心里老大不快，但细想，为支书做家具就是为大队做，有工分，还可以乘机与支书搞好关系。他早就希望杜丽梅以后能在大队的小学任教，更不用说以后招工还要支书帮忙呢!

李卫国迟疑一会，抽了一大口烟，装笑回答：“没关系！你让人把树干锯成七尺长，再扛回来，我会量材锯成细料，开板材是我的专长。”

郭再耀吞云吐雾地说：“那好！这事就说定了。另外，我会让你们队长为你俩在永昌楼再维修一间房，作为你们的新房。”

“不用了！我们在新社员中间调整一下就行。”李卫国不想欠支书的人情，否则以后永远不能摆脱他的控制。

“那好吧！”郭再耀只是随便说说。岭下大队知青有几个木工师傅，他们做起城市潮流的家具，令人耳目一新，特别李卫国的技术最好，他为之心动。他觉得城里人确实比山里人聪明，但自己更厉害，管农民，管知青，管结婚，管招工，在他管辖范围之内，没有人敢违抗他的意志，只要不犯法，我叫你干啥就干啥，否则你以后要出去就别想过我这一关。

大队文书不在，郭再耀说自己没有文书抽屉的钥匙，要他俩把结婚申请书放在这里，他会交代文书办理，明天他俩再过来拿介绍信。

李卫国和杜丽梅只好先回去，自然，李卫国没有把桌上的那包香烟带走。郭再耀有一把钥匙，他想让他们再走一趟，他有自己的打算。

第二天，李卫国下田干活，杜丽梅对龚馨说身体不舒服不能出工。杜丽梅知道自己已经有身孕，不想让别人知道，也不能干重活。她更想到大队拿结婚介绍信，趁早把婚事办了，免得夜长梦多。

就在大家出工之后，杜丽梅再去大队找支书。

郭再耀要出门到各生产队检查农事，看见杜丽梅来了，眼睛一亮：“丽梅，早啊！要拿介绍信是不是？别急，昨天文书已经开好盖公章了，先喝杯茶再给你。”

他从热水瓶倒开水的时候，才发现热水瓶是空的，于是招呼杜丽梅到会议室烧一壶开水。

会议室中间摆着一张大方桌，四条长凳围绕着方桌。墙角里一个小木炭炉子，还有一口小水缸，是专门为开会泡茶设置的。杜丽梅很快烧好开水，并把茶杯和茶盘洗得干干净净，还泡好了茶。

郭再耀看杜丽梅干活手脚麻利，心情好像也好起来了。他坐在凳子上，从上衣口袋抽出一根“乘风”牌香烟，掏出打火机，“噼噼啪啪”接连打了几下，却打不出火，就把打火机甩了，对杜丽梅说：“新娘子，借个炭火点烟啊！”

杜丽梅不好意思推辞，拿着夹木炭的小火钳，从木炭炉里夹出一块还燃烧的小木炭，伸到郭再耀的嘴巴前。郭再耀嘴里叼烟，伸长脖子去点木炭，没想到烟接触到木炭的时候，木炭掉了下去，刚好钻进郭再耀的裤子，火星在他的裤子上熄灭，几缕细烟带着被烧焦的布料味道袅娜地升起。也不知道是杜丽梅没有夹紧，还是郭再耀故意恶作剧，掉下去的木炭在他的裤子烫了一个洞，杜丽梅赶快上前，用手把他裤子的火星扑灭。

“对不起！再耀叔，是我不小心，你的裤子我会帮你补的。”杜丽梅有点慌乱。

郭再耀双手扶起蹲下的杜丽梅：“没关系！”眼睛紧盯她的胸部，直到杜丽梅站起来，他还舍不得放手。

外面传来大队通讯员小郭的声音，郭再耀才放开杜丽梅，坐下滋滋地吐了个烟圈。

杜丽梅脸色通红，尴尬地和小郭寒暄之后，急急忙忙走了。

杜丽梅没把这事告诉李卫国，她不想把事态扩大，直到下一个圩日，李卫国和杜丽梅才有时间下圩，到公社革委会领取结婚证书。

他们在圩场碰到郭兴安，郭兴安刚从县里开会回来，马上要下队，看到李卫国和杜丽梅穿得整整齐齐，还以为他俩农忙不参加劳动却下圩，脸色变得严肃起来。

李卫国抢先一步递上香烟：“老郭，我们要办理结婚证。我们已经回江城结婚了，原来想在江城登记，但被拒绝，只能在户籍所在地登记，所以请你帮个忙吧。”杜丽梅紧跟着把介绍信递给郭兴安。

郭兴安的脸色温和了，接过香烟说：“你们是云岭公社第一对结婚的知青，祝福你们相亲相爱，在土楼乡村安营扎寨，白头偕老。跟我一起到公社办公室吧，我让经办人给你们发证件。”

所有的公社干部都下队准备双抢，李卫国和杜丽梅来到公社办公大楼，里面冷冷清清。他们顺利地拿到结婚证，连声道谢地走出办公室，还听到郭兴安在身后嘱咐：“回去后要积极参加双抢，以实际行动表达公社领导对你们的关心和支持！”

李卫国和杜丽梅名正言顺公开了结婚的消息，分发一些香烟糖果给土楼人家。

大家在永昌楼另选一间房作为他俩的新房，张剑驰帮助李卫国重新进行修整和布置。新房很简单，房门贴着时兴的对联：听毛主席话幸福长青，跟共产党走前程光明。横批是：革命伴侣。新门帘画着红双喜，墙壁喷着新抹的灰香，室内空气顿感清爽。家具很简单，一张八格的双人床，一张方桌和一台五柜橱，几张椅子。墙上挂毛主席画像，桌上摆着毛主席石膏像和红宝书，整个新房融入一派幸福和温馨气息。看着新房，让人想不到在同一座楼里，还有那么多黑乎乎没人居住的老房间、棺材和破烂不堪的走廊。

按照土楼风俗，结婚首先要发红贴邀请，再请客。生产队有人结婚了，亲戚朋友和全队的人都要请，猪肉和鸡鸭鱼是必有的，各种土楼家菜也都上座。虽然生活还贫困，但结婚请客比过年过节还热闹。

晚上八点以后，邻居青年男女成群结队到新婚家闹洞房，当他们走到土楼大门口，就点燃一大串喜炮，告知新郎新娘闹洞房的人来了，新婚家人随即准备甜汤圆，他们便成群结队去闹洞房逗新娘。如果能把新娘逗笑，新娘家会端上甜汤圆宴请年轻人，让闹房的年轻人共享甜甜蜜蜜。

迎亲的好事原应是李卫国家人办的，但现在所有的新社员就是他的家人，尤其是煮汤圆和打扮新娘的活儿，让高雅雯和康茹忙得不亦乐乎。

李卫国和杜丽梅虽然是办革命化婚礼，不请客，但还是按照土楼的习俗庆贺一下，也免不了闹洞房。

永昌楼只有新社员，闹洞房的好事自然被张剑驰、龚馨和王家姐妹包了。正好是周末，王文徇和王文芳听着张剑驰的指挥，时而帮忙布置新房，时而帮忙煮饭菜。

王文娟最小，跟着张剑驰屁股后团团转。张剑驰看她都烦了：“没你的事！去做作业吧！”

王文娟：“作业做完了！”

张剑驰：“那就去看书啊，陶渊明的田园诗背了几首？”

王文娟随口念：“结庐在人境，而无车马喧。问君何能尔？心远地自偏。采菊东篱下，悠然见南山。山气日夕佳，飞鸟相与还。此中有真意，欲辩已忘言。”

张剑驰满意地点头："这首诗和杜丽梅姐姐结婚有什么联系呢？想一想!"

王文娟歪头想一下："对了！山气日夕佳，飞鸟相与还。卫国和丽梅就像一对飞鸟，夫妻双双把家还，有闽西南美丽的山水田园，有大土楼这美好的家园，但愿他们像飞鸟一样幸福地飞翔!"

张剑驰笑开了："很好！活学活用啊！陶渊明的每一首田园诗，都可以在我们生活的土地上找到它的奥妙，因为我们的脚下就是希望的田园……"

王祥喊王文娟到外面割些青草喂养兔子，王文娟听话地走了。张剑驰觉得王文娟有一点跟他很相似，有文学的素质，想象力丰富，可以把看起来毫不相关的文字和现实联系在一起。他一直很喜欢这个小姑娘，王文徇和王文芳读书很认真，就是没王文娟那样有灵气。

这时，郭云娘过来帮忙了，张剑驰跟她打招呼。

郭云娘绘声绘色地表演迎新娘的过程，张剑驰跟着模仿了一番。闹洞房有些新鲜，郭云娘提议：到永昌楼闹洞房的年轻人，一切行动听从领头的张剑驰指挥。

李卫国和杜丽梅结婚这一天来了，天刚黑，张剑驰就带领一群年轻人，手提灯火，在永昌楼门口点燃鞭炮，让噼里啪啦的声响告诉新娘和其他人，闹洞房的人来了。龚馨和张家、王家二老，早就帮忙准备了甜汤圆，新娘也整理衣冠，梳妆打扮一番。

杜丽梅穿着红色新绸衣，头上插花，李卫国穿新的暗灰色中山装，满面笑容迎接大家。

张剑驰一边掀门帘，一边大声说："手掀新门帘，新郎新娘幸福万万年。"

新娘听到祝福话语，便打开房门，请大家进房。

张剑驰踏进房门："脚踏新娘房，好时好日作大人"，接着说"手持保家灯，团婿公（新郎）生团步步高升。"

说了开场好话，大家就开始唱诗逗新娘。

郭云娘从新娘的穿戴和外貌唱起："新娘头插铁彩（凤钗），寿比南山福如东海。”

其他人接着唱：“新娘头插富贵春（纸做的头花），传团传孙又好运”“新娘眉秀眼清，子孙代代扬美名”“新娘唇红齿白，宜家宜宅”“新娘身穿红袄，夫妻和睦到老”。

郭云娘即兴唱：“红花红灯红宝书，新婚新娘新郎官”、“床顶两枕并头排，夫妻永远来相爱”，甜美的歌声迎来一阵掌声。

大家翻床铺：“来给新娘翻床铺，新娘快快生查甫（男孩）；翻过来，新娘生团中秀才；翻过去，新娘生团中学院；翻翻七八下，新郎快快做老爸。”

年轻人又把床顶蚊帐挂起，说：“蚊帐挂得高，子孙中状元。”

一个姑娘拉着新娘的手说：“看看新娘手，明年吃鸡酒”，“今晚好话说不尽，新娘快快有身孕。”

李卫国不停地给小伙子分香烟，有的小伙子嘴上抽着，耳朵上夹着，口袋里还被塞上一包新香烟。杜丽梅早已满脸飞红，大家笑个不停，乐个不停。

闹毕，吃完甜汤圆，张剑驰说：“迈出新娘房，子孙满堂红。”大家都退出，关门，新娘新郎要圆房了，门口的鞭炮又响了一阵。

闹了一天，张剑驰早早就迷迷糊糊睡着了，梦中他也结婚了，他的新娘看起来像龚馨，又像郭云娘，但不管是谁，他爱的人都离不开这里的大土楼。

第十四章

云岭公社决定从云岭圩到岭下大队建一条公路，全长五公里，国家拨一些线，县里补贴一点，其余由全公社十五个大队分担劳力和费用。上午，生产队在裕昌楼二楼客厅召开会议。

郭云娘讨厌男人抽烟，每当开会的时候，她总是把桌边的位置占了，让那些烟鬼们通通离她远一点。

大家在讨论劳力和资金问题，她却想起王家那部自行车。

郭云娘自小在山沟里长大，很少看到自行车，学会骑自行车也是最近几个月的事。王家带来的这辆车子最早被她享受，她不找别人，就找张剑驰当她的教练。那几天，天刚蒙蒙亮，她就偷偷溜出裕昌楼，在路口与张剑驰会合，然后张剑驰载她到一公里外的小学操场学车。

凉爽的清晨，风很柔和，岭下溪两岸的几十座土楼被薄薄的晨雾像纱一样笼罩着，空气中弥漫着田间泥土的清香，路边青草尚有点点露珠在低吟。郭云娘双手围住张剑驰的腰，亲亲热热的样子，反正周围没人，车子在小道上颠簸，她的上身也紧贴张剑驰的后背颠簸。两天早上她就能得意地按车铃，丁零丁零围着操场兜圈圈，把操场上觅食的一群鸡吓得飞了起来。她看到鸡飞起来像一只只笨重的大鸟，飞得不高也不远，心里嘲笑这些可怜的鸟儿，怎么不能变成凤凰呢？只有她才可以变成凤凰。

正当她自鸣得意时，车子突然斜倒右边，她也从右侧倒下，仰面朝天躺在地上，车子压在她身上，车轮还在转动。她摔得不是很痛，但不想自己爬起来，反正有张剑驰师傅在，她这个师妹不正好撒一回娇吗？

张剑驰弯腰拉开自行车，伸出双手要把郭云娘扶起，郭云娘也伸出双手，却故意往下拉，她要多撒一回娇气，不然以后机会不多。张剑驰知道郭云娘捣鬼，装作拉不动的样子，两人的动作就定格在拉手的画面，好不滑稽。他愣了一下，傻乎乎地冷笑一声，忽然用力把郭云娘拉上来，用力过度，两人一起抱着在地上滚成一团，哈哈大笑，连害羞也不会了。

张剑驰帮她扶正车头，她用力揿了揿车铃，铃声依旧清脆，就望着他笑。

她喜欢看张剑驰单手骑车，甚至把双手插在裤袋里骑车。她想，修通公路，这辆车子可以大显神通了，有钱她就买一辆自行车，骑车到每座土楼走走。她从鸡飞想到鸟飞，想到飞机……交通发达了，以后她要飞到外面的世界，当然希望有个心上人和她一起飞，但这人是不是张剑驰呢？

郭云娘刚学会骑自行车，期望能够骑自行车到云岭各大队走走，大队好几个后生和女孩也学会在打谷场、小学操场骑自行车，却都还没有到大路上施展功夫。想到这里，她对四个坐在角落里吞云吐雾的男人说："开公路好啊！以后生产队可以买手扶拖拉机，下圩可以骑自行车。"

她想起下圩遇到陈东勇的事，如果不是他，那天她可能就没钱为父亲抓药。偶然的见面，她心里一直留下感激，久久挥之不去。想着想着，却听到陈东勇的声音："大山叔！你们开会啊？"

大家一看，是陈东勇和郭再耀来了。

郭云娘正在疑惑，郭再耀说："东勇调到公社当通讯员，跟我一起下来看你们。"

公社通讯员不是正规编制的国家干部，只是公社向基层大队借用而已。但他一个农民，在郭兴安帮助下，能走出田园，在公社机关干活，也实在不易。

陈东勇不是下乡知青，但他是回乡知青，觉得国家很重视下乡知青，而忽视了回乡知青，对下乡知青有各种照顾和生活补贴，回乡知青却毫无分文，大会小会恳谈会评选各级下乡知青积极分子表彰会，回乡知青却没人理会。他写了一篇书面材料，建议对回乡知青与下乡知青应该一视同仁。

陈东勇以前认识郭兴安，只是碰见点头微笑一下而已，郭兴安也只知道他是回乡知青。这一天，陈东勇写完材料送到公社，碰巧在圩场碰到郭兴安，就请郭兴安到圩场饮食店吃了一碗面，把材料给了郭兴安。郭兴安赞扬陈东勇的文笔很好，对他提的问题很感兴趣，但是说回乡知青回乡务农是顺理成章，不能与下乡知青比较。陈东勇与郭兴安争论了一番，郭兴安说他没有权力制定政策，只能向上级反映。陈东勇的答案没下文，但郭兴安却对陈东勇留下好感，所以把他提拔到公社当通讯员。

云岭公社有个惯例，凡是公社从基层招干，公社通讯员总是优先。陈东勇虽然只是通讯员，除了端茶水和跑腿外，工作能力与一般文秘人员几乎不相上下。一次，党委书记不满意办公室主任提交的农业学大寨报告，办公室主任和其他人经过反复修改还不能通过，最后陈东勇提出几点修改意见，党委书记看了修改稿后非常高兴，拍着陈东勇的肩膀说："好好努力，争取提干。"

陈东勇到了公社后，专门找了几次机会到岭下看望郭云娘，并带来一些治疗哮喘病的草药，郭富来病情有所好转。由此，郭云娘与陈东勇之间的友情与日俱增，但是陈东勇到了公社之后，为了给郭云娘一个惊喜，没有交代人告诉她。他今晚和郭兴安下队，是刚到公社没几天，郭兴安要到岭下，就把他带来了。

郭云娘喜出望外，看来她和他的缘分不浅啊。

郭云娘看到两位客人来了，不好意思再独占桌子的位置，退到角落坐下来。陈东勇只简单地说是来向大家学习的，就请郭再耀做"指示"。

陈东勇听了一阵后，脱身和郭云娘坐在一起，偶尔和郭云娘说几句悄悄话，感受着意外相见的兴奋。他喜欢看到郭云娘的一颦一笑，一旦两人的身体有点接触，自己那颗心就在颤抖。他无心开会，心里只想着郭云娘，得知郭云娘的父亲已经吃完了他带来的草药，病情有所好转，甚是欣慰。

跟以前开生产队大小会议一样，公社干部来了，大家就把一大堆问题提出来，看领导是怎么指示的？经过一番讨论之后，拟出了几条具体办法，待双抢结束后打响开路第一炮。

在郭云娘看来，论人品、才貌，陈东勇与张剑驰不分高低。她对张剑驰很熟悉了，张剑驰几乎是人见人爱的完美男人，她喜欢他是无法用语言形容的。但她更早认识陈东勇，陈东勇虽然比张剑驰矮一些，在高中看他踢球时，他那扇面型的宽肩，胸脯上两块结实的肌肉，颜色就像菜市场卖肉的案板，紫油油地闪着亮光，他的身体和土楼一样结实，是赤裸裸的土楼好后生，娟儿们心中的偶像。

郭云娘年轻，又相信缘分，不会轻易谈恋爱，因此陈东勇也不敢对她表示爱意，但她完全看得出他爱她。她内心犹豫不决，怕陈东勇冒冒失失提出这个话题，让她难堪。还有一个重要的原因，就是郭云娘在想着张剑驰，除非张剑驰明确表示不爱她。但眼下正是双抢大忙，哪有心思去想那么多东西！

公路尚未修建，又接到了一个新任务。郭兴安从县里开知青工作会议回来，决定在岭下生产队兴办一片知青高产试验田。郭兴安认为，新公路即将从岭下生产队经过，岭下路边几百亩缓坡良田将成南来北往人们的新景观，这些农田的水稻长势从一定程度反映岭下大队农业学大寨的面貌。

郭兴安初步计划在岭下生产队搞十亩晚稻高产试点，由岭下大队下乡知青创办，命名为“岭下大队下乡知青高产实验田”。成功了，于“私”来说，岭下大队知青多了一项事迹，他抓的知青工作也多了一项成绩，可以为他的升迁添砖加瓦；于“公”来说，可以推动云岭公社粮食生产上一个新台阶。

陈东勇请郭兴安到自己的宿舍吃中饭，他从圩场买一斤猪肉，做了一锅绿竹汤，两人边吃边谈。郭兴安把“于公”的想法告诉他：“县上山下乡知青代表大会需要优秀下乡知青集体户的先进材料，你去岭下抓一下典型，在晚稻高产实验田下功夫。”

陈东勇：“我有信心，请你放心！郭主任实在是高瞻远瞩啊！搞得好，这回不仅岭下知青出名，岭下大队也出名了。”说着，给郭兴安倒了一杯酒。

郭兴安说："你下去，我放心！你也放宽心，年底有一名招干指标，就看你了！"

陈东勇按照郭兴安的要求，先找郭再耀通气。晚饭后，郭再耀在大队优哉游哉地泡工夫茶，听了陈东勇的话，态度不冷不热："知青的事你们看着办！我不反对也不支持。"

陈东勇来到岭下生产队，郭大山在裕昌楼前修补一块路面，听了陈东勇的讲述后表示："行！我看没问题，我跟大家说一声就好，具体怎么办你找龚馨。"

陈东勇说："那我找龚馨商量实验田的事了。"

已经割完早稻，陈东勇找到龚馨时，龚馨在一个茅房里掏大粪，茅房的几片木板被掀开。她站在茅房门口，把一根又长又大的竹舀子伸进茅坑，从坑里舀出又黑又臭的人粪尿，苍蝇在她身边嗡嗡叫。

龚馨准备把这担水粪肥挑到收割完早稻的田里做晚稻基肥，听到陈东勇叫她，做了一个手势叫他站一边，没有停止舀坑肥。她很快把两桶水肥都装满，又在表面撒了几把稻草，对站在一边抽烟的陈东勇睁大眼睛问道：

"很少看到你抽烟，是消除臭味吧！小资产阶级情调！什么事啊？大白天风风火火的？我正要挑肥下田呢！我放点草在粪尿表面，挑肥的时候就不会摇晃。"

陈东勇看到几只乌鸦停在茅房旁边一棵小树上，好像是听他们说话，等待他们离开，随时准备光临这个茅房，叼几只坑虫当食物。听龚馨开口，他朝着乌鸦扔了一块石头，乌鸦哇哇飞跑了，才答非所问地笑着说："好啊！这茅房不错啊？"

龚馨："是啊！你看那新挖的坑，新抹的水泥坑墙，当然是我们知青的茅房。春节前开会，我提出要有知青自己的茅房，大山叔马上答应。这不！我们单身知青有自己的茅房，张家和王家也有了自家的茅房，我们新社员三间茅房连在一起，是大队最高级的茅房。"

陈东勇这才注意到，他们这三个茅房果然与众不同。土楼的茅房总是地上挖个坑，树皮做围墙，屋顶盖茅草，墙不到一人高，屋顶与墙还有几尺透风的空间，外面的人可以看到茅房里面是不是有人。但这里的三个新茅房，墙用土坯垒起来，垒到一个人高，门用木板做得有模有样。

陈东勇："不错！新社员新茅房，你们来了总带来很多新的视觉。"

龚馨打趣："干部同志也关心起茅房的事情了，这茅房虽然臭，却是农家的'聚宝坑'，各种农作物都需要它！'八字宪法'里，肥料排在第二位。以前我们在城市蹲厕所要捂鼻子，怕脏怕臭，现在不同了，接受再教育。"

陈东勇也很幽默："我倒是对农家茅厕'文化'价值感兴趣，这种茅房在中国农村随处可见，是几千年小农经济文化的一个'风景点'，而且还将在经济文化不发达的中国农村长期使用，这就是它的'文化'价值之一。"

龚馨瞪着他："干吗文文气气，才当了几天干部啊！什么指示说吧，你不会是来跟我讨论茅房的价值吧。"

陈东勇正经地说："我是与你商量办下乡知青高产实验田的事情，其中包括肥料问题，当然也和茅房有关了。"

陈东勇把郭兴安办下乡知青实验田的意见说了，龚馨不假思索回答："办高产实验田可以，但不能用下乡知青的名义。"

陈东勇满脸疑云："为什么不能？"

龚馨解释："我们大队的知青，包括下乡单身知青、户青和回乡知青，我和丽梅是单身知青，剑驰是户青，云娘是回乡知青。所以，用'下乡知青'作招牌不妥当。"

陈东勇明白了："这是郭兴安的意思，他就是要抓下乡知青的典型。他主管下乡知青，当然也包括户青，但回乡知青的事与他无关。"

龚馨："现在干部关注知青下乡，焦点都集中在单身知青，却忽视户青和回乡知青的作用。张剑驰是老三届，就是因为随家下乡，被编入城镇居民下乡的名册，连知青身份都没有，现在大队干部都以为张剑驰是'下乡居民'，不是'下乡知青'。如果说他不能享受单身知青的经济补助待遇只是小事，可作为一个老三届，在知青办里却没有他的名字，你说公平吗？至于云娘，更不用说了，你对她的情况最清楚，我们大队有五六个回乡知青，从来没有人找他们开个座谈会，更不用说生活上关心了。”

陈东勇连连点头：“你说得很有道理，回乡知青被忽视的事情我曾找郭兴安主任讲过，但他也鞭长莫及。至于‘户青’这个名词，我可是第一次听你说，报纸电台从来没有提到户青问题，我以后会向上级反映。”

龚馨：“实际上，上山下乡运动包括知青下乡和城镇居民下乡，这两部分人因为经济补助不同，所以分开登记，有两套班子，两个公章。因城镇居民中有老三届，不属于知青办管理，所以在管理部门内部称这些人为‘户青’。户青下乡，经济补助待遇不如单身知青，人员编制不是知青，以后招工招生会不会受影响很难说。”

陈东勇：“我刚到公社机关，就感觉到大家办事，只查花名册，照‘章’办事。像张剑驰这种户青，不入知青办的册，不盖知青办的‘章’，就很难证明他是知青。”

龚馨：“就是嘛！不管你是不是真正知青，只要是单身下乡，就应该承认是知青。现在没有人想这些问题，哎！说老实话，我想推荐张剑驰为县知青积极分子，郭兴安主任也同意，但到县知青办就卡壳了。县知青办主任说，没有在知青办入册的人不能被评为下乡知青积极分子，除非有老三届毕业证书，但张剑驰他们是六八届初中毕业，刚上中学就遇到‘文化革命’，一离校就下乡，根本没有发毕业证书。张剑驰也不会为了评一个积极分子，去证实自己的知青身份吧！”

陈东勇很认真地听龚馨说话，不时插上一句表示关切。他发现龚馨十分欣赏和敬佩张剑驰，说到张剑驰时，脸蛋容光焕发。

龚馨滔滔不绝地说着，这才想起要回答陈东勇实验田的问题，于是不好意思地说：“现在谈正事吧，我们不用‘岭下下乡知青’，建议用‘岭下知青’怎么样？知青应该包括户青和回乡知青，就叫‘岭下知青高产实验田’好吗？”

陈东勇不假思索：“好吧！我待会儿打电话跟郭主任说说。”心里琢磨着：你这媚儿不就是为张剑驰着想吗？张剑驰有那么优秀吗？那郭云娘对张剑驰是什么看法呢？是不是像龚馨这样在乎他呢？一大堆问号在他脑海里盘旋。

张剑驰很快知道了龚馨和陈东勇的这些对话细节，当然是龚馨告诉他的。他本来预感在他和龚馨、郭云娘三人的情感困局中，会有一个人出来解围，现在陈东勇出现了，这解围的人会不会是他呢？他们四个人，是不是马上要面临着友情和爱情的选择呢？

第十五章

陈东勇很快征得郭兴安同意，他晚上来到裕昌楼，把张剑驰、龚馨和郭云娘等人叫来商量。郭云娘家里忙，还没有上来，他们就点起煤油灯，先在裕昌楼的祖堂大厅开会。

郑励刚好从江城市养病回来，也被请来讨论。每当知青开会时，郑励总要弄点学习材料让大家学习，以显示他的领导身份，这回也是这样。他从口袋里掏出一张报纸："在你们讨论创办实验田之前，先学一篇《人民日报》文章好不好！文章题目'世界上最民主的选举'。"

陈东勇："老郑说得对，我们先学习《人民日报》。"

龚馨接过郑励的报纸，坐在灯前："按老规矩，我先念几段，接着大家念。"……

"完了！"管成坚刚坐下，碰到了杜丽梅的身子，杜丽梅把他推开："你这人真讨厌，念报纸也口沫纷飞，臭烟味扩散，让人受不了。"她有身孕，不喜欢烟味。

管成坚再站起来，对坐在墙角的李卫国说："卫国大哥不抽烟了！还是不抽烟好啊！"他不知道杜丽梅有身孕，总是不明白为什么一个大男人要戒烟。

李卫国累了，大家念报纸的时候在打盹。他不喜欢政治，何况最近做郭再耀的家具，起早贪黑地赶活，哪有时间跟大家扯皮。

郑励与管成坚两人开始了一场政治扯皮大战，谁也不服输……

张剑驰静静地听着，改变了他平时喜欢管事的习惯，好像故意要看两人的好戏。最近，他在生产队办革命大批判专栏，正在写一篇有关民主的话题，听他们争论，或许能从中得到一些启发。他认为，争论也是一种民主，争论也是激发灵感的一个关键。有的人的才气只有在驳斥他人的情形下才能够发挥得淋漓尽致，他想，大家畅所欲言吧！正像法国思想家伏尔泰所说的名言“我不同意你的观点，但是我誓死捍卫你说话的权利”。

等到他们争论累了，张剑驰才出来解围：“老郑和成坚，你们不必争论了，我建议你们每人写一篇文章，谈谈对九大的感想。我认为这篇文章写得好！我最喜欢这几句：我们眼前钢花四溅，铁水奔流，金翻麦浪，银裹棉铃，祖国大地热气腾腾，好一派革命、生产双丰收的景象。”

郑励知道争论下去他不会占便宜，就不哼声。管成坚也离开了，可能是上茅房吧。大家终于安静了，龚馨端一杯茶给郑励，让他缓缓气。

郑励接过龚馨的茶，喝了一口：“我们拥护九大，拥护毛主席，要遵照毛主席的指示，不论党内党外，都要有充分的民主生活。就是说，都要认真实行民主集中制。好吧！现在我告诉大家，今天我们要选举一人参加永靖县上山下乡知识青年积极分子代表大会，大家讨论一下，再民主选举。”

“就选龚馨吧!”张剑驰说，“不要投票了，龚馨是理所当然的当选人!”

杜丽梅、李卫国和其他知青也异口同声选龚馨，只有龚馨选张剑驰，最后当然是龚馨当选。

选举只是一个形式，郑励为了表示自己对选举知青代表的尊重，否则他这个带队干部干什么呢？他是农活不会干，只会靠嘴巴干活，但用嘴巴打起仗来，管成坚总是与他针锋相对，甚至不把他放在眼里，两人的矛盾也越来越大。

“学习和选举完了，应该讨论知青实验田的事了。郭主任已经同意用‘岭下知青高产实验田’这个名称，因为我们这里的知青，是指下乡的单身知青、户青和回乡知青。”陈东勇转入正题，一本正经地说。

大家都同意这个提议，郑励也没有意见，但他心里知道，挂知青的招牌，通常就是指下乡知青，实验田成功了，也有他的一份功劳，何乐而不为？

郭云娘打着手电过来，对大家说：“我给父亲煎药，迟到了，对不起！”

陈东勇问：“你爸的病好些吗？”

郭云娘：“好些了！谢谢你带来的药。”

龚馨对郭云娘讲：“我认为还要在生产队会上征求意见。”

郭云娘：“明晚生产队开会我提出来，我总觉得好像有什么地方需要再考虑一下。”

会议就这样在边学习边争辩中结束了。

郭云娘的顾虑没错，在第二天的生产队会上，除郭大山外，几个人都对知青实验田不太感兴趣。他们认为生产队就五十多亩缓坡良田，产量原来就比较高，在这些良田下功夫，意义不大，提高产量的难关是改造低产山田。郭大山听了频频点头，要郭云娘再考虑一下。

郭云娘把生产队的意见传达给郑励、张剑驰和龚馨，张剑驰想了一会说：“这样吧！我们创办知青实验田的目标不变，但秋后再组织一支耕山队，改造坎水凹十亩低产山田，这样一近一远，两个试点，社员们就没有意见。”

龚馨一听眉飞色舞：“对啊！把山高水冷的坎水凹山田改造好，难度大，才显示我们知青的真本领。”

陈东勇：“就这样订下来，具体细节以后再与大队讨论。”

郭云娘向大队汇报，大队坚决支持他们远近结合的计划，也就不再反对高产试验田了。

对生产队不喜欢高产试验田一事，张剑驰另有想法，一是生产队五十多亩缓坡良田，虽然占生产队不到三分之一的面积，但产量却是生产队的一半，如果办好试验田，每亩单季稻产量提高一百斤，以后五十亩地可以提高五千斤，两季可以提高一万斤，每年生产队的粮食就可以增加近一成。他心里这样想，但没有说出来，没有实现的东西他不想说得太早。

张剑驰请李卫国做了一块木匾，喷上白底写上红字：“岭下知青高产试验田”，他把匾钉在木桩上，又把木桩插在最显眼的路边田里。他很清楚，公路很快会开通，这片试验田就在公路上方，成为路人皆知的样板田。但岭下知青出名了，对他来讲究竟是不是好事呢？

张剑驰总是想起那惊颤的一幕，他在龚馨房间为她换药时，龚馨突然投向他的怀抱，他拥抱着龚馨发抖的身体，两人的心就要融合在一起了，他们都忘记房门还开着，被郭云娘撞见，才从梦中醒来！后来，龚馨多次向张剑驰解释：“是自己一时冲动，请你不要放在心上，我现在还不想交男朋友。”

张剑驰装成若无其事地回答：“没关系，我们先做好朋友吧！”其实他心里很难放下这懵懵懂懂的初恋。

经过一次亲密的身体接触之后，他和龚馨已经在爱情的门槛上徘徊不前，这次搞知青实验田是志在必得，这样的话，龚馨一出名，两人的差距就越大，他俩爱情的成功率就可能越低。什么是爱？他觉得太朦胧，只能随缘了！

对于龚馨来讲，她明明知道知青实验田规划会给她带来新的荣誉，公社党委会大力支持，常年在云岭驻点的县农科所技术人员也会时常进行田头指导，实验田的品种是县农科所特选的优良品种，所以每亩产量提高一百斤没问题。今后关于创办实验田的报告、宣讲和经验介绍都要她出面，她的头上又多了一圈荣誉的光环，她实在不想以后把大家努力的功劳算在自己身上，所以张剑驰提出秋后建立耕山队一事，她大力支持，她相信自己能以实际行动来弥补获得不应有荣誉的愧疚。

最近，她常常在荣誉面前感到自己的脆弱。当她被蚂蟥咬伤之后，她想，再高的荣誉也经不起一只小虫的伤害，不用说蚂蟥，山野里还有毒蛇和野兽，她一个弱女子，需要男人的保护。而从掉到烂泥田到被蚂蟥咬伤，张剑驰总是在她最脆弱的时候帮助了她，再加上张剑驰的才气和英俊，龚馨实实在在爱上了他，所以她终于在那一刻扑向张剑驰的怀抱，但过后她想起年老多病的母亲还在江城，对自己的爱又踌躇不前了。

跟一个当农民的户青在这里扎根，连温饱都成问题，她不能扔下母亲啊！如果是无牵无挂的话，她这辈子宁愿与张剑驰永远在一起，即使是住在永昌楼里为张剑驰生儿育女也心甘情愿。

七月流火，太阳火辣辣地把楼前的水田烤得烫人，但永昌楼后山坡的山冈却翠绿得醉人。

岭下生产队知青冒着酷暑挥汗如雨，他们要在今天把最后几亩洋田的早稻收割完，几天内就要马不停蹄地插下晚稻秧苗。

郭云娘和龚馨等姑娘们在田里低头割稻子，一把把稻子放在刚割下来的禾头上，整整齐齐地排成一垄垄，张剑驰等几个小伙子踩着打谷机紧随其后，把垄上的稻子往打谷机上翻绞。

等太阳下山了，夕阳渐渐染红了晚霞，大家才收工。张剑驰最后一个从田里上来，不像别人随便用田水把衣服的泥洗掉，而是走到百米远的清澈小溪边洗脚。

小溪水是温泉的末端，还微微冒着热气，泉眼是在山谷深处。张剑驰一双泥腿踩进水中，弯下腰，头朝下，却从两脚间的缝隙看到郭云娘和龚馨迈着泥脚丫，一前一后大摇大摆跨步而来。

他不明白她俩为什么最近很亲密？不管龚馨说的是真是假，自从龚馨对他表示还不想个人问题时，他便自觉地与龚馨的距离拉开一点。

龚馨心里爱他，但是她对自己没信心。她还年轻，是党员，又是江城市和永靖县的先进青年代表，走向社会的生活道路才开始，还有很多事情要做，决不能掉进情感的漩涡。经过一番思考之后，龚馨的心暂时平静了，父母也来信要她安心劳动，很快就有机会把她调动回城。她心地善良，同时知道郭云娘也爱着张剑驰。

前几天晚上，龚馨约郭云娘到永昌楼后山冈的一棵榕树下谈心，把心事告诉郭云娘。郭云娘也坦荡回答：“我们都年轻，大家做好朋友不是很好吗？”

龚馨说：“是啊！过几年谈恋爱也不迟。”

郭云娘俏皮地说：“过几年，如果你回城工作了，除非你把剑驰的心带走，否则我会追求他的。”

龚馨也不示弱：“那我们来竞争吧！”

两人相视而笑后，沉静地站立着。微风吹过，百年榕树的几缕垂须轻轻掠过她们鼻尖……

此时，张剑驰假装没看见，继续低头洗脚，等郭云娘走到眼前了，双手忽然从脚下往后泼水，把郭云娘的裤子淋湿。龚馨大笑，郭云娘气得从地上拾起一块石头扔过去，在张剑驰身边溅起一片水花，湿了张剑驰半身：

“你欺负我，如果龚馨挡头阵你敢吗？气死我了！”

“云娘子，我不敢了！”张剑驰装作屈服的样子。

三人放声大笑，享受天然的足浴。

龚馨问郭云娘：“闽南平原割完早稻后还可以让水田泡上十天半月才翻耕，这里为什么要这样紧迫呢！”

郭云娘望着远山五彩缤纷的晚霞由淡变浓，一座座土楼的楼墙由亮变暗，田野、小路都笼罩在一层透明的幕布之中，若有所思地说：

“这里与闽南平原地区相比，气候较冷，早稻收割晚而晚稻插秧早，才能避免秋冬寒流对晚稻的袭击。每年 9 月 ~ 10 月，我国大部分地区处于夏季风向冬季风过渡时期，时而有冷空气突发南下，温度明显下降，使正处在孕穗、抽穗扬花及灌浆阶段的晚稻遭受低温危害，严重影响水稻开花、授粉过程的正常进行，造成空壳、瘪粒，导致严重减产。所以，要尽快播下晚稻，双抢大忙几乎一气呵成。”

原来如此！张剑驰对农事一直很专注认真，他觉得人是土地之子，对生活的感恩之情，对生命的礼赞之情都来源于对土地的热爱。种好庄稼，让土地长出粮食，改变农村一穷二白的面貌，不正是为自己命运放逐广阔天地的灵魂求证一种信仰，求证一种生命对土地的回归意识和拜谒之情吗？如果说他喜欢龚馨的原因弥漫着闽南小城街廊的海风情调，那么他喜欢郭云娘却包含着对土楼大地的深情。

郭云娘是他最好的田头老师，张剑驰经常在收工的时候，看到郭云娘突然从什么地方冒出来，叫住他。而郭云娘每当想起张剑驰的时候，就听到张剑驰在叫她，于是两人在一起说说笑笑，谈天说地，人们总是以为他们有约在先。

张剑驰经常听社员念水稻从播种到收割“六字经”：犁、耙、播、割、摔、担。犁是犁田，耙是耙田；播是“播种”，插秧的方言；割是割稻子，摔是摔谷子，打谷子的方言；担是挑谷子。知青试验田的第一个任务当然是犁田了，可是那天下午，当张剑驰系紧围巾，扛着铁犁，想抽老牛的屁股下田时，郭云娘却一下子夺过他的牛鞭子说：“要先劈草，才能犁田。”

“什么叫劈草？”张剑驰丈二和尚摸不着头脑。

郭云娘笑着瞥了瞥他：“我们这里早稻收割后，一部分稻草留下来作为牛吃的草料，一部分要在犁田之前把稻草撤回田里，然后犁田翻起泥土，将稻草压在下面做晚稻基肥。因为夏天温度高，早稻稻草埋在水田很快就会腐烂变成肥料，但由于稻草太长，要切成两段，又要均匀分散到田里，所以要用劈草刀把稻草劈断再撒开。”

说完，郭云娘眨眨眼睫毛，脸上露出一对浅浅的笑窝。

田野上的风一阵一阵吹过，弥漫着稻香，还有牛羊粪的味道。张剑驰把老牛的缰绳甩了甩，停下来对她说：

“第一次听说劈草，这草有什么好劈呢？你们这里的农活看起来花样真不少呢？愿闻其详。”

郭云娘像变魔术似从腰部刀架里抽出一把刀，刀长约三十厘米，半月形，刀片很薄，银光闪闪。

“这就是劈草刀。”她说，左手从田里抓起一把稻草，让稻草垂直，右手握刀朝稻草中部仅离左手五指宽的地方劈下去，在刀接触草时，左手借力把草顺势甩远。只见一把稻草被她一甩，非常均匀地落到田里。

张剑驰和龚馨等连声叫好，管成坚看到郭云娘手起刀落，稻草在空中飞，赶快凑上来说：

“闽西南农村的农活不同凡响，单凭这刀功就不得了！什么劈田岸刀、劈草刀，在平原农村连听都没听说过，我来试试可以不可以？”

郭云娘严肃地说：“劈草很危险，因为刀劈的位置离左手很近，要十分小心。在云岭，每年都有人劈稻草劈断手指，你还是不要学吧!”

管成坚：“你别瞧不起我，我偏要试试，把刀给我。”

郭云娘扬了扬眉毛：“这刀很锋利，和杀猪刀一样，可以剃你的胡须呢！小心啊!”

管成坚接过郭云娘的劈草刀，放在水里洗干净，用手指在刀锋上轻轻抹一下，吐了吐舌头：“剃须刀也不过如此!”

他左手抓起一把稻草，由于害怕劈到手，劈草的时候刀口离左手很远，右手也不敢甩出，结果只劈断稻草底部稀疏的几根，整捆稻草在他手里看起来还是好好的。

郭云娘笑道：“看你心虚！你手中的稻草基本没少，说劈草，不如说打草，还要劈一次，越短越不容易劈。小心啊!”

李卫国附和：“看你！缩手缩脚的，那力气，只能给稻草瘙痒。”

张剑驰鼓励管成坚：“胆大心细就好了。”

管成坚把手中的稻草丢在田里：“这次不算，我重新拿稻草来劈。”他很聪明，稻草如果没有一次性劈断，草已经很柔软了，第二刀砍下去，同样的刀功，软绵绵，力度就减了一半。

“学劈草，没那么容易。”郭云娘说，“还是我来。”她拿过劈草刀，把管成坚的稻草也接过来，“唰”的一声，手中的稻草被她一劈，飞到十几米远的地方。她留在手中的稻草上部拿给大家看，离指头不到五厘米。

张剑驰看着郭云娘圆圆的脸蛋闪着红光：“佩服啊！我真要好好学一下劈草刀功!”

“看你玉树临风的潇洒劲，好，让你试试!”郭云娘把刀给张剑驰。

张剑驰头几次也不敢下手，试了半天，终于敢用力甩草了，还是非常小心，总要把刀对着稻草瞄一会儿，确信下刀的位置才敢下手。

“是非经历不知难，‘劈草’看似简单，其实要经过长时间劳动锻炼，才能有真功夫。”郭云娘故意用教育的口吻对张剑驰说。

“确实如此，领教了!”张剑驰扮了个鬼脸，笑道。

第十六章

正当他们兴致勃勃地准备试刀的时候，忽然看到陈东勇头戴斗笠，束着腰带，裤脚挽到膝盖，穿一身农家打扮来了。

“我来报到了！这几天我参加你们知青试验田劳动，可以吗?”陈东勇的眼睛扫视众人一圈，然后一眨不眨地盯住郭云娘的脸。

在双抢大忙时节，公社干部和社直机关所属行政企业和工厂，都要下乡支农。公社党委决定，主要领导留一人，办公室留一人，其他人全部下乡。按理说，陈东勇是通讯员，理所当然该留下，但他要求下乡驻队，党委书记同意了，还让他自己选择地点，但不管到哪里，都要出成绩，写出一份好的经验介绍。公社党委考虑通讯员对陈东勇来说是大材小用，想让他多下队锻炼，能独当一面，早日转干。陈东勇欣喜异常，主动选择到岭下大队。白天，他下队劳动，晚上，就住在大队客房。当然，他来岭下大队就是为了郭云娘。

郭云娘那双辉石般的眼睛闪耀出难以形容的光芒：“当然可以啦！现在需要劈草，你会吗?”

陈东勇从小在农村长大，应该说劈草没问题，但他一听到劈草，就有点为难的样子。原来，他去年夏天在生产队和一个小伙子赌劈草，一亩田两排稻草，每人劈一排，看谁先劈完，输的人买一盒“乘风”牌香烟送给赢的人。那小伙子看起来傻愣愣的，使起刀来却如砍瓜切菜，只见他从左手田里随便抓起稻草，右手高高举起劈草刀，往左手砍下去，左手的草飞到空中还没有全部落下，又一把草从他手中飞出，化成短屑在空中迎风飞舞。小伙子以为他的刀功必胜无疑，没想到陈东勇比他更快，他急于追上陈东勇，一不留神，劈伤了中指和无名指。小伙子两节指头的指尖约半厘米指头被劈断了，鲜血如注，当场昏厥，好在医院就在附近，陈东勇马上送他到医院抢救。小伙子休息近两个月，现在两个指头的伤痕还在，不能用力拿东西。从那时起，陈东勇对劈草就有一种本能的厌恶，一看到劈草刀，那鲜血淋漓的画面总在脑海里出现，如今郭云娘请他劈草，他当然不能推辞，于是迟疑地拿起郭云娘递过来的劈草刀，小心翼翼地劈了一把草，再把手中的半截草甩出去。

“你行吗？”郭云娘看他犹豫不决的样子，完全不像以前那个快刀斩乱麻的脾气。

陈东勇在学校里总是说一不二，认定的事情从来不含糊。“没问题！”陈东勇镇定下来，很快把十几米远的草劈完。当他劈完最后一捆草时，感到中指指甲被撕裂的阵痛，忙放下刀看自己的左手，才发现中指的指甲被劈掉了一点，刚好把指甲从指头上劈齐，刀就贴着指头上的肉切过去，流了点血。好险啊！一毫之差他就要血流如注了。

陈东勇站在田里愣了一会，听到郭云娘叫他，才缓过神来。他不想让郭云娘看见受伤，于是左手握拳，右手提刀，像个战场上的败将，慢吞吞地走回来。

郭云娘眼尖，一看他这模样就知道不好，一把抓住他的左手：“让我看看！”

陈东勇有意识地避开她的眼睛，平静地把去年别人和他比赛劈草受伤的事情说了。郭云娘摸着他的手，露出愧疚神情：“是我不好，让你受伤了，我怎么能让你劈草呢？”

她说的是，在闽西南山区，劈草是一种特殊的危险活，是自愿的，很少人会主动请别人干这种活。

“我太差劲！从那时起我就害怕劈草，真是一朝被蛇咬，十年怕井绳。因为危险，很少人会在劈草上炫耀自己，更不用说比赛劈草刀功。是我害了那个小伙子啊!”

郭云娘露出嗔怪之色:“这种危险活儿怎么能比赛呢?你也是!”

陈东勇不好意思:“我真没想到,一时好玩,以后再也不干这事了。”

郭云娘想,不管怎么说,陈东勇这次轻伤是她引起的,她内心也很难受,如果陈东勇受了重伤,她将会终身愧疚。想到这里,她的脸庞不知怎样就泛起了红潮,面部表情也有几分淡淡的忧思。

陈东勇看出郭云娘的尴尬,不置可否地笑了笑。接着,就是令人难堪的静场。

陈东勇和郭云娘不知所措地互望着对方,忽听见张剑驰和管成坚两人正在商量比赛劈草,郭云娘立即朝他们大喝一声:“住手!”

张剑驰和管成坚以为发生了什么事,傻愣在那里。郭云娘叫大家休息,让陈东勇把他的故事说了,大家才缓了一口气。

知青试验田刚开工,大家就经历了一场“指下刀功”的考验,好在有惊无险。

张剑驰注意到陈东勇望着郭云娘的时候,目光中充满着爱意,他一下子就猜到陈东勇爱上了郭云娘,只是不知道郭云娘是不是也爱陈东勇!

张剑驰今天第一次看到陈东勇,很欣赏陈东勇英俊的脸孔和刚毅有力的深邃眼睛,他对陈东勇的印象是胸襟开阔,豁达大度,有着土楼汉子的阳刚气概。是啊!二十三岁的青年,应该考虑婚姻了,正如歌德有一段著名的诗句:哪个青年男子不善钟情,哪个妙龄女郎不善怀春。这是人性中的至洁至纯,要是生活中没有爱情,生活将失去美好的光彩。所以,他爱龚馨,但是他要等到自己干出一番事业来,才敢对龚馨表白爱情。可在穷乡僻壤,他成功的机遇在哪里呢?

知青试验田开始插秧的大暑天早上,天上一丝云彩也没有,太阳像往日一样,刚一露脸就把大地烤得让人喘不过气来。

十亩洋田共六丘田,名义上是岭下大队下乡知青和回乡知青的试验田,但回乡知青都不把试验田当根葱,有的带一些女孩和小伙上山田开荒去了,有的抽着老牛屁股在水田里吆喝犁田或耙地,只有郭云娘一人来插秧，这样插秧总共才十人。

刚放暑假，王家三姐妹呼啦着来了，场面立刻热闹起来。她们是“提秧”当小工的，王文娟就像一只放出笼子的小鸟，围着大哥哥大姐姐哼歌：“春风吹汽笛响，火车向着韶山跑，穿过峻岭越过河，迎着霞光千万道……”

当她闪过管成坚身边时，左手被管成坚拎个正着。管成坚说：“有没有带打火机啊？待会儿给师傅点火。”

王文娟用右手狠狠拧着管成坚的胳膊：“我只给头手师傅点烟，看你插秧比水蛇还弯，大笨蛋！放开我。”说着一溜小跑了。

几个妇女挑着秧苗来到田头，王文徇和王文芳手脚麻利地把秧苗卸下，准备放在大哥大姐的“秧船”上。

张剑驰说：“慢着！要沾点基肥。”他指着路边一个茅桶说：“这桶里就是沾秧的基肥，把秧苗的根沾了再放到秧船上。”

这个茅桶是张剑驰早上从生产队的肥料间拖来的，王文徇好奇，上前看了看茅桶，里面是湿臭的粉末肥料，看起来像晒干的家禽粪便，臭气袭人。她捂着鼻子退一步，对张剑驰说：“张大哥！这是什么基肥啊？这么臭，春天插秧时就没有沾这种基肥！”

张剑驰笑着说：“你别管什么东西，把秧苗沾上即可。”

王文徇还是不解：“是不是搅拌化肥再晒干的家禽粪便？”

张剑驰又道：“是的！还加了一种味道——尿壶滓。”

王文徇明白过来了，她以前在江城市时常看到有专人走街串巷收集“尿壶滓”，现在才知道“尿壶滓”用来做秧苗基肥。想到这里，王文徇不禁哑然失笑，原来从旧马桶内壁凿下的尿垢还是宝贝啊！

王文娟也明白了姐姐笑什么，她还清清楚楚地记得有一回，邻居几个“红小兵”对一个买“尿壶滓”的老农扔石头。想起这些同龄人如此恶劣的行为，她现在都感到恶心。

按照老规矩，不拉绳子能够插头手的只有张剑驰。张剑驰可以插完每丘田的头手，其他人都没有技巧插头手，也没机会插头手。

田里的水没有排干，不能插秧，大家还在田头歇息。看来十亩洋田的头手都包揽了，张剑驰暗暗得意。他最喜欢插头手秧的感觉，在一块水田靠眼力插出一排排整齐的秧苗，就像一个画家不用任何器具，只凭一支笔就能画出最美的画卷。每当他开始插头手秧苗时，一种神圣感油然而生，心里充满了对生命的感激和对土地的深情。

是的！没有这么美丽的土地，哪来灵感绘就美丽的画卷？但如果没有对土地的热爱，土地在眼里永远毫无生趣，永远没有挥笔的激情。他记得有位名人说过：人是大地之子，只有回归土地，回归自然，才能忘记世上的无情与荒唐。这些日子，他从各方面了解到，全国上山下乡运动波澜壮阔，城市、学校、街道、家庭都身不由已地卷入这股大潮，上千万知青和居民投身其中，但由于农村生活条件艰苦和安置工作的问题，不少知青抱怨农村生活浪费了青春。他常常独自一人走在田间小道上，静静看着河水从脚下淌过，思考着知青问题：农村是苦，可抱怨有何用？为什么“土生土长”的农村青年从来不抱怨？

他看着一座座土楼群伴随日起日落默默无闻地屹立在大地上，看到多少土楼人家年复一年耕耘土地无怨无悔，终于悟出这“土生土长”的奥妙：人的生命来自土地，也只能在土地上生长，在土地上找到它的美丽和魅力。

管成坚的叫喊声把他的思路打断，他见管成坚还是像春播一样，充当看田师傅，对郭云娘指手画脚：这第一手要从什么地方开始，什么地方结束，好像他是唯一的行家。张剑驰嘴里叼烟，不耐烦地解开一捆秧苗，就要开始插秧。

“东勇来了！”张剑驰又听到郭云娘的声音，只见陈东勇扛着一架插秧画行器走过来。不用说，陈东勇是要求知青试验田不能按照老习惯插秧，要按照画行器的尺寸插秧，以保证合理密植。张剑驰站了起来，看陈东勇如何表演。

“我来参加你们知青试验田的插秧，我也是知青啊！呵呵！”陈东勇笑呵呵同大家打招呼：“我带来五寸半 × 五寸半的画行器，这是我们现在插矮脚水稻品种的标准规格。”

为了使秧苗插得均匀，陈东勇要求用画行器，但张剑驰讨厌这种要顺着绳子才能压出来的画行器。今年早稻插秧时，用过几次大家都不用了，因为画行器只能画第一手，用画行器其实就是控制第一手的插秧距离不要太宽，所以张剑驰看陈东勇振振有词的样子，不以为然地说："这个器具没有多少用处，我徒手插秧也不差，保证秧距合格。"

郭云娘想，陈东勇可能不知道张剑驰的插秧水平一流，才会带来这个画行器，于是对陈东勇说："张剑驰的头手秧非常好，我建议除了他，头手秧的人都要用画行器。现在我们分成两组，张剑驰带领第一组插一丘田，第二组就用画行器，看谁插得又好又快!"

张剑驰原想把这十亩的头手秧都占了，没想到半路杀出陈东勇这个程咬金。他知道陈东勇绝不是不信任他才拿来画行器，又看到郭云娘的解释实在无可争辩，加上他喜欢竞争，于是同意跟画行器比一比，看看自己的手艺。他马上回答郭云娘的话："就这样吧！怎样分组啊?"

郭云娘："两块田分两组比赛，剑驰领导一组，东勇领导一组怎么样？东勇是公社干部，但下来了就一视同仁。"

管成坚说："对对！今天就听云娘的分配。"

陈东勇也会插头手秧，只是"功夫藏在袖子里"，还不想崭露头角罢了。他谦虚地说："既然云娘给我分配了任务，我只能无条件地服从。"

张剑驰、陈东勇两人轮流选择一人加入自己的小组，第一轮，张剑驰选了龚馨，陈东勇选了郭云娘。第二轮、第三轮，双方又各自选人，直到势均力敌，摩拳擦掌就下水了。

张剑驰和陈东勇几乎同时插上第一棵秧苗，龚馨跟在张剑驰身边，郭云娘跟在陈东勇旁边。

两块田的两组人马有点像龙舟比赛往后用力划桨一样，齐头并退，使劲较量，张剑驰的田大了一点，所以陈东勇这组先插完一丘田。第二次，陈东勇这组田大了一点，就慢了。结果，两次比赛不分胜负，大家尽兴而忘了输赢。其实是张剑驰赢了，因为他不用画行器。

倒是陈东勇风格高一点，"哈哈哈"，他一通豪爽的大笑，信服地说："不用了，不用画行器了，大家就跟着剑驰这头手师傅把知青实验田插好吧。其实胜家是剑驰这一组，因为他省去了画行的时间。"

张剑驰看到陈东勇这么开朗，真像爷们！没的说的，走上前去，狠狠地捶了他一肩膀："老陈啊老陈，你也太谦虚了，谁胜谁负？天知道啊！"言外之意，好像是在说给郭云娘听的：究竟是谁能"胜任"郭云娘的爱呢？

"我说的是真心话，剑驰。"陈东勇又一声大笑，抽出一根"乘风"牌香烟给张剑驰，自己也叼一根在嘴上。

张剑驰掏出打火机，先给陈东勇点着了，微笑道："老陈，我也是真心话啊！"

"是掏心窝子的话啊！"管成坚狡猾地看着郭云娘，郭云娘却装得若无其事的样子。

还是龚馨用会心的微笑出来解围："大家尽兴，忘记了胜负之分，这就够了。"话毕，大家继续干活。

陈东勇观察张剑驰插秧，还是像画行器那样直，而且秧距不稀不疏，横竖差不多五寸半，心里暗暗佩服，怪不得郭云娘那样相信张剑驰。他原想也插一行头手秧，但无论如何超不过张剑驰，觉得没必要再比下去，心里算是服了张剑驰。他来到岭下，刚认识张剑驰，但从郭云娘的目光里早已看出张剑驰在郭云娘心中的位置，绝不在他之下。他不知道张剑驰和郭云娘是不是在相爱，但他对郭云娘志在必得。他很快就是国家干部，郭云娘会嫁给一个干部，而不会嫁给一个农民。

陈东勇在岭下大队驻队期间，就住在大队唯一的客房里，与郭再耀的单间只一墙之隔。大队专业茶场办有食堂，就在距他客房百步远的一个旧祠堂里，茶场职工养猪种菜，他和郭再耀吃茶场的伙食。一般公社干部下队东走走，西看看，一天可以溜七八个生产队，晚上再回大队睡觉，但陈东勇一下队就一身泥水一身汗，不知道什么时候回食堂吃饭。他经常到社员家里吃饭，好多次干完活后就在郭云娘家吃饭。平时，只要他有空就去看望郭云娘一家，这次到岭下，他又带来不少治疗哮喘病的草药。他懂得一些中药常识，对熬中药颇有研究，经常亲自为郭富来煎药。煎药要用木炭，他看到郭云娘家没有木炭了，马上交代朋友送一担木炭过来，郭云娘父母感激不尽。

这几天，他在岭下大队蹲点抓知青试验田，虽然大队离岭下生产队仅一公里，但为了多干点事，多了解知青的情况，晚上干脆睡在岭下生产队“队间”。闽西南山区生产队一般都有独立的队间，队间不是生产队会议室，而是储存谷子的仓库，因为经常把未干燥的潮湿谷子存放在队间和队间的外面打谷场上，所以队间通常设在大土楼之外的小型土楼，最常见的是两层平房的仓库队间。岭下生产队的队间在裕昌楼大门外面的晒谷场边，有一间专门给保管员，陈东勇就随便再铺一张床，与保管员住在一起。

一天半夜狂风大作，顷刻间下起倾盆大雨，队间的屋檐被风吹得吱吱作响，雨声吵醒刚想入眠的陈东勇。他想起外面禾埕还有几堆谷子无法放进仓库，只用塑料薄膜盖着，不知会不会被风掀起，雨淋湿，于是赶快摇醒身边的保管员。两人急急忙忙穿好衣服，打着手电筒赶到室外，那几堆谷子上的塑料布有的已经被风掀起一角，有的已经不知去向，任凭暴雨冲刷。

双抢大忙期间，因为生产队仓库不够，有时要把谷子放在外面，盖上塑料布，再用石头把塑料布压紧，除非特大暴雨，谷子是不会淋湿的。但今晚的雨太大，陈东勇和保管员花了半小时才把谷堆重新覆盖好。完成任务后，两人都成水鸭子了，陈东勇冷得直打喷嚏。

陈东勇白天起早贪黑干活，晚上管仓库，基本没什么休息时间，被雨淋湿之后，第二天起床时感到头很重，一摸自己额头，才知道发烧了。身边的保管员不在，可能到外面看谷子了。

他刚穿好衣服，就听见郭云娘在外面的声音：“东勇，没事吧！”

陈东勇哼了一声：“没事！半夜被雨淋了！头有点痛。”

郭云娘：“我可以进去吗？”

陈东勇：“可以！”

郭云娘提着一壶热姜汤，看到陈东勇气色不好，心疼地说：“赶快喝下姜汤！我已经熬好了草药，吃饭后再到楼里。”

陈东勇乖乖地听郭云娘的话，喝了汤吃了药，头还是昏昏沉沉的。他需要睡觉，但是队间白天人来人往，不能睡觉，于是郭云娘把陈东勇拉到她弟弟的房间，反锁门，要他好好睡一觉。

日子悄悄地过，陈东勇对郭云娘的感情也渐渐增长，但是他感觉好像与张剑驰在较量什么。较量什么呢？他也说不清楚。

每天傍晚收工后，知青都累得直不起腰。这时，龚馨才真正了解什么是“接受贫下中农再教育”，那个来自上海的知青把麦苗当作韭菜，如今再也没有人去嘲笑。这是激情燃烧的岁月，人们苦中作乐，在广阔天地洒着汗水，顶着太阳出，伴着月亮归，无数首饱含激情的诗篇是他们互相鼓励的动力，比如“猪圈岂生千里马，花盆难栽万年松。志存海内跃红日，乐在天涯战恶风”，还有“要做那疾风中的劲草，岁寒时的松柏”等。

双抢大忙能够突击，但张剑驰、龚馨、陈东勇、郭云娘之间的爱情却很难突击。

第十七章

1969 年热辣辣夏天慢慢离去，龚馨的心底留下了很多火热的记忆。她感到很兴奋，现在干农活也能与农家姑娘较劲了。她记得第一次挑起水桶到地里施肥，走路东摇西晃，如鸭子行走一般，咬紧牙关才坚持到一公里外的田埂。如今，她的脚板踩遍了岭下大队的山道，可与女孩们一起挑担唱山歌了。她练出了铁肩膀，可挑一担百斤重的水秧走上山坡，几公里路不歇息，连郭云娘要领先她都不容易。她身体健壮，脸色红润，很难看出身上还有城市姑娘肩不能挑、手不能提的娇弱模样。她早已不是掉进烂泥田湿漉漉求救的龚馨，也不是看到蚂蟥就惊慌失措的龚馨，她在向人们证实自己的荣誉不是从天而降，而是自己顶烈日冒风雨打拼的结果。

尽管云岭不少知青对她的荣誉抱着怀疑和冷漠的态度，尽管多少人以为她把所有的功劳都占了，她都不在意。当上知青名人实在身不由己，别人体会不到。有一次，一位知青在她的笔记本写："祝你青云直上，步步高升，但需明白：爬得越高，摔下来越惨！"她一时气得浑身发抖，想查找字迹汇报公社知青办，但很快冷静下来，把笔记本让张剑驰看。张剑驰淡淡一笑："你走自己的路，让别人说去吧！都是一个大队的知青，有什么好查办的。说不定人家是开玩笑，也没有明确指出是在贬你，闹不好大家看你的笑话。"

除了不敢再"谈情说爱"，她和张剑驰的交往还是那样密切，几乎与他无话不谈。干农活她经常跟张剑驰在一起，张剑驰好像什么农活一学就会，跟他在一起，她浑身好像有使不完的劲。她常常觉得好笑，争强好胜的女子，却对张剑驰俯首帖耳。春季插秧时，她一直跟着张剑驰，除了不敢插头手秧之外，她插秧的速度和质量都是一流的。

但是，即使生产劳动过了关，“与地斗”不怕了，对于“与人斗”的阶级斗争，她还是很困惑。不久前，郑励和管成坚的一场争斗，让她受到一场严峻的考验。

双抢大忙之后，就是晚稻的田间管理，在公社农科所技术人员的指导下，岭下大队十亩知青实验田长势喜人。

这一天，张剑驰、龚馨和郭云娘等几位知青在实验田除草。以前除草，人可以站着，手握几米长的锄草耙子，在水稻与水稻的间隔中游弋，轻轻松松的活儿。但是知青实验田的水稻秧距较密，除草耙子很容易伤害到水稻的根系，所以都要弯下腰，用手拔掉杂草。用手除草比起插秧容易多了，没有什么技术可言，但是最麻烦的是要把那些稗草拔起来。很多新社员在早稻除草期间都没有拔过稗草，郭云娘就地示范，拿一把很翠绿的稗草说：

“稗草是一种极像水稻的杂草，因为其似水稻，人们在给稻田清除杂草时，稍不小心就使它从眼皮下溜过。今年早稻有不少这种稗草没有拔掉，使水稻收成受到严重影响。大家看了，稗草秆直立，基部倾斜或膝曲，光滑无毛。叶鞘松弛，下部长于节间，上部短于节间；无叶舌，叶片无毛。水稻呢？线状披针形，叶舌膜质，稻叶的叶脉平行，有很明显的中脉，呈绿色，在中肋、边缘或尖端，有时也会有紫色色素。”

李卫国在农村呆过，他没有听郭云娘讲解，就在高矮粗细不等满天星似的稻田里，很快拔出一把稗草。他补充说：“有的稗草根部红色，草秆儿光滑，叶子有些弯曲。还有一种稗草根白，也长有叶毛。它与稻苗的区别，只在于它在茎叶分叉处长有舌头状的叶舌而没有绒毛，并且颜色呈深绿色。”

经过李卫国一双手辨认剔除之后，身后的水稻和稗草泾渭分明地分出，大家在郭云娘和李卫国的示范下除草。

郭云娘边拔草边和大家聊天，她说："前年，有个生产队的稻田需要'整苗'（清除稗子等杂草）时，队长看到田里的秧苗一片青绿，哪有什么稗子，便把劳动力都支使到其他地方。谁知到了去年，稻田里的稗子大增，费了九牛二虎之力去拔，才把它清除干净。"

管成坚发挥道："稗草看起来是极少数，但是，就是这个极少数，如不引起我们的注意，它就会隐藏着极大的祸害。人常说：一蚁之穴，可溃百里长堤。一株稗草未拔掉，明年就可以长出一百株，水稻亩产将减产一百斤。知青下乡接受贫下中农再教育，要斗私批修，就是要把自己头脑中的稗草拔掉。龚馨你说是吗？"

龚馨笑而不语，张剑驰看着管成坚说："看来先进知青要让你当了，下次我推荐你到公社大会讲吧！"

"拜托了！别给我来好听的，其实写这种东西最容易。稗草和水稻，一样的绿色，一样享受阳光和土地的滋润，但是，它们的用途却截然相反。一个被碾制成大米，供人们食用，给人类带来利益，为人类所歌颂。稗子不同，穿着一身和稻子一样的衣服，吸取土地里本应输给稻子的养分，却不能为人类造福。这些潜藏的坏东西，夹杂在绿油油的稻田里，给人们带来的是灾难和祸害。农民头顶烈日，挥汗如雨，行走在田间，如果辛勤一季之后，只有稗子在田间昂首挺胸生长，该是怎样的心情。"

他们随便聊着，远远看到郑励从土楼出来了。管成坚指着他说："大家看，那是一株大稗草，有他在，土楼水田的水稻就会遭殃，非拔除不可。"

大家知道管成坚和郑励有矛盾，对管成坚的话不以为然。

郭云娘对龚馨说："最近老郑怎么都不见人啊？"

龚馨："他回江城去了，单位要他回去，不知是干什么？"

张剑驰："听说他要求调到云岭大队，那里是公社驻地，交通方便。他的腿不好，是该照顾一下。"

说话间，郑励背着军用挎包，手里拄着一根小竹棍走来了。郑励走路一定要拿那根小竹棍当拐杖，以防不慎跌倒，当他看到大家，脸上露出一丝笑容，用竹棍指着田里的秧苗说："这些水稻长得很漂亮啊！"

郑励根本不关心什么知青实验田，这次回江城，单位要他写一份材料，协助开展斗批改工作。郑励在单位的时候，个性固执，任何事情都坚持己见，又喜欢喝酒，酒后还不时打老婆，这些都是几年前老婆与他离婚的原因。他二十岁的独生儿子看到父母经常吵架，也离家出走，至今不知去向。离婚之后，郑励与领导、同事关系不大好，以为自己是单身汉，没有任何牵挂，谁也不能把他怎样，但没想到，干部下放第一批就轮到他，原因之一是政治立场不坚定。郑励喜欢跟人家争论政治问题，有一次在学习中央文件时，他对右派分子抱同情态度，说了一句："右派也可以团结"，结果被记在个人档案上，成为阶级立场不坚定的"罪证"。

下乡受了半年苦，郑励学乖巧了一点，觉得不巴结领导不行，所以这次回江城，心里有了盘算。那一天到家已是晚上八点，下着大雨，他披上雨衣，怀掖几包土楼山区的特产，敲开了木器厂革委会李主任的家门。

李主任打开门，看到郑励，眉头一皱："你回来了！有事明天到单位说吧。"

郑励赶忙说："我先来看你，送一点土产。"

李主任中等身材，胖墩墩，眼睛总是眯着，见郑励带了礼物，习惯性绷紧的脸马上露出一排大牙，让他进来。

郑励跨进门："你爱人不在?"

李主任说："她出去了!"

郑励不便多问，嬉皮笑脸地把礼物放在桌子上，向李书记汇报下乡半年的情况，把知青户的成绩都归于他的领导，但李主任却不是很有耐心。不一会儿，李主任心不在焉地看表，郑励心领神会，不敢久留，起身告辞。一路上细雨纷飞，夏秋之际的冷雨刺激着郑励长满粉刺的脸孔，他思考着明天的计划，思路变得更加清晰。接连几天，他老老实实地完成单位布置的任务，还请李主任到江城一家海鲜餐馆吃了一顿。李主任胃口特别好，酒足饭饱之际，问他有什么要求。

郑励将一包"大前门"香烟插在李主任上衣口袋里，笑嘻嘻地讨好："我要求能早日调动回城。"

李主任面带难色："干部下放没那么快就能回原单位，以后看吧！有机会我会考虑的。”

郑励请求：“我的脚不方便，走小山路很累，请你给云岭公社讲一下，把我从岭下调到云岭。”

李主任拍着胸脯打保票：“我一个电话给云岭革委会主任，他会马上答应的。”

郑励回到云岭，前脚刚跨进公社大院，就有人喊他到办公室。走进办公室，看到办公室主任在看文件，郑励问候一声，递上一根烟，主任问他这次回江城的情况，他如实汇报，不过当然没有汇报请客送礼的事。主任说：

“考虑你年纪大，行动不便，领导决定把你调到云岭大队驻队，你可以马上把被铺搬过去。”

再也不必磕磕碰碰走几公里山路受累了，他知道李主任和云岭公社革委会疏通了，他给李主任送礼的一招发挥作用了！郑励连声道谢，抽出香烟，里里外外都分个遍。回家路上，他哼着小曲，洋溢着胜利的喜悦。

“我要搬到云岭大队了，革命工作需要！”他那长满粉刺的脸怎么笑都很难看。

“好啊！老郑！恭喜恭喜”龚馨和郭云娘都从田里走上来祝贺。

郑励：“你们忙吧！我没什么东西，叫大山安排一人帮我挑行李就行了。”

郭云娘：“明天走吧！晚上大家坐一会儿，开个座谈会也好！”

管成坚听到郑励要走，心里很不甘心。自从上次在祖堂大厅与郑励吵架之后，两人是三天一小吵，五天一大吵。管成坚家庭出身游民，反正不是剥削阶级的后代，根本不怕郑励，倒是郑励无计可施。

郑励有一个爱好，喜欢自己一人戴上耳机收听收音机，“台湾”、苏联的电台也偶然听一下，只是消遣，根本不想从中从事什么反革命活动。他原来和管成坚床铺挨在一起，因为经常吵架，管成坚就跟李卫国对换床铺，李卫国经常被他俩吵得夜不能寐，同意了。后来李卫国结婚搬出去，管成坚又懒得回房间面对郑励，郑励便经常关起门来装病不出工。其实他根本就干不了田里的活，最多跟在稻田里拔拔稗草，一天赚三四个工分。

没有人注意到他到底是真病还是假病，他干脆把房门扣起来，睡大觉或者是听收音机。

管成坚虽然知道郑励收听敌台，但不想多管闲事，因为即使有证据，郑励也能狡辩，哪怕对簿公堂，说不定郑励能倒打一耙。郑励也知道管成坚在注意他的收音机，所以非常小心，不想让任何人抓到把柄。但是郑励总觉得自己的面子被管成坚抹黑不少，想找机会治治管成坚。有一次，公社知青办召开会议，龚馨和几位下放干部参加讨论知青问题，郑励在会上发言，指出个别知青对政治学习应付了事，甚至讲牢骚怪话，通过他做思想工作，才有了进步。郑励没点管成坚的名字，公社知青办人员根据郑励的发言写了广播稿，永昌楼的知青都听到了郑励的“先进事迹”，不言而喻，郑励是针对管成坚的。

郑励与公社知青办个别场合的交谈，早就把管成坚列入“思想落后”之类。管成坚知道郑励在整治他，没料到竟然会拿他做落后分子开涮，于是想找机会报复郑励。

一天深夜，永昌楼里静悄悄，郑励戴上耳机收听敌台，不料耳机没插牢，声音传出来：“国民党自由中国之声，现在对大陆同胞广播……”管成坚蹑手蹑脚披上衣服跑出室外，把张剑驰的房门推开。张剑驰晚上没关房门，好让他的父母可以随时进入。

张剑驰刚睡下，听到房门“吱”一声响，以为是父亲进来了。因为父亲经常半夜进来，看张剑驰的被子是不是掉了，所以张剑驰没在意，听到来人轻声叫他，才知道是管成坚。管成坚在张剑驰耳边说几句，两人一齐来到郑励的房门口，终于听到郑励的收音机声音，这是苏联的电台，正在唱《中国知识青年之歌》。他俩原来就知道有这么一首歌在知青中传播，没想到从收音机传来的歌声是这么动人，一时都沉浸在美好的音乐中。

“喵呜——喵呜——喵呜”一只夜猫凄厉地叫了几声，令人毛骨悚然。猫声把郑励惊醒了，他心里“咯噔”一下，有敌情！双手习惯地搜索收音机，才看到耳机掉了，赶快把收音机关掉，永昌楼一时鸦雀无声。完了！是不是被管成坚抓住把柄了？他竖着耳朵听管成坚房里的动静，心里暗自庆幸，好在开的声音不是很大，看来管成坚已经睡了。他心里七上八下，跑到门外撒了一泡尿，打了一阵寒战，战战兢兢地回房睡觉。

张剑驰说："我们别管这闲事，以后我们也买收音机听，不然太无聊。算了！"

管成坚不甘心地说："你不管，只要你做证就行！"张剑驰不回答，走进自己房间睡觉。

第二天早上干活，管成坚拉龚馨到一边说这件事情，他故作严肃，神态有点油滑："剑驰在场，可以做证明。请你向公社革委会汇报，以收听敌台的罪名处理他。"

龚馨一听，冷静地说："我没听到，要向剑驰核实一下。如果老郑真的收听敌台，我们不能包庇。"

龚馨对处理这种"政治事件"很反感，以前在江城时，她好朋友的父母是一对非常老实的教师，只因收听电台时不小心收到台湾的频道，被邻居告到公安局，后来这对教师都被开除公职。她觉得这简直太荒唐了，深深同情这对老教师。还有的人因为收听"敌台"被逮捕，被劳改，她觉得太过分了，但不敢说出来。

下乡以来，龚馨经常在知青中走动，也曾经听到这首《中国知识青年之歌》，记得有一次都入迷了："莫斯科广播电台，莫斯科广播电台，中国知青朋友们，下面请听《中国知识青年之歌》。"接着，低沉浑厚充满磁性的男声小合唱，在优美的旋律中缓缓荡开，让她如痴如醉。最动人心弦的是那几句：告别了妈妈，再见了家乡，金色的学生时代已载入了青春的史册一去不复返。啊……未来的道路多么艰难曲折漫长，生活的脚印深深地陷在偏僻的异乡。跟着太阳出，伴着月亮归，沉重地修地球是光荣而神圣的天职，我的命运。啊…用我们的双手绣红地球，绣红宇宙，憧憬的明天相信吧一定会到来。

听这首歌，她的心如刀割，泪水夺眶而出。最近，她妈妈不小心摔了一跤，不能下床，家里只有父亲，两位老人不想也无法请保姆，所以父亲快累倒了。她真想妈妈和爸爸，真想回家啊！

如今，龚馨怎样面对管成坚的检举揭发呢？她想让大家都好好过日子，于是在收工后同张剑驰商量这件事："这事你看怎么办?"

张剑驰："老郑是收听敌台，但是我也不想多事。他人其实不坏，就是太爱出风头，爱排老干部资格。收听敌台？大家都听过，都来检举揭发，大家都到劳改场去好了!"

龚馨："那你说怎么办?"

张剑驰："我给老郑说一下，下不为例!"

龚馨："是不是让我去说?"

张剑驰："你傻啊！你是局外人，掺和咋了?"

龚馨："好吧！如果你说不动，我再说服他。"龚馨就要张剑驰这话，她实在不宜出面。

当晚，张剑驰把郑励约到楼外说话。张剑驰非常严肃，郑励的脸被暗淡的夜幕掩盖了尴尬，双眼透过椭圆眼镜空洞地望着天空，对张剑驰说："你给成坚讲一下，就说我不是有意的。"郑励很聪明，他知道是自己的错，不能跟管成坚来硬的，而且只要张剑驰不作证，管成坚也不会自己一人去汇报。

张剑驰："老郑！这是第一次，也是最后一次，你要对自己的言行负责。"郑励连连点头称是。

回家后，张剑驰对管成坚谈了，管成坚不高兴地说："你怎么啦？要放那株大稗草一马？我可不答应。"

张剑驰："算了！他知错了，保证以后不再收听敌台。"说着拿出一台袖珍收音机给管成坚，"老郑是认真的，把收音机都送我了，他说是送给我们大家留个纪念，说不定什么时候就调走了，机子你拿着吧!"

管成坚："他想收买我们，没门!"

张剑驰："好吧！你去汇报，我可不做证人。"

管成坚没有办法，这件事发生在郑励回江城之前几天，他想等郑励回来后再与郑励算账，没想到郑励一回来，就要搬家了。管成坚正要出击，郑励笑眯眯地把几包江城特产桂圆干送到他的手中：

"成坚，这是我特地给你的，这里水冷，多吃点桂圆补身子。"

说着又送给管成坚一包"乘风"香烟，管成坚一时竟被感动了，看着郑励一拐一拐地走在永昌楼破破烂烂的楼道上，心也软了，遂接过郑励的香烟：

“香烟我要了，桂圆干你留着，送给云娘的父亲吧！”

郑励很感动，一时站不稳，整个身子斜倒在楼道的马桶边。管成坚赶快扶起郑励，郑励像孩子一样，泪水涌了出来：“谢谢你成坚，我们都不容易，我不会忘记你的。”

管成坚最怕别人来软的，什么怨恨都烟消云散了。他永远不会忘记两年前的日子，“文革”风暴席卷大地的时候，他走南闯北的老爸也被批斗，理由是搞投机倒把。他家的门框上贴着一副白纸对联，是毛泽东的诗句：借问瘟君欲何往，纸船明烛照天烧。横批为：送瘟神。大门之外的人行街廊两边，还各吊着一只只办丧事才挂的纸灯笼，行人走在街廊上，经过他家门口，如同见到丧门星，个个赶紧避开，甘愿在街上任凭风吹雨打，也不愿走过他家的街廊。小孩子还远远对着这些纸灯打弹弓，让这些冥国鬼蜮的标志物在他家整整晃荡了一个月，让他一天不下八次地接受鬼灵的警示和对脸皮的磨砺。他自己也斗过别人，给老师戴过高帽，怎么就忘记了这冤冤相报永远没有了结的教训啊？

经过这件事，龚馨、张剑驰、管成坚和郑励四个人都得到圆满的答案。他们都在“文革”动乱中看到人与人之间无缘无故的残酷无情斗争，他们的亲人、朋友有的被迫害致死，有的被关进大牢，他们实在不想为区区小事自相伤害了。人生如梦，转眼百年啊！作为犯错误的郑励，吸取的教训最深。他调到云岭大队之后，同岭下的知青继续友好往来。

第十八章

知青实验田里青青稻穗在悠悠地扬花送粉，一茬一茬葱茏、饱满起来，张剑驰、龚馨和郭云娘每天都在观察稻穗灌浆情况，随时注意可能发生的病虫害。这一天下午收工后，他们三人又到那条有温泉的小溪洗脚，张剑驰坐在一块石头上，用手划着冒热气的水说："看来我们不必再花很多时间在实验田了，离收割还将近一个月，何不趁此机会组织耕山队，找个目标改造烂泥田。"说罢，眼睛凝视着远方山上一座被云雾缠绕的圆土楼，好像要把耕山队建在白云生处的山巅。

郭云娘看张剑驰有点傻相，笑道："太阳快下山了，你还呆着想烂泥田干啥？看你一身泥水，把小溪都污染了。"

龚馨知道郭云娘的心思，心照不宣地说："云娘姐指到哪，我就冲到哪。"说罢，又对张剑驰说："你那条束腰的围巾也太脏了，让我洗一洗。"

郭云娘对龚馨说："我来吧!"说着把张剑驰的腰巾从腰间狠狠抽出来，让张剑驰一下子屁股坐不稳，从石头上滑下来，差点坐到水里。张剑驰的腰巾已经松了，一头在外面晃荡，冷不防被郭云娘袭击，很是狼狈。

张剑驰瞪着郭云娘："你要让我摔到溪流里灌水啊!"

两个女孩大笑。龚馨说："你不是游泳健将吗？当年还在九龙江救了文徇和文芳两姐妹，救美英雄啊！不简单!"

张剑驰乐了："你们俩如果掉到河里，我一定不会理你们，看你们喝一肚子水。可惜啊！"

"可惜什么?"龚馨瞪着眼。

"可惜我是龙游浅水遭虾戏。"张剑驰开始洗脚了，只是嘴巴还不停止。

龚馨正要向张剑驰泼水，郭云娘说："说正经吧，我们可以在坎水凹安营扎寨，改造那里十亩烂泥田。"

张剑驰："好啊！我们春天决定办实验田的时候已经向生产队许下诺言，在洋田夺高产不是我们的本事，山田夺高产才是硬功夫。"

龚馨坚定地说："就这样定下来。"

坎水凹离永昌楼五公里山路，从大队到坎水凹要淌过一条溪，经过两座山中间一个"凹"字形豁口，走一个半小时。上凹口，走一段陡坡，坡两边是茂密的大松树，距离凹口几步之遥，树枝乱叶混杂交叉，遮天蔽日，让人置身天尽头、地绝处的感觉。钻过一片密林，就是坎水凹的山田，几乎被小盆地树林包围，非常阴冷，密林里还有野猪、山狗，人不惹它们，它们一般不伤害人。

坎水凹种的是"钻秧"稻子，所谓"钻秧"，是一种有别于单季稻，又不同双季稻插法的水稻，通常适合种在山高水冷、不能种双季稻的农田，比早稻插秧稍后几星期，可以躲避倒春寒的袭击。在收成前一个半月，把新的单季稻秧苗"钻插"在原来秧苗横行的间隔中，自成一行，这样稻田里就是一行老秧苗"大哥哥"，一行新秧苗"小弟弟"，一大一小一行行排列。先播种的水稻一个月后就收割，不需要继续施肥，新秧苗刚好趁机生根吐叶快快长大，等先播的收割了，人们把留在田里的老禾头踩入水田泥土中，成为肥料。接着，新秧苗进入中耕锄草阶段，到新秧苗收割时，可比一般的双季稻早一个月，躲过秋寒袭击，保证收成产量。"钻秧"缺点是密植比双季稻宽了一倍，产量不高。

生产队决定由郭云娘担任耕山队队长，郭云娘当天晚上组织大家在裕昌楼祖堂大厅开会。会上，郭云娘圆圆的脸蛋在暗淡煤油灯下仍然充满火热的激情，那是喝土楼水长大的女子特有的风韵，让人想起大气磅礴的土楼英雄儿女的成长岁月。也许，几百年前，也有像郭云娘这样一张脸，在油灯下，为夯筑土楼前的汉子们编制一双草鞋，或者缝补一件衣裳，夜以继日为建楼操心。那时她们没有文化，只能做男人的后盾。如今，她们已经是有文化有教养的知识女性，为改变土楼山乡一穷二白的面貌勇担重任。知青来这里下乡，也是为了改变落后的面貌，是对土楼的爱，使张剑驰、龚馨这些优秀的城市青年和她走到一起。

郭云娘宣布耕山队的四个任务：第一，把坎水凹的“钻秧”收割。第二，拓宽和加深四十米长的排水沟，让烂泥田的水排入水沟，减少水田水分。因为这片烂泥田平均深度六十厘米，水分太多，是低产的主因。第三，每亩田积累至少二十担的秆積灰土粪，以改良烂泥田土壤质量。所谓秆積灰土粪，就是以秆積灰为主要成分的土粪。秆積灰的特点是不像一般草木灰那样被烧白，烧过的灰仍然黑色，灰粉比草木灰多。这种土粪含有丰富钾肥，对改良烂泥田非常管用。第四，在这些烧过土粪的山坡，种植番薯。

耕山队有十人，男知青张剑驰、管成坚、李卫国和女知青龚馨及几位回乡知青郭云娘、郭秋兰等。

出发这一天，秋高气爽，耕山队一行人挑着农具、被铺和炊事用具上路。

因为首先要收割“钻秧”，张剑驰、李卫国和管成坚三人是打谷小组组长，要扛三个打谷桶上山。打谷小组的组长也叫“桶长”，一个打谷桶一般3～4人，由桶长带领，妇女或其他半劳力是割稻子的小工。洋田当桶长打谷子，没什么难度，只要有力气就行，在山田当桶长比较累，要扛十多公斤的打谷桶上山，桶中还有打谷板和围屏，磕磕碰碰。出工要爬山越岭，到了山田要把打谷桶扛至最高那丘田，走过陡峭的田岸，从上而下收割。开镰之后，负重的谷桶还要在山田拖来拖去，从上丘田拖到下丘田。男人手劲大，妇女吃不消，一天下来，桶长浑身上下都是泥水。

山道弯弯，每人肩膀上都沉甸甸，管成坚和李卫国在山路不停地打嘴仗，缓解路上的寂寞。龚馨一路跟着有经验的“桶长”张剑驰，两人走在最后，走到半路，张剑驰看龚馨满头大汗，停了下来，要她卸下肩膀的被袋，放到他的打谷桶里。

龚馨不太情愿："好吧！"

张剑驰取下龚馨的被袋，龚馨调皮地说："我告诉你一个好消息。"

"什么好消息？"张剑驰不解。

龚馨小声说："我的父母来信，可能很快把我调回城里工作，我也许是最后一次参加生产队的集体生活了。"

张剑驰面带惊讶："什么工作？"

龚馨："还不知道，也可能当兵。"

张剑驰一阵喜悦："好啊！到时我们一定好好欢送你。"

龚馨眼里却有一丝忧伤："我真舍不得离开大家，离开你。"

张剑驰安慰她："你说什么傻话，我们以后还会见面的，是吗？"

龚馨无语。自从他俩从爱情的门槛上退回来之后，龚馨一直在门槛外彷徨，做着奇奇怪怪的梦，梦见永昌楼变成一个大飞碟，载着她和张剑驰飞上天……梦见他俩被部队文工团招收为文艺兵，张剑驰扮演洪常青，身高一米六十八的她扮演吴琼花，两人跳着芭蕾舞，台下观众掌声雷动……这次组织耕山队，龚馨情绪很高，一直没把回城的秘密告诉张剑驰，直到现在才情不自禁地说出来。

在替龚馨高兴之余，张剑驰内心很快恢复平静。他如果不是户青，不是养家糊口的全劳力，也不会逃出爱的伊甸园。他看过很多书，十七八岁就谈恋爱的不少，一见钟情也是人之常情，更不用说他们已经认识快一年了。爱是没有错的，有爱却要压抑，干吗要委屈自己！但是，以农村目前的状况，连生存都很艰难，爱只能是一种沉重的负担……还是放下好。

龚馨看着张剑驰，两人默然无语地走着。

到了坎水凹，他们按原定计划，把坎水凹的土粪草寮整理一番，作为耕山队的住宿。土楼山区每片山田都有一个草寮，让社员有田间休息的场所，也可以堆放土粪。坎水凹的草寮长方形，大约二十平方米，毛竹作支干，屋顶、墙壁都是茅草，门口有一块可以让人翻个跟斗大的空地。因为很久没人来过，草寮里只留下一些零星的土粪，草墙已是千疮百孔。大家把土粪搬到外面，又重新用竹子和茅草编造了围墙，翻盖屋顶，地上铺塑料布，塑料布上铺被子，就是耕山队的家了。没有桌子、椅子，即使有也没地方放。十人都要睡在这里，还要为三位女子隔离出一个单间。

张剑驰心细，知道女子不适合睡地板，需要搭盖一个竹床，就对郭云娘说：“我到山上砍几根毛竹，帮你们弄一个三人床如何?”

郭云娘笑道：“你是不忍心龚馨啊！我也不忍心，我来吧！”

龚馨正在外面帮管成坚挖灶，听到郭云娘的声音，走进来一本正经地对郭云娘说：“还是不要什么三人床，特殊化。毛主席说了，男同志能办到的事，女同志也能办到。”

张剑驰诧异地看着龚馨：“毛主席的话是泛指，男女当然有很多不同。”

管成坚也凑上来阴阳怪气地说：“女同志能生孩子，男同志就不行，办不到，所以不一样。”

郭云娘举起一把砍柴刀，对管成坚做了一个砍杀的动作，管成坚吹着口哨继续干活。

凉风吹散郭云娘的秀发，使她亮丽的容颜显得更是脱俗。郭云娘开始行动了，她拿起一把劈竹篾的专用刀，右手持刀在胸前，左手握竹子在腰间，把竹子的一段切开。“噼啪”一声，第一个竹节裂开了，接着噼噼啪啪地，像放鞭炮一样快，眨眼间一根几丈长的毛竹被劈成两片。紧接着，郭云娘再劈更细的竹片，锯成床的枝片，张剑驰找来一些山藤。床板是从家里带来的，大家很快就搭起床，又做一个简易屏风，三人床就被隔离在一个小房间里，剩下的空间便是七个大男人的地板床铺了。没有炊事房，只在草寮旁边搭盖一个简易竹棚，棚顶有一张谷笪大，刚好能遮住灶台和摆放柴米油盐。

次日，大家在晨晖照耀下起床，开始第一个任务割“钻秧”稻子。“钻秧”都在山坳里，大风吹不到，播种高秆的品种，行距四十厘米，三十多亩的稻子，应该两天能完成。三个“桶长”商量劳力分配，每人配两个割稻小工，刚好九人，剩下一人是郭秋兰，负责煮饭烧菜。割稻子人员随便怎样安排都一样，但张剑驰想要让龚馨当他的小工，因为龚馨曾经掉到烂泥田，他要关照她，其他人谁要当他的小工，他都无所谓。可是管成坚故意使坏，不让龚馨和张剑驰在一起，建议大家抽签，第一轮抽签每个桶长选一名小工，第二轮再选一人。

管成坚自告奋勇做签，从裤袋里掏出一张牛皮信封，写了1、2、3三张纸，揉成一团，三个桶长每人抓一个，抽到“1”的人先选。结果张剑驰抽到“2”，李卫国抽到“3”，最后拿纸团的是管成坚，自然是“1”。管成坚很高兴，第一个就要龚馨。

龚馨冷笑一声：“成坚！你作弊，该罚!”

龚馨早发现管成坚的阴谋，那三个纸团只写2和3，没有1，管成坚拿起抽中的纸团，调了包，把自己准备好的“1”换了。

张剑驰也觉察到了，揪住管成坚，从他的衣袋里一摸，掏出好几个“1”的纸团：“好啊！你小子忒不地道，看我揍你!”

管成坚嘻嘻笑：“玩笑玩笑！我错了好吗！龚馨揭发有功，她第一个选，要跟随哪个桶长都可以，好吗?”

龚馨笑道：“剑驰把你揪出来，没有他，没人可以制你，让他先选吧。”

张剑驰对管成坚说：“那我就要龚馨了，把她和你放在一起，你会搞鬼!”

管成坚：“好啊！你们郎才女貌，在一起是绝配，我同意!”

郭云娘笑而不语，龚馨脸上涨起一层红晕，那双黑眸眨了几眨，还是从从容容地笑着。

这片烂泥田的产量本来就很低，又是“钻秧”，每亩能收割两三担谷子就不错了，原来割稻子的人要负责把稻子挑回家，但因为耕山队住山上，所以生产队派人来挑谷子回去。

龚馨原以为这片田都很深，其实不然，只有最下面的几层梯田才有深及大腿的烂泥，上坡的梯田深度一般不超过膝盖。这样，到第二天下午三点多，稻子就全部割完了。

这片田在凹谷里，日照时间短，收工时太阳被山岭吞没了。郭云娘看到大家都很累，就让大家收工。

大伙回到草寮吃饭，大铁锅里冒出浓浓的大米饭气，炊事员郭秋兰铲子磕碰着铁锅刨饭，发出刺耳声响。她长得大手大脚，脸色红扑扑，脸盘也大一些，小眼睛却不乏激情。

白米饭、包菜、猪肉菜干和鸭蛋汤，比起家里吃的没油饭菜，好多了。郭云娘还专门建了一个竹棚浴室，供大家洗澡，炊事员事先烧了一大锅热水，大家都很满意。

天色尚未暗下来，管成坚对郭云娘说："我和卫国到凹口那条小山涧抓几只石蛙滋补解馋。"

郭云娘："你们小心啊！快去快回！"

不一会儿，他俩回来了，手里提着一串石蛙，还有一条粗长斑斓的大蛇。原来，他们在抓石蛙的时候，看到这条蛇高探蛇头吞吐着蛇信子，欲往山涧边的草丛里爬，被李卫国一个闷棍打死了。

郭云娘说："你俩真行啊！看我的手艺。"她用小竹片切开石蛙，淘洗干净，使唤管成坚管灶火，三下五除二，很快炒了一盘石蛙肉。

蛇肉是李卫国做的，他把蛇切成一块块，每人刚好一块。炒完后，管成坚夹着一块蛇肉就要往口里送，龚馨故意把筷子抽走，管成坚苦笑："先吃一口都不行啊！我的功劳啊！"

他随即用还沾着泥巴的手拿了一块蛙肉往嘴巴放，郭云娘说："等一下！有更好吃的东西。"

郭云娘走进草寮，出来时变魔术地掏出几瓶红酒。张剑驰见郭云娘这样细心，对大家说："我们今天是饭香菜美手艺强，第一功劳归云娘。"

管成坚说："我们以后给云娘记一等功，怎么样？"说完，伸出舌头，舔掉唇上残留的蛙肉渣儿。

郭云娘谦虚地说："记功劳就不必了，我建议大家来一首《英雄赞歌》怎么样？"

"好啊！"管成坚对龚馨说："你来领唱吧！"

龚馨乐意地点头，梳了一下刘海，立正站起，大家也跟着站起来，在这块只能覆盖几张蓑衣的"大地"上开始要纵情歌唱。

张剑驰："等一下！我拿手风琴来伴奏。"张剑驰带来了手风琴，一直没机会拉，这回可用上了。

琴声缓缓响起，龚馨凝望远方领唱，美妙的歌声悠悠飘起：

风烟滚滚唱英雄，
四面青山侧耳听侧耳听，
晴天响雷敲金鼓，大海扬波作和声，
人民战士驱虎豹，舍生忘死保和平！

唱到这里，大家一起合唱：

为什么战旗美如画，
英雄的鲜血染红了它，
为什么大地春常在，
英雄的生命开鲜花……

这两天郭云娘最操心，因为她熟悉这里的地形，哪一丘田最深，哪一条小道有野兽出入，哪个地方有枯树可以拿来当柴烧，她都一清二楚，而且大事小事都要关照，特意要炊事员每天煮一锅姜汤。她最担心龚馨，田水太冷，女人比男人怕冷，浸在里面太久会受不了，好在看到龚馨没事。因此当大家唱歌的时候，山歌手郭云娘却累了，她累得赶快躲进草寮，闭上眼睛躺在三人床上歇息片刻，没想到却入睡了。龚馨进来，看到郭云娘睡得正香，长长的睫毛盖着眼睑，薄嘴唇紧抿，呼吸缓慢。龚馨不忍叫醒她，嘱咐大家进来小声一点。

晚饭后点起煤油灯，大家在草寮里学习讨论。郭云娘把她们小房间的活动屏风拉开，屋子变得宽敞，三个女孩坐自己床上，男孩坐地上。管成坚想躺下，被张剑驰一把拉起来："累什么累？别想睡觉！"

管成坚坐起来："开会！我最讨厌！"

李卫国装成很认真地说："别发牢骚了！要政治挂帅！"

"我们每天开会半小时，就可以休息。"郭云娘说，"龚馨是知青先进人物，让她说说看法吧。"

龚馨说了自己两天的感想："我们已经割完'钻秧'稻子，割稻子是一件很单调的活，但热爱生活的人，总会在劳动中发现兴趣和意义。以前我们没听说过'钻秧'，现在亲身经历了'钻秧'，说明什么呢？说明土楼山区劳动人民的智慧和创造力。他们找到一种适合在山高水冷的山田播种水稻的方式，我相信这种播种方式和创造土楼的建筑方式一样，都将记载在土楼山区的历史上……"

张剑驰饶有兴味地听着，管成坚却已经在闭目养神。龚馨自从上次掉到烂泥田之后，对研究低产山田有了兴趣，在张剑驰的影响下，她这个"先进知青"代表也喜欢从生产劳动中总结接受贫下中农再教育的意义。比如说，烂泥田一般都在低洼的山谷里，田土像稀饭那样软乎乎，有的都踩不到底，只能踩到固定在水中的松树干，割稻子时，大家的脚都踩着水田里的木头。这些木头说明什么问题呢？说明土楼山区历史上对水稻种植高度重视，才会在低凹的山谷开垦田园。把松树干埋入田里也显示了劳动人民的智慧，像这片烂泥田不知要埋多少松树干，并且不是随便的松树干都能埋入田里，松树心部要有"松明"，埋入水里才会长久不烂。

龚馨这些感想，没有全部说出来，很多话只跟张剑驰和郭云娘讲。

管成坚和李卫国还在说三国道西游，郭云娘大声喊："不许说话！睡觉了！"大家才安静下来。

夜里，龚馨翻来覆去睡不着，听青蛙像饶舌婆在田里哇哇叫，蝈蝈、蟋蟀也像调皮的小学生在课堂上窃窃私语，昏暗的煤油灯光把她的影子长长地投在屏风上。

第十九章

耕山队开始实施第二个任务：改造四十米长的排水沟。

清晨的山凹，云层浓厚，天色阴暗，刮起了凛冽的寒风，但只要没下雨，就要开工。

吃过早饭，郭云娘扛起锄头，对大家说："我们到上面看看地形，要从上面挖下来。"

小伙子和姑娘们拿锄头、镐头和铁锹，跟着郭云娘，沿草寮旁边谷底的小溪，很多地方被杂草和荆棘覆盖。由于坡度小，排水不畅，沟底淤积烂泥，大家沿着水沟旁的山道走上坡十多米，到了沟顶。从沟顶向下望，十亩山田一览无余，就像一本翻开的书，水沟就是书中装订线的线沟。

郭云娘像指挥作战的女军官，神采奕奕地指着眼前田园说："我们就是要从这里开始挖下去，你们看！烂泥田建立在我们背靠这座山伸入谷底的缓冲坡，坡度只有十几度，所以适合造田。可是田丘后背的山坡渐渐陡起来，而且不少是荒废的山田，长满秆稹和荆棘乱草，越往上越陡，还有不少巨石插在陡坡上，一直延伸到看不到顶的山峰，山上有多条山涧，涧水泻入山脚下的小溪。这条小溪不仅承接我们这座山的雨水，还要承接小溪过去那座横空挺立的大山雨水。下大雨时，两座山的雨水像瀑布一样从山涧倾泻下来，灌入小溪，这样坎水凹的水沟排水受堵，小山洪就溢上水田，经常造成水田洪涝和崩塌。我们这次挖掘水沟，就是要把水沟加深加宽，一方面解除洪涝的威胁，另一方面也能让烂泥田的水很好地从田里分泌出来，流入水沟。”

郭云娘一甩乌黑秀美的头发，银铃般的声音在山谷里荡起阵阵涟漪。她停下来，对大家说：“具体做法请龚馨说说。”

龚馨若有所思地说：“这片烂泥田由于土质软，水沟很容易拓宽和加深，但正因为容易挖，所以也容易塌方，这就要求在加深水沟的同时，把水沟的岸墙用石头砌起来。好在我们只需要加深一尺半，砌石头看来不是很难，难的是要到山上找石头，大石头撬不动，一块可以抱得起的石头就有几百斤，要不就是到小溪去找。大家看看有什么好办法?”

张剑驰抽着烟，不动声色地说：“我们先干！挖下去再说，说不定石头就在我们的锄头底下。”

“有道理!”李卫国高声附和。他是个实在的人，不会随便赞成别人的话，做事的标准就像木工的尺寸要求一样，做出一件家具必须严丝合缝，不能有丝毫的差错，而郭云娘的话，很中他意，几乎听不出什么破绽。

大家说干就干，管成坚大大咧咧地说：“我来当开沟先锋吧!”他说的“开沟先锋”，就是用镰钩劈刀把沟里的荆棘和杂草劈除，这镰钩劈刀跟古代的兵器镰钩刀类似，刀尾半月形，刀轻，柄短，也有一米半，适用于砍小树和荆棘。

李卫国讥诮道：“不就是劈草和砍小树枝吗？不要小题大做，还什么先锋，以后评你当劳模更好。”

管成坚也不示弱：“我是真正的开路先锋，我开路，你们挖沟。”他看了看龚馨，扮个鬼脸，接着说：“盖土楼的先人们，当年正是举着这样的镰钩劈刀，在密林里披荆斩棘，才能砍倒大树，建造土楼，不是吗?”管成坚知道龚馨很会联想生产劳动的细节，写到发言稿上，故意调侃她。

张剑驰回击管成坚：“下一次评先进知青就评成坚吧，发言稿的题目就叫‘坎水凹治理烂泥田，管成坚挥舞镰钩刀’。”

大家说说笑笑，管成坚已经劈开几米远的水沟，后面的人有的用锄头，有的用铁锨，把沟里的泥巴挖起来，再挥到路边的草丛里，一小时之后，拓宽十米远的水沟，也挖到将近半米的深度。这时问题来了，要砌沟墙，否则沟岸的泥巴很快就会塌下来。哪来的石头呢？

正在伤脑筋的时候，只听张剑驰的撬棍“当”一声，可能是砸到沟底的硬物。他有一种好的预感，只是没说出来。

龚馨听到撞击的声音，睁大眼睛望张剑驰，好像要看张剑驰挖出金子似的。张剑驰不吱声，放下撬棍，换了一把锄头，把刚才撬棍抨击位置的泥巴刨开，终于看清楚了，沟里是一块近半米长的角石。张剑驰再把石头撬起来，石头却断裂成两段，就把石头放到沟岸。

“烂泥田里面也有石头啊！真是奇怪！”管成坚诧异地说。

龚馨：“有什么奇怪呢？烂泥田下面可以埋藏松木，为什么不可以埋藏石头？”看来她一直在注意研究烂泥田。

郭云娘：“不管什么原因，能挖到石头就是好事。石头不够，我们还要到小溪找，溪里的鹅卵石不少，但要找到可以砌墙有菱有角，又能搬得动、抬得起的石头，也是不容易。”

张剑驰继续在沟里挖掘，郭云娘和几位小伙子就到溪滩找石头。张剑驰发现，沟底有不少可以砌墙的石头，他想，这些石头可能是以前挖沟的人留下，原是水沟岸墙的石头，估计遇到大山洪岸墙崩塌，耕作者没有信心恢复原来的岸墙，就让塌方的石头留在沟里了。

张剑驰把这个推测告诉龚馨，龚馨说：“你的推测有一定道理，但不一定对，说不定这里原来就有一座不大的土楼，后来遇到地震或者山洪，土楼倒塌，这些石头就是遗留下来的土楼墙基石。”

张剑驰忽然想起来，对龚馨说：“岭下的山上，经常看到地质队勘探铁矿的探测洞，这些石头是不是探测时挖出来的石头，是不是铁矿石呢？”

龚馨：“有可能，闽西南山区有不少矿藏，几十里之外就有一个铁厂，可是现在关闭了，也不知是什么原因？”

张剑驰：“岭下真不错！土是个宝，能盖土楼。石头也是个宝，能炼钢铁。广阔天地真是大有作为啊！”

郭云娘和一个小伙扛着一块石头回来，听到张剑驰和龚馨在讨论石头的问题，有点好笑：“看来你们是挖沟和建筑、考古相得益彰啊！”

“哈哈！”张剑驰正细细思考龚馨的话，看到郭云娘来了，说：“不是说阶级斗争一抓就灵吗？抓阶级斗争，头脑里要多一根弦，抓生产斗争，也要多一根弦啊！考古和建筑一直是我的兴趣，其对象就是生产斗争实践，所以生产劳动中的生产工具和泥土、石头，都是我研究的对象，当然要多留神啊！”

龚馨：“怎么我喜欢的东西你也喜欢啊！我们是同病相怜！”

郭云娘：“你们以后可以一起去读大学啊！学好古建筑专业，回到这个山坳里盖土楼。哎！那对我来说怎么觉得是天方夜谭呢？”

“不是天方夜谭，我想，土楼有几百年的历史，它们很可能成为一种历史文化遗产，将来保护土楼一定是一门学问。”张剑驰说。

管成坚听到他们谈起土楼，讥笑道：“你们在讲一千零一夜的故事吧？烂泥田水沟和土楼怎么能对得上号？”

“别争了，沟里多一块石头，我们就省一点力气。”李卫国说。

大家又分头找来一堆石头，可张剑驰这个砌石头的“师傅”却傻了。原以为砌石很容易，但不管怎样摆放都觉得别扭。

管成坚不屑说：“看你笨手笨脚的，我来！”

张剑驰：“你行就让你，再记你一大功！”

管成坚上了几块石头，不伦不类，上面的石头很快溜下来。他根本就不懂，还要装懂，只能双手拄着锄柄，歪头瞪眼，百思不得其解。

李卫国看他俩熊样，拉开他们：“我来吧！”

张剑驰退出，只见李卫国把石头接过去瞧上一眼，很随便地垒上，再接过一块，又稳稳地垒上。

张剑驰和管成坚啧啧称奇，看来他们只有当小工的份。李卫国轻轻松松把一排石头摆得很得体，就像砌土楼的墙基一样整齐。

“真是‘真人不露相，露相不真人’，瞧你这手艺，真是个干活的料。你现在累不累？”郭云娘打趣道。

李卫国笑道：“我是粗人干粗活，哪来手艺啊？”

“真是英雄有用武之地啊！”龚馨说，“丽梅能有你这个好丈夫真是福气，木工、泥水工都会。”

“哪里哪里？”李卫国对龚馨说，“和剑驰比起来，我差远了，是这样吗?”

他故意捉弄龚馨，因为大家都知道张剑驰和龚馨最要好。

龚馨的脸唰地红了起来：“剑驰那样好，跟我有什么关系啊!”

管成坚看着龚馨：“你脸红什么?”

龚馨莞尔一笑：“我精神焕发。”

管成坚回应：“怎么又黄了?”

“防冷涂的蜡。”

张剑驰大笑：“怎么唱起《智取威虎山》了!”

郭云娘：“以后我们耕山队可以排练一个节目，我还是喜欢《沙家浜》，成坚扮演刁德一，卫国扮演胡司令，龚馨扮演阿庆嫂，如何?”

“这不公平啊！剑驰呢?”管成坚和郭云娘一唱一和，当起龚馨的崇拜者了。

“剑驰改扮阿庆嫂啊！哈哈!”

张剑驰看郭云娘也捉弄他，无奈地说：“真是好男不和女斗!”

下午收工之前，挖大约十米长水沟，砌石头占用了大部分时间。新挖掘的水沟，石头砌得很整齐，可以与土楼的基石媲美。李卫国干得最卖力，夹克衫早脱掉了，大红色的棉毛内衣像火炬一样燃烧。

接下来的两天，挖掘很顺利。原估计四天时间完成，看来三天多就可以了，没想到第四天出事了。

上午他们就完成了任务，几十米长和半米深的水沟像一条水槽滑梯，从坎水凹山田的上面伸下来，潺潺涓涓，缓缓流入小溪。这是大家辛勤劳动的成果，一种成就感油然而生。

吃过中饭，郭云娘宣布下午休息。大家已经到耕山队一个多星期了，要下山回家，拿些换洗衣服和被单，只有李卫国和管成坚留下。

李卫国和管成坚想到林子里找楠木树，用来做家具的板料。李卫国已经把郭再耀的家具做好，用楠木做板料，光滑、平整、不起皱、无疙瘩，不用油漆就很光亮。他结婚的家具只是双人“卫生床”，该换新的了。

管成坚也很喜欢楠木，想弄几副楠木床板，自己用或者送人。据说别的公社知青送楠木床板给主管招工的人，几副床板就换来一个铁饭碗，值啊！两人都有自己的打算，但岭下附近的山林，几乎找不到一棵像样的楠木，所以两人早就商量好了，坎水凹树林多，应该有机会找到。

管成坚腰挂小斧头，屁股后插着砍柴刀，李卫国拿截锯和砍柴刀，一前一后钻进林子。锯子、斧头和砍柴刀是砍大树必需的武器，一般先用斧头或者砍柴刀砍一个缺口，然后朝另一面锯断树干，树就朝着缺口方向倒下。

李卫国走在前面，用镰钩劈刀拨枝条，伸着脑袋往上走，刚走几步，看到林子茂密，忽然想起，必须警惕动物的袭击，于是对管成坚说：“每人还是再拿一把镰钩劈刀吧?”

管成坚无所谓地说：“你拿吧，我不必。”李卫国只好自己带上镰钩劈刀在前面披荆斩棘，慢慢前进。

因怕动物袭击，两人不敢分开，待越过层层密林，管成坚一眼看到前面陡坡上一棵高大的楠树，近二十米高，底部主干直径约五十厘米，砍掉树尾巴，还可以选择十米长做木料，两人大喜过望。

管成坚：“我先开个口，累了让你!”

李卫国没有跟他争，在一旁蹲守。管成坚轮起小斧头，朝树干面向坡下的方向，“哒”一声砍下去，楠树被砍了一道“ < ”口，然后又连砍几十下，手有点酸了。

李卫国见管成坚砍伐速度变慢，上去替换管成坚，不快不慢地砍着，每一斧都准确地砍在树干刀口。“铿，铿”，斧子砍在树上，有规律地发出闷哼声，木屑四溅，不久就把树干砍了二十多厘米深缺口。随后两人拿起截锯，一人一头顺着树干面向山坡的那面，“刷，刷”锯起来。不一会儿，大树“哗里啪啦”倒下，压断几根小树，还吓得野鸡、小松鼠四处逃窜。

树倒后要先去掉尾部和枝丫，再锯成长一米八的树干，因为这个长度刚好是床的长度。满头大汗了，李卫国就用胳膊抹脸汗，继续干下去。

暮色暗暗袭来，四周的山峦呈深赭色，也是他们将要大功告成的时候，忽然听到一声声尖利的野兽嚎叫声。

刚才还听到树林里的鸟叫也停息了，一派恐怖。

管成坚本来心不在焉的脸变得惊慌失措，问李卫国：“是狼吧！快溜!”这里山道甚是狭隘，毫无腾挪余地，不走会有危险。

李卫国镇定地说："是不是狼我不知道，但动物不敢随便伤人，老子有镰钩劈刀，狼来老子就劈死它，吃狼肉。你不拿刀，等下喂狼吧！"

说话间，又一阵阵嚎叫声响起来，霎时，整个山谷回荡一片恐怖的嚎叫声，声音中还夹杂其他动物凄厉的呼叫。李卫国想，可能是狼群在追逐山羊或者野猪。须臾，只见几个高兀冷峻的身影从树林中显现出来，又敏捷钻进树林，树林里马上恢复了平静。

估计野兽走了，管成坚仍然惊魂未定。

李卫国："走吧！没事了！这几段楠木先放这儿，等干燥一些再来扛下山。"他们走回草寮，一夜无话。

第二天早上，李卫国和管成坚睡了一个懒觉，他们要等回去的人上山。直到柔和的阳光从茅草墙缝隙照射进来，他们才被张剑驰喊起。

他俩一骨碌爬起来，揉揉眼，看到张剑驰，管成坚说："怎么只有你一人？"

张剑驰告诉管成坚一个惊人的消息："生产队一头水牛被山狗吃了！很多人已经赶到出事地点。"张剑驰说到这里，只见草寮门口两只肥大的鹧鸪扑腾着翅膀飞过，仿佛也被山狗追击惊吓得逃窜。

前天生产队一个放牛娃赶牛上山，一不小心，牛不见了。大家找了两天，今天早上，一个社员才在离坎水凹豁口不远的山田，发现被吃得剩下一半的这头水牛。社员回去喊人，队长和一班人来了，耕山队人员也都赶到那里。

张剑驰说："快走吧！我是来叫你们的。"

十分钟到了出事地点，只见水牛躺在田里，眼睛睁着，内脏被掏出拖了几丈远，应该是经历一番搏斗。

张剑驰虽然没有看过山狗，但听村民说过：山狗比一般家狗大一倍，靠捕获野鸡、野兔和松鼠等弱小动物为生。山狗习惯群居，结伙出动袭击耕牛，袭击方法非常巧妙：一条山狗首先扑向耕牛屁股，用前爪把牛屁股的大肠扯出猛跑，整只牛内脏就被拉出来，痛苦得在地上打滚；之后山狗蜂拥而上，疯了似的撕扯噬咬，把牛吃得剩下骨头。据说山狗吃人时，也是突袭人的背后，出其不意地扒在人的背上，人一动，就咬断人的脖子。

张剑弛仿佛听到牛被山狗掏出内脏时的哀号声，看到牛身体不停地颤动，直到死亡的惨相。队长叫大家把现场清理，在一旁啪哒啪哒地抽烟，好像嗓子眼里特别痒，剧烈地咳着。

过一会，队长吹吹烟锅，说："唉！大家收拾一下都回家吧！包括耕山队员也回家！"

一个小伙子惊异地问："怎么回事啊？回家？我们的任务才完成一半。"

队员们都纳闷，七嘴八舌，郭云娘却不动声色。郭云娘知道郭大山的脾气，他吹烟锅儿，就是决定办一件事，几条水牛也拉他不回。

郭大山举起烟杆子往路边一块石头磕烟灰，问龚馨和张剑驰："你们想想看，为什么要撤？"

看起来队长粗中有细，张剑驰眼睛滴溜溜地转："队里损失一头牛，成坚和卫国在山里又遇到野兽，安全第一。如果谁被野兽伤害，队长是要被追究责任的。耕山队已经完成收割钻秧和修水沟的两个任务，积肥和开荒的任务留到明年。是不是这个意思？大山叔！"

"是这样，"郭大山把烟杆子插进裤兜里："你们表现优异，社员们异口同声赞扬，积肥和开荒的任务留到明年或者后年，就这样定了。更重要的是，云岭圩到岭下的公路就要开工了，每个大队都派劳力支援，我们生产队是主人，所有剩余劳力都必须参加开公路。"

最高兴的是管成坚和李卫国，他们有一棵楠木在手，可以凯旋了，待来日干燥时扛回家。龚馨喜忧参半，喜的是她父母给她安排招工的时间就要到了，她不想夜长梦多，想回家里等待消息。郭云娘倒没什么想法，反正生产队让她干啥就干啥。

住在土楼的这些青年都有自己的理想和希望，他们不管怎么打算，现在都和土楼山区的一砖一瓦一草一木息息相关。他们爱土楼，被土楼久经岁月考验的坚贞不屈的深情感动，想在土楼山区生儿育女落地生根；可有时也恨土楼，想飞出去看外面的世界不再回头。但不管是爱和恨，他们都曾经深深眷恋着土楼大地，这种眷恋会是初恋情人的短暂时光，还是终生难忘的土楼之恋呢？

第二十章

十月金秋，是果实丰收的季节。凉爽的秋风中，南飞大雁一行行一列列，嘎嘎叫着。阳光照在永昌楼的屋檐上，斜斜地从圆形的天井上空扫落下来。日照一天天短，阳光投影也一天天倾斜，风一吹，树叶片从远处飘来，停泊在土楼的屋顶上，等待又一阵风把他们送走。

龚馨最喜欢秋日的阳光，虽然天气有些冷，但只要有阳光，就会让她感觉到温暖。中午时分，龚馨蹦蹦跳跳地踏过岭下溪的“石跳头”，似乎是在跳石中做舞蹈体操，也似乎是为了要驱散秋风的寒意，体会阳光的温暖和生活的乐趣。

她从耕山队回来之后，心里想：很久没收到家里来信，不知道父亲办理招工的事情怎样了？今天刚好在家门口出工，就在家门口几百米远的山坡挖土方，她必须到大队看看有没有信件。公社邮递员送信送报就送到岭下大队，有时没人去大队，或者大队部关门，信件就没人拿回来，丢失信件是常有的事。

这是“云岭——岭下”公路的一段，这个地段的山坡平缓，但是因为凸出来，所以要挖掘土方三百多立方米，开出五十米长的路面，岭下生产队包了这段路面，挖下来的土要填到坡下的谷地，估计需一个月时间。生产队安排将近一半劳力上阵，三十多人一起干活，好不热闹。大寨式评分也运用到开公路，干活是吃大锅饭，开公路好像下圩一样热闹。

张剑驰跟以往一样，干活总要先关照龚馨，也许与龚馨在一起的时间不是很长了，心里总是想着她，好像永远没看够她。他俩默默地干活，张剑驰知道龚馨的心思，看到吃饭时间到了，对龚馨说："你要去拿信吧?"龚馨点头："我去去就回。"

吃中饭有一小时时间，龚馨随便扒几口，就急急忙忙地到大队部，只见文书正忙着整理文件，几封信和报纸放在桌子上。

文书知道她来拿信和报纸，让她自己看。她把信件摊开，果然有她的信，是父亲的笔迹，急忙打开，一看，父亲那苍劲的笔迹中透着焦急和盼望，她的心一阵收缩。父亲信里说，母亲摔伤后一直不能行走，心情不好，老毛病胃疼又发了，时常发微烧，半夜睡不着，梦里都念着她这个女儿。父亲要她"马上回家照顾母亲一段时间，招工的事情，回来后再谈。"

午后，秋的阳光还是那样不慌不忙地温柔着大地，龚馨却十分焦急。收工后，她忙把信拿给张剑驰看，张剑驰毫不犹豫地说："那你赶快回江城吧!"

张剑驰知道龚馨是干部子女，就是长期待在城里也没人敢对她怎么样，更不用说母亲生病需要照顾。龚馨依依不舍地说：

"好吧！还有半个月才秋收大忙，我会赶回来收割知青实验田。"

知青回家需要大队同意并证明，郭再耀二话没说就点头同意，书写证明："兹证明我队知青龚馨因母病重，需要回家探望，请沿途检查机关给予通行。"

别小看这张 32 开纸的证明，没有它麻烦可不少！有的知青回家，证明信丢了，三更半夜被查户口抓起来，送到公安机关，然后五花大绑遣送回农村。龚馨的父亲是干部，她不怕，但是手续还是要办的，毕竟她是知青的先进代表啊!

张剑驰送龚馨到车站，龚馨上车时，心里一阵酸楚，似乎从张剑驰看起来平静的脸上感到某种遗憾。客车开动的时候，一阵强劲的秋风骤然卷起，张剑驰孤零零地伫立在萧瑟秋风中。

车子一路颠簸大半天，终于到江城了，门掩着，龚馨进去，看到母亲躺在床上，脸色苍白，不禁热泪盈眶。卓碧仪瘦削的胳膊拢龚馨的时候，龚馨失声痛哭。

不久，父亲下班回来了，用命令的口气对龚馨说："这次回来，好好照顾母亲，我已经给你联系了招工单位，在江城汽车运输一团担任服务员，也只是售票和接送旅客，很轻松的工作。"

车站站长是龚云鹏的战友和部下，龚云鹏只是给龚馨一个跳板，要把龚馨提拔到领导岗位是轻而易举的事。龚馨原来最想参军，当文艺兵，但是部队文工团离江城很远，不能经常回家。在目前母亲病重的情况下，龚馨理解父亲的安排，默默地听着父亲说话。

馨云鹏知道女儿的脾气，不回答就是表示赞同，但龚馨坚持要回岭下参加秋收大忙，父亲表示赞同。他说："你还年轻，以后当兵、当干部或者当工人都有机会。你应该回去参加秋收，为广阔天地站好最后一班岗，是你神圣的职责！"

半个月之后，龚馨回到岭下，亲手参加知青实验田收割。知青实验田亩产近千斤，公社要开表彰会，但是她建议取消。公社考虑她是实验田领队，却要回城了，也不适合宣传，否则的话大家只要干出成绩就可以回城，对今后的工作不利，就同意她的建议。这对龚馨来说是个安慰，荣誉是大家的，她本来就是一个平平凡凡的人，她要回归平凡的生活。

秋收结束了，龚馨才公开办理招工回城。她办理手续不想太轰动，直到买了车票前两天，才告诉大队的人。

云岭知青办和岭下大队对龚馨的回城反映很平静，知青当工人也是革命工作的需要，郭再耀要开欢送会，被龚馨拒绝了。她不想出这个名声，影响还生活在困苦中的知青情绪。

知道龚馨要回城工作，社员们好像是预料之中。大家挖土方时，有的男人嘴角轻轻地撇了撇，放下锄头，问龚馨要到哪儿？有的淡淡地对传话的人扫过一眼，连锄头都没放下。女人们听到这个消息，好像看到串门的媚儿从灶间走出来要回家一样，不痛不痒地目送她走出土楼门口。有几个女人叽叽喳喳几声，就没了下文。

也难怪，一般社员对接纳知青下乡从来都是被动的，把知青和居民看成是客人，客人总是要走的，走了好，走一个为生产队省一份口粮。只有郭秋兰用羡慕的口气说："人家是大干部的女儿，前世的福气，怎么会在农村待长呢？我们脸朝黄土背朝天，土楼土生土人家，没啥说的啊！"

郭秋兰说话的时候，坐在永昌楼门厅的石臼旁，双手熟练地翻动着粘在石锤上的糍粑，打糍粑的是王文徇和王文芳两姐妹。这天是周末，两姐妹回家，被郭秋兰请来打糍粑，郭秋兰知道龚馨喜欢吃她做的糍粑，她要做些让龚馨带回给江城家人。

王文徇接过郭秋兰的话："龚馨姐那么能干，即使不是干部子女，也不会成为农妇！"

王文芳："龚馨姐姐早晚会走，只是没想到这么快！"

郭秋兰："你们王家三姐妹也早晚会走。"

王文徇："那才不一定呢？说不定以后我就找个农哥当老公，就像陈东勇那样的男生，挺不错的！"

郭云娘刚好走过楼门厅，王文徇故意说给郭云娘听，郭云娘装作没听见。王文芳看着郭云娘说："云娘姐！帮帮忙，我们三人一起踩锤杆如何。"

郭云娘一点不生气，很高兴地踏上锤床，三个女孩像姐妹勾肩搭背嘻嘻哈哈。

郭云娘听到龚馨招工的消息后，心里暗暗高兴，言谈举止中带着丝丝愉悦。她知道龚馨跟张剑驰很要好，但究竟有没有谈恋爱，她不知道！但是她想，龚馨一走，很可能就会在城市找工作、结婚，那么，她跟张剑驰还是有机会。她爱张剑驰，只是因为龚馨与张剑驰走得更近，她不想伤害龚馨！现在龚馨走了，她的机会就来了！

王家和张家听到龚馨要走，四个老人都为她高兴。高雅雯很喜欢龚馨，知道儿子与龚馨很要好，只是不知道他们究竟谈恋爱了没有，就怕自己的儿子配不上她。张奋岭不同意儿子与龚馨过分亲密，他经历太多，在他看来，像龚馨这种女孩，一有新的工作环境，就会很快把农村忘掉，更不用说与一个农民户口的人谈情说爱。

说起龚馨，高雅雯和张奋岭总情不自禁地拿郭云娘与她比较。他们都知道郭云娘喜欢儿子，他们夫妻俩也很喜欢郭云娘，如果要在农村扎根，郭云娘是他们最理想的儿媳妇。平时，张奋岭就不时到郭云娘家找郭富来聊天，很喜欢郭云娘父母那种朴实和忠厚的农民本色。如今龚馨走了，不知儿子与郭云娘会不会走到一起，如果会的话，两老会多高兴啊！

王祥和康茹对龚馨就像对待自己的女儿一样，王家有什么好吃的，总忘不了叫龚馨到灶间来。小女儿王文娟更不用说了，王家三姐妹中，王文娟最喜欢龚馨，总是把张剑驰与龚馨联想到一起，觉得张剑驰是世界上最好的大哥哥，龚馨就是世界上最好的大姐姐。龚馨和张剑驰一样，很关心王文娟的学习，一有空就辅导王文娟看书和读诗，龚馨还向朋友借来一本德国作家黑塞的小说《彼得·卡门青》，王文娟爱不释手，她们被黑塞笔下的蓝天白云感染得欢呼雀跃，一起朗诵黑塞如诗的小说。王文娟最喜欢这篇小说中写云的几段文字，常常忘情地背诵：

高山、湖泊、风暴、太阳，都是我的朋友，向我讲述，给我教育。在很长一段时间里，我热爱和熟悉它们，胜过热爱和熟悉任何人和人的命运。但是，我最心爱的是云，我爱它们胜过爱闪闪发光的湖泊、哀伤的松树和向阳的岩石。

请给我指出在这广阔的世界上比我更了解、更热爱云的人来吧！请给我指出在这个世界上比云更美的东西来吧！它们是游戏和欢乐，它们是祝福和主恩赐的礼物，它们是愤怒和死亡的神威。它们娇嫩、温柔、平和，像新生婴儿的心灵；它们优美、富有、乐善好施，像善良的天使；它们阴暗、无情，像死神的使者，谁也休想逃脱。它们飘浮在空中，薄薄的一层，银光闪烁；它们大笑着飞翔，一片白色又镶着金边；它们站着休憩，呈现黄、红、浅蓝诸色。它们阴森可怖、蹑手蹑脚地潜行，煞似行刺的凶手；它们弓身翘首呼啸着追逐，宛如疾驰的骑士；它们悲伤地做着梦，悬挂在苍白的天际，俨然忧郁的隐士。它们呈现出幸福岛的形状和祝福天使的身姿，它们像威胁着的手、扬起的帆、信步的鹤。它们飘浮在上帝的天国和可怜的人世之间，是凡人一切渴念的美的譬喻，既属于天国，又属于人间；它们是人世的梦，在这些梦中，世人将他们污点斑斑的灵魂偎依在纯洁无瑕的上天的怀里。它们是一切浪游、追寻、要求、乡愁的永恒的象征。一如它们胆怯地、满怀渴望地、倔强地悬挂在天地之间，人的心灵也胆怯地、满怀渴望地、倔强地悬挂在时间和永恒之间。

多少次，她们坐在高高的谷堆上看白天的云，看晚上的云。如今，龚馨要像云一样飞走了吗？

王文娟当然也很喜欢郭云娘，但她知道在龚馨姐和郭云娘姐之间，张剑驰好像更喜欢龚馨，她想张剑驰哥哥和龚馨姐姐真是天生的一对啊！龚馨姐走了，张剑驰哥哥一定很难过吧！这王文娟是人小鬼大，把大人的事都担待了。

龚馨离开岭下的前一天晚上，与张剑驰在永昌楼后山的那棵大榕树下谈了很久。刚好是满月的夜晚，眼前的月亮像一位情窦初开的大家闺秀，迈着轻盈的碎步在云间漫步，云朵疏疏落落，几缕缕、几团团，时而犹抱琵琶半遮面，时而张开双臂热情相拥。在柔和月色映照下，龚馨散发出迷人的光彩。

他们心里都有很多话要说，却什么也说不出。龚馨知道自己的心跳加快，似乎等待张剑驰把她紧紧抱住，她会把滚烫的心贴在他宽广的胸膛上，然后跟着感觉走，什么招工啊！文艺兵啊！都无所谓了……她似乎也期待着什么事都没发生，跟着理智走，他们安安静静地告别……人啊！有时就是一念之差决定一生的命运。张剑驰心里更是翻江倒海，他爱龚馨！太爱龚馨了！就是因为爱，他才不能让龚馨跟他受委屈。像龚馨这样的女孩子，应该有更美好的前程。当然，龚馨进了城，当上干部或者参军，他们还是有机会见面，今生如果有缘分，他们还是能走到一块。

……

“我会马上给你写信。”张剑驰、郭云娘和几位要好的知青到车站送行，龚馨从车窗伸出优雅的小手，向张剑驰等人挥手告别。

龚馨回江城之后，很快来信告诉张剑驰，她在江城客车站当售票员，工作很轻松，每天可以回家照顾母亲，母亲心情好，病情有意外好转。年底时，龚馨又来信，说父亲要调到东海县工作，母亲跟着父亲走，也把她的工作转到东海县文工团。龚馨在信中写：

剑驰：

我在江城市客车站工作，每天就是卖卖票，一天有半天时间闲着，想回家就回家，反正车站闲人有的是。妈妈看到我在她身边，心情好多了，腿伤也恢复很快，现在可以自己起来走走了。我的日子舒服了，心里却总想着你。想起我们一起在永昌楼的日日夜夜，小桥、流水、人家，劈岸、插秧、积肥、砍树等劳动场面，乡村的风貌，土楼的民俗，让我久久流连忘返。

剑驰，现在我才知道，我早就爱你，从我们在永昌楼清理祖堂大厅那一天起就爱上你，我曾经扑进你的怀抱里，想让你融化我，然后我就随你走遍天涯海角。但是我知道你疼我，舍不得我在农村受苦，所以你总是在我闭上眼睛之后在我的唇前毫发之际闻我的呼吸，却永远没有碰到我的唇。有一次，你胡子都差点扎到我了，我多想你再近一点，哪怕只是一点点，我的一切就属于你了，你知道不知道？我都感受到了你微微的颤抖，敲击着我的心，不断地刺激着我。可是你……

我知道你喜欢土楼，你喜欢岭下，你最想在那云雾缭绕的坎水凹山岭建造一座土楼。你会用坎水凹的石头砌起土楼的墙基，用坎水凹的黄土夯土楼的墙，你还想在坎水凹建立一个铁矿。我们不仅要在闽西南大地生儿育女，还要在闽西南大地办起铁厂，让云岭成为八闽的工业基地，我们会用智慧和劳动改变闽西南山区一穷二白的面貌……

剑驰，你知道吗？有多少次我梦见永昌楼忽然变成一只飞碟，载着我们飞翔。我们飞在宽广的蓝天上，累了的时候，我们就把飞碟停泊在白云上，白云飘过祖国的山山水水，我们看到塞北的狂风、南国的烈日、戈壁荒原、大兴安岭密林、西双版纳吊脚楼、陕北的窑洞、内蒙古的大草原、北大荒的雪地、海南岛的胶园。我陪你看完我们这一代知青走过的地方，拍摄下广阔天地的壮丽画面，装订在我们青春的史册上。

但是我们的梦只能在云里飞，我们这些下乡知青，不管是自愿的，还是非自愿的，男的或女的，老的或少的，大都是怀着“一颗红心，两种准备”，悲壮并野心勃勃地打算在“广阔天地，大有作为”。我高喊过扎根农村的口号，只是从未有真正地付诸实践过。

风雨一年，我们的人生历程，已经历得太多，随着时光的推移，这一切很快会成过眼烟云。但是，那一段情、那一份的执着和投入，却深深地埋藏于我的心底，历久弥新。

剑驰，我爱你！为什么现在这样向你表白，因为我的父亲很快要调到东海县工作，父母要让我和他们一起到那里工作，父亲已经联系我在东海县文工团工作，我还没答应，因为我想征求你的意见，如果我们的关系能够确定下来，你也可以很快调到东海县工作，我父亲完全有这个办法让我们在一起，或者，我留在江城也可以。总之，我可以等你！你说呢？你能不能先回来见我一面？

龚馨

张剑驰看信时，心里很激动，手都在微微颤抖，等看完信，重重地叹了口气。人啊人！正因为有男人和女人，所以就会演绎出众多纷繁的情，剪不断，理还乱，美丽而伤感，清纯而复杂，真诚而虚伪，爱恨情仇，难舍难离。

张剑驰相信，他和龚馨是属于那种“美丽而伤感，清纯而复杂”的感情。他太了解龚馨了，她是那种把爱情看得非常神圣的女子，爱情是她生命的全部，只要爱上了，她不会放弃，也不会勉强。他如果答应了，他很快会有一个好工作、好妻子，一个在政治上可以依靠的丈人，他的前途无量。但是他想让龚馨有一个更理想的丈夫，他喜欢心灵的自由流浪，喜欢大自然，不想违背自己的天性。他要趁自己还年轻，在脚下的土地上闯出一条金光大道，靠自己，而不是靠别人的施舍。一个男人一定要有胸怀和勇气，不要在情感问题上拖泥带水，男人假如要女孩子等待，就不是好男人。也许，爱情只是他生命中的插曲，这段插曲现在还没有到来。

想到这里，张剑驰很快给龚馨回信。

龚馨：

你的情意我知道！但是我们都还年轻，还不到一定要谈论婚嫁的年龄，我想趁着自己还年轻，在农村奋斗一番。

再说，我喜欢土楼山区，春夏，禾苗茁壮，稻谷一片葱绿；秋天，稻谷成熟，遍地一片金黄。多美的大地，让人久久陶醉于其中。

婚姻的事以后再考虑，你如果有合适的对象，一定不要错过啊！说不定我还会参加你们的婚礼！

剑驰

张剑驰把信寄出去，心里一块石头才放下。他想，他没回去，龚馨一定会放弃的。果然，龚馨很快回信，说她就要到东海县了，至于今后的婚姻大事，她一句都没提。其实龚馨看完信，泪水在她的眼眶里打转，接着就簌簌而下了。她使劲捂住嘴，一股苦涩的味儿在她胃里交织。

第二十一章

1970 年春节来临，永昌楼的新社员不知不觉已经下乡一年多了。

杜丽梅生下一个白胖胖的男孩，孩子满月后李卫国送妻儿回江城居住。为了妻儿，李卫国过了元宵节就回到岭下，忙着给别人做家具。

做木工收入不错，李卫国本想在江城找木工活，但居委会经常“查户口”，半夜三更敲门，把睡眼惺忪的人统统喊起来，看到是知青倒流又没报户口，就抓到居委会写检讨，然后命令限期回农村。上山下乡运动之后，居委会也是公安局驻扎街道基层的代名称，“查户口”成了居委会的特殊使命，常常半夜敲门入户，弄得人心惶惶。

杜丽梅的父母在江城工作，杜丽梅刚生孩子，住在父母家，居委会同意她留城，不过必须“报户口”。登记临时户口，才算合法居住在江城，李卫国“报户口”的原因不足，只好又回农村打发日子，可心里惦记的只是老婆孩子。

龚馨走后，“早请示晚汇报”也销声匿迹了，新社员们初来乍到的政治激情已经所剩无几，随着国家补助下乡人员的钱粮到期，他们成为货真价实的农民，但生活比农民更加艰难。农民除了生产队供应的口粮外，吃自己种的菜，下乡知青和居民却要买菜，因为不管怎么在自留地里折腾，都无法赶上世代在这里生活的农民们。下乡知青没菜吃，更不用说肉了，常常是三五个月吃不上一口肉，日子不如普通农民。

伴随着日出日落，永昌楼默默无言地蛰伏在青山绿水旁，只有新社员才知道屋檐下又多了几窝鸟巢。小鸟叼着枯黄的树叶，不辞劳苦地飞进土楼天井上空，兜了几圈之后，才放心地飞入屋檐下，再钻进四楼的暗棚，筑起它们温馨的小窝。

土楼四楼暗棚成了鸟儿的天堂，小鸟的劳动如鸿毛之轻，却实实在在增添了这座老楼的分量。看到这么小的新生命又要降临在这几百年不倒的老楼，总让人想起先人建楼的功德，更珍惜活着的每一天。这种前仆后继的生命力，潜移默化地影响着永昌楼新社员的情绪，使他们每天到晚都自觉地忙活：出工、收工、种菜、下圩。不同的是，云岭公社的单身知青或招工，或倒流回城，越来越少了，永昌楼的故事也越来越平淡。

但是，平淡中也有平淡的意义，比如植树造林，像这种每年都要搞一次的“运动”，让新社员增长了见识。

春天，郭大山到大队开会，接下今年的植树造林任务：岭下生产队要种植五百棵松树苗和五百棵杉树苗。

树苗已经运来了，放在大队。郭云娘已经是生产队副队长和青年突击队队长，张剑驰是生产队队委，郭云娘想跟张剑驰商量，要不要把这个任务包下来？

永昌楼的夜晚，除王家和几位新社员，难得有客人来访，郭云娘也是有要紧事才会晚上到这座老楼。每次来，她都忘不了送点东西给王家，如果李卫国夫妇和管成坚在的话，她也不会忘记为他们捎点茶叶或者蔬菜。她就是这样一个人，很会为别人着想。

晚饭后，郭云娘到了永昌楼看张剑驰，顺便带一篮新鲜蔬菜。她打开永昌楼大门，门“吱”地响了一下，王文娟就知道有客人，马上拿起三节手电筒，到楼门厅看谁来了？这黑乎乎的老楼实在阴森，三节手电筒是张剑驰专门买给王文娟用的，而王祥和张奋岭一样，舍不得用电池，晚上照明都用松香。

“小娟！我是云娘姐。”

王文娟大喜：“云娘姐姐好！”

看到郭云娘，王文娟最高兴。这么大一座老楼，现在只有她是一个孩子，每天晚饭后，她离不开张剑驰，爸妈早就上楼休息，只有张大哥与她做伴。张大哥就在昏黄的煤油灯下看她做作业，他自己也看书。

其他新社员哪里去呢？杜丽梅和孩子是在江城，李卫国和管成坚在裕昌楼有自己的农民朋友，常常吃饱饭出去和农哥们聊天。谁能到永昌楼来看她呢？就是郭云娘姐姐！

张剑驰在王家灶间与王祥、康茹泡茶聊天，王文娟兴高采烈地拉着郭云娘的手到了灶间。王祥夫妇看到如仙女下凡的郭云娘，便喜笑颜开，永昌楼立即充满笑声。

“王叔、婶婶好！很久没来看你们了。”郭云娘把菜篮子递给康茹，康茹道谢之后，就和丈夫上楼休息了。他们知道郭云娘是来找张剑驰商量事情的，不想影响他们说话。

只有王文娟不怕当“电灯泡”，说：“我做作业，你们讲话！”

郭云娘：“小娟，没关系！你说不定能参加我们的讨论。”

郭云娘说了植树造林的事，要生产队的年轻人把任务包下。张剑驰对郭云娘在生产队的工作，一向非常支持，但是这一次，他却不大兴趣。

张剑驰说：“植树造林是好，但我们每年都植树造林，种下的树都到哪里去了？不是枯死就是被山林火灾烧死！就拿东坡岭来说，去年刚刚火烧山. 把山上的树都烧死了，而那些树，几年前才种下，也是因为一场火烧山之后种下的。这东坡岭上千亩山地，到现在还是造不起林，草倒长得很高，你说为什么?”

关于闽西南山区造林的问题，郭云娘比张剑驰更清楚。长期以来，在人们眼里，闽西南山区群山连绵，奇峰叠翠，林木繁茂，但那已经是老皇历了，现在比以前，树林少了一半。从木材品种来说，主要林木是指杉树和松树，约占木材总资源的八成。更具体地讲，在云岭地区，有专业的国营林场，主要种植杉树和松树，但国营林场占山林面积的比重很小，主要林区是自然林区。

林区从国家大建设就开始砍伐，以杉树砍伐量最大。因为杉树是林区中木材品种的王冠，树干直，不易腐烂，不易变形，建土楼的木材几乎都是杉树。新中国成立初期，国家水泥工业还很落后，杉树成为国家建设主要建筑材料之一。到现在，就很少看到大杉树了。

一般杉树长到二十多厘米直径时，就被砍掉用掉。为什么？主要原因有五点：一是需求量大。比如国家建工厂，大队和生产队建仓库，农民建私房，杉木是首选，没有大杉树，小杉树也行。二是造林跟不上，人民公社集体造林吃大锅饭，每年都造林种杉树，种下后没有认真管理，结果很多树苗因干旱死亡，成活率很低。三是森林火灾频繁。在云岭，几乎每年都有好几次山林大火，把一些造好的幼林和老林都毁了，火灾原因几乎都是人为的，比如开荒烧粪、做饭等。肇事者处罚很轻，一般只要到林场劳动二三个月就了事，大火灾才会被关押判刑，这就使人为的火灾屡发不止。四是防火措施不力。大队和生产队的自然山林大都没有开辟防火路，山林一旦起火，便火势蔓延而无法控制。五是不少私人偷砍杉树，最简单的办法就是在偏僻的山上把杉树放倒，等树水分挥发干，起早摸黑扛回家。社员大多睁一只眼，闭一只眼，反正树不是自己的。国家只管理国营林场，无法管理人民公社的山林，人民公社的山林又无法避免森林火灾。省市县每年拨款造林，公社、大队、生产队层层落实，杉树和松树树苗分配到各大队，各生产队就要按照公社指定的山地，派人上山种植林苗。

每年造林都要花费很多劳动力，遗憾的是林苗种下之后，缺乏管理，不是枯死，就是长大之后被山林火灾毁灭，固有“植树造零”的戏说。除了国营林场之外，人民公社造林收效甚微。当时云岭林场林木就管理得很好，除了专人管理之外，防火路开得很宽，即使火灾，也不会满山遍野漫延。

这些背景，张剑驰也知道，但是他的分析比起郭云娘更具体。他说：“自古以来，东坡岭就是一座草山，山上石头太多，又是面对向阳的南坡，风大，山上水源很少，与林木生长喜欢阴湿的山凹截然相反，长期长不出大树。人民公社成立之后，国家无法在这里投资办林场，东坡岭是几个大队共有的山脉，方圆几千亩，不造林是浪费，造林要费力，而且常常是费力不讨好。不管怎么说，只有在共产党领导下的人民公社，才要让这座贫瘠的荒山绿化，所以，要人工造林，而造林又无法面对天灾的威胁。如果树苗种下去后几天不下雨，树苗就可能枯死，山上水源很少，人工浇水也是杯水车薪。就是说，树苗种下去之后，要靠老天，老天不下雨，树苗就白种了，因此，东坡岭十多年来一直造不起林。又因为山上草多，社员喜欢烧草粪开荒，于是整座草山烧了，树苗种不下，防火路也没人开，结果即使树活了，山又烧了，就这样恶性循环。每年县里布置任务下来，公社党委就想在这座荒山植树造林，我们只能支持，但是需要想办法解决树苗成活问题和山林防火问题，必须几个大队统一认识并采取实际措施……”张剑驰竟然像做报告一样滔滔不绝地讲着，王文娟给他端上一碗茶，他才停下来。

郭云娘很有兴趣地听着，感叹张剑驰实在是当领导的人才，可他这人不喜欢做官，连入团申请书都不想写，怪不得龚馨这个知青名人当初对张剑驰是那样信任和依赖。龚馨曾经对郭云娘说：虽然自己的政治荣誉和社会地位比张剑驰高多了，可能上大学，可能成为国家干部，但是，在张剑驰面前，她仅配当小学生。

郭云娘：“树苗分配下来了，不种下去就更浪费，说不定这次能成功，十几年后树木就可以砍伐。”

张剑驰只是发发牢骚而已，他心里有抵制情绪，还是要支持郭云娘。他说：“你说着办吧！我服从命令听指挥。”

张剑驰说话的时候，看到王文娟困了，伏在桌子上，就喊她上楼睡觉。王文娟喜欢张大哥带她上楼，而楼梯很破烂，不小心就摔倒，他总关照王文娟注意。

郭云娘看着正在打瞌睡的王文娟依偎在张剑驰身边，手里还拿着一支铅笔，心疼地说：“好在小娟有你这个大哥哥照应，不然的话，我就让她到裕昌楼与我一起睡。孩子喜欢热闹，她要多到裕昌楼玩玩，才不会孤独。”

张剑驰站了起来：“好吧！就这样，明天上午开始行动。东勇是负责这次造林的干部吧？”

“是的！”郭云娘说。

春风化雨，这次造林还顺利，他们用两天时间把一千棵树种了下去。

之后几天一直下着毛毛雨，看着绿油油漫山遍野的小树种下，一直在现场指挥造林的陈东勇对张剑驰说："这杉木种下去，十二年后就有一尺直径，可以作为栋梁之材。"

张剑驰笑道："但愿如此！"

管成坚和大队几位知青一天天混日子，不干活就回去睡觉，反正干活不干活基本一样，即使赚很多工分，口袋里也没一分钱。他们有时干脆上山砍点柴，挑到圩场卖。

陈东勇自从在云岭圩场邂逅老同学郭云娘之后，已经一年多了，爱慕之心与日俱增，他觉得是向她抛绣球的时候了。

郭富来哮喘病重，几乎不能下床，陈东勇花费很多时间寻找秘方，还查找明朝著名医药学家李时珍编著的《本草纲目》。《本草纲目》记载，野生灵芝又名"灵草""仙草"，是著名的药用真菌，主治气哮、失眠、消化不良、恶性肿瘤等，对神经系统有抑制作用，对循环系统有降压和加强心脏收缩力的作用，还对呼吸系统有祛痰、护肝，提高免疫功能的作用。于是，陈东勇孤身一人深入大山寻找野生灵芝，终于在一棵樟树上发现灵芝，大喜过望，小心翼翼摘下灵芝，回家后把野生灵芝切开，熬中药给郭富来吃了一个月。郭富来哮喘病大为好转，可是灵芝也吃完了。

陈东勇想再进山，郭云娘要跟随，陈东勇怕她被山里的野兽伤害，但郭云娘态度坚决，瞪着眼珠子说："咋儿说我不行啦？"陈东勇拗不过她，只好两人一起到坎水凹密林寻找。

骤雨初霁，云雾氤氲。峰回路转，进入深山，空气仿佛过滤一般，天格外蓝，山格外青，白雾将不远处的山峰装点得分外妩媚，路边树丛，蝴蝶和蜻蜓嬉戏其间。昨晚，郭云娘就梦见那些灵芝形似扇子，两片连体，一前一后，如搭肩牵手的姐妹，又状如相扶相携的夫妻，更似成千上万朵红云连接在一起，他们采了满满一篮子灵芝，父亲喝了灵芝汤之后，哮喘病全部好了，好像年轻十岁……梦境会不会实现呢？忽然，郭云娘看到山坡一棵被雷电劈断树尖枯死的樟树，树上长着几朵野生灵芝，两人欣喜若狂。几朵灵芝有的小伞形状，有的如云似蕈形状，肉质都呈浅栗色，陈东勇小心割下灵芝，凑近鼻子闻起来有股淡淡的木味。他曾经向药剂师学过识别野生灵芝的优劣，从形状、气味和肉质来看，这朵奶黄色的柄上撑着把棕褐色的菌盖，断定是上等野生灵芝。

郭云娘看过不少药书，知道灵芝在中国有“仙草”的美誉，并被西方人称为“神奇的东方蘑菇”。在古代，灵芝被认为是还阳草、灵丹妙药，嫦娥食丹奔月、白蛇盗草救夫之说中的“丹”和“草”就指灵芝。《神农本草经》也记载灵芝为“上上之药”，《本草纲目》中记载：灵芝味苦、平，无毒，益心气，活血，入心充血，助心充脉，安神，益肺气，补肝气，补中，增智慧，好颜色……她滔滔不绝地对陈东勇讲着，好像是个老药农似的。

他们用手巾包好灵芝，放进背包里，正准备撤退，突然听到一声凄厉的野兽吼叫。陈东勇一听就知道是山狗的声音，勒紧腰带，准备与山狗搏斗。他习惯在最危急的时候从容不迫地打开皮带，再束紧一节，顿时浑身上下抖擞起来。

陈东勇当兵时驻扎闽北山区，曾经与山狗打过交道，所以很镇定。一般山狗都是成群，但是根据云岭打猎队员说，打猎队一直在搜捕，坎水凹的山狗被打猎队消灭得几乎销声匿迹了，只有两只山狗逃脱。是不是这两只山狗呢？不管它！

陈东勇叫郭云娘走在前面，自己倒着走，慢慢后退。只见两只山狗跟着他们，看来要一对一跟他俩对峙中较量。陈东勇警惕性很高，今天上山两人背后都插着砍柴刀，又各拿一把镰钩劈刀，就是为了对付野兽。可是这两只山狗很狡猾，也许它们知道人的速度比它们慢，要伤害到它们不容易，即使面对刀的威胁，山狗恶毒的牙齿远比刀子锋利。

山狗越来越靠近他们，两人背靠背慢慢旋转着后退，一只山狗甚至跑到前面，似乎就要伸出尖尖的爪子，张开血红的大口，露出狰狞的牙齿，凶狠地冲上来，一场搏杀在所难免。郭云娘心惊肉跳，不小心踩到一块圆石头，身体一斜，被陈东勇顺手拉住。陈东勇镇定自若地说：“不要慌张。”

后面那只老山狗要进攻了，试探着往前挪了几步，陈东勇举起手中寒光逼人的镰钩劈刀，猛一下劈下去，老山狗退几步，他马上把刀抽回来，做好再次出击的准备。但是前面的山狗看到陈东勇劈刀举起的一刹那，却向郭云娘扑上来，这时郭云娘也镇定了，腾起身子，举起明晃晃的镰钩劈刀砍向山狗的心窝，山狗一个扑空又折转身子，郭云娘握刀的手忍不住抖，心里一个劲给自己打气，一定要稳住。还没等郭云娘定下心，山狗再次猛扑过来，把郭云娘的衣服抓了一道口，鲜血直流。

这边，老山狗又扑向陈东勇，说时迟那时快，陈东勇瞅准时机，劈刀一刀砍下去，老山狗的前爪被砍掉一半，只剩下肉连接着摇晃的半只脚，痛得老山狗哀号着，跌跌撞撞跑到一边。

正当陈东勇稍愣神时，进攻郭云娘的山狗却扑到他面前，朝他的脸就要撕咬。陈东勇勒着腰带的功力虽然冲进胸膛又冲上脑顶，但气力还来不及使出，只能把手肘护在脸前，心想这次肯定被咬掉一块肉了。在这千钧一发之际，只见郭云娘的劈草刀甩到陈东勇的手肘前，刀尾的月牙钩刚好挡住山狗的前爪，殷红的血从山狗爪子流出，这只山狗也受了重伤，变得无心恋战，惨叫着翻滚到路旁草丛里，逃之夭夭了。

看到山狗走了，郭云娘却惊魂未定，一个眩晕，倒在陈东勇的怀里。陈东勇抱着她坐下，从背包掏出事先准备的应急药品，很快把郭云娘的手臂包扎好。

好在伤口不是很深，血流也不多，旁边就是山涧，陈东勇浑身沾满泥土，像在地里打过滚一样。他摘了一片山芋绿叶，把绿叶尖伸进山涧的石头缝里，盛住泉水，然后小心翼翼把绿叶送到郭云娘的嘴边，让她喝下去。

郭云娘喝了几口水，渐渐地眸子里有了一丝光亮，眼睛也挣开了，慢慢回过神来，试着摇摇晃晃站起来，陈东勇赶快扶住她。

郭云娘说："我们回去吧。"

这时天色已经暗淡下来，郭云娘眼前的坎水凹渐渐模糊起来，失去了颜色，她绷得太紧的大脑那根弦松垂了下来，仿佛一种悠悠扬扬的乐声在很远的地方飘起。人类啊，动物啊，还有森林、水稻、鲜花……那些生命的意象从她的胸中涌现出来，纷纷扬扬，又瞬间消失，最后回归到手臂中的血。外面的血止住了，里面的血却顺着臂膀向手掌涌去。手掌陡然发热，感觉还是沉重，心还在发抖。

“云娘，你还好吧。”陈东勇亲切地叫她。

“好多了，谢谢!”陈东勇的声音，使郭云娘的思维逐渐从浑浊中清晰起来。她仰望天空，仿佛看到坎水凹在日落之际出现人的躯体轮廓，山从四面凑过来，围了中间一块平地，一起构成雌性的“凹”形，似乎揭示着这块方圆几公里的土地上孕育过无数神秘的生命。

为什么以前没有这种感觉呢？也许，那是经历过一番特殊体验之后，对此情此景感悟的图腾。

郭云娘早就在心里默默地爱着张剑驰，虽然她和龚馨都坦诚，大家年轻做朋友，不谈感情，但是她的情绪也有反复。她演过革命样板戏，尽管样板戏中的人物大都不食人间烟火、没有七情六欲，她却知道现实生活中的年轻人都有血肉之躯，需要爱情。爱情是人的天性，任何力量也阻遏不了。她暗暗地爱上张剑驰，虽然知道张剑驰可能爱龚馨，但她无法把对张剑驰的爱从心里抹去。她也知道陈东勇爱她，陈东勇任何一方面都不比张剑驰差，但她对陈东勇就是没有感觉。她朦朦胧胧地体会到，爱情真是一件奇妙的事情，可遇而不可求。

第二十二章

这一年，王家日子不平静。在云江中学读初一的王文徇升上初二，王文芳也到云江中学读初一，他们一家就有两个女孩寄宿读中学。王文芳读中学经历一番波折，她的上学差点被郭再耀夭折。

郭再耀拿王文芳的父亲做文章，认为王祥是“漏网地主”，本来要下放到大队四类分子队伍，与四类分子一起参加学习班和劳动改造，但由于上级对王祥的案子尚未最后定性，不能把他定为四类分子。郭再耀想，像王祥这种人，有一个女儿上初中就够了，剩下的两个，他不打算批准。贫下中农的女孩几乎都不上小学，更不用说初中了，城里人就那么特殊？不是说“知识越多越反动”吗？读书越多，犯错误的危险就越大，不让她上学，合情合理。

郭再耀不同意王文芳上中学的第二个原因是：王家本来就没有全劳力，欠社，需要王文芳参加劳动挣工分，以减轻大队的负担。下乡后，王祥只能做一些老年人力所能及的劳动，比如到田里拔草，拾猪粪牛粪积肥，一年只赚几百个工分。王家三姐妹只有放假才参加生产队劳动，他们一家一年只有两千多工分，每工分四分钱，家庭年收入不到一百元，连生产队发放的口粮也买不来。生产队发放给王家的谷子将近两千斤，按每一百斤十元计算，王家每年要欠社一百多元。从整个大队来看，欠社的社员太多，有的多子女农家欠社几千元。各生产队被社员拖累，一年到头都没钱买农药和肥料，生产队找大队，大队找党支部书记，他有一半时间都在帮生产队找钱。

郭再耀为这些事很伤脑筋，这两年来了几百名知青和城镇居民，大队负担更重。知青问题很大，城镇居民几乎户户成为欠社户，农民的生活更穷了，他当然要考虑减轻生产队负担。

不能上学，王文芳急得哭了。三姐妹当中，王文徇性格刚烈，王文芳性格温柔，王文娟性格刚柔并济。王文芳话少，很少像王文徇和王文娟那样，喜欢找张剑驰撒娇。在家里，王文芳总是一个人做自己喜欢做的事，打毛线，听音乐，看书。干活的时候，她不与生产队的女孩嘻嘻哈哈，但是很吃苦，手脚麻利，在秧田拔秧速度快质量好，柔软的腰和轻巧的手让人赞叹不已。她身子像蝴蝶般轻盈，弯下腰，双手飞快把秧苗拔起，在水中抖几抖，抖落秧苗根部的泥巴后，手指转一圈就把一捆巴掌大的秧苗扎好。家里的自留地种菜，也是她最热心照应。

王文芳知道，父母老了，姐姐到外读书，妹妹还小，她把家事担待了一半。她热爱劳动，也热爱学习，跟她姐姐、妹妹一样，心地善良，天资聪颖，这次读初中的事，没想到被大队领导卡下，她伤心地躲在自己的房间里哭。王文娟叫她开门，她不开，父母叫她，她也不应，直到听到张剑驰的声音，她才开了门。

王文芳神情呆滞地说："我能上初中吗？"恍惚的神情让张剑驰心疼不已。

张剑驰安慰王文芳，一定帮她把上学的事办好。几年前，她和姐姐在九龙江落水，是张剑驰救了她们，张剑驰就是她们三姐妹的保护伞，说做到的事情从来没有含糊过。

听到张剑驰的话，王文芳破涕为笑，清澈的大眼睛含笑地迎着张剑驰的视线。

张剑驰在大队找到郭再耀，郭再耀说："岭下大队有个规定，为了减少生产队的负担，限制欠社的适龄学生上初中，王文芳就属于这个规定限制之内。"

张剑驰送上一根"顺风"牌香烟，满脸笑容："王家不就是欠社一百多元吗?”说着把刚打开的这包香烟插在郭再耀的上衣口袋。

郭再耀还是漫不经心地说：“我们这里的媚儿，能读小学就不错了，女孩子长大嫁人，是别人家的人，不需要读很多书。”

张剑驰：“再耀叔，我不同意你的看法。旧社会宣扬女子无才便是德，现在是新社会，伟大领袖毛主席说，妇女能顶半边天。”

郭再耀背着手在大厅走来走去，挥了挥手：“好了！我知道这些道理，可是在我们农村，女孩子都是不读书的，连小学都没读的也很多，更不用说初中了。人家还不是照样嫁人，生娃，过日子。”

张剑驰：“这才要动员社员让子女读书，你看云娘读了书，说话就不一样，连公社党委书记都表扬她呢。”

张剑驰与郭再耀很熟悉，郭再耀得到他不少好处，高雅雯还做过一套中山装给郭再耀，所以他不怕郭再耀。

郭再耀知道自己说漏嘴了，改换理由：“王祥欠社一百多元，一百多元需要一个全劳力一年的工分，还少啊！除非王家把欠社的钱还了，王文芳就可以上初中。”

张剑驰听他说这话，正中下怀，立刻说：“再耀叔！你说定了！如果她家能还清欠社的钱，就让王文芳读初中。”

“说定了，谁家的孩子不欠社都会批准上中学，除非四类分子子女。”郭再耀喷着烟圈说着，有点后悔说话太快。不过，这条规定是大队党支部和革委会通过的，他实在找不到碴儿。再说，他平时就得到下乡新社员的不少好处，每当有知青回岭下，就要送他好烟好酒，或者鱼干虾干等沿海地区特产，他也是喜欢别人的礼物，贪小便宜，往往几杯酒就被灌晕了脑袋。

王祥有一些侨汇收入，他两个哥哥和两个妹妹在海外，不定时汇款给他，平均每月有四十多元人民币，支持他们一家的基本生活。王祥和康茹很节俭，银行里刚好还有一百多元存款，听到张剑驰带来郭再耀的话，王祥大喜过望，立刻把欠社的钱还清了，这样王文芳读初中的事才大功告成。

龚馨回城后，张剑驰和郭云娘组织岭下大队知青和回乡青年，用一个月时间就完成分配的云岭——岭下公路施工任务，比预定计划提早半个月，受到公社革委会的表彰。这条五公里的路段，剩下收尾工作，待春耕大忙时候，张剑驰就可以开着手扶拖拉机到云岭了，王家带来的自行车也可以被三姐妹和郭云娘使用，摇轮摆座地下圩了。

土楼山区有句老话叫“一里通，万里彻”，原意是指找到了窍门，一点就畅通无阻，这老话对“开公路”来说更顺溜了。社员们都希望日子越来越好，大路一通，岭下的山林资源更容易被开发利用，最现实的就是可以“拖松档”。

“松档”是指被锯成一节节象大滚筒一样，没有加工成半成品的大松树树干。一般松档的横切面都有水桶粗，甚至一米。长度不等，取决于具体用途，短的一米多一点，长的五六米，常见三米左右。因为松档很重，轻则二三百公斤，重则上千斤，手工搬不动，只能用“拖”——好几个人一起拖，这就是“拖松档”的由来。

“拖松档”是生产队的副业，要有山林资源条件。一是有大松林，因为砍伐松树很容易，小树林不能砍伐，要留作青山。二是大松林不能离公路太远，太远了浪费劳力，不值得。把松树干锯成松档之后，经常要放上一段时间，让它干燥一些，重量减轻，才容易拖。三是“拖松档”的地方要在公路上方，刚好可以把松档从山上滚下公路边，如果在公路下坡，很难把松档拖上路面。这也是最主要的原因，以前没有公路，现在有了。

松档一般卖给国家，经常要拖上百米距离，拖到公路边。拖松档作为一种特殊的集体副业，岭下大队具备这几个条件，决定成立拖松档专业队，提高生产队和社员的收入。

张剑驰认识云岭大队的一位知青，常年拖松档，平均每天有三元收入。拖松档收入大部分交给生产队，一个月70元~80元收入，要交生产队50%，生产队再付给一定的工分。不管如何，每月有30元~40元的现金收入，对于连买油盐酱醋都犯愁的社员来说，无疑具有很大的诱惑力。当然，这些都是张剑驰的美好愿望而已。

开公路期间，张剑驰和郭云娘两人接触很多，感情也日渐深挚。挖土方虽然没有什么技术可言，但是山坡上的土中经常埋藏大石头，有的石头几米长，就需要打石的技术工，把大石分成条石，作为砌路基的材料，一举两得。

生产队原来想请专业打石匠，但是张剑驰提出自己干。

从坎水凹耕山队回来，张剑驰向李卫国学习打石技术，很快学会了。他知道怎样寻找大石的纹路，顺着纹路用小钢凿凿出一个个指头深的小孔，排列成一行，一人扶着插入凿孔的钢钎，另一人抡起大锤对钢钎猛砸，石头就顺着纹路裂开了。

握钢钎是危险活，郭云娘胆子大，敢扶握钢钎，让张剑驰朝她手上几寸远的地方敲砸。张剑驰抡起大锤，砸向钢钎，锤声叮当响，钢钎钻着石头，不时迸出红色的火星。张剑驰怕砸到郭云娘的手，郭云娘打趣地说："砸伤我的手，我的手就送你了！"

郭秋兰说："呵呵！云娘这双手不知多少人想着呢？她要送的是你剑驰啊！"郭秋兰想当这个媒人，希望看到他俩"牵手"一生。

张剑驰大笑："那我就砸了，砸伤了我的手给你，一手还一手很公平啊！"

郭云娘说："我们还是两手抓吧，一手抓革命，一手抓生产。"

他们三人是那样开心，逗乐，一点也不觉得累。

乐趣中，郭云娘有意无意问起龚馨的事，张剑驰总说，不知道！

张剑驰的确不知道。龚馨自从到东海县之后，就没写信给他。他在心里说，不要猜测她没写信的原因，因为一切都已经过去了。他与郭云娘也很要好，郭云娘比他晚几个月出世，与龚馨比，郭云娘可说无可挑剔。郭云娘看他的目光，比以前更温柔和深情，似乎在等待他火辣辣的回复，但张剑驰总回避郭云娘的目光。他不知道为什么要回避，也许是因为龚馨吧。

张剑驰越想忘记龚馨，就越不能忘记她。每当孤独的时候，他就想起龚馨，等待龚馨的消息，希望收到她的来信，否则心里像有一块石头不能放下来。她爱龚馨这个人？还是爱永昌楼这座楼？是因为爱永昌楼才爱龚馨？还是因为爱龚馨才爱永昌楼？他自己都迷失在云里雾里。原来，对人的爱和对土楼的爱可以是鱼儿离不开水啊，瓜儿离不开苗。

可是龚馨走了三个多月，仍是杳无音讯。

李卫国夫妻两口子算是下乡知青中最成功的一对，直到1971年夏天，李卫国才把妻儿从江城接到岭下。虽然江城在沿海地区，但离东海还有七八公里，夏天也很热，公路被烈日烤得发烫，鞋底都被烫软了，很多孩子都生痱子，或者中暑。李卫国怕儿子受不了江城市的酷暑，所以初夏就让她们母子来到岭下。

闽西南山区的夏天非常凉快，晚上都要盖被子，李卫国挺喜欢土楼山乡。这大土楼居住真不错，冬暖夏凉，他们夫妻小日子满实在，完全靠李卫国的木工收入维持。

李卫国的儿子长得胖乎乎，很讨人喜欢，但喜欢把食指放在嘴里，起先黏人黏得厉害，一天到晚要人抱，而且一旦抱到楼门外看远方的大土楼就咧开小嘴笑。看来儿子的土楼情结根深蒂固啊，杜丽梅因此说是自己的好胎教，才生了一个爱土楼的好儿子。她常常把儿子放在摇篮里，这摇篮是她向郭云娘学了竹工手艺之后，自己动手制作的。

李卫国总是挑着小担子，一头工具箱里放大大小小的凿子、刨刀、边线刨、砂轮、磨刀石、榔头及大小螺丝刀，外加替换的衣服和漱洗用品，另一头工具架上挂满长刨、中刨加短刨，大锯、小锯加绕锯，一把斧头和一杆拉钻悬空挑。这是一个木匠走四方的全部家当，用李卫国的话说，“学好数理化，走遍天下都不怕”已经不灵了，学好家具木匠活，才是走到哪里都不愁。

龚馨走后，永昌楼的祖堂大厅几乎没有什么政治会议，自然成为李卫国做木工的场地。自从他给郭再耀的儿子做了一套新式家具，他的名声大振，除了双抢大忙偶尔下田，平时就做木工。

在儿子没来时，李卫国有时还到外地打工住宿，儿子来了，他把外队的活辞了，要做家具的必须把原料送到永昌楼，否则免谈。他技术好，活儿源源不绝，大队干部少不了让他零敲细刨做些家具，所以他不出工没人有意见。

儿子的摇篮就放在祖堂大厅，让儿子整天和他陪伴。儿子就在他的木锯声中，踏踏实实睡着了。

杜丽梅生了孩子，不但愈显漂亮，而且身材更加丰满，多了一种成熟的美态，如一颗熟透的美味果实，千娇百媚。她的头发绑成马尾，时而在房间大镜子前检视皮肤状况，看到仍然那样白皙无瑕，自己也偷笑一会儿。

杜丽梅很少出工，白天给孩子喂奶，到菜地料理一下，天天有新鲜蔬菜上桌，没事的时候就躺在床上看书，日子过得满舒坦。到了秋天，她会把孩子再带回江城，永昌楼就像她的避暑山庄。两口子过得有滋有味，两人在一起的时候，有时嘎嘎大笑，有时窃窃私语，不在乎是不是有观众在看他们。原来，土楼居民的日子也可以很浪漫。

“永昌楼在看我们啊!”杜丽梅甚至会陶醉地讲。

这时，李卫国便说：“永昌楼对我们有恩，也是我们的初恋，我们一家三口能有今天，是永昌楼前辈为我们造的福，我们唯有感恩，不能忘记土楼的深情。在中国下乡，可能找不出比土楼更好的居住环境了。”

平时不爱讲话的李卫国这番话，好像不太符合他不喜欢政治色彩的语言，那是因为对土楼的爱，才使他从心底发出了情不自禁的表白。

管成坚虽然还在农村，但他的生活也开始起色了。公路开通，生产队组织拖松档专业队，他每天出门有三元收入，扣除一半交生产队买工分，每月还剩下三四十元。有了钱，大队数他第一个买了新自行车，还是最高档的“凤凰”牌，美得后生、女孩们对他另眼相看。

管成坚的桃花运随之而来，有个叫郭小美的漂亮女孩，喜欢学车，请管成坚当骑车“师傅”。

郭小美长得娇小玲珑，头发很长，连刘海都超过鼻子，所以脸看起来更小，管成坚叫她“小小美”。小美虽然脸型平一点，眼睛小一点，但是胸部发育十分丰满，腰又很细，正是他喜欢的那种性感身材女孩。他觉得女子身材最要紧，身材比脸蛋更重要，脸蛋一般就可以，身材一定要好，所以他“色眯眯”地答应了她的要求。

圩日，管成坚扶着车后座，让小美像骑木马一样跨上车座，再满头大汗东歪西倒地推着车子走。小美终于可以骑车在打谷场上兜几十米远，但还是不会自己上车。

晚上，皓月当空，小美一定要管成坚带她到公路上学车，管成坚正想到外面散步，就和小美来到公路。管成坚把小美扶上车，看到车子走了，双手就放开，不料小美的车子马上向右边倒下，她也摔得“哎呀”叫唤，声音是那样让人心疼。

管成坚赶紧扶她起来，小美痛苦地说：“我摔得尾骨疼，没准已经骨折了。”

管成坚只好伸出双手，把她从双肋下拉起，扶到路边草地上。小美坐了一会，感觉好多了，试着站起来，还没站稳，又要趔趔趄趄地倒下，管成坚一个紧抱，嘴巴正对着小美的热唇。

管成坚忽然感到小美丰满的胸脯贴着他的胸膛，战栗连连，体内一股股热流涌上，感觉一阵陶醉，一阵沉迷，一阵欢畅，每一个毛孔，每一个细胞都在欢唱，在跳跃，原始的冲动好似一匹放荡不羁的脱缰野马难以驾驭。

月亮躲进了云层，大地顿时暗淡下来，管成坚再也克制不住自己，低头吻着小美。小美默默地站着迎合管成坚的吻，感到眩晕和幸福，两人的舌头很快搅和在一起。

小美只读到小学毕业，他的父亲郭亦能是大队“大木工”师傅。所谓“大木工”，就是盖楼的木工，做架梁、支柱、木椽和装修房间等。小美母亲在大灾荒那年病逝，没有兄弟，只有两个姐姐，两个姐姐外嫁了，剩下她一人，她的少女时代是被父亲宠着过每一天。郭亦能是个开明的人，知道小美和管成坚来往密切，想女儿喜欢就好，不管是嫁人或者招婿，他都愿意。

路上有车来了，管成坚赶快推开小美，抓起地上的自行车，载着小美回家。

刚才的接吻，使他们之间感情迅速升温。走到永昌楼门口，月光刚好映着小美的秀丽脸庞，把她沐浴在温柔的月色里。

看着月下的小美，管成坚依依不舍。小美听到楼内的声音，挣脱管成坚的手：“我回家了？”

管成坚："你那本《林海雪原》看过了吗？"

小美："看过了！我真喜欢白茹。"

管成坚："你比白茹还年轻漂亮！"

小美："你开我玩笑！"

管成坚："白茹的身材不如你。"说着在她的耳朵边小声说："到你家灶间喝茶吧。"

小美说："那还用说啊，走吧！"

小美虽然只是小学毕业，但很喜欢看书，她的叔叔郭亦才在县城文化馆工作，经常在报纸杂志发表文章，一直鼓励她读书，说以后帮她在城里找份工作。

晚上九点多，管成坚和小美推开裕昌楼的大门，土楼的灶间已经没有几家灯光。农家人干活累，晚上吃饱就上楼睡觉，可小美的灶灯还亮着。郭亦能在跟陈东勇说话，郭云娘也在那里。

陈东勇和郭云娘看到他们两人来了，很知趣地退出灶间。陈东勇小声对管成坚说："小美不错！你眼力真好，她还会对我讲白茹的故事呢！"

管成坚诡谲地耳语："哪能跟你的云娘比啊！不然换一换要不要？"

陈东勇和颜悦色地说："你去跟云娘说吧，看她要不要？"他是天生的好脾气，所以郭云娘对他的好感几乎无法抗拒。

郭云娘听到他俩的悄悄话，自己一人先离开，陈东勇随后跟着。

郭亦能五十岁上下，在云岭一带给人做大木工，喜欢喝酒，喜欢泡工夫茶，喜欢抽叶尖的烤烟。烟酒茶之后，他喜欢炫耀自己的本领，说裕昌楼的屋架都是他指导下制作和安装的。

郭亦能很好客，只要有客人来，就滔滔不绝地讲述建土楼的故事。此时管成坚来到灶间，郭亦能的话匣子又打开了："你不要看这四层的新土楼固若金汤，当初盖楼的时候，没有我这师傅，就可能盖不成。盖到三楼时，是冬天，下了一场暴风雪，楼柱被吹得歪歪斜斜，多数人认为要把已经树立起来的楼柱拆下重新安装，但我认为只要把歪斜的摆正就可以了，关键是如何摆正，唯有我知道其中的窍门。后来大家听了我的意见，在我的指挥下终于把楼柱都摆正了。直到现在，二十多年了，你看不到一根楼柱歪斜。”

管成坚很认真地听着，小美却不在意，她无数次听老爹讲过这个故事了：“后来，我妈就看上了你，因为你是个大师傅啊！”

“几乎队队寨寨都有我做的活计，可惜我的手艺没人想学，生下三个媚儿都是细皮嫩肉的，斧头抡不动，唉！”郭亦能叹气。

小美嫣笑道：“你再生一个吧！”

“死媚儿，你没大没小，跟老爹开这个玩笑。”郭亦能“吧嗒、吧嗒”吸烟，转对管成坚说：“我这小闺女就是喜欢欺负老爹。”

郭亦能心里想招个女婿，可小女儿聪明伶俐，长得像城里人，还有当作家的弟弟对小美影响很大。他让人给小美算过命，小美以后是贵人命，不会在山沟里务农，所以，他早就打消招女婿的念头。管成坚与小美来往，不管他们能不能做夫妻，他不去想太多。

小美为父亲和管成坚泡茶，管成坚说起拖松档的故事，说得绘声绘色：“有一次，我和一个青年农民到山上拖松档，那位农民忽然感到肚子痛，先回家了。我一个人在山上，遇到一只山狗，不敢跑，因为我肯定跑不过山狗，于是我退一步，山狗就进一步。我退到一棵树旁，一溜烟就爬上树，我在树上，山狗在树下，它不走，我也不敢下，就这样一直待着应付。后来我很困便睡着了，直到有人来叫我，我看到火把，才知道是附近大队有人来了。那时候我感觉最高兴的是什么呢？最高兴的是有个漂亮姑娘拿着火把走在最前面。”

郭亦能听得津津有味，惊奇地问：“什么时候发生的事儿？老爸怎么没听说过？”

小美偷笑：“是真的！那个姑娘我认识。是我在梦里托付她的，让她去救你。”

管成坚捂着嘴不敢笑出来，郭亦能这时才知道他俩是跟他说笑，不由哈哈大笑起来。

管成坚起身走了，郭亦能问小美：“媚儿，你是不是喜欢上他了？”

郭亦能没听到小美回答，回头一看已经没人影，也不知她是上楼还是跟管成坚再出去了。

这天晚上，小美躺在床上辗转反侧、夜不能寐，平静的心境搅乱了。她咬着薄薄嘴唇，想起与管成坚的拥抱和接吻，脸火辣辣，那令人窒息的眩晕一吻，就像在心里划了一根火柴，立时燃烧成熊熊大火。那炽烈的恋火将她整颗心都烧焦了，激动的心脏强烈在胸腔里跳动。

小美觉得女人应该嫁给第一个吻她的男人，自己是管成坚的人了。她想象自己和管成坚成亲之后，他会带她到江城去，在海滩漫步，在海沙里拾贝壳，在海浪里搏击，她娇灵的身子像无骨的柔软生物，在温煦阳光晒得闪亮的碧波上摆动，构成各种美丽的图案。她知道管成坚喜欢游泳，尤其擅长仰泳，可以让身子躺在水面，她们一齐戏水，奔跑，沉浸在幸福的梦中。她更希望土楼乡村以后也可以发展成为现代化的都市，有温泉游泳池和土楼景观公园，那是多么美妙的未来啊！

管成坚爱小美吗？他自己也不知道，以他目前的农哥地位，以他只读过一年初中的文化程度，他能娶小美当老婆，已经是没有什么遗憾了。不过，他还年轻，他还不想那么快结婚，如果有机会，他还想招工回城。

他吻了小美，那是一时的冲动。本来少年少女在男女之事上早非一事不知，正是对性的渴望最为强烈的时候，美女，天香国色、闭月羞花不说，那圣洁如仙的神态，令人崇敬景仰之余，心中强烈的渴望难免情不自禁吻了她，但还是不该这样吃她的豆腐。管成坚想明天向小美道歉，以后就顺其自然吧。他这样想，却不知道这一吻，小美已经把自己的一生都要交给他了。

第二十三章

郭云娘的父亲自从吃了陈东勇采摘的灵芝之后，身体好多了，但由于过度劳累，今年旧病复发，到公社医院检查还有胃溃疡，看病、住院、手术等费用，都是陈东勇联系、支付。郭富来为了感激陈东勇，说服郭云娘嫁给陈东勇，但郭云娘心里爱张剑驰，她不能答应父亲的要求。

圩日，郭云娘吃完中饭，借口到永昌楼车衣服，想与张剑驰谈谈。

张剑驰的父母到东海县郊投靠大儿子之后，两老住的房间一直没动，因为有那辆缝纫机，郭云娘就经常借用缝纫机缝补衣服。张剑驰想让郭云娘把缝纫机搬到裕昌楼，郭云娘不同意，因为康茹时常需要用缝纫机。郭云娘已经会给父母和弟弟做简单的衣裤，张剑驰的衣服破了，也是郭云娘为他补。

王家一家都下圩了，永昌楼只有张剑驰一人闲得没事，在房间整理东西，看到郭云娘来了，知道又来车衣服了，抬起头："你来了!"继续翻着一本书。

每次郭云娘来车衣服都要对张剑驰说一声，然后进入张剑驰父母的房间，如果张剑驰不在，郭云娘也可以自己进去，房间经常没有上锁。后来张剑驰习以为常了，看到郭云娘来就哼一声，郭云娘也站在门口与他聊几句，便开始车衣服。今天张剑驰还是像以前那样心不在焉的样子，郭云娘说："我来车衣，也想和你说话。"

张剑驰看到郭云娘温柔的目光一眨不眨地注视着他，有点奇怪，笑着瞥了瞥她：“什么话要说？说吧！”

郭云娘鼓足勇气：“东勇向我求婚了，我都不知道自己想不想嫁他？”

张剑驰一愣！没想到她把自己的这般心事告诉他。前段时间，张剑驰就知道陈东勇与郭云娘很密切，陈东勇一直在帮郭云娘一家，如果他俩谈恋爱的话，很正常，这和自己没关系！张剑驰意识到郭云娘话里有话，平静地说：“那好啊！东勇不错，难得的小伙子，怎么不想？”

郭云娘正视着他：“但我不知道自己是不是爱他，我总是把他当成大哥哥。”

张剑驰：“这么说你可能会爱上他，他不错的，有文化，有工作，又是国家干部。”

郭云娘羞涩说：“他是不错！但我心里爱一个人，只是不知他爱不爱我。”说完娇靥唰地绯红起来，美眸中闪烁一股醉人热望。

张剑驰：“谁啊？”

郭云娘：“远在天边，近在眼前。”她一双热情洋溢的灼热眼睛凝视着张剑驰的脸。

张剑驰一惊！呆呆地与郭云娘直视，一时不知怎么说好。虽然早就料到郭云娘喜欢他，他一直逃避。他还年轻，不想这么早就谈情说爱，再说，他还忘不了龚馨。龚馨就像天上的一朵白云，飘远了，但白云飘逸、纯洁，就像一个个镜头，在夜阑人静时顺着指尖快乐而忧伤地飘过脑海纠结着，久久不能散去。因为这两个原因，他心里一直装不下郭云娘。但是坦率地说，他很喜欢郭云娘，如果几年后，龚馨结婚了，郭云娘还没出嫁，他一定不会拒绝郭云娘。

想到这里，张剑驰喘了口气，握住郭云娘滚烫的小手，深切地说：“云娘！我是男人，才二十虚岁，真的不想这么快恋爱结婚……”

郭云娘：“我知道，你还忘不掉龚馨！你爱她！是不是？”

张剑驰不悦：“龚馨走了一年多，我们都没联系，我和龚馨之间没什么，你怎么总是提起她呢？”他有些生气地头朝一旁扭去。

郭云娘：“对不起！我不是那样小心眼。你说得对，你还年轻，是男人，还不到谈婚论嫁的时候，好吧！我们都忘掉这次谈话吧！”

说完，郭云娘马上退出来，转身进入张剑驰父母的房间，只觉得鼻头一酸，突然有一种想哭的冲动。她毫无头绪把一片布放上缝纫机，踩动脚踏板，缝纫机嘟嘟响起来，如同她低声在呻吟、啜泣、流泪。

郭云娘思绪在脑海中千丝万结般缠绕了好久，在与陈东勇共同经历一场与山狗共舞的搏斗之后，她的心还是在张剑驰这里，但无法改变张剑驰心里爱龚馨的事实，还是不要为难吧。自己是否和陈东勇订婚？她更没想好，毕竟，她还年轻。

郭云娘车好衣服，关好门下到楼门口，看到乌云密布，大暴雨就要来临，张剑驰还满头大汗地劈柴，说：“我回家了！”

张剑驰没有抬头：“有空再来！”

郭云娘：“我不会客气的，你放心！”说完，很自然地笑了起来，和以前一样。

郭云娘走了，张剑驰马上把斧头扔掉，狠狠地抽起烟来。

这天晚上，月亮当空，夜深人静，郭云娘一个人站窗边，看着窗外的夜色，喝着土楼红酒，想把自己灌醉！可是她天生酒量大，从没醉过一次！关了灯，黑暗的房间有一丝丝光线，她思绪乱飞，眼泪悄无声息地滑落。她也搞不懂，张剑驰是因为爱龚馨，还是不爱土楼，想以后飞出去，所以才拒绝她？如果都不是的话，不爱她到底什么原因？爱人和爱土楼到底有没有关系？其实这个问题，张剑驰也没有答案。

张奋岭夫妇在东海县长住，张剑驰继续吃王家的饭，干王家的活，像王家女婿一样勤力。王文徇读高一，王文芳读初二，都在云江中学寄宿，王文娟在岭下大队读小学四年级，常住永昌楼的只有王家三人、张剑驰、管成坚和李卫国一家。

他们不知道永昌楼怎么经历几百年风雨，只知道自己的日子过得辛苦，但农家人哪有日子不辛苦！只要心情不辛苦就要感恩了。比如，管成坚和小美就经受一番波折，那是爱情经常要面对的考验和波折。

管成坚与小美的初吻，给管成坚留下了美好回忆，可管成坚有点后悔，想向小美道歉，又觉得没必要。他不想脸朝黄土背朝天过一辈子，因为他看到不少知青被招工回城，如果与小美结婚，他可能这一辈子就要成为农民了。

管成坚想与小美保持距离，所以经常回江城。小美发觉管成坚躲避她，心难以平静，决定给自己与管成坚的感情升温。

管成坚这次从江城刚回来，中午准备做饭，可是灶间已经四壁徒空。李卫国结婚后整了自己一个灶间，原有单身知青灶间就只剩管成坚使用，常常有米无柴烧，或者有饭没菜吃，如今竟然连根柴杆也没有。虽然到王家或者李卫国家搬几根柴非常容易，但管成坚还是独自忧怜起来，连饭都不想做了。恰好这时小美到永昌楼找管成坚，看管成坚傻乎乎地坐着，问道："你回来了！是不是病了？怎么像霜打的叶子，无精打采蔫着！"

管成坚："哪里！我是累！看到没柴烧了，要捡柴了。"

小美："明天我帮你捡柴吧！"

"好啊！"

第二天一早，管成坚把砍柴刀磨利，插到后腰刀夹上，缩紧腰巾，穿上草鞋，挑着柴担夹，挂着饭包和锯子。小美也差不多同管成坚一样打扮，只是没有束腰带，她知道管成坚喜欢喝土楼糯米酒，在自己的小饭箩准备了两瓶酒。他们要干一天的活，消耗很多体力，吃的东西带得比较多。虽然被老爹宠着，但土楼女孩会做的农活，小美也基本都会，只不过她人小，力气也小一些。

小美从小在这里长大，山道和林道都很熟悉，她走在前面，管成坚跟在后面，两人钻进树林里。小美个子小，动作灵巧，一会儿就把管成坚撇下，等管成坚大声喊叫的时候，她才笑呵呵从树丛里冒出来。她知道哪里有干柴捡，知道哪棵树倒下了，可以劈成灶柴，还知道哪个地方有一片草地，可以在草地上打滚。在她的指挥下，两人很快找到一棵倒树，把枝枝杈杈砍下来，就好几担柴了。

中午时分，两人计划：一是把这棵倒树锯断，再用大斧头劈开，但这样做很累，因为树干有水桶粗，拉锯要两人，小美的力气太小，管成坚怕她累坏了。二是砍树杈，找一棵枝杈多的树，爬上去砍断枝杈，会有好几担柴。商量了一会，管成坚一定要上树砍枝杈，小美也就同意了。

“先吃饭吧!”小美说。她带管成坚到一棵大树下，两人很快清理出一小片平地。在这寂静的山林里，一切纯粹和原始，只有两个异性的年轻人，就像亚当和夏娃，看一眼就会怦然心动。

小美拿出一张干净的塑料布铺在地上，打开白米饭包、便菜和土楼糯米酒，管成坚取出从江城带来的肉干，两人津津有味地吃着喝着。管成坚本来就喜欢喝酒，这两瓶酒几乎都是他喝光的。

吃罢，小美带管成坚找到一个小水潭，这个小水潭藏在树林里，有半人深，一棵大松树像一把大伞，将整个潭遮住，潭水清澈如镜。小美说：“我是不小心迷路发现这个小水潭的，只有我一人，还在这里洗过澡呢!”

管成坚：“嘿嘿！我看到这个水潭的第一个感觉就是想跳下去洗澡。我们真是心照不宣呢?”

“可以啊!”小美说，“你洗，我背着你，保证不看。”

管成坚腰挺得笔直，脖子一伸一伸地说：“算了！又没带毛巾，以后吧!”

“我是说笑，你当真了。你不怕洗澡的时候，衣服被小兔子叼走了，这里的野兔很多啊!”

两人说说笑笑，洗干净手和脸，再回到树下。

酒足饭饱，管成坚躺在地上，看着太阳从树叶缝隙中照下来，享受着树荫下沁人的凉爽，酒气上来了。土楼糯米酒喝了个把小时才会晕醉的感觉，管成坚似乎醉了，其实没醉，朦胧中闻到鼻子上有浓浓的花香，不用说是小美的杰作。小美身上一阵幽幽的少女香气慢慢传入管成坚的鼻中，他一只手轻轻抚摩她的颈部和秀发，温润的触感与她急促的呼吸诱使他的腹部有一股强烈的欲望，他将小美一把拉过来，让小美柔软的身躯面对面压在他身上，小美想挣脱，但无济于事。

谁也没开口，两个人的嘴唇悄悄贴上，管成坚轻轻吻着小美，小美梦幻般地回应，时而狂野时而轻柔地享受对方的热情，很快，两人翻滚在一起，身上的衣服越来越少，直到两人都是全身赤裸裸的。管成坚看到小美美妙的胴体，再也忍受不了享有的欲望，两个青涩的灵魂融为一体……

不知过了多久，他们平静下来，小美贴着管成坚的胸膛哭：“我把少女的一切都给你了，不要辜负我，我们结婚好吗?”

“好!”管成坚说，“晚上就去找你爹。”管成坚心里清楚，小美才貌和文化素质不比城市女孩差多少，她天生就是一个小鸟依人的女子，非常可爱！她在农村，实在很不公平，他愿意娶她，而且，她有一个在文化馆工作的叔叔，将来落户城里的机会很大。

小美幸福地笑着，笑得那样陶醉。

激情过后，他们又开始捡柴了。管成坚上了一棵十几米高的松树，七手八脚地把树杈钝了下来，再砍成一节节，叠在地上。等一两个月之后，这些柴干燥之后，才挑回家，早上捡的柴足够今天捎带回家了。

他俩像一对新婚夫妻一样，挑着柴哼着山歌回家。回家后，小美走进灶间，只见桌上留下父亲的纸条，才知道，她的父亲临时被一位农友请走了，到云岭大队给人完间，要一星期才回来。所以，她没法告诉父亲任何事情。

过了两天，父亲还是没回来，而郭再耀和他的儿子郭春林却搅进了管成坚和小美的婚事。

自从李卫国给郭再耀的儿子做完家具之后，郭春林原来谈的婚事却出了意外。郭春林的女朋友是城里人，两人会也约了，电影也看了，两年之后却分手了，他眼看煮熟的鸭子就这样飞了，只能干瞪眼。可能是郭春林个子较矮，就那么一米六出头，相貌也平平，女朋友看着不舒服，脚底板抹油溜得比兔子还快，郭春林也不勉强，把择偶门槛降低，打算干脆回岭下找个媚儿算了。

那几天，郭春林回岭下休假，当他走上岭下溪小木桥时，一眼看到对面溪边的小美。小美正提着一篮子青菜蹲在溪边的石头上，把菜往水里洗涤，灵巧的手把小溪水翻卷成一道道吐着白沫的水花，欢快地流淌过去。桥下是游鱼碎石，耳边是涓涓的溪水。

郭春林看着美景美色美人，不禁春心荡漾。下桥后，他沿溪边的河卵石小道走到小美后面站住，欣赏小美蹲着的背影。他从小美的背可以看到她那挺直的脊梁、优美的肩膀和细细的脖子，比一般农家少女多了几分妩媚，小美都没觉察有人在后面。他拾起路上一块小石头，扔在小美身边的水面，几滴小水花喷到小美的脸上。

小美回头一看，是郭春林。她认识他，大队支部书记的儿子，是云江中学六七届高中毕业生，后来走后门到县水泥厂，去年听说要结婚，不知怎么就吹了？反正她觉得这种人靠老子混饭吃，没什么能耐，你走你的阳关道，我走我的独木桥，毫不相干，惹我干吗？

郭春林笑嘻嘻地站在她面前："你好！"

小美只好客气地回答："原来是春林啊，什么风吹来的？"她说话的时候，脸上毫无表情。

郭春林说："你是郭小美？"

小美："是啊！"她已经洗完菜了，站了起来。

郭春林看到小美亭亭玉立的模样，眼神顿时为之一亮。那娇小玲珑的身材，性感的曲线，他这矮个头子在她眼前一站，也比她高一点，他的第一感觉就是想娶她，想搂住这少女天生的袅娜纤巧的柔软细腰，想和她做爱。但他还是很文雅地笑着说："有空到我家坐，没事！我认识你的叔叔呢，他在县文化馆工作，我经常去文化馆看书，就这样熟悉了。"

小美喜欢看书，一听说书眼睛就亮了。她对喜欢书的人都比较好感，忽然感到自己无缘无故地看轻一个人好笑。想到这里，她不禁愣了一下。

还没等小美回答，郭春林继续说："我家里有《野火春风斗古城》《小城春秋》《新儿女英雄传》等，你可以随时过来拿啊。"

"你怎么有那样多书啊？"她那双明亮的眸子闪烁着。

"有买的，有借的，还有是偷的。云江中学图书馆就那么一把锁，要撬门还不容易啊？"郭春林得意地说。

小美说："好啊！你说的那三本书我看了两本，就是《小城春秋》没看！"

"我家就在前面那座土楼里，要不要现在就去啊？"

"你是怎么偷书的？先说来听听，否则我不去。"小美忽然觉得这郭春林就像她认识很久似的，一点也不生疏。

郭春林更来劲了："我有万能钥匙啊！一般的挂锁都能撬开，一个月黑风高的晚上，我撬开学校图书楼的挂锁，就进去了。”

“呵呵！你还是贼啊！好在是偷书不算偷，不然我检举你了。”小美扑哧一声笑了出来，“好吧！去你家。”

一会儿，两人一起进入郭春林家的土楼。这是一座三层的四角楼，每天到晚都有不少人在忙碌着，有在家煮饭的老人，有在石埕水井打水的妇人，有裂开裤裆满地跑的小孩。不管是煮饭的，喂鸡鸭的，给小孩吃奶的，打糍粑的，聊天的，看到有生人进来，大家马上会把目光投向这人，接着叽叽喳喳地打听这人的来历，最感兴趣的是有没有外面的“少年家”和“媚儿”来了？是不是要和楼里的人谈对象了？所以这时大家看到郭春林带着小美进来时，都投以诧异的目光窃窃私语，而且这种目光很快会变成一种流言，一种桃色新闻的流言。几位老人认出是邻队做大木的郭亦能的小女儿，一位满脸布满皱纹的老大娘拉了拉一位妇女的手说：“没想到郭亦能的小闺女出落得这般水灵。”

小美看到大家都在看她，浑身不自在，脸上飞起一片红云，她最讨厌人们在背地里你言我语，诟谇谣诼，于是急急忙忙地在郭春林的灶间坐一会，拿了《小城春秋》，就赶快出来了。

小美拿书回来后，马上到永昌楼找管成坚，进去时看见王家两老、李卫国夫妻和张剑驰，有点难堪。张剑驰说：“小美好！找成坚吧？”

原来，管成坚早已把他和小美的秘密告诉张剑驰，张剑驰也嘱咐王文娟不要多嘴。王文娟平时就很听话，看到小美，只是甜甜地叫一声“小美姐姐好”，就做自己的事了。王家两老不会管闲事的，李卫国夫妻是管成坚的好友，自然没问题。

小美脸色微红地点头，上了楼，管成坚刚下工洗了澡。小美和管成坚进了房间之后，她故意用两个手指捏着喉咙，极力不让自己发出声音，腮帮子抽动一下，很滑稽的样子。管成坚一把将门扣上，回过头来，小美扑向他的怀抱，两人又恩爱缠绵一番。

管成坚听小美说借了郭春林的书，也不在意。而这时，郭春林全然不知小美和管成坚已经相好了，还要老爸出面，向小美的父亲谈亲。

郭亦能外出打工，郭再耀打听到他就在云岭大队，就到云岭找到了郭亦能。反正他这个书记不必下田，经常要到云岭公社开会办事的。

郭亦能正在一座大土楼外面的空地上用斧头修一根木椽，看到郭再耀忽然出现，愣了起来：“郭书记！你怎么找到这里了？”

郭再耀笑着把他拉到一边寒暄，细声对他说：“我儿子春林回来了，他看上你家玉美媚儿了，一定要我来和你老说一声，你老同意，就好办了！”

郭亦能恍然大悟：“原来是这事啊！怪不得书记找到这里了。我的活儿明天就好，回去问问媚儿的意见再说吧。”

当郭亦能回到家时，管成坚在灶间喝茶，小美正在张罗中饭。管成坚看到未来的岳父回来了，赶快递上一只“大前门”香烟，他这次回去带回来几包好烟，这包“大前门”还是刚打开的。

郭亦能接过香烟，管成坚马上把打火机点燃。坐了一会儿之后，小美使眼色让管成坚先走，她要向老爸说成亲的事。

管成坚出来了，只是在裕昌楼外面的晒谷场徘徊，他想郭亦能是很爱女儿的，一定不会拒绝他，但他还是不放心，在这里等小美的消息。他一根一根地抽烟，终于看到小美脸色很不好看地走来，就知道事情不对。

小美哭丧着脸说：“我还没向老爸说我们的亲事，老爸倒先说了，说的是另一回事，你看多么滑稽啊！”

管成坚大惑不解：“他给你说提亲？哪门子的事？”

小美：“就是春林叫他爸提亲啊！”

管成坚恍然大悟：“这是春林的馊主意，这小子癞蛤蟆想吃天鹅肉，没门！”

小美：“我爸说了，暂时推脱一下，不想得罪书记啊。我叫他传话，就说我还小，还不想嫁，他敢怎样啊？”

“只好这样了！”管成坚说：“但愿不会再出什么岔子。”

“看来我们的事情也要缓一缓啊！不然会得罪再耀的。”小美说。

管成坚：“怕什么！大不了我带你回江城。”

小美生气地说：“你不怕！我怕！再耀整人是很厉害的，我们大队几个会手艺的师傅，都要巴结他，否则他不让你外出，让你下田干活。哎！

我赶快把书还给春林吧，我们以后的来往也要注意一下，不要太招人耳目。”

管成坚知道小美为难，很理解她：“好吧！就按照你说的办!”他感慨着，腮上很细的两根咬肌像两条蚯蚓一样蠕动，双眼闪烁不定。

第二十四章

郭春林在老爸找到郭亦能后，就来到裕昌楼。本来，他以为娶小美这样的丫头，就像在自家菜地采摘瓜果一样容易，又有父亲出面，小美一定不敢不从，没想到小美推脱年纪太小。说的也是实话，他是共青团员，应该带头晚婚，实在没有理由强抢民女啊！

郭春林来了，楼里人都认识他，以为书记的儿子是到圆楼走走，有的和他搭讪几句，有的打个照面点个烟，没人在意他是来找小美的。郭春林逛了几家熟悉的社员之后，才走进小美的灶间，郭亦能正好在，于是两人泡茶闲聊，不久，小美从地里回来，带着一篮子菜走进来。

郭春林看到小美，喜笑颜开。小美知道他来者不善，礼貌地问候一声："春林来了，你坐，我上楼一下，马上下来。"

郭春林用游移不定的目光瞧着她，说："好哇！"那目光在小美的眼里不知道是真情实意的目光，还是虚情假意的目光，更可能是贪婪的、可怕的、骇人的目光。

几分钟后，小美拿着《小城春秋》下来，笑着对郭春林说："书还给你吧！"脸部的表情显得不那么自然。

郭春林双眼像钢钻一样盯住小美的脸："这么着急干啥啊？"

这时，外面有人叫郭亦能出去，郭亦能说："我先走了。"话毕，他随即出去了，留下郭春林和小美。

郭春林说："我爸找你爸了！"

小美："知道了，我还小，还不想现在就谈那事。"

郭春林："那好！我等你！可以不可以？"

小美："算了！你别想太多，还是赶快找一个吧。"

小美的母亲进来了，郭春林不好意思再待下去，随便聊一会就走了。

管成坚和小美婚事因为郭春林搅和，蒙上了阴影，却很快云开雾散。

小美的叔叔郭亦才因为笔杆子过硬，升官了，被提拔到县委办公室工作。小美被郭春林纠缠不过，就写了一封信给叔叔，郭亦才看了信后勃然大怒，立刻打电话给郭春林，命令他不许干涉小美的个人大事，否则不会饶他。郭春林战战兢兢的连声认错，再不敢骚扰小美了。

那天晚上，郭春林睡眼微朦，恍惚见管成坚拿着一把柴刀摸到他的床前，一刀劈下，他吓得大叫一声，惊恐异常，合上眼还梦魂颠倒，满口乱说胡话。郭再耀自叹这是自家孽障遭遇，亦非偶然，儿子娶媳妇，也要自己来卖头卖脚。其实他心里很无奈，只落个吃力不讨好，自此也大病一场，心烦意乱，口中无滋味，脚下如绵，眼中似醋，书记的派头早已是无影无踪了。

管成坚和小美顺利办了婚礼，郭亦能在裕昌楼内有一挂四层的房间，三楼的房间让给女儿女婿了。结婚时摆了十几张酒席，全楼人热闹了一番，不必细说。

婚后，小两口如胶似漆。每天傍晚，管成坚就陪小美去楼外散步，手也要搭在妻子背上，轻轻划着。新婚宴尔，跟妻子在一起时，他似乎一刻也舍不得离开她的身子，总想要碰触她，哪怕是沾着她的一片衣角，心里才踏实。

一路上都有人跟他打招呼："喂，小管，又陪你婆娘子去溜达啊！""哇，成坚，跟你的小媳妇多亲热！"管成坚边走边笑边点头，那张斯文清瘦的脸，还有些腼腆，有些涨红。

他心里感谢岭下，感谢永昌楼和裕昌楼的社员，有这好山好水好楼好人，自己才能这么幸运。想到这里，他情不自禁唱起：大土楼的天是明朗的天，大土楼的人民好喜欢……

岭下大队的女人们都说小美很有福气，而龚馨走一年多了，张剑驰和郭云娘这对异性好朋友究竟有没有擦出爱情的火花呢？

1972年春天，桃红柳绿，阳光明媚，张剑驰忽然收到龚馨的来信，急忙打开信，只有短短半张信纸内容。他看了几遍，就把信扔在一边，心里十分困惑。龚馨说她父母要调到北京工作，她也想跟父母去北京工作。另外，她订婚了，本来想回岭下看望大家，但最近身体不太好，就不去了。

龚馨没有说跟谁订婚，张剑驰产生很多疑问：为什么这么久才写信？跟谁结婚？怎么都不讲？不过，这是她的私事，自己实在无权过问，也不必为这件事烦恼。毕竟，与她都没再见过面，他又何必念念不忘旧情？问世间情为何物？是生死相许吗？是男婚女嫁吗？

张剑驰想，美好的“情”，就像一棵古树，一座山峰，一弯新月，一轮红日，从某种意义上说是一种精神上扬的生存姿态，能支撑起生命与灵魂。“情”不是新鲜感，不是兴奋，不是转瞬即逝的燃烧，与一切世俗、物质的东西没有什么必然联系，而是一种有灵性的东西，需要对应，需要懂得珍惜与收藏。它是一股在血管里缓慢流淌，长久不衰地滋润生命的甘泉，是一种能冲破肉体屏障，一种植在感觉之中的愉悦，无论人生哪一个阶段，只要想起它，心里便会溢满温馨。他和龚馨的“情”是不是这种美好的“情”呢？他自己并不知道，也许，有情人总是生活在矛盾和困惑中。唉，想那么多干吗！

龚馨就像天上的云飘走了，但是凭她还写信给他，凭这一封简简单单的信，就证明龚馨还没有忘掉她。他还想再见她一面，为她送行，否则她到北京之后，千山万水，路途遥远，见面机会就更少了。

想通之后，张剑驰马上回信给龚馨，告诉自己的近况。他对龚馨说：“我的爸爸妈妈和哥哥嫂嫂也在东海，想到东海看望他们，顺便也看看你。”

信发出去之后就再没收到龚馨的回信，张剑驰估计龚馨太忙了。一星期之后，张剑驰启程到东海县。

这时，张剑驰心里很郁闷，很想到海滨去看湛蓝的大海和雪白的浪花，踩在细腻的沙滩上，留下一串鲜明的脚印。同时，他想大口品尝清凉而新鲜的海风，尽情享受海风、涛声、沙滩、碧海和蓝天。

时值正午人们午睡时间，城区很冷清。张剑驰的哥哥在郊区，他先到县文工团。其实，县文工团是龚馨的说法，它的名称是“县毛泽东思想宣传队”，设在县影剧院招待所内。影剧院是前几年建的，附设小招待所，招待所大院有一棵大榕树，像撑开的一张巨伞，把阳光遮蔽，让人感受到一阵清凉。

文工团值班的是一个坐在藤椅上打瞌睡的中年男人，知道张剑驰找龚馨，眯着眼睛说，龚馨已经去北京了。张剑驰还想问她的一些具体情况，值班已经不搭理他了。

张剑驰无奈，只好找到哥哥家，见了父母和哥哥一家。哥哥住农家三合院，院前广场称为“埕”可做晒谷场，院里养很多家畜。张剑驰到来，大家一番喜悦，不在话下。

两个星期后，张剑驰准时回来了。

一场春雨过后，云岭早稻秧苗长了三十多厘米高，一幅田园牧歌的景象。这个季节，除了施肥除草，田里的活儿不多，人们都很早收工。张剑驰回到岭下，见天色尚早，独自到自留地看烤烟的长势，半路上迎面碰到郭云娘，她正挑一担柴回家。

郭云娘看到张剑驰，心里格外高兴。她在张剑驰临走的时候，借口到他家车衣服，其实是问他回去多久？张剑驰在房间里看书，随意说到东海县两星期，看看父母和哥哥。郭云娘一直在意龚馨也在东海县，虽然她知道张剑驰很可能会去找龚馨，但看到张剑驰不想多说，自己也不便多问，转身就到张剑驰母亲的房间，花半天时间，做了两套童装，要张剑驰送给他哥哥的儿子张楷智。

郭云娘本以为两个星期很快过去，没想到心里无时不刻在想张剑驰。她想把自己的单相思束之高阁，未料到那么轻易地再次掉落下来，沉甸甸地压在心里。龚馨走后，她想开开心心地看王家姐妹与张剑驰亲密无间，甚至恋爱。自己也会接受痴情的陈东勇，嫁给他，当个国家干部的女人……可张剑驰一走，她的情感防线彻底崩溃，事实证明张剑驰已经把她的整颗心夺走了。自己像一只断线的风筝，漫无目的地飘荡，张剑驰的影子挥之不去，她不能没有他的日子。

这三年多，郭云娘和张剑驰在一起的时候，她再也不去提那个话题，只要看到张剑驰，跟他一起干活、喝茶、聊天，她就觉得很开心。不管他对她是冷是热，她的心都是充实的，而一旦看不到他的身影，她就憋得慌。即使挑着一担沉甸甸的烧柴，满头大汗地走在磕磕碰碰的羊肠小道上，她的心也在想着张剑驰，她是无可救药地爱上他了，只想有一天，他能把她拥抱在怀里，说爱她……

郭云娘身高一米六十四，张剑驰看到郭云娘挑的这担柴也差不多一百六十四斤，远远超过她身体承受的负荷量，说："你怎么啦？挑那么沉的担子？会累坏的，休息一下吧！"

看到张剑驰呵护她，她开心死了："好吧！"

张剑驰连忙上前帮郭云娘放下担子，这时，天空昏暗下来，响起阵阵春雷，马上就要下大雨了。

离家还有一段路，郭云娘的斗笠在山上被荆棘划破，张剑驰也没带雨具，两人到家要成为落汤鸡了。张剑驰正着急，郭云娘说："随我来！"

她拉着张剑驰的手，钻进路边的树丛里。张剑驰抽出自己的手，莫名其妙跟她走了几丈远，说："你干啥啊！下大雨却拉我到林子来？"

迅即天昏地暗，雷声轰轰，豆大的雨滴落下来，密密麻麻的声响，像机关枪从空中不停地扫射。

张剑驰寻找地方躲雨，东张西望，却看不到郭云娘。怎么失踪了？他晕了，正想往回走，突然脚被绊倒，差点摔个嘴啃泥。

张剑驰站起来，回头一看，是树丛中伸出一条绷紧的山藤，横在他前面。他大骂一声："云娘！你出来！"。

只听郭云娘"咯咯"的笑声从身边传来："进来吧！"

离他不到两米的地方，有一个小山洞，可以在里面避雨，郭云娘已在里面坐着。这种小山洞，是民兵军事训练用的掩体山洞，仅一两米高，一米多宽，两人躲进避雨显得有点拥挤。这个山洞是郭云娘挖的，洞口有伪装，所以她知道位置，别人根本不知道有这样一个山洞可以避雨。

张剑驰狼狈不堪地进去，里面有两个斗大的石头，刚好可以坐。

“我服你了！”张剑驰说，好不容易才把屁股挪到石头上，洞外便下起瓢泼大雨。

郭云娘问起张剑驰父母和哥哥一家的情况，然后问他看到了龚馨吗？郭云娘并不知道龚馨给张剑驰的信，因为张剑驰没有告诉她这件事。

“我是顺便问问。”她说。

张剑驰看得出来，她非常在乎这件事，不想骗她，就说实话了。

郭云娘便安慰张剑驰：“她一定有自己的原因才突然离开东海县。”郭云娘内心更希望龚馨结婚了，这样，她有可能和张剑驰更接近。

张剑驰岔开话题：“山上有很多这种山洞吧？”

郭云娘：“我正要对你说，今年民兵训练开始了，你也要参加。”

“靠挖这种山洞就是民兵训练啊？”张剑驰不以为然。

“这种单人掩体山洞，路边经常看到，里面刚好蹲一个人，是历年来民兵训练挖的。”郭云娘还对他说了很多关于民兵训练的事。

新中国成立后，随着地方政权的建立，地方武装也逐步组建，先是群众武装队，成员都是雇农和贫下中农。1953 年云岭正式组建民兵，1956 年建立基干民兵和普通民兵，基干民兵以农业生产合作社为单位建立分队，未入基干民兵者为普通民兵。1958 年 8 月，毛泽东发出“大办民兵师，实行全民皆兵”的指示，永靖县城乡除身残和地、富、反、坏、右分子外，凡年龄在 16 岁～45 岁的男性公民和 16 岁～35 岁的女性公民均编入民兵组织，参加民兵的人数占人口总数将近四成。1961 年以人民公社为单位编为民兵团，大队为营或者连，生产队为排。

云岭民兵组建初期，根据剿匪反霸、打击地主武装的需要，主要对民兵进行武器使用的训练。从 1956 年起，按上级分配的人数进行训练，训练武装民兵和基干民兵。今年，训练的内容是射击、队列、投弹、刺杀、单兵战术和民兵勤务，民兵军事训练本着劳武结合的原则，利用农闲，采取适当集中和分散训练相结合的方法，训练场地不固定，一般就地利用河滩、晒场、荒山、荒地作为训练场地。其实这里的每一座山都有这种单人掩体山洞，还有双人掩体山洞和三人掩体山洞，是这十多年开展民兵训练挖的，挖完了就废弃在那里，除了训练之外，谁也不愿意无缘无故地跑到里面。

张剑驰静静地听着，郭云娘说完，雨也停了。他们从掩体出来，郭云娘忽想起，去年有一次民兵训练，一个生产队把一些弹药藏在三人掩体里，虽然这个掩体在密林中，他们离开时，也用树叶草藤伪装了掩体出口。等大忙之后，原班人马到山上找这个掩体，竟然找不到了，这些弹药大部分是雷管、手榴弹，有极强杀伤力，如果老百姓不知道危险拿走它随意丢放，雷管经高温容易发生爆炸，后果不堪设想。

郭云娘一路走着，心里想，现在刚好是水稻田间管理初期，又是民兵训练的时候，她是大队民兵营副营长，一定要把这批弹药找出来。

几天后，公社武装部正式下达今年民兵训练任务，陈东勇也到岭下来指导训练。不久前，公社派一人到县里参加民兵专业军事训练三个月，回来就兼任公社武装部干事。这次，陈东勇也自告奋勇报名参加县里的民兵训练，因为他喜欢体育，在学校扔手榴弹达到五十米。而且他喜欢长跑，当然更喜欢枪，对枪有一种天生的情结。他看到的多数是革命战争故事，英雄或是策马挥枪，手起枪响，毙敌马下；或是抄起机枪冲锋陷阵，枪响之时敌人倒下一片。

陈东勇最佩服的是神枪手李向阳，在那部充满传奇色彩的抗战经典影片——《平原游击队》中，李向阳左右开弓，瞄准鬼子，两手一抬，啪啪就是两枪。小时候每逢民兵打靶，陈东勇都去看热闹，上瘾之时，还情不自禁做起拉枪栓和推弹上膛的动作。

陈东勇参加民兵训练的另一个原因，就是追求上进，想早日提拔，也让郭云娘看得起自己。他总是不明白，为什么郭云娘一直拒绝他？很可能是郭云娘爱上了张剑驰，陈东勇开始嫉妒张剑驰了，但他现在不想利用自己的地位和身份打击张剑驰，否则他很容易找张剑驰的麻烦。比如，张剑驰喜欢唱那些有资产阶级情调或者不健康的歌曲，像这首歌：流浪的人归来/青春已失去/往日的朋友啊/如今在哪里/流浪一村又一乡/思念我的家乡/思念我的娘；张剑驰还很喜欢唱《爱拼才会赢》这首歌：一时失志不免怨叹，一时落魄不免胆寒……

陈东勇很容易给张剑驰上纲上线，把下乡当作“失志”和“落魄”，是资产阶级好逸恶劳的表现，是抹黑广阔天地，但是他现在不想这样，都是为了郭云娘。他要神不知鬼不觉地压垮张剑驰，表现出他什么都比张剑驰强，使郭云娘从张剑驰的心里走出来。他一定要娶到郭云娘，他太爱郭云娘了，他可以再等郭云娘几年，除非郭云娘嫁人没办法。

这次训练，岭下大队基干民兵和普通民兵都要参加，16 岁～35 岁出身好的是基干民兵，16 岁～45 岁非剥削阶级出身的是普通民兵，张剑驰家庭出身“小手工业者”，管成坚出身“游民”，都不是根正苗红的劳动人民家庭出身，只能当普通民兵。他俩对此一直不以为然，但对训练的态度完全不同，管成坚随便应付，张剑驰却非常认真。

训练第一阶段所有民兵都参加，分批在大队操场列队训练，左右转、齐步走、立正、稍息，这些在学校都训练过的东西看起来很容易，要做到整齐也不容易。在管成坚看来，民兵训练搞的就是这些简单东西，再扔手榴弹，拿最老式样的 53 式步枪，比比画画，实在没什么意思。训练最主要项目是 53 式步枪射击，每人三发子弹，五十米的卧式、跪式或立姿射击各一发，陈东勇成绩好，三发子弹全部打中，二十四环，郭云娘打二十环，张剑驰打二十五环。成绩出来之后，张剑驰得第一名。有些民兵跪式或立姿射击，常常打一枪晃三晃，几乎摔倒，有的则打一枪就一屁股坐在地上，甚至枪也脱手落地。

陈东勇受过专业训练，成绩好自不必说，张剑驰打出这么好的成绩就有点不可思议了。张剑驰在武斗中学过射击，从来没有在别人面前炫耀过自己的技术。胡州是南方的一个大城市，发生不少武斗误打死人的故事。当时，张剑驰到胡州一个舅舅家里探亲，舅舅说，有一天，他们三个人佩枪在一条小巷上巡逻，不想前方一颗子弹过来，穿过前面年轻人的胸膛，他是大难不死。还有一人扒水产工厂大门口，看里面的人玩枪，里头一个人挥动手中的枪吓唬少年，失手把少年打死了。闹到后来，工厂的派系组织从冷库里拖出几筐冻鱼赔偿了事。第二天，死者父亲只能蹲在水产工厂附近路口，将赔偿儿子生命的鱼卖掉。

张剑驰的舅舅是一个派性组织干将，分了一把 56 式半自动步枪。张剑驰不让自己的舅舅拿枪参加武斗，于是劝舅舅躲避一段时间，但舅舅坚决要为革命赴汤蹈火，于是张剑驰就和舅舅的大儿子商量，偷偷带着这把枪上山打猎，在舅舅的一个农村朋友家住了一星期。这个朋友是复员军人，教张剑驰射击。起先，张剑驰五十米卧姿总算打中了，但因抵肩不到位，被后退的枪托撞出一块青紫，幸好没把锁骨撞折。张剑驰有军事天分，很快就学会了射击技术，五十米靶平均每次能打 7 环 ~ 8 环。后来，张剑驰的舅舅回忆这件事时还感谢张剑驰，如果不是张剑驰把枪拿走，让他不敢回到组织参加战斗，他可能会在那几天的武斗中丧命。那几天，两派组织争夺一座市区最高的建筑，一片战火死伤好几百人。

陈东勇原想在这次民兵训练中轻轻松松超过张剑驰，没想到张剑驰却得了射击冠军，看来他永远不能超过这个“情敌”。

第二十五章

张剑驰虽然无意与陈东勇争风吃醋，但他还是感觉到了什么，他对陈东勇说："我成绩虽不错，却没什么骄傲的。你文武双全，又兼通中草药，人品学问我是望尘莫及啊!"

陈东勇笑道："哪里哪里！你心高志远，聪明过人，日后必定大有作为。"

郭云娘插话："你们谁也别夸谁了，都很好!"

在郭云娘面前，两个大男人还能计较什么呢？然而民兵训练最惊险的事故还是发生了。投弹现场中，一个男民兵由于精神过度紧张，边跑边扔弹，结果一只鞋的鞋带松开了还不知道，被另一只脚踩到，顿时摔倒在地，那冒着烟的手榴弹脱手就在郭云娘身边几米处，导火线已经快燃到头了。张剑驰一个箭步冲上，一脚将冒烟的手榴弹踢出去，回头扑在郭云娘身上，手榴弹在十几米远的地上爆炸，喷出的灰尘把张剑驰全身都掩盖了，没有人受伤。

郭云娘对张剑驰的感激可想而知，陈东勇刚好不在郭云娘身边，失去了一次"英雄救美"的机会。但巧合的是，没隔几天，郭云娘又从陈东勇手里死里逃生，陈东勇也扮演了一次"英雄救美"。

实弹演习之后，郭云娘就组织大家上山找去年民兵训练时遗失的那批弹药，陈东勇建议分兵包抄那片埋藏的山腰，做地毯式搜索，终于找到洞口，发现弹药都完好无损，大家就把弹药背回了家。他们下山的时候，遇到大暴雨，幸好带了很多塑料布，弹药都没被淋湿。直到他们回到岭下，把弹药放在大队仓库，大雨还没有停歇。

陈东勇最后一个送走郭云娘，郭云娘刚走出大队队部门口，就听到很多人叫喊“钩松档！钩松档啊！”

原来是很多山上的松档被山洪冲下来了。郭云娘很清楚，山上的松档最怕暴雨出现，几小时的暴雨，就会引来一阵山洪暴发，山洪泻入山坳里的山涧，一条条山涧就像一条条露天大水管，从山上一直灌入谷底，再汇入榛莽丛生的小溪流。遇到暴雨，山上、山坳来不及拖走的松档可能被小山洪冲走，冲到山沟、小溪，最后流向大河、大海。每当山洪暴发，必然有大量的木头和小松档被冲到岭下溪，人们纷纷赶到溪边，手拿一根六米长、套着鹰嘴钩的竹竿，守在溪边，等候松档漂来。谁在竹竿可以探及的范围内，用鹰嘴钩钩住松挡，拉到岸边，这根松档就是谁的。因为山洪到来水流很快，水势很急，鹰嘴钩出手要快，而且钩住松档后要站稳，用力拉向自己。有时要一边拉，一边顺水流的方向沿岸边走几步，才会减轻水的阻力把松档钩到手；有时水流太急，人钩到松档拉不住，反而被松档拉走，卷进水中冲走。

岭下溪溪面宽二十几米，晴天时溪流缓和清澄，一遇到大雨，黄浊浊的激流像一条张牙舞爪的巨龙，直扑而下，从土楼前的河卵石根基旁呼啸而过，仿佛要淘净大地，吞噬人畜。尽管十分危险，但人们钩松档的积极性有增无减。

岭下大队队部位于岭下溪下游的溪岸边，又是溪水九十度转弯的地方，漂来的松档经常在这个转弯处减速，钩松档比较容易，大队一些基干民兵就在队部放了竹竿鹰嘴钩。郭云娘看到前面几百米远有很多中小号的松档漂下，随即戴斗笠，披蓑衣，抓起竹竿鹰嘴钩到了水边，瞧见一根像篮球粗的松档漂来，一出手就把它钩住，岂料用力太急，钩住后，松档将她拖往激流。

她不放手，一脚踩空，想退回来，已来不及了，身上的蓑衣变成累赘，洪水像一块巨大的磁铁吸住她的蓑衣，眼看就要变成一根松档被冲到下流，粉身碎骨了。在这万分危急关头，陈东勇如天兵出现，伸出手中一根长竹竿给郭云娘。郭云娘紧紧抓住竹竿，气喘吁吁地爬上岸，脸色惨白。

再差一步，稍慢一秒，郭云娘就会葬身洪流之中。陈东勇救命之恩，令郭云娘感动不已。

这次民兵训练，张剑驰和陈东勇都救了她的命，生命诚可贵，爱情价更高，她热爱生命，更希望有无价的爱情，但是谁能给她爱情呢？

夏日渐渐远去，秋日静静地来了，民兵训练的枪声仍久久在张剑驰、郭云娘和陈东勇这些年轻人心中回响，岂料，双抢大忙中发生了一个意外……

张剑驰上山田插秧时，忽然觉得左手小拇指在水里被什么东西叮了一下，赶快把手抽出水面，洗干净伤口，让几位社员看，一位老农一眼认出是被竹叶青毒蛇咬伤了。

张剑驰知道，竹叶青毒蛇是中国南方常见的毒蛇之一，栖生在丘陵山区的青草灌木丛中，竹叶青蛇伤可引起弥散性血管内凝血，诊治延误或急救护理不当会导致死亡或残疾。他立即叫社员用自行车载他到云岭医院，医生给他消毒、敷药等处理。

几天后，张剑驰的伤口还是继续肿大，胳臂的肌肉都变黑了，痛得浑身冒出黄豆大的汗珠，好几次差点昏过去。王祥夫妇束手无策，李卫国夫妇回城了，王文徇、王文芳在外读书，只有王文娟有时间看候张剑驰。

王文娟见张剑驰这么难受，哭得两眼红肿，却一点办法也没有。王祥夫妇对医学知识外行，只能寻访民间解毒秘方。

有人介绍，住在偏僻山野有一药农，能解此毒。夫妇俩随即爬山越岭十公里，找到这位老药农。老药农年过六旬，终身未婚，仍然鹤发童颜，当他看到王祥夫妇双双下跪求药时，连忙把两人扶起，配制草药给他们，有喝的，有敷的。

王文娟一天到晚给张剑驰煎药、敷药，还不时向他的伤口吹气，只要大哥哥能减少痛苦，她吹得再累也心甘。张剑驰常叫她去休息，她偏不走，累了就伏在他的床前打盹。

“阿娟，我不要紧，你去睡吧。”

“你骗我！我知道你很疼，我偏不！”

“我累了，你要是在这儿，我睡不着。”

“那我先睡，不过只有看着你我才睡得着，我就伏在你的床沿睡不行吗?”

王文娟真的睡了，梦见张剑驰带着她离开黑乎乎的土楼，插上翅膀飞向夜空。他们把弯弯的月亮当成小小的船，她坐前，大哥哥坐后抱着她。他们骑着月亮遨游太空，忘却人间所有的烦心事……

下乡三年多了，王文娟已经离不开张剑驰，张剑驰既是她的大哥哥，也是她的守护神。孩提时代应该欢歌笑语，可王文娟的家却是寂寥恐怖的老楼，与老牛和老棺材为伴。两个姐姐都到外地寄宿读中学，爸爸妈妈又里里外外忙，没时间照顾她，她觉得孤单。白天她去上小学，在学校有老师和小朋友，当然高兴，可是一回家，就看到土楼里的老牛舐犊着脏臭的稻草，苍蝇在牛棚里嗡嗡叫。更可恨的是沾着牛粪的苍蝇也经常飞到她的厨房沾饭菜，她的心就像这老楼和苍蝇一样充满黑暗和恶心。有时候庞大的老楼只有她一人，她常常偷偷哭泣，只有看到张剑驰回家，脸上才露出笑容。土楼没有电灯，一到晚上只有王家几盏煤油灯在古老的土楼里闪烁，有时猫头鹰也栖息在四楼的椽上怪叫，大人听了都毛骨悚然，更不用说小女孩。

王文娟最怕天黑之前张剑驰还没收工回家，她最重要的用具是一把三节电池的手电筒，总是在天黑之前握着这把手电筒坐在永昌楼门口的石凳上，等待张剑驰回家。张剑驰哥哥一回来，她的心里就亮堂了，这老楼就不可怕了，猫头鹰的叫声听起来也像唱歌那样悦耳动听。张剑驰是她快乐的源泉，如果没有他，她真的不知怎样度过这么艰难的土楼生活?

在王文娟的精心护理下，张剑驰的蛇毒很快消解。王家的救命之恩使张剑驰刻骨铭心，王文娟天生丽质，犹如小天使，内在一颗温柔细腻的爱心极为珍贵，张剑驰不知道如何报答他们。

张剑驰从小在城里长大，家里没有妹妹，他常想象有个妹妹多好，妹妹可以帮助洗衣做饭，可以哭和闹，跟着学骑自行车，吵着带她到九龙江游泳……他常对朋友说，没有妹妹的男孩是遗憾的男孩，所以，他平时就非常喜欢王家的三个女儿，把她们当成亲妹妹，像王祥夫妇一样叫她们阿徇、阿芳和阿娟。她们都是非常聪敏听话又乖巧的女孩，也巴不得有个天上掉下来的亲哥哥，常常喜笑颜开跟她们逗啊！闹啊！银铃般的串串笑声在老大土楼回响，永昌楼好像年轻了几百岁。张剑驰想，也许，山林的寂静，荒原的旷达，土楼的古老和大气，才真正属于他心灵的归宿。

俗话说：滴水之恩当涌泉相报，患难见真情！张剑驰的蛇伤痊愈之后，对王祥夫妇更好了。王祥夫妻非常善良正直，以前在单位得罪领导，被人诬陷那么久还未平反，实在太不公平了。他对以地主为首的所谓“四类分子”很同情，就拿土楼山区的地富反坏来说吧，他们也是人，也有鲜活的生命，每个人生命的每一个脚步，都可以是一段精彩的人生，而每一段精彩的人生，都留下不平凡的脚步。每个四类分子都是一个完整的生命，他们的脚步也许踉跄蹒跚，但对历史而言，它们是独特的，凡是独特的，应该可以说很精彩。在土楼山区，四类分子几乎都是文化人，是文化水平较高的土楼居民，有的会看病，有的会看风水，有的会教书，有的会算账，这些常人看来非常一般的知识，却对土楼文化的形成必不可少。试想，建一座土楼，要测量土地，要看风水，要准确地配制夯墙的生土，要在一块几十平方丈的天井上选择挖掘水井的位置，没有这些土生土长的文化居民，任何一座大土楼都无法完成。遗憾的是，这些土楼的文化居民遇上以阶级斗争为纲的年代，成为被踩在脚下的四类分子，过着牛马不如的生活，他们的家境，比一般贫下中农还惨。在这动乱的年代，在中国大陆九百六十万平方公里的土地上，有多少“四类分子”？他们被劳改，被枪毙，被批斗；他们妻离子散，家破人亡。他们的经历，是对历史、灵魂、人性的沉重拷问……这些问题，他想了很久，只是无法面对残酷的现实，但他相信，总有一天，会正本清源，让那些被蒙冤的灵魂重见光明，让人性的美战胜人性的丑。

像王祥这样的好人到哪里都是好人，王祥全家都对张剑驰好，张剑驰本来就非常乐意与王家生活在一起，这次蛇伤，使张剑驰和王家的感情更加密切了。王祥愿意张剑驰选择他家任何一个女儿，只是不便明说，看张剑驰的心愿罢了。张剑驰又怎么想？

为了帮助王家解决生活困难，张剑驰经常帮助他们在自留地种植烤烟、甘蔗和蔬菜，上山砍柴、砍竹卖给永靖县森工局云岭收购站，点点滴滴地积累一分、一角、一元，供王文徇、王文芳两姐妹上学和家用。

山里人在山吃山，山林副业一直是农家人的主要经济收入来源，但山林不可能取之不尽。这里的林木资源主要是杉树和松树，大土楼的支柱和横梁等支干部位都要用杉木，楼梯、墙板和天花板则用松木较多。杉木质量好，不易变形，是最佳的木工建筑材料。二十年来，为了支援国家建设，岭下的山林砍伐了很多，公路还没开通，砍伐的树木用板车运、肩膀扛，或者从岭下溪水路放逐木材，现在公路开通了，要在山上找三十厘米直径的杉木已很难，岭下各生产队的山林副业限制于野生竹子、秆稹和不能作建材的杂木等。

山里赚点钱不容易，要做到细水长流。云岭收购站经常收购秆稹作为造纸材料，为社员增加收入，张剑驰抓住机会，每当周末或者放假时，常带王家三姐妹上山割秆稹。

深秋的早上，张剑驰带三姐妹上路，一路上林荫掺杂，古意盎然，偶尔经过小溪旁，溪水清澈透凉，水面上漂着几朵秆稹花。此时正是秆稹花生长的时机，较宽阔的河床上遍布着秆稹花织成的麻纱毯子。

山上的秆稹花白茫茫，美不胜收。路上，大家边走边聊天，好像不是上山干活，而是游山玩水。张剑驰说："记得有一次我和龚馨上山割秆稹的时候，也是深秋时节，漫山遍野是秆稹。龚馨说，秆稹是一种相当有韧性的植物，除非你把它们连根拔掉，否则生生不息，人们常把秆稹比喻思念的心情，思念远方的爱人和亲人。她还随即唱了一首闽南歌曲给我听，至今我还记得这首歌的歌词。龚馨喜欢唱歌，会唱的歌很多。"

"那你唱啊！"王文娟马上说。

"不唱！"

"唱！"

"好吧！只唱一遍！第二遍你唱。"

“说定了！你唱一遍，第二遍我就会。”王文娟很有把握地说，王文徇和王文芳也拍手叫好。

张剑驰故意装模作样地咳了一声，开始唱：

彼一年的秋天，
雨水落袜湿（无湿透），
掂掂（点点）送你，
离开伤心的城市。
今年的中秋，月娘遐呢（这么）圆，
偏偏没你陪阮（咱）赏月看归暝（整夜），
白茫茫的秆稹，
已经开甲（到）满山边，
脑海中的形影，
犹原（还是）无人甲（和）你比。
白茫茫的秆稹，
已经渐渐变红，
阮的思念，阮的心声，
你拢（都）无知影（知道）。
白茫茫的秆稹，
已经渐渐变红，
阮的思念，阮的心声，
你拢无知影。

第二十六章

张剑驰的嗓子沙哑空旷，声音好像从遥远的月球飞来一样，让人的思绪融入月夜和大自然中，想拉着自己的爱人在月下的芒丛中翩翩起舞。

“太棒了！”王文娟随手摘一朵秆稹花在空中挥舞着。

“你们最爱秆稹什么呢？”张剑驰说，“每个人都要回答。文洵是大姐姐，先说吧。”

王文洵年纪最大，刚才听到张剑驰唱歌，觉得张剑驰是在思念龚馨。龚馨在的时候，她虽然上学，但是每当周末回家，看到龚馨和张剑驰总在一起，龚馨的眼睛里流露出痴情的爱意。她曾经默默地祝福张剑驰和龚馨能成为她的哥哥、嫂嫂，但是龚馨走了，一去不回头。这时，张剑驰提起龚馨，又唱起龚馨唱的歌，不是明摆着想念龚馨吗？于是她瞪着张剑驰说：“我最喜欢的是剑驰大哥哥像秆稹一样百般柔情，那股思念龚馨姐姐的柔情！可惜啊！龚馨姐姐走了！”

王文芳和王文娟听了，都窃笑起来。

张剑驰没想到看起来老实的王文洵竟然会取笑他，他好像刚认识王文洵一样，歪着头端详她一会，才说：“文洵长大了，知道大人的事了。”

王文洵确实长大了，正值花季年华，胸前两座小山峰已经凸出来，心里的秘密如浪漫的山花，数也数不完。明年她高中毕业，就要回乡了，她不知道回乡之后，是不是就这样当农民？但是她知道，她像龚馨、郭云娘一样，喜欢张剑驰哥哥。

张剑驰刚从龚馨的影子中走出来，无意中唱了龚馨教他唱的这首歌，没有注意到王文徇的心思，被王文徇一说，又有点伤感起来。但是他脸色平静，只是微微一笑：“我想龚馨，你不也想吗？”

王文徇：“那不一样啊。”

王文娟：“你们大人的事我不懂，但是我不想龚馨姐姐了，她不好，很坏，走了这么久也不回来看我。”王文娟想起龚馨的时候，常常情不自禁泪水盈盈。她年纪小，却最懂得如何用心珍惜生命中值得珍惜的人和事。

王文芳：“嘿嘿！想和不想又有什么用，都是大傻瓜！”三姐妹中王文芳最不会胡思乱想，她喜欢数理化，喜欢看推理小说，逻辑思维很强，形象思维相对比较薄弱。

张剑驰不再与她们争辩，对王文娟说：“小丫头！轮到你唱了。”

“当然了！”王文娟随后唱了起来，虽然漏个别字，可她的童音嗓子唱这首歌，有点超年龄的少女成熟情感，让人觉得她也长大了。原来，她早就会唱这首歌，龚馨教过她，她忘了一些，张剑驰一唱，她就基本想起来了。

张剑驰惊讶地看着王文娟：“你真行啊！厉害！以后有什么革命歌曲，你教我吧！”

王文娟却不理他，说：“这么多秆積，我们要从哪里开始割呢？”

张剑驰：“再走一个山岭，那里的秆積密集又高大，到了就知道了。”

三年前，他们在坎水凹改造烂泥田，因为遇到山狗吃水牛半途而废，现在山狗销声匿迹了，但是社员忙不过来，一直没有继续进行积肥和开荒种植经济作物。这片山田未被重新开垦之前，割秆積最容易，张剑驰要带她们到坎水凹割秆積，

他们迈过坎水凹口，来到一片开阔地，可以看到白云生处层层叠叠的山峦，还看到远方一条公路和路边的土楼群。脚下的山坳，长满密密麻麻的秆積，奇怪的是这里的秆積像梯田似，一层层往上长，到半山腰就不长了。

“太美了!”王文娟说，“为什么这里的秆稹会是一层层呢?”

张剑驰:“这片山谷原来是农田，后来荒废了，就是说，现在的山田比新中国成立前少多了。我问老农为什么会荒废?他们回答，一是气候冷产量低，经常有种无收。二是山田水路的山坡崩塌，断绝了水源，重新在塌坡上开水渠很难。三是路途遥远，耕作不方便。四是野兽骚扰，山上有很多山狗窝，既吃牛也伤人，居住危险，农民不敢在山上落户。荒废的农田土壤肥沃，秆稹很容易繁殖，从远看，山坡每一米多高就长着一层秆稹林，那一层就是原来的梯田。生产队决定要把这片荒废的山田开垦种植番薯，三年前我们耕山队就准备开垦出来，因为出现山狗袭击，所以搁下来了，今后还看你们呵!”

王文徇兴致勃勃地说:“没问题!我保证不比龚馨姐姐差!”

王文芳也不甘落后:“我早就想在耕山队住一阵子，体验一下真正的知青生活。”

王文娟看着两个姐姐，露出迷人的笑靥和两排细贝般洁白整齐的牙齿说:“还有云娘姐姐呢!云娘姐姐在耕山队才棒呢!”

张剑驰看着王文娟:“看来你们三姐妹都忘不了龚馨姐姐，也很崇拜云娘姐姐啊!”

王文徇:“为什么?我才问你呢。”三姐妹的老大毕竟心机深一点，总想知道大哥哥的秘密。

“好好!我们开始行动，割秆稹吧!”张剑驰假装没听到，王文徇肚子里有几条蛔虫他不知道啊。

龚馨、郭云娘和王家三姐妹，好像和张剑驰都有永远扯不完的情丝，他实在不知道这其中的原因。管成坚说张剑驰交了桃花运，张剑驰不管别人怎么说都不理会，他没有时间和精力投资在感情上，只想跟着感觉走，走到哪里算哪里。

砍伐秆稹看来容易，其实不然。秆稹类似小竹子，又像芦苇，一般长在山谷，喜欢肥沃的土壤，一丛一丛簇拥在一起，而那些密不透风的秆稹林，大部分是老化的，只有长一两年才有丰富的纤维，可以成为造纸原料。有时大半天砍伐一大片秆稹，丢到路上，捆起来才碗口粗一把，有时遇到稀稀落落又长得茂盛，要一根根砍断，把尾巴和叶子削掉，再从山上扔到小路，捆绑成一捆。秆稹长度要按照规格，二米长、二十五厘米粗一捆，重量大约二三十公斤，却要砍伐上百支秆稹。好在她们姐妹下乡多年，钻山林非常灵巧，每人砍完后把秆稹分成两捆，中间插一根扁担，把两捆的尾巴结在一起，与大写字母“A”一样，就可以挑回家。

只听王文徇一声尖叫，她在削掉一根秆稹的叶子时，不小心被一片秆稹叶子割伤右手食指。王文徇看伤口足有半厘米深，吓得一阵眩晕，用左手捂住伤口，鲜血还是从伤口渗出来，染红两只小手，疼得她蹲下去，强装平静的口气对离她十多米远的张剑驰喊：“驰哥！我受伤了！”

张剑驰一个箭步赶到，扶起她：“让我看看！”

王文徇性子急，性格大大咧咧，干活也风风火火，秆稹叶像刀片一样锋利，不小心很容易被割伤。张剑驰很有经验，从自己衣袋里掏出一包纱布，替她包扎。包扎之后，血还是顺着纱布边缘流出来，王文徇傻傻地看着张剑驰，浑身无力地靠在他的肩膀，任凭山谷的风吹起她额前的丝丝秀发。由于流不少血，王文徇脸色苍白，但看着张剑驰，她两眼却慢慢变得神采奕奕，一种奇妙的暖流在心里流淌。

王文芳和王文娟也赶过来，看到姐姐受伤，心疼不已。王文芳要把姐姐的担子抽一些秆稹出来，王文徇说：“我没那么脆弱。”

王文芳哈哈大笑：“我跟你说笑，我知道姐姐，年龄十七不算小，为什么不能帮助爹爹操点心……”说着说着，她竟然唱起李铁梅的京剧歌曲，把王文徇逗笑了。

休息了一会，张剑驰把大“A”架子扶上三姐妹肩膀，大家开始下山。三姐妹中，大姐姐担子最重，有一百多斤，张剑驰担子足有一百七十斤，还要从王文徇的担子分担一些，王文徇坚持不让：“这点小伤不算什么！”

王文徇是个自信和好强的女孩，伤口一星期之后才痊愈。康茹从王文徇的眼中看到她不仅没有任何怨气，还很开心，问王文芳，王文芳一脸茫然：“没关系！不过一个小伤口。”

康茹又问王文娟，王文娟说：“是剑驰哥给她包扎的，她不开心吗？”

言外之意，康茹自然知道。康茹没想到大女儿也喜欢上张剑驰了，她凭王文徇的牛脾气，直性子，一个眼神就能看出她的内心。

王祥家烧小炉，王祥喜欢把柴劈细，常说："千日打柴不能一日烧，在乡下过日子就要从节俭柴草做起。"康茹把自己的观察和想法告诉正在灶间门口劈柴的王祥，王祥看到康茹神秘的脸色，放下柴刀，不在意地说："你想那么多干吗？阿徇还在上学，一星期回来一次，不开心还行吗？她开心，是她不在乎受点伤。"

康茹担忧地说："我只怕以后大女儿和小女儿都喜欢剑驰，剑驰只能爱一个，她们总有一个会不开心。唉！别想那么多了。"

1973 年春天，管成坚和小美生了儿子，郭亦能老汉高兴得一天到晚乐呵呵。夏天，杜丽梅带着女儿倒流回城，李卫国在云岭做木工挣钱，累了就回城探望妻子女儿，日子过得一天也不含糊。王文徇高中毕业回农村，成为家庭的主要劳力。

郭兴安来到岭下大队召开上山下乡知青和城镇居民会议，贯彻中央精神，学习毛泽东给李庆霖的这封复信，鼓励知青和城镇居民扎根农村。大队党支部还决定，鼓励知青和城镇居民盖房，优先供给他们盖房的土地。

管成坚本不喜欢住在土楼，觉得没有隐私感，现在有了优惠政策，于是不花一分钱就在裕昌楼的旁边水田，申请了二分田地建房。张剑驰对是否在农村成家立业没拿定主意，还不想建自己的房。

不久，李卫国被云岭木器厂招为亦工亦农编制的固定工，而郭云娘上大学则在大队引起不小的轰动。

郭云娘自从拒绝陈东勇的求爱和她对张剑驰的爱也被拒绝后，伤感了很久，心灵创伤长期没康复，只把陈东勇和张剑驰看作兄长和哥们，不再考虑个人婚事。有时间她就看看书，复习中学课本知识，充实自己，不再胡思乱想。她的想法十分单纯，充满罗曼蒂克，就是想学高尔基，在人间这所社会大学里，靠自修完成学业。

郭云娘白天下地干活，晚上就在煤油灯下看书，做习题。她认识一个同学在北方农村下乡，一间十多平方米的房间要住六人，每人褥子铺在地上，看书还可以，做习题就难了。想起来，郭云娘为自己家乡的土楼骄傲，她要珍惜这么好的居住条件，奋发图强自习课本知识。她的墙上贴陈东勇送的世界地图和中国地图，地图联结五大洲四大洋，她复习常查看地图，借以巩固地理历史知识。她还有自己的书库和小书架，知道张剑驰也在复习功课，两人经常一起交流。

郭云娘很注重关心国家大事，三年前就有了考大学的愿望。1970 年 6 月 27 日，中共中央批转《北京大学、清华大学关于招生（试点）的请示报告》，开创史无前例的工农兵上大学制度，首批共四万多名工农兵学员有幸进入大学学习。文件规定：学生条件为政治思想好、身体健康、具有三年以上实践经验，年龄在二十岁左右，有相当于初中以上文化程度的工人、贫下中农、解放军战士和青年干部，而有丰富实践经验的工人、贫下中农，不受年龄和文化程度的限制。文件还规定：要注意招收上山下乡和回乡知识青年，招生办法实行群众推荐、领导批准和学校复审相结合。

郭云娘曾激动了一阵，但云岭公社这几年招收工农兵学员的名额一个也没有，据说每年分配到永靖县也仅两三人，不知猴年马月才能轮到自己？她几乎不奢望这辈子能再次回到课桌前。

日子就这么一天天地过着，今年初夏的一天清晨，当郭云娘用灶铁钳从灶膛炭火中夹出一个香喷喷的烤地瓜时，听到楼门小喇叭“嘟嘟嘟”响起大队的通知，一听就知道是值班通讯员沙哑的声音。

不是通讯员的声音沙哑，是土得掉渣的喇叭沙哑。有线广播是云岭公社架设的，但大队干部经常临时插进广播内容。只听喇叭响着：“大队党支部通知：晚上在大队召开大会，传达中央文件。全国要举办招生考试，招收工农兵大学生了，所有的下乡知青、回乡知青和农村青年都可以报名。”

“招生考试?”郭云娘以为自己听错了。

晚上，大队会议在裕昌楼祖堂大厅召开，读过书的青年几乎都参加了，男女青年都怀着一颗好奇心参加大会，想看看经过几年折腾之后，怎样才能读上大学?

大厅里闹哄哄，座位不够，很多人就坐在大石埕临时摆的椅子上。郭兴安喝着茶，让大家安静下来，不慌不忙地传达1973年4月3日国务院《关于高等学校招生工作的意见》，提出要重视文化考察，保证入学学生有相当于初中毕业以上的文化程度，参加将要举行的大学招生文化考试。

郭兴安说："我们吃、穿、住、行一切都是工农用自己辛劳的汗水浇灌出来，国家的主体是工农兵，国家的建设依靠工农兵，离开工农兵的奉献和牺牲，就不能生活，就寸步难行。在剥削阶级及其走狗的眼里，工农兵和其他劳动群众，是卑微的，是低贱的，只能是任由压迫和剥削的奴隶。但是在无产阶级革命时代，在社会主义建设时代，就是要把被颠倒的一切重新颠倒过来，剥夺剥削者，占领上层建筑，构建无产阶级的思想文化体系。高中毕业生直接上大学，从学校到学校，缺乏社会实践，离工农大众越来越远，死读书，读死书，容易把人读糊涂，不利于社会主义革命和建设。而工农兵上大学，能够理论联系实际，更重要的是工农兵学员，特别是来自农村和兵团的学员，他们对学习机会的珍惜和学习过程中的刻苦精神，是现在许多大学生们无法相比的。毛泽东时代，教育的目的，不是培养少数精英、买办和脱离群众的精神贵族，而是培养千百万建设社会主义的劳动者，工农兵学员正是党培养千百万合格社会主义劳动者的一个组成部分。工农兵学员来自工农兵，学成之后又回到工农兵当中去，服务于工农兵，没有什么高薪的引诱，也不为当官发财，这有什么不可呢？以前有调干生上大学，有大量的官员用公款读学位，从来没有听说过他们脸红，为什么工农兵上大学就应该脸红呢？难道就是因为他们的手上有老茧和油泥，脚上有牛粪，身上有臭汗吗？"

云岭公社有招收几名工农兵学员指标，大家安静地听着，郭兴安说累了，坐下喝茶，大家叽叽喳喳地讨论，最关心公社有几个名额。郭兴安说还没确定，要大家到生产队报名，由生产队推荐到大队，再由大队推荐到公社，最后由公社推荐到县里参加考试。一听要这样层层过关，大家都愣了，看来很难啊！

接下来，各种小道消息流传，有人甚至拿到一份某县的模拟试卷。岭下大队一个青年是小学毕业水平，什么是方程式都不知道，但是古书看了不少，毛笔字也不错，逢年过节到处被人请写对联，人称"秀才"，大家哄他报名。他以为出类拔萃，看到这份考卷傻了，那些简单的数学题对他来说简直像天书一样。

有人问他："1/2 + 1/2 = ?"

他蛮有把握地说："1/2 + 1/2 = 2/4。"弄得好些知青笑弯了腰。

他反问："考试不考诗词、书法吗?"知青笑得更厉害了。

由于名额有限，每个生产队只能推荐二人，不少下乡知青和回乡知青连名都不报了。张剑驰对管成坚说："听说你以前在校是高才生，怎么不报名呢?"

管成坚还是晃着头说话："报个啥名？本人没兴趣，还是抱我的老婆吧。"张剑驰看管成坚自得其乐的样子，就不说他了。

第二十七章

岭下生产队最后推荐郭云娘和张剑驰两人，一位回乡知青，一位下乡知青。没被推荐的其他几个本无所谓，所以没有引起什么矛盾。

因为下乡劳动两年以上才能被推荐，王文洵没有报名，但她一直帮助张剑驰整理学习资料。她刚高中毕业，虽然没有学到很多知识，可比起荒废几年学业的老三届知青来说，应付这种基本的考试轻而易举。那份考卷她看过，不太难。

别看王文洵平时冒冒失失，认真起来让人刮目相看。张剑驰中午回家累了，刚抽根烟，坐在楼门歇息，王文洵就会提出一大堆问题让他解答，直到把他问得哑口无言才罢休。张剑驰有时也会捉弄她，有一次张剑驰说："换我来考你一下如何?"

王文洵："好!"

"中国古代四大发明是什么?"

王文洵笑道："这不是小学生的考题吗?"

张剑驰认真地说："你先回答。"

"指南针、造纸术、印刷术、火药。"

张剑驰："好！那中国古代的第五大发明是什么?"

"书里没有啊?"

"你错了！中国古代的第五大发明就是土楼。"

王文徇哈哈大笑，王文娟在一旁帮张剑驰说话："驰哥是对的，就是土楼。"

张剑驰知道自己虽然被生产队推荐，但是到了大队肯定没有份。内部消息透露，云岭公社这次只有两个名额，一名是下乡知青，另一名是回乡知青，郭云娘条件比他好多了。

层层推荐的过程，要政审、体检、劳动表现、大队党支部以及群众的评议意见……筛子一遍一遍过，最后，大队推荐郭云娘和其他生产队一位男知青到公社，又到县城参加了考试。

考完试，郭云娘感觉较好。很快，楼门喇叭又通知开会，还是开招生会议。郭云娘不知道会议内容，到会才知道是传达"反潮流英雄"张铁生的会议。

陈东勇年初正式招干，提拔为公社办公室副主任，这一次由他代替郭兴安主持会议。会上，他照本宣科："7 月 19 日，《辽宁日报》以《一份发人深省的答卷》为题，刊登了张铁生的信……'"

传达完文件，陈东勇对郭云娘私下说："现在全国各地报刊纷纷转载《人民日报》编者按，赞扬张铁生勇于交'白卷'的反潮流英雄，再次掀起大批判运动，文化考试可能流产。"

几天后，郭云娘接到通知，她的这次考试成绩无效。郭云娘听了非常冷静，该来的终究会来。对郭云娘来说，她非常拥护今年招生考试的改进，在推荐、选拔、突出政治的原则之上加一点文化考核，这一点小小的变化在她心中不知激起多大的兴奋、多少期望。土楼孤灯攻读一年，眼看可以大显身手了，却要付之东流。回想这几年，她除了勤奋好学之外，也尽自己的能力来满足"突出无产阶级政治"的标准。她入了党，自觉地为集体、为群众做好事，知青实验田、双抢大忙、耕山队、政治学习、植树造林、民兵训练等，都起模范带头作用。在生产队，她是妇女突击队队长，在大队，她是民兵营副营长，张剑驰常开玩笑说："你是又红又专，前程远大啊！"

郭云娘讨厌张剑驰拿她的“先进事迹”吹她，有一次她回答：“我只是山沟里一个小女子，不想又红又专，只想嫁人，嫁个爱我的好男人。没办法！这世界上还找不到这个人啊，只好走又红又专的道路了。”

每当他们的对话接触到私人敏感话题时，张剑驰就打住，幽默地说：“对啊！这世界上要找到这么一个人真的很难！我觉得自己还没有长大，不急!”

郭云娘实在想不通：交白卷是英雄？交白卷能实现四个现代化吗？上大学需要比较严格、全面的文化考核，应该是不言而喻的常识，但是，为什么要把最基本的是非观念颠倒？为什么广大青年的学习和上进热情受到无情嘲弄？多少青年的满腔热情化成一盆盆冰水……她不知道，关于高校的种种方针和措施，都涉及是不是“正确对待文化大革命”的问题。她从来不喜欢揣测世事，但世事如此变化多端，实在令人揣测无状。

就在郭云娘几乎失望时，云岭公社最终录取工农兵学员，她还是榜上有名。她的政治表现太突出了，即使没有她那份高分的试卷，她也是云岭公社数一数二的推荐人选。她被录取在东方师范大学，当得知消息时，她当即泪流满面。她太兴奋了！这几年，她付出的艰辛，耗费的心血，忍受难耐的寂寞，终于有了回报。

要上大学了，郭云娘别提多开心。回家路上，她看到云岭溪都比以前美丽，两岸是挤挤挨挨的枫树林，深秋把溪水映得一片彤红，几阵霜风吹过，枫林初染，云岭溪流成了一条熠熠发光的金溪。她想起很多事，想起和王家姐妹一起捕蚂蚱，扑蝴蝶，捉迷藏，想起背着背篓和陈东勇到深山采集灵芝，想起和张剑驰一起握钎抡锤开山筑路……

郭云娘到家的时候，竟然开始下雨了。本来夕阳的余晖，突然天昏地暗，狂风大作，开始飘落细碎的雨，接着倾盆而泻。这雨，来得太突然了！一种恐怖感油然而生。

郭云娘刚走进楼门，一个噩耗传来，父亲病倒了，吃饭时捂着胸口倒在了地上。郭富来原来的哮喘病加上心脏病，半年来不知看了多少医生，不见好转，知道已经不可救药，仍出门干活。农家人就是这个脾气，郭富来说：“看病是等死，不看病也是等死，不如干点活种点菜。”熬过一段日子后，觉得手脚轻如炊烟，没有一点力气，一股轻风就可以把他卷起来刮到随便一个旮旯里消失。人间已经十分虚幻，裕昌楼似乎成为空中的城堡向西天飞去……

陈玉美泪流满面，张剑驰催促赶快送医院。郭富来躺在床上，奄奄一息紧闭双目，脸色纱白，气若游丝，看到郭云娘回来，睁开无神的眼睛，嚅动双唇说不出话。郭云娘贴上去，轻声说："我要上大学了，爸爸!"郭富来轻微笑了笑，再也没任何动静。

"爸!"郭云天一声大喊，大家齐涌向前，顿时哭声一片。

郭富来常说，他的父亲穷了一辈子，把他取名"富来"，最终还是没有一天富贵，只能指望儿女奋斗了。他带着无奈和牵挂，也带着对郭云娘的希望，对人世间的不舍和眷恋，对土楼一生的爱，走了。这个脸上沟沟壑壑、布满沧桑，却有一双求生欲望的眼睛再也不能睁开了!

张剑驰扶起痛哭的郭云娘："尘归尘，土归土，生在土楼，死在土楼，生命总要结束，人总要回归自然，我们不必为生命结束而过度悲伤。要学习你的父亲，热爱生命，热爱生活，坚强面对生命与生活的挑战。"

郭富来去世一个月，郭云娘头脑仍然无序。就要离开生活二十多年的土楼了，她才知道对这片土地的眷恋变得如此深切。回乡几年，她真正做到把青春献给党，一心一意为贫下中农服务，不折不扣地完成公社、大队和生产队分配的各种任务，心里最放心不下坎水凹耕山队未完成的两个任务：第一，每亩田积累至少二十担的秆稹灰土粪，以改良烂泥田的土壤质量。第二，在这些烧过土粪的山坡种植番薯。她打算组织耕山队把第一个任务完成，如果天气晴朗，四天就可以拿下，种植番薯则是明春的事。

郭云娘找张剑驰商量，张剑驰说："你要上学了，就不必担心耕山队的事情，以后生产队会安排。"

郭云娘："完成耕山队的任务，是我的一个心愿。现在正是积肥季节，完成了这件事，我就更放心走了。当初耕山队任务是我提出来的，我做一件事情必须有头有尾。"

张剑驰争不过她，请示生产队长，发动青年社员参加。除了龚馨和李卫国夫妻之外，原来的人员几乎都到齐了，王文徇和几个刚回乡的高中毕业生也加入，使这次耕山队阵容比上一次更加强大。

也是秋风落叶的季节，也是一大队人马浩浩荡荡地向坎水凹进军，也是山道弯弯，山歌阵阵。抬头是山，低头是山，歌声从对面悬崖间碰撞回来，高高低低来回滚动。累了，休息一下，委婉的歌声和爽朗的笑声不绝于耳，大山仿佛又年轻了一回。

郭云娘的耕山队情结，也紧紧系住王文徇的心。

去年和张剑驰到坎水凹砍秆積之后，王文徇是第二次到坎水凹，她把坎水凹作为自己劳动磨炼的开始，要努力奋斗，希望两年之后，能被推荐到大学。虽然她知道自己希望十分渺茫，她的家庭出身可能永远是希望之路不可逾越的门槛，但是她必须奋斗，因为她没有选择。如果说奋斗没有希望，不奋斗更没有希望。

坎水凹的秆積林原来是荒废的水田，田埂用石头砌起来，石头缝里长满秆積。烧秆積灰，要先把秆積砍断，再连根锄掉。秆積的树丛都很大，用锄头和镐头挖掘，一小时挖不了几丛，但这些带土头的秆積，类似烧土粪的草皮，是最好的焚烧原料。

郭云娘对烧秆積灰很有经验："最好办法是挖个坑，把秆積头和杆放到坑里燃烧，坑不用太大，长宽一扁担，深三尺就可。秆積可以现砍现烧，只要上火了，不断往坑里扔新的，一个坑可以烧一大片秆積。"

王文徇觉得很有道理，说："这里的一草一木都有自己独特的魅力，关键是如何挖掘它。秆積可以造纸，也可以作肥料，但它又不是一般的肥料，而是特殊的肥料。"

说完，王文徇问张剑驰："驰哥！我说的对吗？我的想象力会不会比文娟妹差啊？"

张剑驰有时随口夸奖王文娟脑子机灵，想象力丰富，没想到王文徇一直记在心上。看她平时大大咧咧，不拘小节，也有认真的时候。

张剑驰："其实，不是草木的魅力，而是人的魅力。人是聪明的，平凡中可以见到伟大，所以在荒山野岭烧秆積这种劳动也可以找到窍门，让一种野草发挥它最大的作用，为人类服务。"

"那烧秆積这种方法与盖土楼有什么关系呢？"王文徇问得很细心。

张剑驰不假思索地说："土楼山区的一草一木都直接或间接与土楼有关联。因为那一双烧秆稹的手，很可能就是盖土楼的手，这双手使用的方式不同，但是都是根据使用的对象来决定使用的方法，不同使用的方法又有它们的共同点，这种共同点就是找出使用对象的特点，发挥使用对象的最佳效果。烧秆稹最佳效果是挖坑，又不要把秆稹烧透，烧出来的秆稹钾肥养分越多，对农作物生长的促进作用就越大。那么盖土楼呢？我们的祖先充分利用这里土的特点，研制出墙土的最佳配方，使楼墙能经受几个朝代，几百年风吹雨打仍然固若金汤。所以，烧秆稹和盖土楼的关系就在这里，让它们为我们做最佳的服务，焕发出最辉煌的光芒，以此类推……"

王文徇看他滔滔不绝地讲着，打断他的话："知道了知道了，你是不是在教辩证法啊，发挥最佳效应的辩证法。"

"也可以这样说，是和辩证法有点联系。"

"就称'张氏辩证法'吧。"王文徇打趣地说。

张剑驰听了眉开眼笑："你真聪明，这'张氏辩证法'就算我俩的品牌吧，一人分享一半如何？我们来打钩钩吧！"

"哦，好啊！"他们不约而同伸出食指，她是右手，他是左手。

"拉钩上吊，永恒，不许变！永远都是好'剑驰'。"王文徇的眼神闪耀出难以形容的喜悦光芒。

对这种不伦不类的辩证法还那么信誓旦旦，郭云娘感到他们很幼稚和好笑。其实张剑驰也知道这纯属无稽之谈，但他故意卖乖，让王文徇开心一下不是很好吗？

郭云娘看到王文徇异样的眼神，仿佛看到自己也曾有过的异样眼神，那种期盼被爱和痴迷的眼神，在自己心里是不是久违了？或者说她仍然在等待一种宁静的美丽，她自己也不知道。

天气很晴朗，大家开始干活。

郭云娘分配每三人一个小组烧秆稹，每组间隔十几米，一共五个组，每组面积相等，这样就把坎水凹几十亩山地的秆稹林覆盖了。秆稹既不是草，也不是树，根根节节，不软也不硬，不可能像草一样压扁再盖土皮烧熬，也不能像树木一样当柴烧。各组边砍秆稹，边挖坑，再把砍下的秆稹扔到坑里烧，三四天时间就可以把坎水凹的秆積林全部清除，烧成灰烬，地面也会裸露出来，等待明年春天种番薯。

大约两个多小时，有的组开始点火了。郭云娘是队长没有分到组，负责指挥各组劳动，她一再强调，一定要把防火路开在最上方，拓宽到三米；路面要清理干净，才能阻止火源越过路面，蔓延到山上；宽度不够，决不能够点火。

耕山队员大多是回乡知青和当地青年，每年都烧土粪，比较有经验，有的对郭云娘的话不大放在心上。

张剑驰、王文徇和另一位男青年社员在一组，正当他们劈开火路，挖好坑，准备点火时，邻组的火已经点起来了，噼里啪啦，秆積燃烧的声音像放鞭炮一样响亮，不一会儿就浓烟滚滚。

张剑驰一看，他们火路看起来不足三米，而且火路上方很陡，有些未砍的树很高，枝尾都垂下来，正好对着火苗，非常危险。

果然，浓烟开始淡薄，火舌穿透浓烟窜上去，烈焰熊熊扑向火路上方的山林，大有星火燎原之势，大家看着胆战心惊。

“火烧山了！火烧山了！”一些在近山干活的人惊呼着从火势两边跑下来。火刚燃烧，风向上刮，从两边跑到下面绝对安全。

坎水凹边缘处一组石头秆積最多，很难挖掘，郭云娘在帮忙，猛然看到不远处的浓烟，飞快跑到耕山队中心地点，大喊一声：“别惊慌！山上是茶园，火势只能沿茶园两边山涧蔓延，大家分两路从两边包抄灭火。”

张剑驰应声道：“你到左边，我到右边！”随即抄起一把柴刀，冲上右边山涧，把山涧的几棵树放倒。刹那间，火苗扑向树叶，被潮湿的树叶覆盖，火舌消失了，化为更加浓厚的烟雾。但还有一些零星火舌在延续，张剑驰顺势举起一棵胳膊粗的松树，不断拍灭火舌。

王文徇跟在张剑驰后边，刚跑几步就绊了一跤，膝盖骨被石头所伤，爬起来跌跌撞撞，张剑驰把砍下的一支小松树丫给她，让她学着灭火。王文徇双手举树丫，压住一处火舌，抬起树丫的时候，火舌又燃起来了。张剑驰对她说：“你压下去之后，要拖回来，火星才会熄灭。”

王文徇根据张剑驰的指导，终于把第一处火舌熄灭了。她身边其他几位是回乡知青，扑灭山火经验丰富，有的到田中央的草寮灶台拿脸盆，舀起山涧的水泼向大火，好在没有大风，火势很快被控制。

山上是岭下大队的茶园，有一些员工正在茶园劳动，看到火情，马上投入救火，终于避免了一场重大事故。张剑驰看到郭云娘的时候，郭云娘满脸黑乎乎，王文徇说，这叫“大难不死，魂兮归来”。

有此教训，大家点火都格外小心，下午收工前，每个组至少烧了两坑秆稹灰，每个坑七八担。这样，一组一天积十五担肥，五个组七十五担，按照每亩二十担计划，几天就大功告成。

这些肥料明年春耕才需要用，原有的草寮容纳不下，他们又建了一间草寮储存肥料。郭云娘如愿以偿，是辉煌地结束劳动生涯。王文徇经受一次锻炼，却是开始回乡劳动的陶冶。郭云娘看到王文徇对张剑驰那双充满爱的目光，她尚抱期望的心完全平静了下来。

然而，在张剑驰眼里，王文徇三姐妹就像他的亲妹妹，郭云娘是他最好的朋友，如此而已。

70 年代初期，国家开始允许知识青年以招工、考试、病退、顶职、独生子女、身边无人、工农兵学员等各种各样名目繁多的名义逐步返回城市，而且规模越来越大。为了回城，下乡知青和城镇居民八仙过海，各显神通，即使像郭春林那样“亦工亦农”的合同工，也难得一起跳出农门。虽然户粮还在农村，但工厂长期雇用，比起农民兄弟不可同日而语，何况大部分“亦工亦农”工人都能获得转正机会。离开农村的知青越来越多，能走的走了，走不了的知青只怪自己命运不好，像张剑驰这样的户青就走不了。

1974 年，农村干部和群众对下乡知青和城镇居民，特别是对年老体弱的城镇居民居住农村，或者回城投靠亲友，几乎没人过问。因为张剑驰的父母户口都在岭下，要领取生产队的口粮，不能长期在外居住，但是张剑驰与生产队队长关系很好，他以父母年老多病，不适应山区气候为由，说服生产队和大队领导，两老才得以在东海县安心居住，偶尔回岭下看望张剑驰。

在小美叔叔郭亦才的帮助下，管成坚先是以知青的身份正式招在县电影放映队，随后小美也被安置县城招待所当服务员，夫妻俩很容易就在县城住下。在县城电影院放映电影，不需要什么技术，维修放映机对喜欢摆弄机器的管成坚来说更是小菜一碟；小美在招待所干闲活，把儿子养得胖乎乎。

他们走出了土楼山区，是不是对土楼的爱还不够？他们以后还会回来吗？

第二十八章

江城的补员政策，就是国营企业和集体企业可以从1957年前参加工作的精简职工和退休职工中招吸一名子女就业或者顶替工作，如果不是被精简的职工，也不是退休职工，就没有办法办理子女补员，除非办理病退。李卫国的父亲和杜丽梅的父亲为了儿女的前途，更为了小乖孙不必跟父母在农村遭罪，相约办理病退，让李卫国和杜丽梅双双办理补员回城。即将退休的老人，想出生病的理由太容易了，医生大开绿灯，企业领导和劳工部门心照不宣，那种心态是整个社会对知青下乡运动的否定。

可是，当李卫国拿着父亲退休的证明办理回城补员时，遇到了麻烦，这件事还要从他做木工的经历说起。

这几年，不少大队和公社干部做家具，需要大量木材板片，主要是杉板。土楼山区的木板几乎都用手工一片一片锯开，锯路弯曲的话，板面就凹凸不平，加工花费很多时间，木材损耗也很大。李卫国对锯路很讲究，他做家具用的板片都是请技术最好的社员锯成，干部让他做，当然要自己出板片，但他总借口板片锯路不好，由他派人上山砍伐杉木，再锯成板片加工。

大队领导只好默认李卫国上山砍伐，但默认也要有手续。根据大队规定，社员需要基建和做家具，可以申请，每根杉木一元五角。李卫国只是象征性地申请二根杉木，却砍伐十几根。在山上砍伐，没人看到，等杉木干燥之后才扛回家，只要在路上不被逮住就可以，而且，就一条山路回家，先到永昌楼，再到裕昌楼。李卫国都是清晨前或者傍晚后，把杉木扛进永昌楼，裕昌楼的人看不到，目标很小，神不知鬼不觉，即使被个别人看到，对方也是睁一只眼闭一只眼。偷砍杉木，李卫国住在永昌楼占了地利，如果裕昌楼的社员偷砍杉木，就没那么方便了，因为必须面对众目睽睽的社员。

李卫国给干部做家具都是半做半送，才敢大胆砍伐这么多杉木。但不管他怎么想方设法满足领导的要求，还是错过几个头面人物。今年，有个二十五岁的退伍军人郭火同回到岭下，被任命为大队党支部副书记。

郭火同中等身材，偏瘦，皮肤较黑，呈泥土的褐色。眼睛不大不小，黑晶晶的眼珠如鱼目，眼珠经常往上吊，露出眼白，有时闪着一种凶光，看起来就知道是一个内在欲望很强，冷酷无情的人。他常穿从部队带回来八成新的军装，右肩背一个军用挎包，表示自己与众不同的身份。

郭火同在部队当过班长，本来可以晋升为排连干部，因为他的部队属林彪旧部，干部被遣散，他也失去升级的机会。

郭火同一回乡，就想讨老婆，不是一般想，偶尔想，而是夜夜想得寝不安席，想得心里发烧，却还是没有意中人。他退伍时买了一辆“凤凰”牌自行车，有事没事出门就骑车，看到漂亮的女孩子把车铃扣响。有一天，他路上看见一个青葱水嫩还有着魔鬼身材的山妹子，魂一下被勾去，想方设法要得到，拉住她教骑车。周末，他专门带她到云江中学操场教车，故意让她的车倒下，扶起她，顺势把她抱住，她想推开他，但根本推不动。她想喊，他的手封住了她的唇，山妹子无法出声，终于停止挣扎。

郭火同一番甜言蜜语要娶她，她没有说话，看来心动了，他就把车子放一边。学校没人，教室也没关，他就把她带到教室里，关上门，马上从后面抱住她，倒在地上一片体操气垫上。她要出声喊，但是嘴被郭火同的一只大手捂住了：“这里没人，不要喊吧！我是真心喜欢你。”

山妹子喘着粗气，郭火同把她翻过来，嘴巴封住了她的嘴巴……她不再挣扎。他把山妹子的上衣领口解开，扒开她的内衣，露出雪白的胸脯，贪婪地舔着她那娇嫩又丰硕的乳房。她像一只小绵羊，软绵绵的无力反抗，两手捂着脸哭泣，任凭他剥光衣服，在她洁白的玉体上涂鸦，直到粗暴地进入她的身体，夺取了她的童贞。

欲望得逞，无人撞见。她只好答应嫁给他了。

郭火同父母是老实本分的农民，儿子还没回乡时，就给他准备一套全新的传统杉木家具，笨重但牢固，一辈子也不会坏，就等他结婚请人油漆了。家具要描龙绘凤，画高楼大厦，还是鸟语花香，就按儿子的意思办。土楼山区的油漆师傅与木工师傅、竹器师傅一样流行，买点油性色料，在床的屏风随便画点东西，就被视为大师。在部队呆过几年的郭火同算是见了世面，看不起杉木家具，更看不起根本谈不上美术的花花绿绿床画，在他眼里，那些床画明明是山鸡，却被山里人看作凤凰。所以，他要请李卫国做一套家具，配上最时髦的硝基清漆。

李卫国正在为自己回城做家具，而郭兴安却要他马上做一套波浪形扶手的单人木沙发，他不敢拒绝郭兴安。

单加工这套扶手就花半天，非常烦人。李卫国就像他平时生气时那样，谁也不理，饭也不吃。

过了正午，郭火同到永昌楼找李卫国，自我介绍一番，然后说："你为我做一套家具如何？"

真是一波未平一波又起，李卫国看他盛气凌人的样子，心想，不过是当过兵，有什么大不了的，也来唬我。李卫国才不买他的账，但还是温和地对郭火同说："我实在没有时间做你的家具。"

郭火同退伍之后，在大队里一直耀武扬威，别人拍马屁他都爱理不理，没想到这个知青竟然不把他放在眼里。当他走出永昌楼大门时，气得咬牙切齿，鱼目眼都被气得要跳出来。

碰了一鼻子灰，郭火同怀恨在心，千方百计找李卫国的茬，不知不觉中，终于找到李卫国的把柄。

傍晚，李卫国从山上扛一节四米多长、篮球粗的杉木回家，刚进永昌楼，只见郭火同带着四个佩戴长枪的民兵，站在楼门等候他，便满脸赔笑："郭副书记来了，里面坐吧！是不是刚打靶回来路过啊？"

"是专门来找你的。"郭火同冷笑道，"根据群众反映，你最近经常扛杉木回来，破坏山林，跟我到大队交代清楚。”

“我没有破坏山林啊！我这杉木申请的，再耀叔知道。”李卫国放下杉木，点燃一根烟，悠悠地说。

“你申请几根杉木?”

“两根。”

“那你楼里有多少，最少十几根杉木吧？我们要查一下。”郭火同前几天趁李卫国不在，偷偷进入永昌楼，发现李卫国藏在楼里的杉木，分散放在几个破旧的角落里，有的还用茅草和柴禾覆盖，都是砍不到半年的杉木。

李卫国不知道郭火同已经查过，以为有郭再耀撑腰，小子不敢动，所以心不在焉地说：“你查吧！不必来什么繁文缛节了。”

“那好!”郭火同一挥手，民兵们拥上前去，七手八脚把所有的灶间都翻了个底朝天，刨到墙根上。眼看一根根杉木和一沓沓板片被搬出来，李卫国像根木头一样讧立，眼睛似乎流出血一样的红，紧紧地用力握着拳头，脸上的筋肉，突起了棱角。

“你申请两根杉木，已经做了很多家具，怎么还有那么多库存啊?”

“你去问再耀叔和公社知青办郭主任吧！这是他们交代做的家具。”李卫国独自坐在大门口抽烟。他还是不怕，没有什么跨不过去的门槛。

郭火同知道大队支书郭再耀和李卫国关系不错，但他不怕郭再耀。郭再耀名声不好，喜欢喝酒误事，县里正想把郭再耀的书记撤掉，让他顶替。只是他不知道还牵扯到知青办主任郭兴安，郭兴安是公社党委委员，得罪不得。

郭火同踌躇不前的时候，张剑驰回来了。张剑驰一眼看出了问题，赶快打圆场：“大家到我灶间坐吧，我有上等的铁观音茶。”

张剑驰一说，郭火同正好有台阶下。他也知道好汉不吃眼前亏，识时务者为俊杰，知进退者为英雄，于是说：“好吧！大家先喝剑驰的茶再说。”张剑驰趁机对李卫国耳语几句，李卫国心领神会地点头。

郭火同跟张剑驰进了灶间，几个民兵进来，郭火同让他们喝了一杯茶之后，就打手势让他们先走。

张剑驰看到民兵走了，和颜悦色地对郭火同说："副书记啊！大家亲帮亲，邻帮邻，知青帮社员，社员帮知青，你说是吗？你的家具我会叫卫国帮你做，你看如何？一个月可以吧！"

"那好！就这样说定了，工钱多少，我一分不会少！需要板片的话，我有的是。卫国啊！也就不要那样勤力自己上山扛木材了。"

李卫国终于化险为夷，他没有做亏本生意，郭火同的家具他只是象征性地收了不到一半的工钱，但是郭火同送他几副一寸厚的床板，值上百元。土楼山区的木材运到平原地区，最热门就是床板，因为床板容易携带，一副一米八宽、三厘米厚的双人大床板二十元，运到沿海地区是加倍的价钱。虽然从山区到平原的公路到处有林业、工商、税务部门的检查站，限制木材流出，但是偷运床板到平原还是经常发生，甚至有人肩挑背扛床板抄山路出山贩卖。山里人送给平原地区朋友的最好礼物，也是床板。

从此之后，李卫国与郭火同成为不错的朋友，李卫国和杜丽梅办妥补员手续，郭火同还叫一位战友开解放牌汽车载李卫国的家具回城。

大道理人人会讲，但谁都想占点便宜，特别是占公家的便宜，那叫会做人；做人圆滑一点不会吃亏，就像圆土楼一样没有棱角，不偏不倚承受八面来风。这是李卫国解读土楼奥秘的心得体会，也是做人的经验之谈，符合儒家文化的中庸之道。原来，土楼的奥秘还可以各取所需啊！这也是一种土楼的恋情吗？

这一年夏天，王文芳也高中毕业了，王文徇和王文芳正值花季年华，王文徇是老大，打听的人更多，首推郭春林。

郭春林以为支部书记的儿子在全大队是"第一公子"，没想到还是栽倒在郭亦才脚下。不过，他是个精于看风使舵的人，与其得罪郭亦才，不如奉承他，投其所好，舞文弄墨。他平时就喜欢写文章，在县水泥厂写了几篇批林批孔的文章，直接拿到县委办公室给郭亦才，得到郭亦才的赏识，把他的文章在县广播站播出之后，他在县城便小有名气了。刚好县里组织路线工作队下乡，郭春林就被借调到县里，又派他到云岭公社驻队。

在云岭公社，公社党委以岭下为重点，开展批林批孔和路线教育，郭春林再被派到岭下。恰好他的父亲因为喝酒过量，得了严重的胃溃疡，在家养病，大队房间又是下队干部临时的窝，郭春林就直接住在大队。除了表现自己的特殊“身份”之外，郭春林还另有企图，他提出在大队办毛泽东思想文艺宣传队的主张，立刻得到郭火同等支部委员的支持，于是在各生产队物色文艺宣传队成员对象，很快盯上刚回乡的王文徇。

郭云娘上大学前，交代知青实验田一定要继续下去，但除张剑驰这个“户青”外，生产队已经没有单身知青了。张剑驰本想把实验田取消，可王文徇和王文芳不同意，她们要学习龚馨姐姐和郭云娘姐姐，拥有自己一块奋斗的土壤，张剑驰只好支持她们，知青实验田就由生产队回乡知青和王文徇、王文芳这样新一代户青接手。双抢大忙期间，生产队煮公饭，如果在门口的洋田干活，可以在土楼吃饭。

那天，七八个年轻人吃完饭在裕昌楼门厅休息聊天，准备到知青实验田插秧。

郭春林到岭下生产队“检查工作”，来到这里，点头哈腰问候一番，把目光停留在王文徇三姐妹身上，尤其注视着王文徇的双峰。他多想攀登上去占领这两座玉峰，那可是无限风光啊！他问走过身边的郭大山：“这几个媚儿我以前怎么没见过呢?”

郭大山：“她们是王家三姐妹啊！老大文徇去年高中毕业回乡，老二上个月才毕业回乡，老三文娟还在读书，暑假回来参加农忙。”

郭春林一直在县城上班，王文徇在云江中学读书，他几乎没看过王文徇，只是听说过王文徇的名字，知道王文徇是王家的大女儿，此时看到王家三姐妹都很漂亮，但王文徇年纪最大，最适合他。虽然王文徇个头最矮，却也是身高一米六二的亭亭玉立的少女，他心中不由自主地荡漾起一种欲望。他想娶王文徇，自从栽倒在管成坚脚下之后，他一直色心未改。名言说的好，在哪里跌倒就在哪里爬起来，他想在岭下物色一位可心的妹子，就是一直不能如愿，眼前这位漂亮性感的王文徇不正是他梦中的女人吗？不管从哪个地方看，王文徇都比小美强。在城里一些女孩看来，郭春林是“三级残废”，他较难讨老婆。永远忘不了前任女朋友就因为这个才借口离开，从那时起，他对长得比自己高的女子都不抱幻想，而王文徇正适合他的身高。问题是王文徇年纪还小，不到法定结婚年龄，政府正在提倡晚婚晚育啊！什么男二十八岁，女二十五岁，他才不管这些，喜欢一个女子，最好越年轻越好，等生米煮成熟饭，看她以后怎么不嫁给我？

郭春林打着小算盘，实施自己的计划，双抢大忙后，决定马上成立大队文宣队，首先吸收王文徇为队员。

王文徇收工回家，郭春林已在永昌楼等她。王文徇刚认识郭春林，没说上几句话，对他谈不上是否好感，看他坐在自家灶间跟父母说话，礼貌地问："春林同志，你怎么有空到我家坐啊？快喝茶吧！"

郭春林还没答话，王祥就带着感激的口气说："春林来探望我们新社员，他说我们新社员有文化，要多参加政治活动，还问我们生活有什么困难？"

郭春林笑道："我这次负责岭下大队批林批孔路线工作组活动，公社党委支持我们大队成立毛泽东思想文宣队，听说你是云江中学的文宣队骨干队员，特邀你参加。"

王文徇一下子怔住了！她读高中确实参加了学校文宣队，那只是应付一下政治活动而已。她这么一个出身不好的女生，能有机会参加学校文宣队其实是一种政治待遇，哪有逃避的理由！本来王文芳也被学校文宣队看上，但是王文芳很机灵，假装不会唱也不会跳，折腾了几回，文宣队队长哭笑不得，就取消了！学校男女生比例八比二，唱歌跳舞的事几乎每个女生都逃避不了，除非是地富反坏四类分子子女。四类分子子女上高中都没有资格，更不用说参加文宣队。

王文徇毕业回来，对文宣队一点兴趣都没有了，郭春林不知从哪里打听，说她是学校文宣队的骨干，要她带头，她实在不好意思拒绝。如果拒绝的话，大队党支部很可能会找父母的麻烦，她几乎没有考虑的余地，当即答应了郭春林。她答应郭春林还有一个原因，她实在不喜欢在生产队跟农民一起干活。每天与贫下中农一起干活，听到的都是他们发牢骚，讲怪话，男女社员之间开下流的玩笑。只要是一大帮人在水田干活，休息准能看到疯闹的场面，男女社员斗嘴，动手动脚，男社员用小石头打女社员胯下的田水，几个妇女抓住一个男社员按倒后，要掏出大奶头给他喂奶，甚至几个女社员按倒一个小伙子，解开他的裤带往裤裆里塞沙土。王文徇感到迷惘、困惑，想换个环境，即使临时也好。她想：文宣队有时会停工排练，但也算是生活的调节。

郭春林走后，张剑驰挑一担柴回来，看到王文徇在永昌楼门口徘徊，好像心事重重，卸下柴担，问王文徇情况，王文徇一口气把郭春林来访，她同意加入文宣队的事说了。她就是这种脾气，什么话都藏不了，如果是王文芳，会有许多鬼点子。

张剑驰安静地听完，意识到郭春林可能另有企图，但是王文徇无法拒绝。张剑驰知道这几年有不少干部对女知青讨好，其实是想发泄兽欲，曾经发生不少女知青被干部强奸的事，附近一个公社，就有一个副书记犯案。这个副书记下乡检查生产，约一个女知青到他的宿舍谈话，先谈知识青年接受贫下中农再教育的必要，慢慢地搂住女知青。这个女知青在积肥时不小心导致一场小山林火灾，心中很害怕坐牢，不敢得罪。他扑上去，想占有她，女知青反抗，他威胁说："不同意，你一辈子别想出去！还会把你送进监狱。"女知青终于被蹂躏了。

关于这方面的事，张剑驰知道太多了，王文徇当然也知道一些。张剑驰不想对王文徇说太多，也许郭春林并不是他想象的那样龌龊，毕竟他还是团员，在单位也表现不错，因此无奈地说："你去吧！反正也是业余文宣队。"

王文徇："我不知道为什么春林没有让你参加文宣队？你不是也演过不少节目吗？我知道你唱歌、跳舞、打球都会，乐器也懂不少。"

张剑驰笑道："你听谁说啦？"他是谦虚，他的文艺细胞真的很丰富，小学就会拉二胡，到了初中曾上台"独奏"名曲，悲怆如《江河水》，哀怨如《汉宫秋月》，激越如《赛马》，清丽如《良宵》，怡情如《闲居吟》，明快如《山村变了样》，热切如《二泉映月》。至于手风琴、笛子和一般敲打乐器，他一学就会。他认为，音乐是来自大自然灵魂的韵律，是人们思想情感通过音符的一种表达，是灵魂之药。"文革"开始后，在学校里，有一段时间，他几乎没干别的，整天琢磨这些东西，学会编节目、组织排练、表演唱、枪杆诗、对口词、小话剧。他们组织一支战斗队，大串连时走到哪里演到哪里，由于经常和各种人物厮混在一起，自然熟悉社会和大众文艺模式。他的这些经历，很少跟人谈起，不知道王文徇为什么了解？

王文徇："我早就问了龚馨姐姐，她以前告诉我的。"张剑驰与龚馨好的时候，张剑驰告诉龚馨很多事情，王文徇零零碎碎听龚馨讲过。

"如果我对春林说，让你参加文宣队，你去吗？"王文徇说。

张剑驰："我不去！为什么要去？"

王文徇："那好！你不去，我也不去。我要对春林说，晚上排练我怕狼，要剑驰也参加文宣队，保护我的安全。否则的话，就拉到。"

张剑驰："你答应他了，不去怎么行呢？"

王文徇："他又能把我怎么样？批斗啊？"

……

两人这么斗着嘴，最后王文徇呜咽了："就让他们把我抓起来吧，也把我父母戴上四类分子的牌子去公社劳动吧，你真狠心啊！"

王祥在里面听到王文徇的哭声，出来问王文徇怎么啦？王文徇抹着眼泪说："他欺负人！"随后快步走进土楼，把楼梯踩得砰砰响，进了房间，又是一声重重的关门声。

王祥知道大女儿很要强，不到伤心不掉泪。他问张剑驰，张剑驰说："没事！马上就好了！"

张剑驰考虑到王文徇的处境，不想让王祥为难，决定参加文宣队。

第二十九章

王文芳出去和小美讨论政治夜校的事，她们要帮助大队的女孩扫盲，回来晚了。她走进灶间，看到一家人都在，就是没有大姐和张剑驰，正纳闷，只见张剑驰和王文徇一前一后下楼了。

王文芳："姐！你怎么啦，刚哭过？"

王文徇："谁说我哭了？我开心着呢！"

郭春林当然不好拒绝张剑驰这个文艺好手参加文宣队，张剑驰就像守护神一样保护着王文徇，郭春林心中别有一番滋味，仍然色心未死。

一次，张奋岭从东海县回来看儿子，一到家就累倒了，张剑驰为了照顾父亲，晚上没到大队排练，只有王文徇自己去。

碰巧有个文宣队员结婚，大家排练后就到这个队员家里喝喜酒，王文徇喝多了，头有点晕，郭春林要送她回家，她不好拒绝。

走到僻静小路上，郭春林突然挽住王文徇的胳膊，王文徇想推开，郭春林竟然从正面抱住她，压得她几乎喘不过气。

王文徇步步留心，时时在意，没想到郭春林这么卑鄙猥琐，但她还是学会了冷静，说："你想要我吗？干吗这么用力啊！你放开，听我说。"

郭春林刚一放手，王文徇就蹲下去，装作肚子痛的模样。郭春林也蹲下去想扶起王文徇，王文徇蓦地站起来，转身到郭春林背后，一脚踢在郭春林屁股上，快步跑回了家。

王文徇把这事悄悄告诉张剑驰，张剑驰说："我不会放过他，他会得到报应的。"他决定把这件事汇报公社党委，可考虑到郭春林可能会反咬一口，又没有人证，王祥的历史问题也可能成为郭春林放肆的借口，便对王文徇说："我们琢磨琢磨再说。"

第二天一早，传来一个令人意外的消息，说郭春林昨晚被竹叶青毒蛇咬伤了，他是不小心滑到水沟里被蛇咬伤左小腿的，伤口肿得厉害。

张剑驰一听，格外解恨，真是恶有恶报。但人命关天，想起自己曾被竹叶青毒蛇咬过，差点没命，不禁起了怜悯之心，就陪王祥带着老药农制作的备用草药赶到郭春林家里。

郭春林的脚开始发黑，郭再耀急得团团转，王祥的到来，使郭再耀感激涕零。郭春林觉得没脸见王祥，脸羞愧得像迎风招展的红旗，嗓子眼像塞满了铅块，用颤抖的声音连声道谢。

王祥说："不用谢，敷药喝药很快会好的。"爱人，宽容人，是他一生的处世态度。

郭春林的蛇伤一星期就完全康复了，他很感激王祥的精心治疗，向王祥说了掉到水沟里的经过："我对不起文徇，对不起你，以后我一定痛改前非。"

王祥说："你能知错，我很高兴。你应该感谢上帝，是上帝让我懂得要爱，爱是不计算人的恶，爱是不做害羞的事，爱是不张狂不自夸，爱是不喜欢不义，只喜欢真理。"

郭春林表示："我以后要做有爱心的人，再也不做卑鄙的事，害羞的事。"

王祥离开之前，还为郭春林祈祷，祈祷他早日得到心爱的人。

王文徇没想到把郭春林推到水沟里，会引来这么一件事情，郭春林竟然变好了，但是她最终还是要感谢张剑驰，张剑驰早就教她对待郭春林的"锦囊妙计"，她才会在情急时虚晃一招，让郭春林放开她，再给他狠狠一脚……

郭春林原想通过亦工亦农的方式飞出土楼，但最后还是爱上土楼农家的女孩。他的妻子朴实贤惠，很会过日子，他也满足了，逢年过节回家，还是到永昌楼、裕昌楼走走。郭再耀原想年老时借儿子的光到城里生活，最终事与愿违，父子俩的归属还是在土楼里。

郭春林悟出一个道理：土楼对他的爱是无法抗拒的，因为生他养他的是土楼，他爱的人与爱他的人也在土楼里。土楼的爱，是他今生独一无二的别无选择的爱。

王文徇参加文宣队，王文芳也有自己的新朋友圈子。

王文芳毕业回来，书包里的书还没来得及整理，就挽起袖子参加大忙了。因为老鼠会叼走书，王文徇有的书就被老鼠叼走，所以王文芳收工后没吃饭就上楼，拿出书包的书放进箱子，还没全部放好，就听郭秋兰在楼下喊她。

“什么事啊？秋兰姐！”王文芳跑出楼门问。

“快下楼，有好消息！”郭秋兰叫道。

王文芳下楼，郭秋兰告诉她：“生产队和我们想到一块了，要你和我一起当政治夜校老师！”

郭秋兰是1966年的小学毕业生，上中学时遇到文革回乡了。虽然是小学毕业，但大家仍管她叫回乡知青。她两次参加坎水凹耕山队，汗没少流，活没少干，正是党组织培养的对象。今年春耕后农闲期间，生产队决定在政治夜校设立扫盲班，郭大山一定要让郭秋兰这个预备党员当老师。

1953年国家提出消除文盲后，在全国开展扫盲运动，不少人摘除文盲的帽子。岭下大队不少人在一次一次的扫盲中没有过关，又一次一次地进入扫盲班，郭大山也是在二十年前参加扫盲班，认识几百字，以后才能够经常参加大会小会。之后扫盲班成毁坏新社会农民形象的代名词，不识字的农民再也没有机会读书。生产队办政治夜校主要在社员大会读报纸，讨论形势，以前曾办过识字班，有个小学老师教大家记工分，后来这个老师调动，就停了。郭云娘、张剑驰等都在夜校读过报，出过大批判专栏，就是没有当过扫盲班老师。

政治夜校设立扫盲班，教文盲少女识字不难，让中老年文盲读书，比让他们劈田岸还惨。郭大山朴素地想：失学女孩子如果不趁还没嫁人学点文化，被人骗去卖都有可能。新社会不同旧社会，有书读不读白不读，读了不白读。他笑嘻嘻地对郭秋兰说这件事时，郭秋兰一头雾水地问：“大山叔！你怎么想到要办学堂了？”

郭大山说：“看到这些有文化的知青上大学，进工厂，我那兰花妹子一天到晚怪俺，当初不让她上学，害得她鸭子大的字不识一箩，现在记工都不会。唉！她和文娟同岁，你看人家文娟多有本事啊！”郭大山很后悔前几年没有让兰花上学，现在生产队像兰花这样的文盲女孩就有七八个。她们要学识字！他不支持行吗？

郭秋兰了解郭大山的心思，考虑自己多了一个锻炼机会，她对王文芳说：“我只读到小学，你的初中课本是不是借我一下，我也想自习中学知识呢？”

王文芳：“好啊！你随便拿。”

郭秋兰：“今天你太累了，以后吧！我先走了，赶明儿刮风下雨不出门，我来找你！”

双抢大忙若遇台风暴雨，大家就要在家休息了。几乎每年都要遇到几次大台风，今年也是如此，早稻还没收完，就来了一场台风，狂风暴雨肆虐十多个小时。停工了，郭秋兰来到王文芳房间，找了几本初中语文和历史地理书。王文芳的书保存得很好，王文徇的书有的被老鼠叼走，有的被别人借走，王文徇记不起到底是谁借的？

王家三姐妹都在家，郭秋兰和她们聊得很开心，只有张剑驰出去“巡水路”。

双抢大忙期间，闽西南山区经常面临台风、高温、雷雨、夏旱等自然灾害的威胁。闽西南山区虽然有崇山峻岭的天然屏障，但台风到来，庄稼被台风吹倒造成的损失不小，特别正要收割的时候，来一场大台风，高秆品种水稻就会倒伏，稻穗泡在水里，几天就会烂掉。暴雨影响也较大，一场暴雨过后，马上山洪暴发，近排水道的山田田岸可能崩塌、滑坡，不及时修补，缺口越来越大，整片田都会荒废。所以每当暴雨来临，要有人到各片山田“巡水路”，及时派人修补田岸。张剑驰这几年担任生产队“巡水员”，风越猛雨越大，他越忙。

张剑驰下午五点回到家，大雨滂沱，乌云滚滚，天昏地暗，好像已经傍晚了。他简单吃点东西，就上楼了，听到王家三姐妹在翻箱倒柜，连他父母房间的缝纫机也在响着，一看是郭秋兰，很是诧异，刚要问郭秋兰，王文娟抢着说："秋兰姐来玩，要看书，于是我们就干脆把家里的书都整理出来。她学缝纫机了，刚才我妈还教她呢？她和云娘姐一样，一学就会。"

郭秋兰直愣愣地说："没经过你同意，就私自闯进你父母房间了，真不好意思。"

张剑驰笑道："这有什么关系啊，我家就是康茹阿姨的家，她教你，这不很好吗？"

康茹上楼对张剑驰说："是我答应她的，她早就想学缝纫机技术了。"

王文芳一听妈妈说，产生联想："看来云娘姐的事业要让秋兰姐继续下去了。"

"坏媚儿！你气我！我哪能和云娘姐比啊！"

王文徇暗自好笑，说："文芳你这样说，不怕东勇揍你啊！"

张剑驰莫名其妙，是王文徇开玩笑呢？还是郭秋兰和陈东勇好上了？

王文芳："你说什么？秋兰和东勇对上象了？"

王文徇笑得弯下腰："谁说的？是你说的吧！我不知道啊？"王文徇也学会绕弯了。

大庭广众之下，王文徇既然闭嘴，大家就不追问了。

十天后，双抢完成，夜校扫盲班开始，教室是岭下生产队两间小学教室。岭下大队有四个教学点，岭下生产队和附近二个生产队组成一个教学点，每个教学点二十多名不同年纪的学生，教学很难安排，老师常常要在一间教室教不同年纪的课程。为什么岭下大队没有一间完全小学容纳所有学员呢？因为岭下大队没有能力统一建一所小学，而且岭下大队十二个生产队刚好被岭下溪分割成两边，溪北六个队，溪南六个队，即使有一间完整的小学，岭下溪仅一座单人行的小木桥，雨天小木桥桥板经常被溪水冲掉，学生也无法过桥上课。

令张剑驰不解的是：生产队未建教室，社员都让男孩上学，不让女孩读书，可是有这两间教室，还是有很多家长不让女孩子读书。家长普遍认为，男孩上学学会记工分就行，女孩长大嫁人，是别人家的，不需要读书。中国封建社会男尊女卑的传统观念在土楼民众头脑中何等根深蒂固，断送多少青少年妇女的学习机会。

上“学堂”多开心啊！每天晚上吃饭后，裕昌楼的少女们再也不在楼门打嘴鼓了，她们点上自家煤油灯，结伴到永昌楼找老师王文芳，然后一起到一百多米远的教室上课。王文芳手里有工农兵扫盲课本，第一天，她在黑板上写字，大家跟着写，教了两天，大家都会写“毛主席万岁!”。一盏盏如豆的油灯下，映着一张张朴实纯洁的少女脸庞，极度艰难地听王文芳的每句话，结着薄茧的小手紧握不到十厘米的铅笔，吃力地在本子上一笔一笔划着。在学会写“毛主席万岁”后，她们一笔一画划出来的字，是自己的名字。

张剑驰和王文徇参加大队文宣队排练回来，常常顺便到夜校教室帮忙。有时他回家了，女孩子还在上学，他看到煤油灯太暗，就把他老爸的松明用上了。张奋岭总忘不了准备一些小松明杆，让楼里人照明用，另外找出一大堆松明，放在一个旧铁罐里，把教室照得满堂红。火光中，教室内静悄悄，妇女认真地写字，王文芳看到有的拿笔姿势不对，走上前去纠正一下。

文宣队和夜校让张剑驰和王家姐妹更忙碌了，但他们的生活也更充实。现在张剑驰和王文徇、王文芳最喜欢唱的歌就是《中国知青之歌》，每当张剑驰和王文徇排练回来，他们一路上就小声唱着：

蓝蓝的天上，白云在飞翔，美丽的扬子江畔南京古城是我可爱的家乡。啊，彩虹般大桥直上云霄，横断了长江，雄伟的钟山脚下是我可爱家乡。

告别了妈妈，再见吧家乡，金色的学生时代转入青春史册一去不复返。啊！未来的道路多么艰难，曲折又漫长，生活的脚印深深陷入偏僻异乡。

跟着太阳出，伴着月亮归，沉重修理地球是光荣神圣的天职我的命运。啊，用我双手绣红了地球、绣红了宇宙，幸福的明天相信吧一定会到来。

有一次，张剑驰问王文徇："你最喜欢这首歌哪几句？"

王文徇："我最喜欢'跟着太阳出，伴着月亮归'这一段。"

"为什么？"

"因为你就是我的太阳，你就是我的月亮。"王文徇浪漫地回答。

"胡说八道！我是无名小卒。"张剑驰大笑。

"你喜欢哪几句呢？"王文徇反问。

"我喜欢'未来的道路多么艰难，曲折又漫长，生活的脚印深深地陷入偏僻异乡。'"

"为什么？"

"'深深地陷入'才能脚踏实地，我们现在正脚踏实地走在乡间的小路上，我觉得心里很充实。我们都是脚踏实地的户青啊！不！应该说是知青！"

一轮弯月挂在天边，张剑驰问："看到弯月，你有何感想？"

王文徇不假思索："我想，十天之后，月亮就能扭亏为盈充实为圆，我们呢？十个月？十年？在土楼乡村，多长时间才能实现我们年轻时的梦想……"

望星空，他们的思绪飘逸到遥远的地方。

1974年暑假，郭云娘到各地考察，直到1975年春节前几天才回家。

郭云娘回家前写信告诉张剑驰，让张剑驰到客车站接她。照理说，陈东勇和张剑驰都是她最好的朋友，陈东勇就住在公社，到车站接她更方便，可她为什么不告诉陈东勇她回来的消息呢？

郭云娘在云岭车站下车，看天空一片蔚蓝，太阳格外刺眼，白云也格外浪漫，眼前一座座土楼还是那样古朴大气，一条条小河还是那么清澈见底，深深呼吸久违了的土楼家乡新鲜空气，还是那样沁人肺腑。这山，这水，这楼才是她真正的家啊！离开家乡一年多，家乡的土楼，家乡的流水，家乡的白云总在她梦里萦绕。

张剑驰骑自行车在路边等候，郭云娘下车了，头发还是短发，衣服还是褪色军装，不同的是皮肤更加白皙，神态更加俏丽恬静，和她信中绢秀端庄的字迹一样迷人。张剑驰目不转睛，好像要从郭云娘的身上读出什么，看得郭云娘脸都红了，羞怯地说："看什么看！我和以前不一样了？"

张剑驰幽默地说："我好像闻出什么味道了？"

"什么味道？"郭云娘嫣然一笑。

"云娘的味道啊！"

"哈哈！我有什么味道啊？"

"我也说不准，反正你是越有品位了。"

"我啊！是土楼的味道，黄土的味道。庄稼人的味道。"

"上车吧！你是大学生了，真不好意思让你坐我的自行车后座。什么时候我们这里富裕了，我开小轿车接你。"

"你开小轿车来接我，我就嫁给你！"郭云娘上张剑驰的车后座。

两人说说笑笑，酷似一对情侣。

陈玉美站在土楼门口，看到女儿，笑得咧开了嘴。

郭云娘言谈举止更加文雅，楼里男女老少看到郭云娘，一番夸赞。郭云天最高兴，姐姐送给他一支派克钢笔，这是他梦寐以求的。他已经读高中，一支钢笔用了两年，不久前不小心掉到地上，笔尖开口了，写起来双线，正愁着，王文娟借给他一支钢笔。

郭云娘回家，给裕昌楼增添新春的喜气，但还有更令人惊讶的喜讯。

正月初一早上，陈东勇和往年一样，到裕昌楼拜年，家家户户问候之后，到郭秋兰的灶间，好像跟郭秋兰的父母商量什么事，随后就拉着郭秋兰的手走出来，变魔术地从挎包里掏出大把的糖果，放在祖堂大厅八仙桌上，对全体楼民喊道："大家吃我们的订婚喜糖吧！是我和秋兰的喜糖。"

大伙儿一听都乐了，纷纷走到前面抽烟剥糖。长着黑脸盘的郭秋兰父亲拿着香烟，笑呵呵地分给汉子们，身材瘦削的郭秋兰母亲看着女儿和未过门的女婿笑逐颜开。

人们围到祖堂大厅看热闹，郭秋兰笑哈哈地给大伙点烟，一条"乘风"牌香烟放在桌子上，很快就被抽光了。

第三十章

郭云娘和张剑驰从永昌楼过来，看到这意外喜事，惊讶不已。郭云娘想一想，走上去拉住郭秋兰的手：“兰妹子！你也不早说，我回来时带点礼物给你们。”随后与陈东勇握手：“你连我也保密了！”

陈东勇：“是想让大家惊喜，剑驰也不知道啊！”

郭云娘正要回话，郭秋兰递一根香烟给她，她看到几个女孩子也在抽烟，于是接过香烟。郭秋兰为郭云娘点烟，郭云娘闭着眼睛吸一口，顿时呛得咳嗽起来。

山区女孩都没抽烟，遇上喜庆的日子抽一根烟只是瞎闹，活跃一下气氛，陈东勇要办喜事，郭云娘就开了一次烟戒。

郭云娘上大学之后，给陈东勇来信，说自己不会在大学期间谈恋爱，要陈东勇不要等待。陈东勇将信将疑，探望郭云娘母亲没打听到什么消息，就到王文娟家里，却看到郭云娘寄给王文娟三姐妹的一封信，信中有几张照片，其中一张她和一位英俊男子在小河边合影。郭云娘没在信中透露这位男子是谁，但是陈东勇认定这位男子就是郭云娘的男朋友，他对郭云娘的最后一点希望破灭了。

郭云娘不想让陈东勇引起误会，没有寄这张照片给陈东勇，其实这位男子是郭云娘的老师。东方师范大学学员来自全国四面八方，不少学员是白卷考生，连一元一次方程等术语一概不知，课程就从初中一年级开始，所以对郭云娘来讲很容易。大学开展批林批孔，开门办学，下午都不上文化课，搞教育革命，郭云娘认识了相片中这位年仅三十岁的中文男教师赵梓风。赵梓风是印尼归国华侨，1966 年被戴上美蒋、苏修双料特务帽子，造反派逼他招供，他说："我热爱祖国，又不图钱……"于是烟头烫在他左肩上，又一脚，踢断他右侧两根肋骨。两年后赵放出来时，身体非常虚弱，因为他的父亲是印尼侨领，被周总理接见过，写信给周总理，总理才指示教育部找到东方师范大学，让他继续教学。

让郭云娘佩服的是，赵梓风百遭磨难，爱国信念没有任何动摇。这几年，赵梓风利用假期自费跑了十多个省市，调查 1966 年以来归侨遭受迫害的处境，准备上书中央，为归侨申冤。为此，郭云娘和他成为好友，去年暑假她就是与他一起去调查访问，他们看到城乡的贫穷落后，看到触目惊心的冤案假案，坚定了信念，一定要还蒙冤的归侨清白。他们不能以夫妻的名义同行，但彼此之间互相关心，郭云娘到乡间采集草药，治疗赵梓风的伤痛，使赵的身体逐渐强健。

郭云娘还有一张和赵梓风的合影，在一个厅堂拍的，背景是一幅圆形大土楼的油画照片。赵梓风的父亲喜欢收藏油画，这张土楼油画就是他父亲收藏的。赵梓风的祖父早年从闽西南山区流浪海外，对土楼感情深厚，喜欢收藏土楼画作，郭云娘没想到赵梓风也有土楼的情结……

陈东勇以为郭云娘有男朋友之后，冒雨伤心走出王文娟家，郭秋兰看在眼里，拿起一件雨衣追陈东勇，大声喊："东勇！我给你送雨衣了。"

陈东勇回过头，看到郭秋兰自己没带雨具，手里却拿着一件雨衣，感动地迎上去："你怎么来了！"

郭秋兰跑过去，不小心踩到一块滑溜溜的石头，没站稳，一个趔趄摔倒，正好趴在陈东勇身上，陈东勇紧紧抱着她。

郭秋兰长期营养不良，再加上淋雨，次日生病发高烧，被张剑驰送到云岭公社医院，陈东勇天天看望她。

自从郭云娘上大学之后，郭秋兰也发愤自学，争取当好夜校老师，或者以后继续上学，找个好工作。虽然她知道继续上学希望不大，但只有学习她才感到充实。她早暗恋上陈东勇，只是陈东勇爱着郭云娘，心里装不下她。郭云娘的离开，使她有了希望，每次看到陈东勇到裕昌楼，她就一直注意陈东勇的一举一动。

郭秋兰病好之后，两人感情日深，郭秋兰隔一两个圩日就到公社找陈东勇。公社分配给陈东勇一间老房子，郭秋兰帮助陈东勇洗被单和衣服，把房间整理得干干净净。下午四点多，陈东勇骑自行车载郭秋兰回去，老天突然变脸，下起倾盆大雨，直到黄昏，她怕父母牵挂，着急回去，陈东勇打电话传给郭秋兰的父母，让郭秋兰晚上住在公社招待所。

恰巧一阵迅雷，公社招待所停电，陈东勇担心郭秋兰的安全，就让郭秋兰在他宿舍过夜，他自己到招待所睡觉。但是郭秋兰害怕一人睡，两人只好在陈东勇的宿舍点起蜡烛，说着话。深夜，陈东勇让郭秋兰睡自己的小木床，他在单人木沙发椅上坐睡，一直睡不着，起来看郭秋兰有没有盖好被子，看到郭秋兰眼睑低垂，眼睛半闭，两人在烛光下对视。

郭秋兰拉着陈东勇的手，示意陈东勇上床。陈东勇坐在床沿，郭秋兰用微微颤抖的手圈住陈东勇的脖子，陈东勇顿时感到柔若无骨的玉指温柔，一股热血升腾起来。陈东勇极力控制自己，只是轻轻地吻着郭秋兰嫩嫩的唇，郭秋兰闭上眼，把陈东勇的手放在自己的胸前衬衣纽扣，示意陈东勇解开。陈东勇笨拙的手解不开郭秋兰的纽扣，郭秋兰把他的手推开，自己解开了纽扣。

郭秋兰和一般土楼未婚女子一样，没有带乳罩，洁白的胸脯袒露无遗，陈东勇刹那间几乎停止了呼吸。陈东勇第一次看到年轻女人诱人的胴体，觉得郭秋兰就是世界上最美的女人，一双大手情不自禁地轻轻摸捏揉搓郭秋兰鲜美的乳房，郭秋兰全身一阵哆嗦，两人紧紧相抱，接着宽衣解带，直到一丝不挂拥抱在床上。

他们在小双人床上翻过来、滚过去，如新婚夫妻般恩爱和激情，进入一种淋漓尽致的兴奋状态。陈东勇感觉到自己被郭秋兰一阵温暖包容，销魂蚀骨无法抑制，郭秋兰也觉得灵魂出窍，全身舒畅，一直缠绵到深夜。一夜之间，郭秋兰从少女成为陈东勇的女人。

张剑驰表示祝贺："东勇哥秋兰妹男才女貌，喜结良缘，恭喜恭喜！"

郭秋兰给张剑驰点燃一根香烟，陈东勇对张剑驰耳语说："你也快了吧！有女朋友吗？”

张剑驰：“哪来女朋友啊？还早呢？”

陈东勇：“龚馨回城，云娘读大学了，下乡知青、回乡知青啊，如今四分五裂，能在一起，不管是夫妻还是好友，看来还是缘分。”

张剑驰听出他的话外之音，意思是他俩都得不到郭云娘，郭云娘可能在大学里有男朋友了，便换了口气说：“是啊，龚馨、云娘、成坚、卫国等，我们下乡多热闹！如今在这里待的，只有我和文徇姐妹了。”

“有空到我的办公室找我，我的宿舍，噢！对了，也是我的新房，就在我办公室旁边的圩场，咱们哥们好好喝一杯。”有人叫陈东勇，陈东勇匆匆对张剑驰说。

张剑驰拍拍陈东勇的肩膀：“新郎官你忙去吧，以后一定的。”

陈东勇意味深长地对郭云娘说：“我也祝贺你快当新娘了！”

郭云娘：“你胡说八道什么了？”

张剑驰：“那小河边的帅哥不是你男朋友吗？”

郭云娘说：“什么小河边？”

“是文娟拿给我看的啊！”

郭云娘没有想到，她寄给王文娟三姐妹的这张照片会造成陈东勇的误会而和郭秋兰结婚，更不知道也会被张剑驰这么在意。她想，爱情路上的芳草多么脆弱，不细心根本无法辨认是不是自己一生的最爱。是她不懂得爱？或者是土楼的爱装不下她？现在，错过就错过，天涯真的无芳草吗？她不知道，也许那棵天涯的芳草就长在土楼乡村，即使不是长在土楼乡村，也会从遥远的地方被大雁叼过来，种在土楼的小路上，继续她的芬芳岁月。

错过就错过了，还能说什么？她对着张剑驰：“跟我照相的男人就当我的老公啊？你老封建！那只是一般朋友，不是什么男朋友。”

张剑驰半真半假地说：“原来这样啊？那我有希望了！我也没有女朋友啊！”

郭云娘：“文徇不是很适合你吗？”语气有点怅然。

张剑驰：“我只当她是妹妹啊。”

等到只有郭云娘和张剑驰两人时，郭云娘严肃地看着他："我当你的女朋友吧。"

张剑驰："说什么啊？"

郭云娘亮晶晶的眼睛注视他，稍迟疑了一下，深情地说："现在你喜欢我吗？"

本来开开玩笑，张剑驰没料到郭云娘还是提到这件事，不想伤害她，认真地说："云娘！我当然喜欢你，不过，我觉得自己很无能。我们还是做好朋友吧，等你毕业，如果看得起我，再当我的新娘吧！"

"为什么我们现在的关系不可以确定下来？"郭云娘动情地问。

张剑驰："为什么？我也不知道，但是我希望你安心读书，不要影响你的前途！"

郭云娘生气地说："一个男人可以无钱，无地位，无职业，但是不能无自信。你是胆小鬼，我看不起你！"

张剑驰一愣！郭云娘怎么发脾气啊？他口气平和地说："就当我是胆小鬼吧！"他觉得一个男子汉，一年到头在山沟里修地球，连自己的肚子都填不饱，还能让爱自己的女人幸福吗？当然，龚馨也是他心里的一个谜，不知道龚馨结婚了没有。他好几次梦见龚馨回到岭下，她瘦了，但眼睛更大，神态更深邃，好像有难言的苦衷，不想在城市居住，要再下一次乡，同大家一起出工，插秧、劈田岸、爬山越岭。龚馨还对他说，她要在岭下安家落户了……他做的梦是那样清晰，难以忘怀。

郭云娘见张剑驰神情异样，再也不语了。姻缘这事，真是可遇不可求，她为什么要求他呢？在学校，有多少位高干的儿子追求她，她都不以为然，她认为：要做一个理性的女人，有足够的能力追求能够得到的；有足够的魄力放弃不能得到的；有足够的耐力容忍不能改变的……

这年秋天，东方师范大学专科学制缩短为二年，郭云娘专科毕业被分配到云江中学担任语文老师，正好担任高二年王文娟所在班级的班主任。

云江中学这几年一直搞教育革命，结合教学搞生产，开设的课程是毛主席语录"天天读"、工农业基础知识、政治、数学、革命文艺等。云江大队有十亩农田让学校作科学试验，学生在学校读书半天，下午就到田里劳动，种“三田”（丰产田、种子田、试验田）。由于上课不正常，谈不上什么教学质量，唯独体育课、音乐课较少受到冲击。

郭云娘对这种办学方针无法认同，但这些现象是全国性的，她个人力量渺小，根本无法改变，唯一能做的，就是暗中培养几个优秀学生，王文娟就是其一。学校分配给郭云娘一间教师宿舍，郭云娘看到校舍不足，就让给一位老教师，自己找了学校旁边的小土楼居住，重点辅导王文娟的语文和数理化。小楼是建了几百年的两层方楼，可以住七八户，却只有两户人家居住，原来的老住户都出洋，或者搬迁了，所以显得特别幽静。王文娟来的时候，两人像姐妹一样无拘无束交谈。

王文娟有漂亮鹅蛋脸，又长到一米七，是云江中学才貌双全的校花。当然，光天化日之下没人敢叫她校花，会被视为小资产阶级的情调。王文娟各科成绩名列前茅，文体也不错，她有天生的乐感，歌声如百灵鸟美妙，是学校的活跃人物。除了王文娟，郭云娘与其他师生都相处很愉快，但是意外却降临到她身上。

为了贯彻“深挖洞、广积粮、不称霸”，学校也挖战备地洞，每天下午全体师生到后山挖地洞。后山红土比较疏松，挖一个地洞只能一个人爬过去，太宽就有塌方的危险，学校没有注意到这一点。有一个学生挖到十多米深，洞口的土塌下来，几乎把洞口埋没。作为班主任，郭云娘立刻带领学生挖掉洞口的土，经过两个多小时把塌方清理完毕，幸好里面的学生没有受伤，但是郭云娘心里很不安，自己累倒了。

当她醒来时，发现自己躺在冰冷的病床上，四周太寂静了，而且那么黑。她觉得自己正在慢慢向上飘，飞向空中……她的大脑一片空白，接下来就什么都不知道了。

过了几天，郭云娘醒来，觉得头部阵痛，似乎要裂开的样子，吃药都很难止痛。她有不祥的预感，问了医生好几次，医生才告诉她，可能是肿瘤的症状。

她还年轻啊，怎么会得这种病？

郭云娘头痛较长时间了，去年暑假她和赵梓风到江西考察，就开始头晕，好几次忽然昏迷倒下，几分钟之后才苏醒。到医院检查，也查不出结果。赵梓风的父亲在印尼开一家医院，赵梓风要送她到印尼就医，她执意不肯，没想到现在复发了。她在过度劳累之后复发，如果没有这次事故，她的病可能隐藏更久。

望着镜中日渐憔悴的容颜，郭云娘感到无助和害怕，对死亡的恐惧时刻袭扰着她，但是她在别人面前总强装笑脸。

张剑驰和陈东勇经常到医院看望郭云娘，主治医师建议郭云娘到大医院检查，她谢绝了，不想刚回乡就成为病人和累赘。张剑驰从温柔善良的郭云娘眼睛里看见晶莹透亮的泪珠，为了避免自己流泪，立刻低头咬紧嘴唇，一股热辣辣的酸流从鼻腔倒灌进喉咙里，又有一小股酸水从眼睛里冒出。他顺手用袖口揩干泪水，征求医生的意见，医生建议先开一些止痛的中药，郭云娘吃过药后，舒服了许多。

几天后，郭云娘病况好转，准备出院，却收到赵梓风来信。赵梓风在信中说，他想到云江中学看她，只是工作很忙，无法抽身。郭云娘知道赵梓风有进口的救生丹，可以应付紧急病情，以前两次头痛厉害，都是吃了他给的救生丹，头脑才渐渐清醒。郭云娘把她老病复发的事告诉赵梓风，很快，就收到赵梓风寄来的药。郭云娘把救生丹随身携带，感到胸闷透不过气就知道要发病，马上吃下一粒救生丹解决……

1976 年 3 月上旬，龚馨忽然回到云岭。因为龚馨的母亲卓碧仪过世了，她遵照母亲的遗嘱，把骨灰带到闽西南山区安置。

卓碧仪有两个孩子，男孩子老大参军了，在军工机密单位工作，又有家庭，很少回家，只有龚馨留在身边。卓碧仪的人生经历充满坎坷，她出身名门闺秀，典雅端庄，大学毕业后嫁给一位年轻的国民党军官，两人十分恩爱，情深似海，以后丈夫成为国民党军队的团长，1947 年在国共一场战役中阵亡。新婚不久的卓碧仪想跳江自杀，被解放军某团团长龚云鹏救下，之后两人产生感情，结婚生育一男一女。出身贫苦的龚云鹏十分宠爱卓碧仪，从来没有让她感到委屈，绝口不提她的过去。新中国成立后，龚云鹏继续在军队服役，直到 60 年代初才转业到江城市工作。按照原来的行政级别，他不必到江城这种小城市工作，但是由于历次政治运动中卓碧仪屡屡受审查，也牵连到他，所以他的官职一直止步于处级。他的老战友，不乏功勋卓著、风采超群的大将，只有他还是级别不高的干部。他爱妻子，无所谓升官发财，妻子给他最完美的情和爱，也使他成为最幸福的人。

卓碧仪如同天使下凡，四十多岁还像二十多岁一样美丽动人，让龚云鹏一位老战友看到他就要揍他一顿。当初这位老战友也是同一野战军的团长，因为媳妇是农村人，就没有机会娶到一位漂亮的太太。龚云鹏一直以娇妻为荣，岂料世事风云变幻，1975 年底，中共为了对台统战“大局”，将所有在押的国民党人员中文官县长以上、武官团长以上全部释放，给予公民权。这件事给龚家带来意想不到的结果，卓碧仪的前夫战役中没有死，找到了她，要求复婚。这边是当年青梅竹马恩爱之夫，那边是两个孩子心头之肉，卓碧仪心被撕裂，变得沉默寡言，开始憔悴。一个月后，她吞下一瓶安眠药撒手而去，最终以死谢前夫二十八年不忘之情。

如晴天霹雳，龚馨兄妹哭干泪水，龚云鹏迫不得已，对儿女说出妻子自尽的缘由，龚馨兄妹知道真相，擦干泪水，并且安慰了父亲。第二天，邮局送来一封卓碧仪的信，是两天前她到邮局寄的。她在自杀前写了遗书，要求把自己一部分骨灰安葬在闽西南的土地上，洒落还是埋葬，由家人决定。她知道自己的父亲从闽西南大山中的土楼走出来，不知道具体什么地方，想起女儿到闽西南山区土楼下乡，就交代女儿办这件事情。龚馨看着母亲的遗书，泪如泉涌，考虑之后，决定把云岭作为她安葬骨灰的地方。

龚馨在东海县文工团期间，父亲战友的一个儿子林德仁南下出差，见龚馨一面就疯狂地爱上了龚馨。龚馨遭受情感失落，也不拒绝跟他来往，感情逐渐培养起来。虽然没有刻骨铭心，但林德仁毕竟帅气，挺体贴龚馨，一到她家就帮忙劈柴挑水做家务。龚馨家住二楼，林德仁每次到龚馨家，总是把水缸里的水添满。自来水供应经常断水，居民要请挑水工到外面的溪流挑水，只要林德仁在，龚馨家里就不需要挑水工。林德仁还会给龚馨的母亲按摩，龚馨父母非常喜欢这个年轻人，龚馨最终答应嫁给他。

在老战友的大力帮助下，龚云鹏调到北京工作，龚馨也在北京一家杂志社任实习编辑。期间，龚馨与林德仁订了婚，并作结婚的准备。

临近结婚前一段时间，未婚夫却变卦，林德仁要与龚馨吹了，又不说明原因。龚馨气愤至极，找林德仁理论，才发现林德仁品行不正，他在北京已有女朋友，南下出差又与她谈恋爱，在与她确定关系之后，回到北京同女朋友约会，致使那个女朋友怀孕。女方父亲是高级军官，把林德仁训了一顿，林德仁怕了，就要与龚馨断绝关系。龚馨见事已至此，话没多说一句，就走出了林家，那一刻，她觉得自己轻松了！

本来，她和林德仁交往就没什么爱情可言，她庆幸自己还保留清白身子，好几次林德仁动手动脚，都被她严词拒绝。订婚是因为父母喜欢他，她迁就父母，好在林德仁露出马脚。像这种脚踩两只船的男人，即使和他结婚，后果也不堪设想……

第三十一章

龚馨回岭下，只想完成母亲的遗愿，顺便看看老朋友。她也不知道岭下还有多少下乡知青和城镇居民？不知道郭云娘是不是结婚了？她想，张剑驰和郭云娘会不会结婚呢？为什么总是想起他俩，她也说不清。

她没写信给任何人，下车后就想在云岭公社招待所登记住宿，然后再想办法洒落骨灰，如果需要的话，她会请张剑驰或其他知青帮忙。

云岭公社招待所在公社大院里面，是公社的附属机构，一排两层楼，郭秋兰结婚后被陈东勇安排到这里，是招待所唯一的服务员。

郭秋兰在通道扫地板，看到一个束着两条小辫子，穿一身草绿色军装的年轻女子走进来，很像龚馨。郭秋兰停下来，仔细辨认，叫了一声“龚馨”，龚馨转过头，郭秋兰一看，果然是龚馨！郭秋兰高兴得把扫帚扔到墙脚，两人抱成一团。

郭秋兰告诉龚馨：“我虽然是临时工，还是农村户口，但只要有机会，有东勇靠山，还是能转正。”

龚馨把这次回来的目的说了，郭秋兰问：“你为什么不写信，让东勇或者剑驰接你？”

龚馨：“剑驰还没走啊？”

郭秋兰：“还在呢？”

龚馨：“他结婚了吗？”

“没有啊！”

“云娘呢？”

“云娘大学毕业了，在云江中学教书。”

龚馨想了一会，问：“他俩没在一起啊？”

“你说‘在一起’，是不是指结婚啊？”

龚馨笑道：“可以这样说。”

有客人来，郭秋兰暂时忙去了。龚馨放好行李，独自在公社大院走了一圈，发现变化不大。

龚馨知道张剑驰还没结婚，但心里还是不想惊动他。她想一个人默默把母亲的骨灰盒系在一个大气球上，让它飘到天上，或者把骨灰盒放进溪谷，在落差极大的峡谷激流中洗礼。郭秋兰偷偷给岭下气象哨的小郭打电话，要张剑驰立刻到公社看龚馨。

郭秋兰在电话里没说明龚馨突然到来的原因，张剑驰急得像在田里耕作的水牛，忽然被鞭子狠狠地抽打一样，憋气使劲拔起脚，顾不得洗干净泥巴，蹬上自行车飞快赶往云岭招待所。

一个小时后，张剑驰看到柜台打毛线的郭秋兰，焦急地问：“龚馨呢？”

郭秋兰笑道：“她和对象到圩场去玩了？”

张剑驰诧异：“她的男朋友？”

郭秋兰：“是啊！长得和你一样高，一样帅的男朋友。”

张剑驰好奇地问：“她结婚了吗？”

郭秋兰：“当然还没啦，不然为什么叫男朋友，不叫丈夫啊！”

张剑驰：“她这次来云岭是和男朋友来办事？”

郭秋兰：“可能吧，我也不知道，等下你问她。”

张剑驰：“那我到圩场看看！”

郭秋兰：“好吧！你去。”

张剑驰正转身出招待所，听到一个熟悉的女声叫他，他回头一望，正是龚馨。这时，郭秋兰哈哈大笑：“龚馨！我和剑驰开了一个玩笑，说你带对象来，他都急坏了。”

龚馨红着脸："剑驰啊！我哪有男朋友，你听她胡说。"

张剑驰恍然大悟："秋兰，你什么时候学坏了！看我修理你。"

郭秋兰早就笑弯了腰。

张剑驰看龚馨还是老样子，像女学生一样可爱；还是那么美，那么迷人，变得是眼神更加深沉，更加成熟了。他的第一感觉是龚馨回到了他身边，他们的心再也分不开了，是上帝把她送回自己的身边，他再也不能放弃了。他着急地说："你！回来了也不说一声！我到车站接你。"

龚馨深情地说："呵呵！我怎么回来了？到我的房间里说吧，秋兰有上等的乌龙茶在恭候呢！"转头对郭秋兰："秋兰你有空也来吧！"

郭秋兰神秘地说："你俩到里面说吧，我忙着呢！"说着，她拳心相对，把两根拇指头并在一起，又吐出舌头搞笑。

龚馨和张剑驰看到郭秋兰古里古怪的样子，相视而笑。龚馨走在前头，张剑驰狠狠瞪了郭秋兰一眼，才随着龚馨走进去。

龚馨的房间是二楼最边间，房间内两张单人卫生床、一对单人沙发和一张茶几，两人坐在沙发，边喝茶边聊天。

龚馨谈到这些年的经历，说到匆匆离开东海县北上、男朋友变卦时，眼圈红了起来，张剑驰递给她手帕，她接过说："我走得太匆忙，心情又不好，就一直没给你写信！"说着，她仿佛想起北上在火车里哭泣的情形，一声声火车嘶鸣声在耳边震荡，像从天而降的悲歌，笼罩着她的天空和大地。

张剑驰柔情地说："这不能怪你！是我不好，我不敢面对你，回避你。这一切在先，才会发生后来那么多让你伤心的事，我真不知道怎样才能弥补我的过失。"

龚馨回过神来："人各有志，再说，那时我们还年轻，什么都不懂。我实在很傻，现在想起来也很好笑。"说着扑哧一笑。

张剑驰："真想永远看你这样开心地笑。"他还不好意思问她为什么忽然回来了？他一直猜测着，等龚馨说。

龚馨："很久没有这样笑了，我母亲刚刚去世一个月。"

张剑驰："怎么回事？你母亲生病了，还是……"

龚馨流着眼泪说了母亲去世的经过，张剑驰不断安慰她。她说完长叹一口气，与张剑驰商量怎样安置骨灰。

张剑驰："把骨灰先留着，等找到你母亲的祖厝再埋葬吧。"

龚馨："我母亲没有留下任何祖籍地的细节，怎样找啊？"

张剑驰："你说的也是，我看这样吧，现在正是植树的时候，我们种上两棵松树，把一些骨灰埋在树坑里，以后我们看到这两棵树，就会想起你的母亲，每年清明节我们到树下祭奠你母亲。剩下的骨灰，就先留在永昌楼，等以后找到你母亲的祖籍地再安放，你看好不好？你母亲在海外不是有兄弟姐妹吗？说不定什么时候你母亲的兄弟姐妹回国，就可以找到祖籍地了。"

龚馨这才想起，她的母亲有一个姐姐和一个哥哥在海外，几年前的一天，她回家听到妈妈对爸爸小声说："中美建交了，有一些华侨回来，我们要不要同我的姐姐和哥哥联系？"爸爸说："我现在是自身难保，还是不要联系吧！以后再说。"父亲所在部队以前是林彪直接指挥，林彪死后，部队不少军官被调查、调动或者强迫转业，父亲忧心忡忡地过日子，实在不想惹是生非，于是妈妈以后就绝口不提此事了。

想到这里，龚馨说："我妈妈有兄弟姐妹在海外，这是绝对秘密，我告诉你了，不要外传。就按照你说的办。"

"好吧！这事就这么定了。该说我自己了。"

"随你！你不说也可以。"龚馨其实想听。

"好吧！"张剑驰说起了永昌楼的故事：郭云娘大学毕业在云岭中学教书，身体不好；王家还是老样子，王文娟读高中了；王文徇二十岁，王文芳十九岁，都不小，可以嫁人了；自己的父母还在东海县；郭再耀因为喝酒过度，身体十分虚弱，已经不当书记了；路线工作队暂告一段落；郭春林在文宣队追求王文徇不能得手，回到县水泥厂工作，不久找了一个土楼农家女孩……

已经晚饭时间，龚馨留张剑驰一起吃饭，张剑驰也不推辞。他们一起到公社食堂吃饭，白米饭和两菜一汤——炖肉的芥菜干、炒蛋和土笋汤，都是龚馨喜欢吃的老味菜肴，龚馨客客气气，张剑驰不断给龚馨夹菜。龚馨边吃饭边与几个认识的公社干部搭话，谈笑自如，品尝正宗的云岭风味和土楼人家的热情，丧母的悲哀暂时被冲淡了。

第二天是星期六，早上，张剑驰开着生产队的手扶拖拉机到公社，把龚馨载到永昌楼。下午，郭云娘和王文娟从云江中学回来，王文娟看到龚馨，高兴得手舞足蹈，一声声甜地叫唤龚馨姐姐，就像《白毛女》中喜儿扎上红头绳过年那样高兴。龚馨简直认不出王文娟了，几年不见，王文娟居然长得比她高！她叫王文娟过来，王文娟以为要给她什么礼物，或者说什么悄悄话，乖乖走到龚馨身边。龚馨说："我跟你比比看，比你矮多少?"两人背贴背站直，王文娟竟然比龚馨高一点。王文娟说："不用比了，我比你高两厘米，我一米七，你一米六十八。"

龚馨说："小丫头，成大美人了！还是芭蕾舞吴琼花的身段啊，你喝岭下水喝得越发水灵了。"

龚馨说这话时，最难受的是王文徇。王家三姐妹是年纪越小长得越高，王文徇和妹妹站起来，她实在是"低人一等"，这没什么悲观的，比上不足，比下有余嘛！但在王文徇心里，她爱张剑驰，如果自己比妹妹差距那样大，自己配得上张剑驰吗？更使王文徇难受的是，张剑驰很喜欢王文娟，对三姐妹，张剑驰最偏爱王文娟，王文娟经常和张剑驰讲悄悄话，事后王文徇问王文娟，王文娟总是神秘地说："大姐！这是私人秘密哇!"王文徇只好认了。在王文徇眼里，王文娟看张剑驰的时候，那痴情，分明是少女怀春的讯息。可是她自己不知道，她看张剑驰的时候，那火辣辣亮晶晶的目光给人的联想更加悠远。当然啦，王文徇不好意思问张剑驰与王文娟都说什么。

永昌楼只剩下王祥一家和张剑驰，王家理所当然成为龚馨的娘家，很多社员来看龚馨，龚馨也到土楼回访一圈再回来。

龚馨回来，除了王文徇的心事，郭云娘的心事也很重。

郭云娘头痛病发之后，变得沉默了，她不知道自己什么时候倒下就永远起不来。她虽然是一个公办教师，也可以说是国家干部，但是她仍然爱还是农哥的张剑驰，与张剑驰在一起，她心里就有激情，她相信张剑驰总有一天会很出色。现在她是病人了，她不敢想得到张剑驰的爱，张剑驰应该有更优秀更健康的女子与他共度一生，比如王家三姐妹，个个都比她有条件追求张剑驰。赵梓风几次向郭云娘求婚，她一直犹豫，龚馨回来了，她预感龚馨与张剑驰很可能会重续旧情，如果是这样，她会祝福他们，自己就不再想入非非了。

一个星期之后，两棵松树在永昌楼后山种下，龚馨母亲的骨灰分开撒在两个树坑里，以后，如果卓家海外亲戚到闽西南山区寻根祭祖，就会到这两棵松树前缅怀和祭奠。龚馨对张剑驰这种处理骨灰的构思很钦佩，只有他才能想出这样一个好办法，长眠在地下的母亲一定会含笑于青松之下。几年之后，青松的枝干将是母亲的身躯，青松的乳汁将流淌母亲的血液，每一片树丫都是母亲的手，每一片树叶都有母亲微笑的神韵。今后，龚馨不管是在天涯海角或是天南地北，只要看到青松，就会想起这两棵母亲树，就会来到永昌楼，她的子孙后代也永远忘不了每年清明节来这里瞻仰母亲树。

啊，伟大的母亲树！那是世界上绝无仅有的母亲树，就像世界上绝无仅有的土楼那样令人神往！

龚馨把树种下，母亲的这桩心愿完成了，她还有几天假期。过一个多星期才插秧，大家忙着春耕备耕，龚馨不喜欢别人耽搁农活陪她，常常一个人到附近山上和田间走走看看，寻找以前的记忆。春回大地，万物复苏的时候，她走在溪头墩最高的田岸上，脚下的水田弯弯曲曲，直没入尽染新翠的林子里，山野田间，满目郁郁葱葱，多美的一幅土楼山水画！她情不自禁哼起“谁不说俺家乡好”：

一座座青山紧相连
一朵朵白云绕山间
一片片梯田一层层绿
一阵阵歌声随风传
哎 谁不说俺家乡好
得儿哟咿儿哟
一阵阵歌声随风传

弯弯的河水流不尽
高高的松柏万年青
男女老少一条心
鱼水难分一家人
哎 谁不说俺家乡好
鱼水难分一家人

这里的每一条田岸都是那样熟悉，每一条小溪都是那样清澈，难忘昨夜永昌楼天井上空的星辰，难忘今晨溪头墩的朝露，难忘眼前的一草一木，更难忘坎水凹的耕山队草寮。龚馨忽然想起，要到坎水凹看看，看她亲手改造的烂泥田土质是不是肥了？看她住过的草寮屋顶是不是需要再翻盖新茅草了？

回到永昌楼，已经是午饭时分，看康茹又做了丰盛的饭菜，龚馨实在不好意思让她这么破费。她不会说很多客套话，只是觉得自己在大家眼里好像是生人了，所以对她客气。过几天就要走了，她舍不得走，又巴不得走。舍不得走自然是爱这里，巴不得走是因为她从王文徇的眼里看到一种好像是嫉妒的目光。她不想猜测王文徇的心理，是不是王文徇爱张剑驰，所以怕她这次来了之后把张剑驰的心夺走？

王文娟在学校住宿，王文徇的举动王文芳一目了然。王文徇晚上翻来覆去睡不着，问王文芳："你说龚馨会和驰哥怎样呢？"

王文芳说："会怎样？你爱剑驰大哥哥，就对他说啊！明天就说，他肯定不会说不，他说不了，就证明他和龚馨相爱。"

"你真行！怪不得是学校里的数理化宝塔，什么疑难问题都可以解决。去你的吧……"王文徇还在唠叨，王文芳已经呼呼大睡了。

龚馨看出王文徇情绪的变化，更不用说张剑驰了。对王文徇的爱意，张剑驰最头疼：王文徇看来大大咧咧，实际上是爱面子和敏感的人，对她冷淡一些，就郁郁不乐；对她好一些，又会胡思乱想。他现在最想的是龚馨，又一直不敢提起，不知应该怎么说？龚馨待在岭下的一周，张剑驰朦朦胧胧过来了，觉得自己很笨，陷入无形的情感泥坑，这脚刚拔出来，那脚又陷进去。其实什么都没发生，只听见雷声轰轰，却下不了雨。

张剑驰理不清思路，龚馨提出一起到坎水凹看看，张剑驰说："当年我们在坎水凹种番薯的任务还没完成呢？去年生产队安排不出来劳力和时间，打算今年春耕后完成，这几天正做准备工作，要拆除旧草寮，盖一座土墙茅草屋顶的山寮，既是土粪间，也是耕山队住房。"

龚馨一听："原来如此，我很快要走了，明天去看看好吗？我要亲手割一担茅草。"

张剑驰："好吧！我给队长说一下，没问题。"

第二天，张剑驰和几个男社员上坎水凹建草寮，龚馨和王文徇也去了。

盖一个草寮只是一天的工夫，大家带中饭走了一个小时才来到坎水凹。龚馨好几年没来这里了，显得特别兴奋，当年砌的排水沟石墙已经长满青苔，排水沟两岸是已经做完田岸的水田，去年被割掉的禾头还泡在水田，只等待水牛拉上犁耙把田土翻一翻，耙一耙，就可以插稻秧了。她离开这里的时候，水田上方原来被杆镇林覆盖，现在是收成后留下的一垄一垄番薯畦，视野变得开阔，水田的日照也更加充足，春夏之间可以随时挖翻畦垄种番薯。

龚馨在心里佩服她的同伴们，她这个先进知青走了，留下来的知青还是无怨无悔地活着，与大山为伴，在烂泥田里打滚，用他们的汗水挥洒自己的青春年华。她内心有一种愧疚，面对知青们，她只能用一天的汗水来弥补自己的愧疚了。

盖草寮需要茅草，坎水凹的山顶才有茅草，为防野兽袭击，张剑驰叫龚馨和王文徇不要离开他，王文徇却要紧紧跟着张剑驰，好像看不到张剑驰，她就会被山狗叼走一样。他们在坎水凹忙了一天，直到天色黯淡下来才回到家里。龚馨看到王文徇对张剑驰几乎形影不离，让她和张剑驰说话的机会很少，更加肯定了自己的猜测。

龚馨要回去了，很快就是清明节，她有许多事要办。周总理年初逝世，几个月来她和全国民众一样，悲痛欲绝，还没来得及擦干泪水，又是自己母亲狠心离去，她为丧母悲伤，更为国家和民族悲伤。周总理逝世之后，四人帮变本加厉搞阴谋活动，民众怨声载道，北京群众集会悼念周总理。在这场自发的群众运动中，龚馨一直走在前面，她利用自己做编辑的条件，和一些爱国人士组织一个“呐喊”的秘密组织，主题是关注国家政治和揭露社会腐败。临到云岭前，她秘密收集纪念周恩来的诗文，准备印成小册子在民间散发，并相约在清明节到天安门广场举行悼念活动。

龚云鹏一生最崇拜的人就是周总理，因为他参加保卫军队首长立功而被周总理接见。周总理逝世，卓碧仪去世，龚云鹏最敬仰的人和最爱的人都离去了，他笼罩在极度的悲伤之中。总理走了，妻子走了，仿佛一下子带走龚云鹏昔日的欢乐，他脸上很少露出笑容，常常一个人呆呆地沉默着。1976 年 2 月 4 日，这是他结婚后唯一没有和妻子在一起的春节，除夕夜，他的家变得冷冷清清，好在有女儿陪伴他。外面鞭炮声响，他才想起吃年饭了，女儿做了几样他最喜爱的菜，他怎么也吃不出味道。

龚云鹏身上有太多的伤，是战争年代留下的。有一次子弹打光了，他跟日寇拼刺刀，拼到最后把刺刀捅进鬼子胸膛，他的后背被倒下的屋梁砸到，差点没倒下，从此留下病根，经常背痛胸痛，所以去年就退休了。退休后他也不请保姆，夫妻互相照应，但妻子忽然撒手不管他了，家里还没来得及请人照料，就让龚馨到土楼山区处理妻子的骨灰。龚馨走后，他一病不起，也不去看病，只是吃原来医生开的药，想女儿很快就会回来，也不打电报告诉女儿。他躺在床上，显得一下子老了十年，真想永远闭上眼睛，与天堂的妻子相会，但是想起子女，尤其担忧未成家的女儿再次被坏人欺骗，他就不想走，要等女儿找到一个好男人才放心。

亲情的力量支撑着龚云鹏，龚云鹏终于同意住院了，靠输液维持生命，医院赶快打电报给云岭公社办公室转告龚馨，要龚馨速回……

张剑驰本来想在坎水凹回来之后，最后一次向龚馨表示爱情，没想到来了这封电报。他看到龚馨焦急万分，心里的话全都飞到九霄云外了，没有留下一点寄托儿女情长的话语。

清晨，龚馨含泪告别永昌楼、裕昌楼的人们，坐上张剑驰驾驶的手扶拖拉机。拖拉机“突突突”起动了，王文娟冲过去，拉住龚馨的手，带哭声地问：“龚馨姐，你还来看我们吗?”

“……会的，会……”龚馨哽咽地回答。

拖拉机摇晃着驶过岭下小溪，龚馨默默地看着一座座土楼慢慢往后退，泪花一直在眼里打转。拖拉机驶上山坡，开始进入弯弯曲曲的大山，龚馨仍然深情地望着岭下，望着土楼。

“翻过这道山岭，就望不到永昌楼了……”张剑驰低声说。

“噢……”龚馨梦呓般应了一句。

“不要悲观，相信美好的未来!”张剑驰放下一档手杆，拖拉机加速前进。

“神秘的土楼，捉摸不透的人生……”龚馨似乎在感慨，又似乎自言自语。

“改变的是环境，不变的是我们的心……坐稳了，我们要快一点，否则赶不上到城里的早班车!”张剑驰直盯着崎岖的公路，眼也不抬又加速了……

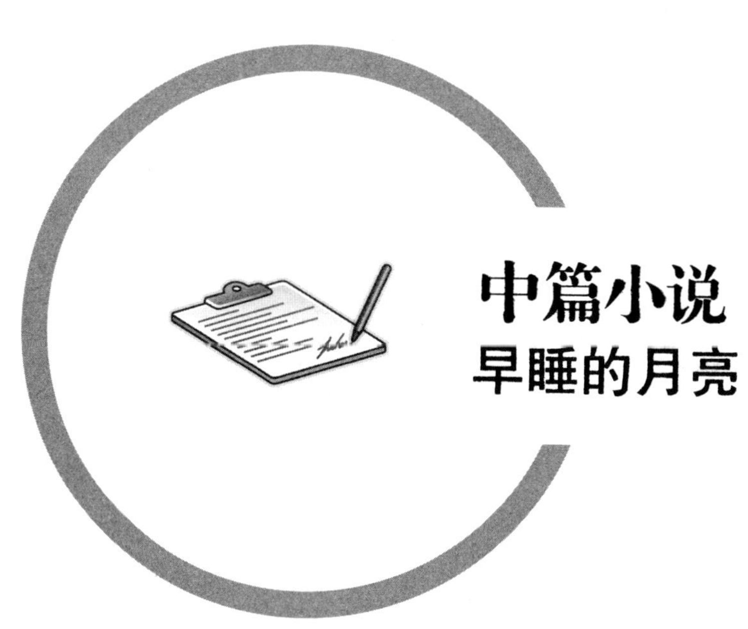

中篇小说

早睡的月亮

早睡的月亮

20世纪80年代初，福建省高中毕业生4%能考上大学，将近20%能考上中专，而且政府统一安排毕业生工作。故事就发生在那特殊年代，高中毕业生考上工科三年制的S中等专业学校……

候车室的大门一打开，人流便开始往前涌。

这是位于K市郊外的一个小车站，距S中专学校约五公里。每天从K市开往省城的列车，在这里只停十分钟——刚进站的列车还在吐烟喘气。

此时已是晚上九点多钟，与白天喧嚣的气氛相比，候车室内显得有点寂静、冷清。在靠右边的长条排座椅上相偎着一对青年男女，男的略低着头，女的将头深埋在男的怀里……男的一动不动，直到催人抓紧上车的喇叭停止了呼喊，那女的才微抬起头，泪花闪闪，声音近乎凄切：

"我该走了……"

男的默默地回转头．见整个候车室空荡荡，只有检票员在好奇地望着他们。他急忙站起来，两人快步朝站台走去。

"……"

"玲，你多保重啊!"

林涛声音哽咽，好容易喊出了这么一句。

"呼哧呼哧"，列车启动了，站台上的人，车厢里的人，在互相招手，互相呼应。

苏菲玲把半个身子探在窗外，频频地摇着双臂，眼里噙满泪珠，向着在站台上呆立的林涛大喊：

“涛，我会经常给你写信的！我会……”

车轮越转越快，她的声音被淹没在夜幕中。从车厢里投射出来的灯光，照射在林涛身上，斑斑驳驳的。

走了，三年的感情和希望就这样走了。嗨嗨，亲爱的司机老大哥，你咋这样不体恤人的感情，干吗不多停几分钟呢！哪怕一分钟也好啊！林涛心中还有多少话要对她说！世界上有什么样的语言能在那一瞬间把他们仰慕、惜别之情，嘱托、期望、祝愿之语表达清楚呢？没有！确乎没有！他眼前所有的，就是面对在夜里穿行的列车，心似乎已被“吭锵锵，吭锵锵”的列车声碾碎了。

站台上，除去几位身穿蓝色制服的铁路员工外，旅客只剩他孑然一人了。

铁路员工也走了。

偌大个站台，更为空旷、深寂。

林涛也终于离开了站台，拖着疲乏的脚步走在来时经过的海堤上，堤岸上的路灯懒散地发着光。仲夏的海风略带腥味，扑进鼻孔里，给人一种既温馨又浪呛的感觉。海浪不断地拍打着礁石，发出“哗啦，哗啦”的响声。

林涛就势坐在渔民下海用的铁栏石级上，一任海风撩起头发，心里似眼前的海浪翻腾，往事如电影一幕幕在脑中闪现……

1 三年前，九月上旬的一天，林涛告别母亲，持着录取通知书来到全省闻名的S中专学校。在教学楼二楼写着“新生报名处”的房门前，他怯生生正要迈进去，不料从里面钻出一个人来，与他撞了个满怀。他刚想说声“对不起”，对方却“咯咯”大声笑起来。林涛感到莫明其妙，愣神一看：原来是个姑娘站在自己面前。

这姑娘身材苗条，皮肤白皙，两颊浮着一团淡淡的红晕，乌黑而明亮的大眼睛，高高的鼻梁上沁着几小粒汗珠，红润可爱的嘴唇，一头黑亮的头发直披到肩上，中间用系着金银线的小手绢随便地一扎。好清纯秀气、诱人的女孩！穿一件雪白的连衣裙，手里拿一张表格。

“有什么好笑的!”刚进校就遭到一个姑娘的笑，虽说这笑并无恶意，林涛还是气鼓鼓的。

“咯咯咯，咯咯咯……”姑娘笑得更厉害了。

可能是意识到自己的笑有点失态，姑娘笑了一阵后，马上走开了。

“好大胆的姑娘，笑得毫无顾忌!”林涛心里想。

林涛对苏菲玲，也就是那个姑娘的笑始终不能理解，到了很久后的一天，苏菲玲才告诉他：她是笑他大热天还穿厚衣服，以至汗流津津的。当时他听了，不由搔搔头发，跟着她笑了。

是的，林涛是寒酸了点。可都是因为家庭困难啊！

林涛的家在离这里很远的土楼山区，父亲早亡，他是长子，底下一个妹妹读初中，一个弟弟上小学。全家四口人全靠母亲一个人风里来雨里去维持生计。虽然现在政策好，有时乡里四邻的人帮忙，生活清苦点，总还过得去，但一想起母亲，林涛就止不住眼泪往外涌。为了把孩子拉扯成人，母亲付出了多大的牺牲啊！就在林涛临走前一个晚上，母亲将特地准备的几件衣服拿出来折好，又在灯下替儿子打点行装。

次日一大早，母亲亲自送儿子到汽车站，上车时一再嘱咐儿子：要会自己照顾自己。直到汽车开走了，转弯了，林涛看见母亲仍站在原地目送着他……哪知到达县城转换火车的时候，下了一场大雨，林涛被淋湿了全身。

俗话说：“九月雨，比霜冷”。在火车上，林涛觉得一股凉意袭上心头，就拿了一件厚衣服穿上。也是乡村学生世面见得少吧，一直到学校，林涛都没有将厚衣服换下来，于是导致了苏菲玲对他的“笑话”。

2 报名后第三天，各专业学生在教室集中，听班主任做报告。林涛提早来到教室指定的位置。趁班主任还没进来，他环顾了四周：毕竟读的是工科，女生很少，只有五六个，而且全班差不多都到齐了，个个神色惶乱，唯有前排两个女的在细声交谈。其中一个有点面熟，他想起来了，是昨天在报名处遇到的那个姑娘。

“倒霉，竟与她同在一个班级。”

想起前天的遭遇，林涛就从内心对她反感。

班主任进来了，是个瘦瘦高高的老师，姓李，戴眼镜，言语不多。他先问大家好，接着简单地介绍学校的历史和现状，最后勉励大家珍惜三年大好时光，努力学习，团结友爱，不辜负党和人民的期望。同学们听了，个个精神振奋，报以热烈的掌声。

班主任讲完，就选举班委。因林涛入学成绩全班最高，被选为学习委员。选举完毕，又是一阵热烈的掌声。

虽然来自全省各地，但没过几天，同学们便相处得非常融洽。在学校这个大集体中，大家都有着火一样的热情和纯真无私的襟怀。他们都是十八岁上下的年轻人，正如一位诗人吟唱的那样：十八岁是“白色小马般的年龄，绿发的树般的年龄，微笑的果实般的年龄，海燕的翅膀般的年龄。”

曾有人说，学校的生活是单调的，每天都在“课堂——食堂——宿舍”的圈子里打转，所以是枯燥乏味的。也有人说，学生除了上课、吃饭、睡觉之外，无忧无虑，因而是轻松的，并且是令人羡慕的。林涛认为，无论哪种说法都有失偏颇。真正的学校生活是绚丽斑灿、多姿多彩的。校园的沸腾，课堂的宁静，饭桌旁的商议，宿舍里的争论，柳荫下的切磋，不是无味而是有趣；清晨朗朗的读书声，图书馆、阅览室渴求知识的目光，晚自修时的倩影，考试时的苦思冥想，不是轻松而是紧张；更有那运动场上的英姿，文娱晚会上的精彩节目，怎不叫同学们精神焕发呢！

3 时间过得真快，不知不觉一个学期过去了。期末考试七个科目中，林涛仅两个科目成绩达到优，其余都为良，这是很令人沮丧的。然而，林涛并没有将这件事放在心上。中学时，林涛就以勤奋好学出名。他平时喜欢动脑筋，凡事爱刨根究底，遇有疑难问题总是拿出帮母亲干活时那股拼劲，对确实“啃”不下的，就主动请教老师，从而深得老师和同

学们的爱戴。

凭林涛的学识水平，高考是完全能考上的。可当时土楼农村中有一种偏向，认为只要能考中，就不论大学与中专，而从照顾家庭来讲，中专则胜于大学。因为一般情况下，中专生毕业后是回家乡的，况且读中专时间短，离家近，费用较少。林涛的母亲十分疼爱儿子，儿子也十分孝顺母亲，自然依了母亲的心愿考中专，最后果然超高分被录取到S中专学校。林涛把中学的那股学习劲头带到学校，同班有的同学常常平时不用功，临考试时才搞突击，受林涛影响，也开始注意积累点点滴滴。无奈，有的老师讲课正襟危坐，一本正经．而且满口理论，抽象乏味得很；有的老师像填鸭子似，连续两节课满灌；还有的老师总认为熟能生巧，布置大量的习题让学生完成，使学生在“题海”里游不出来。林涛对老师的这种教法非常不适应，经常自己找课外书读。与老师的教法不相合拍，考试成绩便有了“差距”。

不过，值得欣慰的是，苏菲玲坐在前面，林涛坐在最后一排，这样，林涛每天上课从后门进来。可以避免见苏菲玲的面。不知为什么，自从那次遭遇以后，林涛非常怕见苏菲玲的面。

4 春来了，新学期开学了。

说来也巧，这次来校，林涛和苏菲玲坐的竟是同一趟列车。起初，林涛看书看得在座位上睡着了，等他醒来时，看见过道上苏菲玲正端着一杯水朝他走来，就又把眼睛闭上。“橐橐”的皮鞋声越来越近，在他面前消失了。

“新春快乐!”声音清脆而又稚气。

林涛动都未动一下。

“你还在生我的气?”苏菲玲注视林涛略显瘦削的脸足足有几秒钟。

“我哪有时间生别人的气?”林涛不情愿地睁开眼睛，与苏菲玲的目光相遇，便把头低下。

“啧啧，真是分秒必争哪!”苏菲玲不无揶揄地说。

林涛将头转向窗外。

"不打扰了，再见!"苏菲玲见林涛爱理不理的，看了他一眼就走开了。

林涛一个车转身，望着苏菲玲远去的背景，心里突然涌上一股歉意。

窗外，掠过几盏稀疏的灯光，好像撒落的星星——列车正通过集屿大桥，快到站了。

当列车车厢门一打开，林涛便急忙提着行李，跳下车大踏步走了……

经过二十多天的短暂分别，同学们又相聚在一起，话题自然多了。这个在说农村的好形势，家里年收入几千元。那个在谈，他的一个初中同学在工厂里改进了一台机器，深得领导器重，最近光荣地加入了中国共产党。谈到高兴处，个个喜形于色，有几个同学还手舞足蹈，绘声绘色地说着各种趣事。探询声、问好声、欢笑声，整个宿舍充满着欢乐气氛。

还有更叫林涛高兴的事：伴随着改革的春风，学校开始了教学改革。教材上，针对各专业实际情况配用固定的教材，其余的都作为辅助材料供参考，克服了以往乱用教材的毛病。至于教材内容，根据需要，该删的删，该补充的补充。教学时间安排是：减少上课课时，增加自学课，让学生有充分的时间温习。教学方法上，采取了"自学为主，老师讲解为辅"，培养学生独立思考能力。总之，整个教学的进展过程，努力做到简捷、清晰、轻松、活跃，老师讲课不拖泥带水，学生听课不死记硬背。

这种教学法一施行，效果很好，打破了长期以来的沉闷气氛，教师教得得心应手，运用自如，保证了课堂教学既是事事处处高效益，又是和谐协调，水到渠成，没有一点强压硬灌的东西，大大调动了学生的积极性。同学们反映说：中专应兼有大学与中学的特点，现在真正做到了。结果，这学期全校学生学习成绩普遍提高，林涛有五个科目达到优。

5 送走了老一届的大哥、大姐们，就意味着同学们升上了新的一年。

二年级开始上专业课，林涛打算整个身心投入学习中，不受外界干扰。但就在这时候，苏菲玲，那个曾令他反感的姑娘使他的心失去了平静。

国庆节的前一天，同学们搞好环境卫生后，上运动场的上运动场，回宿舍的回宿舍去了，只剩下他和另三个同学在布置教室，苏菲玲也在场。大家一边动手，一边聊天，不一会儿扯到了中专生有没有作为的话题上。

“我认为，作为中专生是没有多大出息的。”一向主张“60 分万岁”的姜元彬阐述自己的观点。

“为什么呢”有人问道。

“这只要看一下实际情况就可知道。我校二十几年培养的毕业生少说也有上万人，可真正有突出成绩的却鳞毛凤爪。有许多中专生毕业后得不到合理使用，干脆改了行。说穿了，中专生并不比中学生好多少。难怪有的学生宁要一而再，再而三地考大学，就是不考中专。”姜元彬讲得振振有词。

“我觉得，中专嘛重在一个‘中’字，比大学不足，比那些没有文凭的有余。所以不必求认真，过得去就行了！”人称“杜小西”（〈阿混新传〉里的阿混）的杜小明刚写好“庆祝国庆”的“祝”字，停下来道。

“高中毕业后读两年是大专生，读四年是大学生。我们呢？读了三年却是中专生。大专与中专，虽一字之差，可待遇、地位差多了！”惯于精打细算的谢芳芳正在剪纸花，她把纸一推，又唱开了调子：“什么理想啦，事业啦，对中专生来说，简直是一句空话。”

“将中专生定为知识分子，这就肯定了中专生的作用。我觉得做一名中专生非常光荣。”在贴画幅的苏菲玲从桌子上跳下来说。

“林涛，你的意见呢？”姜元彬大声朝林涛叫。

林涛正往天花板上挂红灯，本不想加入大家的讨论行列，现在姜元彬指名要他发表意见，他只好开口了：

“一个人从哪所学校毕业，有什么样的文凭并不重要。文凭只能抽象地说明一个人已经具备了一定的文化程度和知识水平，而同一种文凭内，每个人的知识水平是不一样的，有优秀的，有良好的，还有合格的。真正的出息，是看一个人能否在工作实践中灵活运用所学到的知识，使之转化为实践成果。过去没有文凭的人同样可以做出惊人的成绩，何况我们还是中等专业学生呢！其实，中专生在各行各业中取得成就的例子也不少。有一位省建筑学校毕业的女学生，在给她的同学信中就这样写道：‘……自从这次校庆后．我彻底改变了中专生不如大专生的看法。在我所接待的校友中，都是从这个学校毕业后成为工程师或者高级工程师的。还有一位是省设计厅的独臂工程师，他用一只手规划了武陵山庄的建筑前景，获得全国设计最佳奖。我被这一个又一个的例子感动了，说真的，这里的中专生不论在学识上还是在其他方面，都不比大专学生差。在这次竞赛中，遥遥领先者就有几个中专生……’

“最近从一份资料上看到：随着我国建设事业的发展，对各种专业技术人才从数量上不断要求增多，其中中专生和大学生的人数比要求3∶1，而目前我国只是1.7∶1，这足以说明中等专业人才的奇缺。由此可见，我们中专生肩负着巨大的重任。如果我们都有这样那样的想法，一心想混，到头来只能愧对于人民。当然，存在着某些不合理现象，通过改革是能够克服的，只要我们努力，中专生是大有作为的。”

“哎，想不到我们的学习委员肚子里竟有这么一套理论，简直可以去参加演讲比赛了。题目就为‘中专生在四化建设中的作用’，说不定还可以获奖呢!”谢芳芳满含讥讽地说。

“这叫不说则已，一说惊人嘛!”

“怪不得林涛这么刻苦，原来是想以后当工程师呢!”

……

不冷不热的话朝林涛袭来。

“想又怎么样？你们还好意思嘲笑人家？”无意间，苏菲玲已站到林涛一边。

“噢，你们真是志同道合啊!”姜元彬半开玩笑地说。

“贫嘴!”苏菲玲佯怒，顶了上去。

姜元彬扮了个鬼相，惹得大家都笑了。

林涛未置可否。

6 如果说，这件事还不足在林涛平静的心里激起涟漪的话，那么接下来发生的事则使林涛的心起了波澜。

上完《金属切削加工》以后，有六个星期的实习。不知是巧合还是班主任有意安排，林涛与苏菲玲在同一组。前三个星期是基本功训练——锯、錾、锉，以后三个星期是掌握车削技术。每天除按要求完成任务外，还要写一篇日记；实习结束，须交一份实习报告。前三个星期的任务，完全靠体力，对于女同学来说是一件难度较大的活，而锯、錾、锉中尤以錾为难。

錾削要求一个星期内把一截圆钢加工成四方体，操作时一手握紧錾子，一手挥动榔头，用力均匀地敲击——看似容易，可初次操作往往不是打偏敲在手上，就是打坏工件。尽管苏菲玲使出全身力气，非常专注，结果左手还是打得一块青，一块紫。姜元彬几次要帮她忙，都被婉言谢绝。而苏菲玲在谢绝姜元彬时，又都要瞟一眼林涛。第五天了，别人早已完成任务开始在干别的，可苏菲玲却仅凿了一点点。苏菲玲平时好胜心强，凡事不甘落后，这回她咬紧牙关，鼓着腮帮，用力一敲，只听"哐啷"一声，錾子掉落地上。苏菲玲右手紧抓左手四指，嘴里直呵呵，血从手指间渗流出来……

"怎么了，菲玲!"同学们一下子围了上来，

"没什么，不小心碰伤了手。"苏菲玲强忍住痛答道。

"快，快扶她到医务室去敷一敷。"林涛像下命令似的叫道，两个女同学马上扶着苏菲玲走了。

仅仅过了两天，苏菲玲就在宿舍里待不住了。她担心任务完不成，急忙跑到学校实习工厂，一看：工件已经按要求加工好，整齐地摆放在那里。她正在用心猜测是谁做的好事时，姜元彬过来告诉她：是林涛帮她加工的，然后神秘地笑了笑。

晚上，苏菲玲在日记中写了下面一段文字："应该感谢林涛，在我的手受伤时，是他把我的工件凿好。要是没有他，我真不知道该怎么办好……"

没想到第二天，日记交至班长手中时，或许出于逗趣，班长将苏菲玲的日记内容公开了。同学们像得到一条重大消息，一齐起哄："要是没有他，我真不知道该怎么办好。"

有个别同学还装模作样，拿腔拿调地在林涛面前发挥、逗乐：“林涛，没有你，我不知怎么活噢……”

林涛气极了，窜到苏菲玲桌前，大声责问：“你，你是什么意思?”

“呜呜呜”，苏菲玲伏在工具桌上哭开了。

唉，一个人的心要叫人理解，真难啊！

7 人们常说，生活是最好的老师，这话一点不假。不管林涛怎么冷僻，经历了这两件事后。他也不能不考虑其中的缘由了。

深夜，万籁俱寂。同学们都已进入了梦乡，唯有林涛仰面躺在床上，眼睛紧盯着天花板。他的脑中一会儿幻出苏菲玲瞟向自己的眼神，那分明是要他过去帮忙的意思呀；一会儿幻出姜元彬告诉她，是林涛帮她凿好工件时，她向这边投来的一瞥，是感激，似乎还有别的什么意思；一会儿幻出自己责问她时，她咬着嘴唇，瞪他的神情，含有狐疑、惊讶，然而更多的却是不可理解的成分。三个眼神交替出现．令林涛心一片紊乱。

“也许我想得太多了?”林涛翻来覆去睡不着，等到天亮还没有完全入睡。

一连几天，苏菲玲都噘着嘴，态度漠然。林涛知道，她是在跟自己赌气。不过，发生了那样的事——伤了一个姑娘的自尊心，林涛总感到对不住，因此想找个机会向她解释。

机会终于来了——

那是轮到苏菲玲值日的黄昏，林涛带着一本书来到教室，见只有苏菲玲一个人在扫地，便径直走到苏菲玲跟前。站了一会，林涛额上微微冒出汗珠。

苏菲玲佯装没看见，继续朝前扫地。

“那天，真、真对不起，请你原谅!”林涛眼睛朝下望着脚尖，一只脚不自觉地在地板上画着。

苏菲玲并不理会他，挥动扫把在林涛鞋面上扫着。

时间静静地过去几十秒，林涛受不了这难挨的时光，转身就走。

“等一下,”林涛不由停住了脚步。“既然来给别人道歉。这么简单就行了。”苏菲玲嗔怒道。

“那你还要怎样?”林涛涨红着脸说。

“怎么样，你这头‘憨猪’!”

“你，你敢骂人。”林涛一急，举起了拿书的手。

“骂你‘憨猪’怎么样?”苏菲玲不示弱，偷掩住笑，顶了上去，“看你敢不敢打我?”

“你……”林涛气极，但举起的手却仍停留在半空，久久落不下去。

正在双方僵持之际，有同学进来了，林涛和苏菲玲只好各自走开。

8 有本书说，爱情是悄悄地来到青年男女中间的，有时候连恋爱着的男女都不知道自己是在恋爱。林涛目前就有点处于这种情形。苏菲玲对林涛有意，林涛对苏菲玲已改变了印象，认为苏菲玲聪明、漂亮，性格开朗，待人热情。然而，林涛并不认为他同苏菲玲之间有什么特别的情意。倒是苏菲玲抛下的一句“你这头‘憨猪’”让他摸不着头脑，伤透他的脑筋。

“我是‘憨猪’，那她便是妖精。”林涛在黑洞洞的被窝里，朦朦胧胧地想，“看来，我还是要多防着点她好。”

虽然如此，林涛也还是在留心观察苏菲玲的动静，也算是关心吧。一段时间后，林涛发现苏菲玲在有意无意地接近他。比如．劳动时，林涛和苏菲玲明明不在一块，可苏菲玲总喜欢跑到跟林涛在一起。有时林涛为了躲避她，故意换个偏僻的地方，不一会儿，苏菲玲也会离开原位转到林涛身边——当然，苏菲玲是连同一个或两个同学以“帮忙”为名的，再也不会漏下让人“议论”的把柄了。又比如，林涛喜欢在吃完饭后，一个人在教室里温习功课，现在苏菲玲也经常这样做了。而每当这时候，苏菲玲又总爱问林涛一些奇奇怪怪的问题。还有，林涛被评为“三好生”，自己并不觉得怎样，倒是苏菲玲显得特别高兴……

尽管有这么多发现，林涛仍然不承认他和苏菲玲之间有什么异样的感情。只是到了期末，同学们要作短暂分手时．林涛突然心跳加剧，有点茫然若失之感。

“祝贺你评上了‘三好生’。”姜元彬在宿舍里对林涛表示祝贺。

“谢谢同学们的信任。”林涛丝毫没有得意的神色，相反，给人一种困乏的感觉。

“看你丢魂失魄的样子，是不是有什么不高兴的事?”姜元彬关心中，欲将林涛的军。

“没什么事。”林涛忙解释。

“没有？我早就看出来了，你和苏菲玲一个有情，一个有意，乃巧合良缘也。”姜元彬故显老相，狡黠地一笑。

林涛的脸“唰”一下红了。

“怎么样，我说对了吧?”姜元彬一点不放松，紧追不舍。

“不过，你想过毕业后的情形没有？去年，赵伟和李银妹不就因恋爱而被学校处分吗？难道你们还要重蹈他们的覆辙?”姜元彬以调侃的口吻提出劝告，“中专生谈恋爱是幼稚的。林涛，你应该冷静考虑一下。”

“你讲话怎这么辣，怪不得姓姜。”林涛想冲淡这个严肃的话题，却表现得极不自然。

“真奇怪，我与苏菲玲之间连友情和爱情都没弄懂，怎么旁观者竟如此清楚?”暑假里。林涛常会对自己提出这个问题。

9 岁月更替，迎来了第三个年头。

曾经有人将三年中专学习时光概括为“一长、二短、三阵风”，因为一年级全部是理论学习，所以觉得时间特别长；二年级理论学习中会有两三次实习，相对来说就觉得时间短；三年级大部分时间下工厂收集资料，便觉得时间过得特别快，像“一阵风”。这虽然是不太喜欢理论学习的同学们毕业后总结的，但也说明了三年级最值得同学们留念。

据说，经过两年多的接触，同学间的了解加深了，各方面趋于成熟，一些胆大的往往会在三年级萌生出恋爱的苗头，所以学校特别加强三年级学生的思想教育工作，“不准谈恋爱”是某些政工人员的一个经常性话题。不过．作为一条纪律，在学校是行之有效的，而在实习工厂则有点鞭长莫及——因为两个人出去，根本不用担心碰见熟人，也就不大会引起老师的怀疑。所以，实习虽然紧张，可也给那些“胆大者”提供一点点机会。

林涛和苏菲玲是不是属于“胆大者”行列，他俩谁也说不清楚，然而此次到 K 市工厂实践，他们之间的友谊得到了深化、发展却是真的。白天，同学们深入车间了解设备性能、运转情况，请教工人师傅，还要测量、绘图等，晚上须整理白天收集的资料，并且写心得体会，时间非常紧，唯有星期日才可以松一口气。苏菲玲几乎每个星期日都约林涛出去，林涛虽心存顾虑，可每回又都欣然赴约。

K 市依山傍海，山光水色应有尽有。近来随着改革开放的发展，又新辟了几个旅游点，国内外游人无不被 K 市的自然风光所倾倒。林涛和苏菲玲尽情领略了迷人的风景后，常憩息于海滩。在凉风习习的海滩上，林涛第一次知道了苏菲玲的身世。

苏菲玲家住省城，小时候就没有母亲的印象，长大了才听父亲讲：母亲嫌父亲是个“臭书匠”，在她 3 岁那年抛下自己的亲生骨肉改嫁了。父亲在一所中学教书，工资虽不高，但在几个姐妹中却最宠她。为了不让小女儿的心灵再受到创伤，父亲什么都依着她，才有她现在的任性劲。后来几个姐姐都相继出嫁，只剩下她和父亲相依为命。本来，她完全可以考大学，岂知临考前几个月，一场大病夺去了父亲的生命，她悲痛欲绝，改考了中专。苏菲玲举目无亲，是几个姐姐周济她上中专的。她现在其实是没有家的，每次回去都寄寓在姐姐家里……

“看她整日天真快活的样子，谁又能想到还有这么一段艰辛的身世呢?”林涛常常这样想，而每当这时候，他总会油然生出怜悯之心。

海滩啊！你留下林涛和苏菲玲的足迹，记下了他们倾诉的多少话题，你是他们友谊的见证，更是他们爱情的圣地。这里有他们的理想、幸福，这里有他们的未来憧憬。两颗心曾在这里共鸣，可是什么时候他们才能再携手涉足这里?

10 生活在 20 世纪 80 年代的青年学生，对于女同学帮男同学洗衣服之类的琐事是不会大惊小怪的，可对于“谁跟谁好起来了”的事还是

喜欢饶舌的，有时甚至添油加醋，越谈越玄。有人解释说，这是处于该年龄青年的一种心理反应。

可不，林涛和苏菲玲的事没过多久便风闻全班。有人说他们好到如胶似漆的程度，有人说亲眼看到他们两人一起进舞厅跳舞，有人说他们曾手挽手进过公园，而且马上有人证实苏菲玲出公园时满脸泪痕……各种说法越说越多，越说越离奇。起初还背着林涛和苏菲玲的面，后来就是林涛和苏菲玲在场也直言不讳了，好似林涛和苏菲玲犯下了某种罪行。

于是，找林涛谈心的人多了起来，支持的，劝诫的，讥笑的都有。林涛拗不过这些人，整天陷入烦躁的境地。

这事终于让带队老师知道了。一天傍晚，带队老师叫住了林涛：

“林涛，这几天怎么了，心情不好?”带队老师五十多岁，教热学，平常说话慢条斯理。

林涛怔怔地看着老师。

“听说你和苏菲玲谈恋爱啦!”带队老师顿了一下，又接口说，“其实苏菲玲有什么好，你看她成天跟男同学嘻嘻哈哈的。”

林涛的心沉了一下，很想立刻走开。

“真想不到你平时老实规矩的样子，竟会在校谈恋爱。”带队老师露出严肃的表情，一字一板地说，“来实习时，学校领导就一再强调这一点，可你却明知故犯。”

“起先我也不断提醒自己，可不知怎么搞的，以后就、就……”林涛嗫嚅着说。

“还会怎么搞的，关键在于你有没有理智。”带队老师声音提高了好几倍。看来他虽温和，但对“学生谈恋爱”的态度一点也不含糊。

“我承认，在理智方面我是个弱者。”林涛不知从哪里来的勇气喊出这么一句。

“难道只承认自己是弱者就行了？听你的口气，好似谈恋爱还是对的。姑且不论早恋的危害，就是你和苏菲玲，一个在乡村，一个在省城，能生活得美满？上届赵伟本可以回省城的，只因同李银妹谈恋爱，结果受学校处分．并被分配到偏远山村教书。你应从他们中吸取经验教训，好好想想今后怎么办？”带队老师拿出了训人的口吻。

“怎么办？无非再被统配！”林涛似乎决心已定，毫不示弱。

“说得倒轻巧，学校对赵伟和李银妹的处置算是比较轻的，如果有人重犯，学校领导说了，将以纪律论处，也就是说可能不毕业……”

总算击中要害，林涛无言以对。

“我说林涛，你何必执迷不悟呢？大道理我不多讲了，只希望你趁早了结这件事，以免事态扩大。至于苏菲玲那头，我再找她详细谈谈。”

林涛如同接受审判的犯人似的，垂着头，一言不发地呆站着。

“好了，林涛，走吧！”带队老师见林涛的可怜相，推了他一把。

林涛伫立在原地不动。

11 带队老师走后．林涛失魂落魄地回到休息室，衣服没脱就倒在床上，拉上被子蒙住全身想睡，可怎么也睡不着。他失眠了！

他怎么也想不通，为什么大学里谈恋爱很少有人干涉，而中专则严厉禁止。要是说他和苏菲玲只是一时冲动的话，倒也罢了，可他们爱得热烈，爱得真诚啊！他们的爱没掺半点假。两年多了，他们之间了解还少吗？他们高中毕业后，又经过中专教育，认识水平都不低啊！想到这，林涛有信心同苏菲玲好下去。然而，有可能不毕业像一道箍子锢住他的头脑，况且他要回到土楼的母亲身边啊。两种思想像拉锯似的，忽儿向左，忽儿向右，最后渐渐倾向一边……

时间如流水般静静地流淌，三年时光仅剩最后一学期了。在这段时间里，同学们一如往常，表面上生活没有发生多大变化，但细心的人却发现，林涛近来变了，变得比以前暴躁了。人们一跟他谈及苏菲玲，他便发火；苏菲玲几次约他，他都推说有事。他决心已定，要彻底忘掉苏菲玲。

苏菲玲呢？带队老师找她谈话后，她深深地苦恼过一阵子，可没过多久就依然故我了。说来也怪，无论干什么事，只要苏菲玲在场，就总是充满笑声，气氛相当活跃。可苏菲玲苦恼那阵子，那些爱开玩笑的同学少了一个对象，也跟着闷了一阵子。姜元彬曾打趣问苏菲玲：“是不是与林涛闹了矛盾？”她冷峻地说：“病了！”如今，尽管苏菲玲仍跟从前一样有说有笑，但总有一种“强装出来”的感觉。

五个星期总复习和毕业考试后，接下去十个星期进行毕业设计，时间之紧不言而喻。有人将毕业设计比作一场战斗，一点不过分，因为按工厂实际需要进行设计是真刀真枪的拼杀，来不得一点含糊和虚假！同学们个个昂扬对付，林涛自然全力以赴投入紧张的“战斗”。找数据，翻资料，查手册，确定方案；计算，比较，绘图，验算，校核，编写说明等，忙得他废寝忘食，甚至通宵达旦。这期间，林涛收到苏菲玲写的许多字条，他除了学习上的问题予以解答外，其余的一概不理。苏菲玲内心，感到一种难言的失望。

“功夫不负有心人”，毕业设计结束，同学们个个瘦了，林涛体重减了二公斤，但却换来成果——通过答辩，他设计的双板式输瓶机被工厂采纳了。

老师、同学们纷纷向他祝贺，他开心地笑了！怎不叫他高兴呢？三年的时间，一千多个日日夜夜学到的知识可以通过毕业设计检验出来。这证明他三年时光并没虚度．他没有辜负老师的辛勤培育，也没有辜负母亲的一片苦心。他向党和人民交了一份红卷，更重要的在于他看到了未来的前景。他有着坚实的基础，在走上工作岗位后将会经受住考验！

12 毕业了，同学们欢呼雀跃，学校到处是欢乐的海洋。

最令人激动的要算是欢送晚会了。

按往年惯例，欢送晚会由各专业举办，一、二年级的小弟弟、小妹妹主持。晚会一般设在教学楼阳台上举行，会上略备些水果、糖果慰问毕业班同学。每届欢送晚会都开得隆重而别开生面，校领导、各科室负责同志、任课教师都亲临现场。开始时鸣放鞭炮。晚会期间可以随意出节目，遇有某个同学或老师出场慢了，大家在一个领头下一齐喊：“一、二、三，快、快、快”或“一、二、三、四、五，我们等待很辛苦”、“一、二、三、四、五、六、七，我们等得很焦急”，整个晚会笑声、鼓掌声、呐喊声震荡着天空。

这届毕业生给工厂设计了项目，所以特邀工厂代表参加晚会，使晚会的气氛更加浓烈。同学们在晚会上表演着各种精彩节目，他们或诗或舞，尽情地歌颂党和人民，歌颂师生情谊，赞美美丽的校园。

啊，今天相聚在一起，
明天不久将要分离，
当我们大家年老的时候，
一定要相约回到这里……

《女大学生宿舍》的主题歌在这里回响，表达了同学们对母校的多少留恋……

毕业前夕的欢乐，也给同学们添了几多忧愁——离别时的痛苦。

互赠相片和留言，正是同学友情的最好见证。

全班四十位同学的相互赠言，反映了各人的情趣、爱好、性格、为人和对未来的祝愿等。姜元彬给林涛的赠言是：

林涛，林涛，扬起波涛。富有诗意的名字，正是生活的写照！只有拼搏进取，人生才引以为傲；若是浑浑噩噩，终将无限懊恼。

林涛给姜元彬的赠言则为：

双木成林，木杉为彬；
杉是林中一木，朴质是其心。
元彬母校一员．自有杉木胸襟；
扎根大地不想混，奋发有为捷报频。

“犹如一朵花，芳香四溢；如能常开不败。当是班级大喜……有出息，少计利。心中永牢记。”这是林涛写给谢芳芳的赠言。

有所作为是人生最大真谛。

——引恩格斯名言与学友共勉

这是林涛写给杜小明的赠言。

林涛写赠言不是随便应付，而是根据自己三年来对同学的了解，以满腔的热忱下笔，意趣无穷，给人以启迪。

13 林涛将近写完全班同学的赠言，才接到苏菲玲的毕业纪念册，里面夹有一张字条，上写——

林涛：

你真的不理我？你太狠心了……我把感情奉献给你是经过慎重考虑的，决非轻率……在这临别之际，事情的发展将由你决定。我相信你。

菲玲

林涛反复念了几遍，思绪万千，一时不知写什么好。他苦苦思索一夜，及至第二天才草就了给苏菲玲的字条。

菲玲：

首先请求你原谅，你对我一片痴情，无比信任，可我却让你失望，彻底地失望了。三年来，我们的感情从无到有，以致发展到非常深厚，本来是可以继续发展下去的，但是，我无法逾越现实这道鸿沟。我也曾想努力越过这道鸿沟，但都失败了……我是无能的。就凭这一点，我就不配你爱，更不值得你爱……菲玲。原谅吧，“感情”是个怪东西，当初我们相处时是无意的，随着我们之间友谊的发展，它也发展了，这是否意味着青年男女之间就不存在友谊了呢？不是的。菲玲，我们分手以后，愿我们在事业上相互支持，在学问上相互切磋，在道德上相互砥砺。在高尚情操的基础上，建立起高尚的友谊。

意长笔短，不多写了，你好自为之。

林涛

写完字条，面对赠言栏，他唰唰挥笔，一个“思”字笔画有力，满含着心头的离情别绪。林涛觉得言犹未尽，翻过一页又写：

倏忽三年了，往事如烟过；
其中情和意，能够与谁说？
赠言泪花闪，“思”字胜言多；
鸿书心相通。千山难阻隔。

当林涛把自己的纪念册交到苏菲玲手中，要她题写时，苏菲玲紧抿着嘴．不让眼泪掉下来。她只在纪念册上写了几下便甩给林涛，头也不回走了。

林涛接过纪念册一看：仅写了联系地址，其他空空的。他望一眼摇摇晃晃地往前走的苏菲玲，便追了过去……

14 林涛在女生楼打听不到苏菲玲走的日期，便恹恹地往回走。路上遇到谢芳芳，谢芳芳告诉他：那天苏菲玲回宿舍哭了好久时间，苏菲玲原定明天同林涛一块走，现在已改变主意，决定晚上一个人走了。

当天晚上，林涛急急赶到火车站，到处见不着苏菲玲的影子，后来才在候车室外一个僻静处找到了她。双方沉默好几分钟，还是林涛开了口：

“不是说好明天走吗？怎么这样急呢！”

“我喜欢什么时候走，就什么时候走，关你什么事？”苏菲玲冷冰冰的。

“哟，真是少见．怎么夏天也下雪。”林涛为逗乐苏菲玲，故意如此讲。

要是在往常，苏菲玲准会附和着开几句玩笑，可此刻她办不到。

“对不起，一切都是我不好。”林涛见苏菲玲阴沉着脸，认真地说。

“想不到你竟这么窝囊！”苏菲玲脸露愠色！

林涛像做错事挨母亲骂的孩子，躬首对着苏菲玲。

这样过了好几分钟。

最后，林涛见时间不早，就轻声对苏菲玲说："走吧，到候车室里面去。"苏菲玲仍无动于衷．他再次催促道："走吧！"苏菲玲这才不情愿地站起来，随林涛进去候车室。

苏菲玲并不是个死心眼的人，她刚才那样做不过是想气气林涛而已。事情既然如此，她又能怎样呢？班上，她是有名的"喜鹊"，整天叫喳喳，现在，她唯有沉默，不叫罢了。林涛能够在车站为她送别，是她既希望又惧怕的。林涛，在她心中占有多大比重啊！能同林涛多几分钟在一起，她就能多几分钟的幸福和快乐；可又是林涛使她的心受尽煎熬，同林涛多几分钟在一起，她的就多几分钟的痛苦啊！

罪恶的心哪，一半在爱，一半在恨。

面对离别的场面，林涛心里突然涌上《分别时刻》中的几句诗行：

我们是缺少了
一点钢铁，一点悲壮
我一向自信，自己
是一个真正的男子汉，就像山
而你，不也说你是活泼的小鹿吗？
爱的初衷仅仅如此啊……
既然道别了．就这样分手吧
愿月儿是素缎的情感
朋友，晚安！

深夜二点多钟，大海开始了歇息，四周一片静谧。林涛痴望着西边天幕，思绪仍没有中断：她离开我时的眼神，哀怨中还有几丝痴迷，甚至希冀，或许她早就知道了我难言的隐痛，在期待的失望中看透了我的怯懦。也许，是我真的不值得她爱。

啊，就是此刻，林涛也无法做出正确的判断：我是不是注定了该失去？苏菲玲已经走了，我明天也要离开母校了，以后的路，谁能说得清楚呢？我不是已得到苏菲玲那纯真的感情吗？可我为什么要拒绝她呢？难道我拒绝她错了？难道这正如姜元彬所说的是“幼稚的举动”？

今天才阴历初十，怪不得月亮这么早就坠入了山中，就像有些人早已进入了梦乡。林涛望一眼空中，几颗星星在向他眨着眼……

（根据1986年创作的稿件改定）

《土楼恋》的悲剧美

波洲

福建土楼被列入《世界遗产名录》誉满全球，描写知识青年在土楼生活经历的《土楼恋》，是一首原生态的交响诗，作为福建土楼文化不可或缺的瑰丽篇章载入史册。中华传统文化与新文化相互碰撞迸发出的一颗璀璨新星，出现在抽象王国星光熠熠的夜空，带着灵光降临广阔的大地，给予特别的启示，令人不得不长时间地伫立凝视，然后闭目深思，陷入对往日的回忆而难以自拔。在那动乱的年代，在群山环抱的穷乡僻壤，他们付出了宝贵的青春年华，经历了人生艰苦磨炼，最终善良的人们逃离了苦海，历经浩劫的中国也迎来了伟大的复兴，这是令人欣慰，令人赞叹的。

中国十年浩劫时期，几年间便以只争朝夕的速度发动几千万知识青年到大有作为的广阔天地去接收贫下中农再教育，一来可解决就业问题；二来也是培养共产主义事业接班人的迫切需要。弹指一挥间四十多年过去，中国已进入了全面建设和谐社会的新时代，科学发展观正指引着宏伟大业的建设者万众一心地朝着中华民族复兴之路奋勇前进。飞速发展的科学技术走进千家万户，网络文学应运而生，与知青有关的各种文学作品琳琅满目，美不胜收，近期偶然在网上看到《土楼恋》小说连载，读了一遍又一遍，欲哭无泪，欲泣无声，百感交集，长久不能平息。当年到土楼山区上山下乡的江城知青成百上千，他们的经历已经渐渐淹没在历史长河里。

如今长篇小说栩栩如生而又巨细无遗地再现了知青在土楼山区劳动生活的场面，面对这么一部有相当艺术感染力和思想深度的优秀文学作品，不禁为它欢呼，为它自豪，中国文学百花园里又多了一朵艳丽的奇葩，不时散发着阵阵清香，令人心旷神怡。

在仔细品尝土楼山区风土人情、生产劳动的生动描写之前，不妨先喝几杯高山茶，吃几块夹着咸菜的三明治，听一段小故事。

话说在腐朽的资本主义社会，戈戈与狄狄快活得像两只夜莺，千回百转地高唱悠扬悦耳的小夜曲，等待着戈多，今天等不来，明天也等不来，最终还是没有等来。两个人毫无办法，但是依然在继续等待，等到了20世纪70年代，在伟大的社会主义中国，全国山河红遍，到处莺歌燕舞，捷报频传，一派欣欣向荣的美好景象。一个正在接受贫下中农再教育的知识青年请假获准后，回到故乡江城却发现找不到家。不要紧，江城找不到家，还有东海，在东海终于找到了临时住处。若东海还是找不到家，还有……家总是会找到，面包总是会有的！

现在，让我们一边聆听《多情的土地》歌曲，一边细细品味《土楼恋》散发出的热爱、大爱、博爱的崇高精神以及像游丝般在空中飘浮的淡淡忧郁，就会获得一种美感的愉悦，这种愉悦并非只有品德高尚的人才能体会出来，只要你稍具审美能力，就能多多少少地体会到这种愉悦。

《土楼恋》的立意之一是想让读者感受土地的厚重和田园的深情，对生活场景的描绘朴实敦厚，安详沉静，对劳动场面的描绘则富于逻辑性，条理清晰，人物的插科打诨生动活泼，洋溢着土楼特有的生活气息。其中关于劈田岸、插秧、劈草等劳动技能的讲解，简直就是一部农业科教短片，令人叹为观止。土楼生活岁月没有太多跌宕起伏的情节，激烈冲突的场面，有的只是一些看来平平常常的景物和农活，但在作者生花妙笔之下，却成了惟妙惟肖的油画，新生代力作的纪录片。

如果说，想要从充满乐天达观，奋力拼搏，百折不挠，任劳任怨，与世无争的土楼生活岁月找出一些具有悲剧美的东西，那该是多么令人困惑啊！然而，只要是客观而又深刻地反映那个特殊年代的文学作品就必然具有强烈的悲剧美，有的作品表面上不容易看出来，一旦我们把它挖掘出来，那是多么令人陶醉啊！

当万籁俱寂，感官安静的时候，不朽精神的潜在认识能力就会以一种神秘的语言，向那些追求审美的人们，暗示一些隐隐约约的概念。而能让它成为破土而出的雨后春笋，则是人类本性优点的具体表现。

就让我们插上艺术想象的翅膀，遨游在抽象王国自由的天空，去体验一番审美的探索，从中获得令人心醉神迷的快感吧！

《土楼恋》的主人公张剑驰深深地热爱这片土地，他是这广阔大地忠诚的儿子，时时刻刻都在挂念着土楼山区的父老乡亲、兄弟姐妹，他不时给予乡民力所能及的各种帮助，是贫下中农的贴心人，土楼百姓也关心他，呵护他。他是知识青年的积极分子，时刻服从领导和指挥；他是战天斗地的骨干，政治夜校的优秀教师，宣传毛泽东思想的文宣队队员……根据上述表现，他完全有资格成为革命队伍的优秀成员，可是他不是，也绝不会是。他只能是一个异端分子，一只被上帝不小心遗弃的迷途羔羊。

通过《土楼恋》富有逻辑思维的语言，条分缕析地对各种农活做出栩栩如生的描绘，让我们认识了这位社会主义的新型农民。不管是劈田岸，插秧、劈稻草，还是砌石头、种烤烟、割秆稹等农活，他都能驾轻就熟，成为行家里手。例如插秧，就是个高手，连当地农民都自叹不如。在田间地头，他是埋头苦干、技术娴熟的农民，在传授劳动技能时则是讲解精辟的农业技术员，这样的新型农民全中国能有几个？他应该是劳动模范、共青团员、共产党员，甚至是革命官员，可他什么都不是，只是一个可以教育好的子女，接受再教育的知青，随着岁月的流逝慢慢地被历史遗忘。当其形象出现在文学作品里，成为崇高的象征，我们才知道他的存在，悲乎！

他们本应生活在文明程度较发达的城市，却被迫挣扎在落后的农村；他们本应接受先进文化的陶冶，却不得不受到落后文化的侵蚀；他们本应成为创造精神财富的知识分子，却磨炼成为挥舞原始工具埋头苦干的农哥。

土楼山区大多数农民还是吃不饱穿不暖，精神生活极度匮乏，主人公张剑驰在情场上倒有一些好消息。他不是叫克莱尔，却在中国偏僻的山区见到土生土长的苔丝，即使他像清心寡欲的修士那样活着，没有爱情，没有春天，仅有这惊鸿一瞥，便胜过人间无数了。更绝的是，当古老的土楼化作了深山老林中的修道院，隐居的修士经过长年累月的闭关修炼之后，居然把锈迹斑斑的情欲火炉锻造成了举世无双的压水堆，在厚达几十亿纳米的钢筋混凝土防火墙内，任凭你的核心怎样烈火熊熊，我的高压禁锢自是岿然不动，我的无形控制更是推陈出新，有所创造，有所发明。无可奈何之下，只好让美丽的金达莱，农家姑娘红润娇艳的脸以及芭蕾娇娃那修长的大腿和丰满的胸脯等令人销魂的信息，借助极其罕见地泄漏的强放射性物质的携带，穿透修道院厚重的高墙，进入骚动不安分的内心世界，通过海马一千五百公里加急送达大脑皮层的语言系统加工成永久的记忆符号，活生生地再现于我们的眼前，使我们既惊诧禁欲的异化作用，又赞叹造化的鬼斧神工。虽说放射性物质会影响身体健康，但是能得到缪斯的青睐，这点代价算什么。古老的土楼竟然发生过匪夷所思的风流韵事，可惜土楼的申遗文件未曾提起，建议在导游手册中略加描述。

上面曾使用极其罕见的词，有些人可能会对这种定性的模糊字眼心怀不满，那么就把它换成定量的准确数据，经过科学测算，结果如下：时间十亿秒，发生的次数一次，所携带的信息量一百字节，那些人看到这些准确的数据会心满意足吗？料想未必，在漫长的岁月，令人销魂的信息只有可怜的一百字节，不诅咒才怪。

有些精疲力倦，该告一段落了。在审美的探索过程中必然会遇到一些超出美学范畴的问题，须从哲学社会学的角度来阐述。例如社会主义异化的问题，一来超出本文涉及的范围，二来只有专家学者才能胜任此探析，只好就此打住。

怎么啦，仅作了粗浅的探索就戛然而止？倒不是害怕得不到宽恕，实在是想象力贫乏，对文学美感的领悟力仅达到幼儿园小班的水平，远未深究到能够适合时宜地把它简明扼要表达出来的程度，仅凭一股满腔热情，脸皮厚厚，在这里丢人现眼，还望得到大家的谅解。需要补充说明的是，对《土楼恋》悲剧美的探索，绝不是要让人们沉湎于对往日无益的悔恨和对未来新世界的恐惧忧虑，而是要从中获得有益的启示，催人奋发向上，摒弃个人过去不幸遭遇带来的羁绊，投身到中华民族伟大复兴的宏伟事业。

现在让我们转移方向，回到几千年沉重历史的回光返照里领略一番良辰美景，它经过逐步增多，逐步放大，最后达到了登峰造极的光辉顶点。亿万人民怀揣人手一册的红色圣经，里面充满着放诸四海而皆准的颠扑不灭永恒真理，革命思想从那里流出，就像清流宛转，大浪淘沙的黄河；革命理论从那里流出，就像奔腾不息，涤荡尘埃的长江。人们高唱国际歌，簇拥着万民顶礼膜拜的大救星，按照最高指示设计的乌托邦蓝图，排除万难，去夺取共产主义事业的辉煌胜利。多么令人向往的美好前景！谁会想到它在创建一条到达人间天堂捷径的同时，却也鬼使神差地打通了一条连接撒旦采邑的阳光大道！

《土楼恋》把热爱奉献给了土楼山区的广大农民，用大量的篇幅描绘他们的喜怒哀乐、风土人情，主人公张剑驰与土楼乡民融为一体，相濡以沫，鱼水情深，他在繁忙沉重的体力劳动下努力保持高尚的情操，优良的生活作风，任劳任怨与世无争地活着，总是深深地热爱着这片土地及其人民。他挂念那些不识字的丫头，哀其不幸，怒其不争，而关于内心痛苦，着墨不多，仅是心情郁闷时的顾影自怜，雨中阁楼的扼腕长叹。主人公张剑驰怀着大地一样广阔的胸怀，无怨无悔地度过漫长的土楼岁月，使他坦荡面对逆境的精神动力是什么？作者没有明白确凿的描述，这就值得我们作进一步的探究。

就让我们借助超高功率的激光束来击穿禁锢心灵的铁壁铜墙，接上光纤来传输，来分析隐藏在内心世界的丰富信息吧。

《土楼恋》主人公张剑驰在令人绝望的困境中信仰几乎破灭，事实上不但没有破灭，反而是把信仰发扬光大。在我们面前呈现的是一个典型的知青博爱忍耐的性格，内心保持着自尊高尚的情操，对社会不公正的待遇能自甘屈辱，泰然处之，在强大的无产阶级专政面前，表现得顺从驯服，象温柔可爱的小羊羔。他是遵守国家法律法规的模范，同时恪守着基本人伦准则，站在人们精神文明殿堂的入口处，沐浴着圣贤哲人的思想睿智之光，由此获得精神境界的升华。在动乱的年代，是非颠倒，善恶不分，愚昧落后被说成科学先进，穷乡僻壤被美化成世外桃源。在那种逆境下，文化素养无疑会是一盏明灯，给迷途的羔羊指明前进的方向；会是一根无形的精神支柱，支撑着遍体鳞伤的心灵不至于倏然堕落；会是一道道美味可口的营养大餐，让瘦骨嶙峋的弱者及时补充能源，进而锻炼成为茁壮的劳动者。有了这样的思想背景，充满着犯罪感的主人公张剑驰被下放到土楼山区劳动锻炼正是赎罪的一种最佳方式。秉持天下一家，四海之内皆兄弟的信念，在共同生活中与土楼乡民建立深厚的情谊，逐渐把博爱的观念具体转化为对这片土地及其人民情真意切的热爱。因为热爱，所以发现了大地的壮丽与泥土芳香的魅力，希望这片土地五谷飘香，家有余粮，改变土楼山区贫穷落后的面貌。正是这种追求，印证了一个受难者对土地的回归意识和拜谒之情。在漫长的岁月里，有慈祥的大地母亲作坚强的后盾，世间还有什么不能克服的艰难险阻？

反观其他一些知青，倒流、酗酒、抽烟、纵欲、偷鸡摸狗、偷砍林木，令人触目惊心而又无可奈何。更可怕的是陷入一种精神昏迷不醒的状态，世上一切都成为空虚和困惑，除了逃避死亡的烦扰之外，人生似乎没有活着的价值。

现在让我们放下历史包袱，轻松一下，谈谈一个天方夜谭式的话题。《土楼恋》对土楼的民风习俗、民间文艺、婚姻形态等作了生动细致的描述，无疑会给火热的大地泼点冷水，但严格说来无伤大雅。

我也曾经作为一名知青在土楼山区下乡，对当时土楼婚俗有深刻的了解，以为《土楼恋》的描述不假。20 世纪 70 年代的土楼山区，与全中国一样进入社会主义新时代，遗憾的是，由于种种原因，社会主义伦理在山区农村的作用非常有限，封建文化伦理在新中国成立后又受到致命打击，相反，古代氏族社会的宗教与婚姻习俗却留存下来，保持着顽强的生命力。父系氏族社会中盛行的偶婚制持续了千百年后，在文明程度较高的地区彻底消亡，令人吃惊的是在土楼山区，却发现了其明显的遗迹。

土楼山区的男子在家庭占据主要地位，父亲财产由男子继承，实行男婚女嫁的单偶制，即一夫一妻制，但保存着显著的偶婚制习俗，如夫或妻与他人发生性关系，谁都熟视无睹……请恕语焉不详，恐有伤风化，不利于讲文明树新风。我曾亲眼看见青年男女晚上在生产队聚会，打情骂俏，动手动脚，甚至抱成一团在地上翻滚，情景类似黎族的“放寮”。类似“睡田”的事较少听说，倒是乱伦之事时有所闻，其中一起事件导致一个年轻女性自杀，她的丈夫曾经是我在山区的好友，如今提起，犹有摧心剖肝之感。面对这种自由混乱难辨的婚姻习俗，让我长期陷于一种百思不得其解，困惑凄惘的状态。直到读了莫尔根的《古代社会》才豁然开朗，拨开重重迷雾，进入社会科学领域，凭借理性思维利器冷眼观察世俗社会的千姿百态。

话说回来，《土楼恋》带给人们的启示很多，恐非我这支秃笔所能描述。我只想平平常常地说上两句：一是好人自有好报，二是只要你不离开慈祥的大地母亲，你就是所向无敌的安泰俄斯。

我是一个文学爱好者，从未写过文学评论。《土楼恋》给我的震撼实在太大，逼得我一遍遍细读，昼思夜想，绞尽脑汁，东拼西凑形成一些想法，不揣浅陋把它写下来，还望得到大家指教。

（网络评论文章）

后　记

也许有缘，2008 年，我从网络上读到吴友明回忆在南靖土楼当知青的系列文章，觉得对研究福建土楼文化很有帮助，便不辞辛苦联系到吴友明。吴友明远在美国，祖籍是南靖县，1969 年至 1980 年在土楼之乡南靖县书洋下乡，还在书洋文化站工作过，对南靖土楼感情至深。我长期研究土楼文化，积累了丰厚的土楼资料，两人经过一番交流、讨论，最终由吴友明重新整理书稿，我修改稿件，联系中国科学文化音像出版社出版了吴友明专著《土楼岁月》。《土楼岁月》引起了人们对“福建土楼与知青”的关注，有些人提出渴望阅读“福建土楼知青生活”的文学作品，我以为这是一件难度极大的事，因为要把个人和家庭的回忆录作为素材，进行长篇小说创作，不仅故事内容要能够吸引人，而且作者的文学功力不容小觑。没想到，过了二年，吴友明果真捧出了他精心创作的小说，并在多家网站连载，让我惊奇不已。由于网站连载的小说内容略显粗糙，吴友明交代我大胆修改小说书稿，并叮嘱在国内出版时以我的个人名义即可。我诚惶诚恐，虽感不自量力，却深为吴友明的恳切之情、宽宏大度和书稿中的真挚情节而动容，于是在吴友明的书稿基础上，花费大量时间反复讨论修改，终告完成《土楼恋》这部长篇小说。

按照我和吴友明的创作计划，“福建土楼知青”题材的作品准备写上、中、下三部，分别为《土楼恋》《土楼情》《土楼梦》，三部作品既各自独立，又相互联系，从时间跨度上，大约是知识青年上山下乡、1998年前改革开放20年、1998年后改革开放20年三个时期，也基本上是知青的青年、中年、老年三个阶段。感谢知名作家青禾写序，给《土楼恋》增色，网络写手波洲为《土楼恋》写了感想，同时感谢中联华文（北京）图书有限公司、中国文联出版社为《土楼恋》出版提供方便。

《土楼恋》错讹之处，恳望广大读者批评、指正。

珍夫

2016年7月